LE BEAU ET LA BÊTE

CONTES DES ROYAUMES OUBLIÉS - 4

www.editionsbookmark.com

Isabelle Lesteplume

Le Beau et la Bête

Contes des royaumes oubliés - 4

MxM Bookmark

Suivi éditorial © Marc Philipps
Correction © Emmanuelle Lefray
Maquette © Rémi Laporte
Illustration de la couverture © Moorbooks design

ISBN: 9791038123311
Existe en format numérique

www.editionsbookmark.com

Prologue

Il était une fois un immense château.

Les légendes prétendent qu'il était infiniment plus beau et plus riche que tous les palais ayant existé avant ou après. Ses tours d'albâtre montaient si haut qu'elles effleuraient les nuages, ses façades étaient aussi finement sculptées que des étoffes en dentelle et ses vitraux rivalisaient avec les feux mourants du crépuscule.

On raconte que le roi qui y vivait avait un cœur glacé, plus sombre et plus dangereux que la nuit même. Tout le monde le craignait, mais personne n'osait s'opposer à lui. Il avait créé pour le servir l'Ordre des Chevaliers Rouges, de mystérieux combattants à l'armure écarlate qui n'hésitaient pas à tuer et à torturer pour son seul plaisir. Nul n'était à l'abri de ses colères et de ses caprices, et rien ne semblait jamais pouvoir assouvir sa cupidité ou sa vanité. Il passait des heures chaque jour à se regarder dans la glace, forçait les peintres à faire de lui les plus élogieux tableaux et les ménestrels à vanter sa force et sa beauté. Il était obsédé par son propre reflet.

Mais l'orgueil démesuré mène toujours à la ruine.

Une nuit, le château s'est mis à trembler. Réveillés en sursaut, les habitants ont tenté de fuir. La terre s'est craquelée sous leurs pas et d'immenses arbres en ont jailli comme autant de bêtes déchaînées. Quatre des cinq tours se sont effondrées dans un fracas assourdissant, les murailles se sont fissurées et les courtisans comme les serviteurs se sont perdus dans la forêt naissante, qui étouffait sans pitié entre ses racines ceux qui avaient le malheur de tomber.

Quelques rares survivants crurent apercevoir les Chevaliers Rouges encercler la dernière tour debout.

Mais on ne les a jamais revus, ni eux ni celui qu'on surnommait le Roi Cruel.

Leur existence est devenue rumeur, la rumeur est devenue légende et la légende s'est perdue au fil des ans.

Mais certaines histoires, comme certains monstres, ne meurent jamais vraiment. Ils attendent simplement, patiemment, la venue de celui ou de celle qui les sortira de l'oubli.

1
Le contrat

Silas fit une pause et s'étira, appréciant la brise chargée de rosée qui accompagnait l'aube.

À ses pieds s'étendait la Vallée du Roi, une coulée de verdure traversée par un village aux toits colorés. Plutôt charmant pour un endroit aussi paumé. Il n'avait jamais compris pourquoi les gens s'obstinaient à aller s'enterrer au fin fond de la campagne où il était impossible de trouver un tailleur correct et très probable de finir sa vie dans l'estomac d'une bestiole. Enfin, c'était toujours plus de travail pour lui…

Le village avait l'air plutôt prospère, cela dit. Chaque maison ou presque possédait son propre jardin. Les balcons débordaient de fleurs, les façades scintillaient sous l'effet des reflets sur les baies vitrées et les larges fenêtres, les rues semblaient correctement pavées et une impressionnante fontaine trônait sur la place centrale. Malgré l'heure matinale, on pouvait déjà voir des enfants courir dans les rues tandis que leurs parents discutaient, balayaient le perron ou ouvraient les volets. Quelques-uns se préparaient à se rendre au marché de la bourgade voisine, à en juger par les charrettes emplies à ras bord de caisses, de sacs et de tonneaux.

Silas suivit des yeux la route principale, qui s'éloignait de lui en ligne droite. Il n'eut pas à chercher longtemps avant de trouver le manoir où il devait se rendre, de l'autre côté du village. Il haussa les sourcils, à la fois surpris et impressionné par les colonnes de marbre qui gardaient l'entrée, le jardin aux buissons impeccablement sculptés et les statues qui s'élevaient presque aussi haut que les quatre étages de la bâtisse.

Un peu prétentieux à son goût, mais il n'allait pas s'en plaindre. Il détestait faire affaire avec des gens fauchés.

Sa cible repérée, il leva encore un peu les yeux et s'arrêta, enfin, sur la forêt.

Un frisson désagréable le traversa. Son instinct lui criait que cet endroit était dangereux, et l'on ne devenait pas le meilleur chasseur de monstres du continent sans écouter son instinct.

Les arbres étaient immenses. À côté, le manoir évoquait une maison de poupée. Leurs troncs sombres se dressaient comme des piliers, si proches qu'ils formaient presque une muraille, un ultime avertissement – *ne vous aventurez pas plus loin.* L'automne faisait rougeoyer les cimes, tachées ici et là de zones nues, plus sombres, striées de branches tordues. L'obscurité s'étendait sous les ramages tel un voile de ténèbres.

— Dix contre un que le truc que je dois trucider se trouve dedans, grommela Silas en commençant à descendre la pente menant au village.

Pourquoi ses contrats l'amenaient toujours dans des endroits pourris ? Pourquoi les monstres n'allaient-ils pas se tapir dans un joli salon de thé, pour changer, ou une belle bibliothèque ?

Enfin, avec un peu de chance, ce contrat serait assez juteux pour qu'il puisse se ranger du métier et cette forêt boueuse – elles étaient toutes boueuses à cette période de l'année – serait la dernière dans laquelle il crapahuterait.

Tout en marchant, il défit son chignon serré et tressa ses longs cheveux corbeau en natte négligée ramenée sur sa poitrine. Il passa un mouchoir sur son visage pour être certain de ne pas se présenter trop sale – ni trop propre, tout de même, il cultivait une certaine image d'explorateur – et tourna le premier bouton de sa chemise pour activer le sort qui allongeait sa cape afin qu'elle puisse marquer théâtralement le moindre de ses mouvements. Il ajouta un anneau d'or à son oreille droite et une bague à sa main gauche. Il avait pris soin d'enfiler une tunique sombre qui épousait bien son corps, un pantalon moulant et des bottes assez hautes pour souligner ses mollets musclés.

Pas de maquillage aujourd'hui, son client n'était pas assez bien né pour y avoir droit. Et puis, de toute façon, il savait que ses traits bien dessinés, ses lèvres charnues, sa peau de bronze, ses grands yeux bruns et ses longs cils n'avaient pas besoin d'artifices pour séduire. Il n'était pas seulement le plus efficace des tueurs de monstres, il était aussi le plus beau et en tirait une certaine fierté.

Peut-être aurait-il dû mettre un peu de noir sur ses paupières, tout de même… Bah, trop tard pour regretter.

Sans ralentir, il rangea dans sa sacoche, enchantée pour pouvoir contenir l'équivalent d'une cave, la plupart des armes qui pendaient à sa ceinture, c'est-à-dire trois lames de jet, un sabre court, une sarbacane et trois boules explosives. Il ne garda apparents qu'un couteau et un arc. Il avait également glissé une lame de jet à l'arrière de ses bottes et un poignard dans chaque manche, fixés à ses avant-bras par des étuis qui lui permettaient de les faire jaillir d'un geste. Sa bague dissimulait aussi un dard empoisonné ayant déjà éliminé deux clients désagréables par le passé.

On n'était jamais trop prudent.

Comme il s'y attendait, on le vit arriver bien avant qu'il n'atteigne les premières maisons et un groupe de curieux se réunit pour l'accueillir. Il piocha dans le répertoire du « mystérieux étranger séduisant » pour se composer une voix suave, rassurante, presque hypnotique. Les villageois pouvaient se montrer méfiants ou agressifs envers les gens de sa profession. Ces hypocrites étaient pourtant bien heureux de se débarrasser des bêtes qui dévoraient leurs moutons et leurs enfants…

Il cibla un jeune homme à l'air un peu hébété et lui sourit. Le pauvre piqua un fard.

— Bonjour, salua Silas en lui offrant une œillade dévastatrice. Pardonnez-moi de vous déranger de si bon matin. Je suis ici à la demande du seigneur Gaston de Rochedure. Seriez-vous assez aimable pour m'indiquer la route menant à sa demeure ?

Comme s'il était assez stupide pour ne pas avoir vu l'énorme manoir accroché à l'arrière du village. Mais il fallait gagner leur confiance et récolter un minimum d'informations avant de parler avec son client.

— C'est… euh… C'est par là, bredouilla le jeune homme en tendant un doigt. Je peux… euh… Je peux vous y conduire, si vous le désirez…

— C'est fort aimable à vous, répondit Silas avec un sourire éblouissant.

Du coin de l'œil, il vit deux femmes échanger des murmures ponctués de gloussements et un homme déglutir distinctement.

La beauté est une arme, souffla dans l'esprit de Silas la voix de Deirdre, sa défunte maîtresse d'armes. *Aiguise-la, utilise-la, change-la en outil mortel.*

Les sens toujours aux aguets, il suivit son guide à travers le village.

— Et là-bas, c'est le lavoir ! ajouta le jeune homme avec un enthousiasme disproportionné par rapport à l'envergure dudit lavoir. C'est le seigneur Gaston qui l'a fait construire, comme… eh bien… presque tout. Il possède toute la Vallée, en fait, et même les villages qui nous entourent. Il est tellement riche qu'il traite directement avec les rois et les reines, vous savez.

Le chasseur hocha la tête et lui sourit en notant soigneusement ces informations. Son guide rougit.

— D'ailleurs, balbutia-t-il, je… Enfin, je m'appelle Franck…

— Fascinant, répondit Silas en mettant juste ce qu'il fallait d'intérêt dans sa voix pour cacher le fait qu'il n'en avait rien à faire. Sais-tu pourquoi je suis là ?

— Eh bien, je suppose que vous venez pour les bêtes…

Les bêtes ? Personne n'avait parlé d'un contrat impliquant plusieurs cibles !

— Précisément, confirma-t-il tout de même. Que peux-tu me dire à ce sujet ?

Le garçon lui adressa un regard plein d'effroi.

— Elles rôdent, messire… Elles ont toujours rôdé, juste à la lisière de la forêt… On les aperçoit parfois, les soirs de pleine lune, des… des *choses* décharnées et des voix… presque humaines. Avant, elles se contentaient d'observer, mais maintenant… La vieille Sam était persuadée qu'une d'entre elles avait enlevé son enfant. Elle était bûcheron, pas du genre fragile. Elle est partie dans les bois… Et on ne l'a jamais revue.

La vieille Sam aurait dû laisser ça à un professionnel, songea Silas avec consternation. *Les gens sont stupides.*

— Quelle tragédie.

— Et l'autre jour, c'est le jeune Yvain qui s'est volatilisé, continua Franck. Avec son fiancé. Les pauvres… On n'a retrouvé d'eux qu'une chaussure.

Silas grimaça. S'il devait choisir entre ne rien laisser de lui à sa mort et laisser *une chaussure*, il choisirait la première option sans hésiter. Il avait sa fierté.

— Pas d'inquiétude, le rassura-t-il d'un ton professionnel. Vos problèmes seront bientôt résolus.

Son guide lui adressa un regard adorateur, mais il l'ignora. Il était enfin arrivé au manoir Rochedure.

— Je vous laisse, souffla Franck. Si jamais vous vouliez me reparler pour…

— Oui, oui, l'interrompit Silas en marchant vers la grille. Tu m'as été très utile. Au revoir.

Les barreaux métalliques, décorés de faux lierre en fer forgé, étaient deux fois plus hauts que lui. Une femme patientait devant, immobile, aussi pâle qu'une morte. Elle était vêtue d'un uniforme pourpre qui faisait ressortir la musculature de ses épaules carrées. Une grosse clé argentée pendait autour de son cou.

Elle le regarda s'approcher sans un mot.

— Je suis Silas, se présenta simplement le chasseur. J'ai rendez-vous avec monseigneur Gaston de Rochedure.

— On ne vous attendait pas avant au moins une semaine, répondit-elle d'un ton froid, vaguement réprobateur.

— Que voulez-vous, répliqua-t-il avec un sourire en coin, je ne suis jamais là où on m'attend.

Elle hocha la tête, comme si cela expliquait tout, et se retourna pour ouvrir les grilles à l'aide de sa clé. Les deux énormes battants pivotèrent sans le moindre grincement.

Elle commença à marcher sans rien ajouter et Silas la suivit à l'intérieur, surpris par tant de décorum. Les petits nobles de campagne étaient rarement autant à cheval sur le protocole.

Et les petits nobles de campagne avaient rarement des jardins qui ressemblaient à ça.

Du haut de la colline, il n'avait vu que des buissons taillés. De près, il s'apercevait que chacun des arbustes qui délimitaient la grande allée avait été sculpté en forme de créature menaçante, dragon, griffon, ours, serpent… Leurs yeux vides et leurs gueules figées surplombaient les invités comme autant de menaces muettes.

— Notre maître aime la chasse, déclara soudainement la femme en lui adressant un long regard par-dessus son épaule.

Il eut vaguement l'impression qu'il s'agissait d'un avertissement.

Le manoir en lui-même était aussi ostentatoire que ce qu'il avait estimé. Ils grimpèrent en silence les marches de marbre menant au perron, croisèrent la statue d'un géant en armure pourfendant une créature inidentifiable, dépassèrent une rangée de colonnes et arrivèrent enfin à la porte principale du bâtiment, entièrement plaquée d'or.

Elle s'ouvrit silencieusement devant eux, dévoilant la silhouette d'un homme à la même livrée pourpre que la femme l'ayant accueilli. Le serviteur hocha la tête, se retourna et s'enfonça dans le hall. Comprenant qu'il changeait de guide, Silas prit sa suite sans protester.

Un silence étouffant régnait à l'intérieur du manoir. Même le bruit de leurs pas était étouffé par l'épaisseur des tapis. Des parfums coûteux avaient été dispersés dans l'air, mais d'autres fragrances, plus subtiles et plus étonnantes, se devinaient dessous, mélange de poussière, de moisi, de fleurs sauvages, de champignons et de terre humide, comme si la forêt avait étendu son emprise invisible jusqu'ici.

Rien n'avait été construit à mesure humaine. Le plafond était si haut que Silas distinguait à peine les visages grimaçants, sculptés dans les clefs de voûte, et les tableaux recouvrant les murs avaient des allures de fresques. C'étaient principalement des représentations de chasse ou de bataille sublimées. Des flots de sang vermillon s'échappaient des corps artistiquement contorsionnés et les cieux s'ouvraient pour illuminer les vainqueurs.

Certains artistes gagneraient à visiter un véritable champ de bataille. Silas, qui l'avait déjà fait plusieurs fois, se souvenait surtout des charognes, de l'odeur à vomir et des bouts de cadavres éparpillés.

Sur plusieurs tableaux revenait le même personnage, un homme musclé – trop pour être crédible – aux courts cheveux sombres et aux sourcils broussailleux. Le chasseur n'eut pas besoin de légende pour comprendre qu'il s'agissait du propriétaire des lieux. Les nobles étaient toujours pareils.

Ils tournèrent plusieurs fois sans croiser âme qui vive et s'arrêtèrent devant une imposante porte métallique.

Le serviteur ferma la main sur un lourd heurtoir – un heurtoir *dans* un manoir ? – et frappa deux coups. La porte s'ouvrit lentement. Silas entra sans y être invité.

Il s'agissait d'une sorte de gymnase. Au milieu de la pièce ronde, éclairée par de larges baies vitrées, un homme et une femme combattaient à l'épée. Elle portait la livrée des serviteurs tandis qu'il était torse nu.

D'un mouvement que Silas jugea parfaitement bien exécuté, quoique inutilement frimeur, l'homme désarma son adversaire. L'épée vola à travers la pièce et renversa un pantin.

— Tu ramollis, Tarzine ! s'exclama celui qui ne pouvait être que le seigneur Gaston de Rochedure en éclatant de rire.

Son adversaire inclina la tête d'un air contrit et s'écarta pour ramasser son épée.

— Monseigneur ? lança Silas, qui ne comptait pas attendre la fête du printemps pour avoir un peu d'attention.

Le noble se tourna vers lui. Il était un peu plus vieux que sur ses portraits, atteignant facilement les cinquante ans, mais l'âge n'avait visiblement pas diminué sa force.

Son menton était carré, ses lèvres fines, ses sourcils et ses cheveux d'un noir d'encre. Il souriait, mais quelque chose dans son expression trahissait son caractère froid et implacable. Son torse imposant était couvert d'une épaisse toison bouclée, mis à part l'endroit où trois griffes l'avaient blessé, zébrant ses pectoraux de cicatrices boursouflées. Il était beau, d'une certaine façon, même si Silas préférait les individus un peu plus raffinés.

— Eh bien, lâcha le seigneur en s'épongeant le front, je dois dire qu'il s'agit d'une surprise…

Il frappa dans ses mains. Les serviteurs disparurent.

— Vous êtes Silas ? Je n'ai envoyé un message à Pyrh qu'il y a deux semaines, je ne vous attendais pas avant encore un bout de temps.

— J'ai coupé par les Marais D'Éther, répondit le chasseur avec nonchalance. Votre demande ayant piqué ma curiosité, je ne voulais pas vous faire attendre.

Gaston écarquilla légèrement les yeux sous l'effet de la surprise. Les Marais D'Éther étaient réputés maudits et mortellement dangereux. En vérité, Silas les avait déjà traversés plusieurs fois, il suffisait de savoir où on mettait les pieds et d'être prêt à trucider deux ou trois serpents géants lorsqu'il le fallait. Beaucoup de bruit pour pas grand-chose.

— Je vois que j'ai fait appel à la bonne personne, se félicita le noble avec un sourire vaguement inquiétant.

— Vous avez demandé le meilleur, monseigneur. Je *suis* le meilleur. Je n'ai jamais échoué à remplir le moindre contrat.

C'était faux, il avait déjà échoué, une fois, mais il évitait généralement d'y penser et n'en faisait pas spécialement la publicité.

— Suivez-moi, lança Gaston.

Il se dirigea vers une porte, l'ouvrit et l'invita à entrer dans un bureau tapissé de rouge. Un énorme portrait de lui-même trônait au-dessus d'une cheminée. Le reste des murs était orné de têtes d'animaux empaillées. Silas dissimula une grimace désapprobatrice en reconnaissant plusieurs créatures magiques inoffensives, ou n'ayant en tout cas pas mérité d'être exhibées comme des objets. Il donnait peut-être la mort, mais jamais pour la chasse ou le plaisir.

— Vous pouvez m'appeler Gaston, déclara le noble en le détaillant d'un air ostensiblement appréciateur.

— Et vous pouvez m'appeler Silas, répondit le chasseur en cherchant le juste ton entre la séduction et le professionnalisme.

Cet homme ne l'attirant pas, il n'avait pas le moins du monde envie de se faire sauter dessus.

Gaston sourit. Ils savaient tous les deux que le seigneur ne se serait pas gêné pour l'appeler par son simple prénom, de toute façon.

— Avez-vous une spécialité, Silas ? demanda Gaston en se saisissant d'une carafe.

Il remplit à ras bord deux verres de vin et en tendit un à son invité, qui l'accepta par politesse.

— On ne peut pas avoir de spécialité lorsqu'on est bon dans tous les domaines, se vanta tranquillement le chasseur. Je n'ai que deux conditions pour accepter un contrat. Je dois être payé et la cible doit être un monstre.

— Oh, pas d'humains ?

— Je n'ai pas dit cela. Un monstre peut prendre toutes les formes.

— Je vois, s'amusa Gaston. Et pourquoi que les monstres ? Cœur tendre ?

Silas laissa échapper un rire sincère.

— Non, pas vraiment. Je ne désire simplement pas de complications. Personne n'aime les monstres, alors personne ne cherche à les venger et tout le monde est soulagé de les voir disparaître. On ne fait pas longue carrière lorsqu'on assassine des personnes populaires. Et cela s'applique aussi aux créatures magiques, avant que vous me le demandiez. Je ne tuerai pas de fée bienveillante ou de dragon protecteur.

— Intéressant, marmonna le noble en se frottant le menton. Et comment déterminez-vous qui est un monstre ?

— Comme je l'ai dit. Personne ne les aime, personne ne cherche à les venger et tout le monde est soulagé de les voir disparaître.

Ce qui s'appliquait aussi à lui, mais cela faisait partie des sujets auxquels il évitait de penser.

Ce fut au tour de Gaston de rire. Il se tapa sur la cuisse, vida sa coupe d'un trait et la reposa bruyamment sur son bureau.

— Vous me plaisez, Silas !

Il avait dit ça comme un compliment, mais le chasseur dut dissimuler une grimace. Ce n'était pas le type d'homme auquel il voulait plaire.

— Pour en venir à la raison de votre présence ici, reprit Gaston, je peux vous assurer que ma proie est bien un monstre.

Il désigna d'un air sombre les cicatrices qui traversaient son torse.

— Il m'a fait cela alors que j'essayais de sauver la gamine qu'il était en train d'enlever. Il a toute une armée de créatures à son service. J'ai tenté plusieurs fois de pénétrer au cœur de la forêt pour atteindre son repaire, mais hélas, j'ai toujours échoué.

Le mot « échoué » semblait lui arracher la gorge.

— Plus le temps passe et plus les créatures sont nombreuses et téméraires, continua Gaston. Mais elles sont idiotes, à peine plus évoluées que des animaux, mentalement parlant. Je suis certain que si quelqu'un parvenait à tuer la Bête, leur chef, elles seraient désorganisées et faciles à abattre.

— Entendons-nous bien, clarifia Silas. Vous voulez que je m'introduise dans la forêt et que je tue cette Bête, c'est cela ? J'éliminerai peut-être quelques-uns de ses sbires en passant, mais nous sommes d'accord que ce n'est pas dans le contrat. Vous vous débrouillerez avec les conséquences de sa mort.

Les lèvres de Gaston lui dessinèrent un sourire carnassier. Il lui tendit la main.

— Nous avons un arrangement. Cinq cents pièces d'or pour que vous me rapportiez la tête de la Bête, et mille si vous réussissez avant la fin du mois, ce qui vous laisse trente jours.

Silas fit semblant de réfléchir, comme si cette récompense n'était pas dix fois plus élevée que ses prix habituels. Avec mille pièces d'or, il pourrait directement prendre sa retraite ! Est-ce que cette chienne de vie lui souriait enfin ?

— Entendu. Je dois littéralement vous rapporter la tête ?

— Oui, comme preuve. Mais je veux que le corps soit parfaitement intact. J'irai le chercher moi-même.

Il sourit, une étincelle féroce au fond des yeux.

— J'adore accrocher mes trophées.

— Très bien, concéda Silas en se retenant diplomatiquement de signaler qu'il s'agirait de *son* trophée. De quelles informations disposez-vous sur cette Bête ? Des descriptions ? Des lieux où elle apparaît souvent ?

Gaston attrapa un épais rouleau appuyé contre son bureau et l'ouvrit sur la table, dévoilant une carte. En bas à droite, la Vallée du Roi était représentée par une reproduction du manoir Rochedure. Des routes commerciales partaient vers le haut, entrecoupées par le nom de quelques relais.

Le reste de la carte était entièrement occupé par la forêt. Un anneau d'arbres vert clair en faisait le tour, progressivement remplacé par une teinte plus foncée. Silas songea fugitivement aux profondeurs de l'océan avant de s'attarder sur les endroits marqués de croix ou de symboles. La plupart se trouvaient dans la zone claire, mais certains s'enfonçaient jusqu'au cœur de la forêt. Plusieurs têtes de mort, des blasons anonymes, de simples croix…

Il sut où Gaston allait poser son doigt une seconde avant qu'il ne le fasse. *Évidemment*, le repaire de la Bête se trouvait pile au milieu de cette satanée forêt.

— Un château ? s'enquit Silas en reconnaissant la forme d'une tour.

— Ce sont de vieilles ruines, lui apprit Gaston. J'ai réussi à traquer la Bête jusque-là avant qu'elle ne parvienne à me blesser. Elle est très forte et mesure au moins deux mètres de haut. Son corps est étrange, difforme… Enfin, vous verrez. Elle peut se déplacer silencieusement et escalader les arbres et les murs à une vitesse stupéfiante. Elle ne paraît pas particulièrement féroce, mais ne vous y laissez pas prendre, car elle peut décider soudainement d'égorger tout ce qui se trouve à sa portée.

— J'ai l'habitude. Des pouvoirs magiques ?

— Pas que je sache.

— Depuis quand habite-t-elle là ? Que fait-elle exactement ?

— Elle rôde depuis des décennies, même si les disparitions ne sont devenues alarmantes qu'assez récemment. Pour ce qu'elle fait, eh bien… dévorer les gens, je suppose. On a retrouvé plusieurs cadavres à moitié… Disons plutôt plusieurs moitiés de cadavres. Ça ressemble à quelque chose que vous connaissez ?

Un gros truc méchant qui bouffe des gens ? songea ironiquement Silas. *Non, jamais entendu parler d'un phénomène aussi rarissime…*

— Peut-être, répondit-il d'un ton professionnel. Aucune information supplémentaire ?

— Non. Ça vous suffira ?

— Évidemment.

Le noble remplit de nouveau son verre et le porta à sa bouche sans quitter Silas des yeux. Sa langue passa lentement sur ses lèvres. Le chasseur vérifia que sa bague au dard empoisonné était bien accessible – juste au cas où. Le regard lubrique de son client lui faisait l'effet d'une traînée de limace baveuse. La beauté est toujours une arme à double tranchant.

— Vous pouvez vous reposer un peu ici avant de commencer votre traque, susurra le noble en s'approchant pour le coincer entre le bureau et lui.

Mais si Gaston pensait qu'il pouvait le piéger aussi facilement, il se fourrait le doigt dans l'œil jusqu'au coude. Silas se retourna gracieusement, fit un pas à gauche et, dans le même mouvement, reposa son verre vide à côté de la carafe.

— Je ne mélange pas les affaires et le plaisir, répondit-il avec un sourire en coin.

Gaston émit une sorte de grondement de gorge, le poing serré sur sa cuisse.

— Mais qui sait, enchaîna le chasseur pour tempérer son refus, lorsque nous ne serons plus en affaires… tout pourra arriver !

Surtout moi filant avec mon argent, précisa-t-il en pensée, même s'il ne jugea pas bon de partager ce plan.

— À dans quelques jours, donc, conclut-il en faisant volte-face, appréciant le mouvement dramatiquement ample de sa cape dans son sillage. C'était un plaisir de faire votre connaissance…

Il se retourna sur le seuil de la porte pour lui lancer avec une œillade lourde :

— … Gaston.

2
La forêt

Silas se tenait à la lisière de la forêt. Il écoutait.

Bruissements de feuilles, herbes foulées, branches craquées, ruisseaux cachés... Cette musique était celle de toutes les forêts, mais elle semblait distante, comme étouffée par les immenses arbres aux troncs rigides et aux branches lointaines. Une forte odeur de champignons, de terre humide et d'humus décomposé saturait l'air.

Il fit un pas en avant et fouilla les ombres du regard. Le soleil était haut, mais les branches serrées ne laissaient passer que quelques rayons qui éclaboussaient en flaques lumineuses le sol tapissé de feuilles orangées.

Deirdre l'avait toujours poussé à étudier soigneusement le lieu où sa traque se déroulerait, surtout s'il s'agissait d'une forêt. *Toutes les forêts sont vivantes, Silas, tout ce qui y vit a une âme, tout ce qui a une âme ressent, et tout ce qui ressent a potentiellement envie de te tuer.*

Il pouvait presque entendre sa voix lui murmurer ces mots et il avait l'impression qu'il lui suffirait de tourner la tête pour apercevoir l'éclat fugitif de sa chevelure dorée. Cela faisait bientôt deux ans que sa maîtresse d'armes était morte, mais il ne s'était toujours pas habitué à son absence.

Qu'aurait-elle pensé de cette mission ?

— Ça pue l'embrouille, répondit-il à voix haute.

Pourquoi ne l'appeler que maintenant si la Bête rôdait depuis si longtemps ? Et pourquoi le payer si cher ? Gaston ne semblait pas du genre à accorder tant de valeur à la vie de ses sujets...

Mais peu importait. Il avait un contrat et il le remplirait, le reste ne le concernait pas.

Un mince chemin s'enfonçait sous les frondaisons. Il avança prudemment, un poignard à la main.

Au bout de quelques minutes, il s'arrêta et attendit.

Rien ne lui sauta dessus pour essayer de l'égorger.

Il se détendit légèrement et continua à marcher.

Des tas de troncs empilés sur les bords du sentier trahissaient l'œuvre des bûcherons. Ils ne devaient pas s'être aventurés ici depuis un certain temps, cependant, puisque la mousse avait recouvert l'écorce des arbres couchés, que les insectes et les rongeurs s'étaient appropriés.

Les branches mortes craquaient sous ses pas. Des feuilles tombaient en tournoyant ici et là, rejoignant le tapis qui couvrait déjà la terre meuble. Tout semblait paisible. Tranquille. Et un tout petit peu trop silencieux pour être normal.

Au bout d'une heure, le tracé du sentier, qui se faisait de plus en plus fragile, finit de s'effacer. Il arrivait dans les profondeurs de la forêt, marquées par les tons sombres de la carte.

Il attacha ses cheveux en chignon serré, retira sa boucle d'oreille et rangea sa cape dans son sac sans fond. Cela fait, il accrocha quelques boules explosives à sa ceinture, vérifia que ses poignards coulissaient correctement dans leurs étuis et reprit son exploration.

Au fur et à mesure que la partie fréquentée des bois disparaissait dans son dos, son corps se détendit et son esprit s'apaisa.

Il se sentait toujours plus à l'aise dans les endroits dépeuplés. Plus le temps passait et plus il était fatigué des gens. En société, il fallait toujours se méfier, toujours séduire, toujours combattre, toujours mentir… Toujours se trouver sur ses gardes, toujours être prêt à se défendre. Dans son métier, ne pas porter de masque était synonyme de vulnérabilité et vulnérabilité était synonyme de mort. Il n'avait que trente-sept ans, mais parfois il songeait en se regardant dans le miroir qu'il avait le regard d'un vieillard, solitaire et ratatiné au fond de lui-même. La mort de Deirdre n'avait fait qu'exacerber ce sentiment.

Il ne voulait plus de cette vie. Il voulait ranger ses armes – enfin, la plupart –, se trouver la maison la plus isolée possible et finir ses jours en ermite. Il pourrait se consacrer à ses carnets d'herboriste ou à l'encyclopédie des créatures dangereuses qu'il étoffait au fil des ans. L'aventure lui manquerait, mais pas le mépris des autres, la boue, la violence, les viscères et le sang.

Il secoua la tête pour chasser ce soudain accès de mélancolie. S'il voulait que ce contrat soit le dernier, il fallait rester concentré.

Il reporta son attention autour de lui.

La forêt était ancienne. Il pouvait noter les siècles passés dans les rides des troncs, si larges qu'un homme seul n'aurait pu les enlacer. Leurs épaisses racines serpentaient sur le sol avant de s'y enfoncer, enserrant parfois la carcasse d'un rocher érodé, un étrange monticule… Ou quelques os.

Il s'arrêta plusieurs fois pour examiner des traces de pas, peinant à identifier les animaux qui les avaient laissées, et ramassa trois longues plumes grises. Comme il n'en avait jamais vu de semblables, il les glissa dans sa sacoche pour les examiner plus tard.

Certains arbres avaient des formes presque humaines greffées à leur écorce, comme si des corps y avaient été engloutis longtemps auparavant. Le chasseur prit garde à ne pas les approcher. *« Ce qui a dévoré une fois peut dévorer deux fois »* disait un proverbe de son invention.

Plus il avançait, plus il était persuadé que quelque chose était arrivé dans cette forêt. Quelque chose de violent, de sombre et de mauvais.

Les heures défilèrent lentement, le temps étiré par l'atmosphère austère des sous-bois. Il mangea sans s'arrêter, espérant atteindre avant la nuit le château de la Bête. Comme il possédait une excellente mémoire et un bon sens de l'orientation, il se dirigeait en se basant sur la carte vue chez Gaston, mais il y avait fort à parier que l'échelle soit faussée. Après tout, quel géographe oserait aller vérifier ?

Un bruit sur sa droite le fit sursauter. Il se tourna en un éclair, poignard à la main, et se figea.

Un grand cerf le regardait, son pelage si uniformément gris qu'il semblait fait de cendre. Ses immenses bois étaient couverts de mousse et de champignons. Ses yeux blancs, sans reflets, semblaient aussi durs et secs que des pierres. Des papillons décolorés virevoltaient autour de son visage, tels les restes d'un feu éteint soulevés par le vent.

Durant quelques secondes, l'animal le fixa dans une immobilité presque parfaite. Puis un violent frisson secoua son corps et il s'effondra sans un râle, soulevant un nuage de feuilles rouges.

Le chasseur attendit quelques instants, s'approcha et contourna le corps. De près, il s'aperçut que ses bois étaient si rongés par la pourriture qu'ils s'étaient brisés en tombant. De profondes griffures labouraient ses flancs et un morceau de chair manquait près de son épaule, laissant apercevoir des tendons luisants et des bouts d'os blancs. Le sang noir qui s'écoulait des plaies gouttait comme de l'encre sur les feuilles mortes.

La main serrée sur son poignard, Silas grava consciencieusement l'image dans sa mémoire. Il n'avait jamais rien vu de tel. Était-ce l'œuvre de la Bête ?

Avec un peu de chance, il lui tomberait dessus avant d'atteindre ce maudit château. Avec un peu de malchance, ce serait elle qui le trouverait en premier…

Il jeta un dernier regard au cerf et se remit en route, tous les sens aux aguets.

Plus il avançait, plus les arbres se resserraient. Les branches se croisaient plus bas, les fougères montaient plus haut, les racines s'enroulaient traîtreusement à quelques centimètres de la terre… Tout semblait essayer de le tenir à l'écart, le repousser, l'éloigner du centre de la forêt.

Il dut faire plusieurs détours, bloqué par des rochers, des ronces ou des empilements de troncs morts. Les heures passaient et le soleil déclinait implacablement. L'air se faisait de plus en plus frais et humide. Pourvu que le brouillard ne se lève pas…

Il aperçut encore quelques animaux au pelage gris et aux yeux blancs. Deux écureuils, trois ou quatre oiseaux, un renard… Ils se mêlaient à leurs congénères comme si de rien n'était, tels des fantômes imitant les vivants.

Que leur était-il arrivé ? Une maladie ? Une malédiction ?

Il fut tenté de s'arrêter pour les étudier plus longuement et noter les symptômes de cet étrange phénomène, mais y renonça, décidé à ne pas se laisser distraire. Il pourrait toujours revenir plus tard, après avoir livré la tête de la Bête à son client.

L'après-midi touchait à sa fin lorsque le chant d'un ruisseau lui parvint. Il hésita quelques instants, puis partit dans sa direction. Les cours d'eau étaient rarement inoffensifs dans les vieilles forêts, car c'étaient souvent des endroits attirant la magie, mais il souhaitait économiser le plus possible le contenu de sa gourde.

Il marcha cinq ou six minutes et s'arrêta au bord d'une mare à l'onde translucide. Le ruisseau qui venait s'y jeter troublait légèrement sa surface, changeant en taches floues les reflets ocre des feuillages.

Une biche était en train de boire de l'autre côté. Comme il n'avait fait aucun bruit, elle ne releva pas tout de suite la tête. Il fallut qu'il s'approche encore pour qu'elle se fige et s'enfuie. Il en conclut, satisfait, que l'eau n'était pas empoisonnée.

Il sortit sa gourde, s'accroupit… et se figea à son tour.

Un corps était allongé au fond de la mare.

Non, pas un corps, pas vraiment…

Il se pencha un peu plus, rendu nerveux par les remous de l'eau, qui donnaient aux membres d'acier l'illusion du mouvement.

Il s'agissait d'une armure. Presque entièrement enfoncée dans la vase, couverte d'algues, de racines et de petits cailloux, elle était visiblement là depuis très longtemps. Pourtant, elle n'était pas rouillée et sa couleur rouge n'était pas altérée par les années. C'était impossible, mais on l'aurait dite couverte de sang.

Silas se saisit d'un bâton et l'utilisa pour ouvrir la visière, qui résista quelques secondes avant de céder.

Les orbites vides d'un squelette le dévisagèrent.

Silas déglutit et s'écarta. Il resta longuement immobile au bord de l'eau, perdu dans ses pensées, fixé par ce témoin muet du passé. Puis il se tourna et reprit sa route sans s'abreuver.

***

Il ne s'arrêta pas au crépuscule. Il était capable de passer deux nuits de suite sans dormir et ne comptait pas relâcher son attention dans un endroit pareil.

— Marre de cette forêt, marmonna-t-il en sautant par-dessus une crevasse. Marre de la boue, marre de ce contrat, marre de ce job, marre de…

Il se figea, un bras en l'air.

Quelqu'un l'observait.

Il avait vu une silhouette bouger légèrement sur sa droite, une chose large et trapue qui n'était définitivement pas un gentil petit renard. Mais la nuit était sombre, c'était à peine s'il distinguait des formes parmi les ombres.

Il se tourna dans sa direction et, d'une torsion des poignets, fit jaillir les deux poignards dissimulés dans ses manches.

Deux yeux jaunes, aussi ronds que ceux d'une chouette, mais beaucoup plus gros, le fixaient sans ciller. Ils se trouvaient un peu plus haut que lui, à cinq pas à peine.

Le vent fit frissonner les cimes, laissant un mince rayon de lune glisser jusqu'à eux. Son reflet accrocha une rangée de crocs étirée dans un sourire carnassier.

La créature bondit brusquement, mais pas assez vite pour prendre de court le chasseur, qui avait déjà lancé ses poignards.

Un rugissement de douleur perça la nuit, suivi du son d'un corps qui s'effondre. Rien ne survivait avec deux lames dans le front.

Une autre paire d'yeux jaunes apparut sur sa droite.

Puis une autre encore, et trois, et cinq…

Silas lâcha un juron et commença à courir.

Un hurlement résonna dans son dos, quelque chose qui ressemblait à un loup ou plutôt, de façon dérangeante, à un humain imitant un loup.

Sans hésiter, il se saisit des boules accrochées à sa ceinture, traça dans l'air la rune d'activation et lança le tout par-dessus son épaule.

Trois petites explosions vertes effacèrent fugitivement l'obscurité. Des gémissements de colère et de douleur suivirent, mais Silas ne se faisait pas d'illusions : les créatures étaient toujours à sa poursuite.

Il sauta au-dessus d'une racine presque invisible dans la nuit, se baissa pour éviter une branche basse et continua sans ralentir. Son souffle était régulier. Ses battements de cœur se répercutaient sourdement dans ses pensées, marquant le rythme de ses actions.

Boum. Boum. Boum.

Il n'était jamais aussi calme que dans ces moments-là, lorsque sa vie ne tenait qu'à un fil, à un geste de sa part. Il lui semblait que tout ralentissait, tout était enfin simple et direct. Plus de faux-semblants, plus de mensonges. Simplement lui contre le monde. Deirdre appelait ça « la transe du chasseur ».

Il plongea la main dans sa sacoche pour attraper un de ses poignards de rechange. Il ne pouvait pas courir éternellement, il fallait qu'il trouve un endroit où il pourrait se battre à son avantage, idéalement en surplomb…

Il sentit un mouvement dans son dos et bondit immédiatement sur le côté. Une patte griffue fendit l'air en sifflant, juste à l'endroit où s'était trouvée sa nuque deux secondes plus tôt.

Ces bestioles ne plaisantaient pas.

Il tourna sur lui-même en tendant son bras armé et sourit de satisfaction lorsque la lame accrocha la chair. Le sang chaud éclaboussa ses doigts, mais il ne s'arrêta pas pour regarder. De sa main libre, il sortit la lame de jet cachée dans sa botte droite et la lança en direction de la paire d'yeux jaunes la plus proche. C'était irritant de devoir se séparer d'autant de ses armes. Il demanderait un dédommagement à Gaston…

Sur cette pensée, il se remit à courir.

Il pouvait entendre le souffle rauque des créatures dans son dos, ainsi que leurs pas martelant la terre. Elles étaient près, tout près – trop près. Combien en restait-il ?

Il n'avait même pas pu voir à quoi elles ressemblaient ! Étaient-ce les sbires de cette fameuse Bête ?

Il entendit un sifflement et sauta sur sa gauche sans réfléchir. Un corps énorme le frôla, manquant de le plaquer au sol. Il retint un juron et recula, décidé à faire face.

Il sentit le sol s'incliner sous ses pieds et réalisa qu'il se trouvait en haut d'une pente. S'il mettait hors course son adversaire le plus proche, il pourrait prendre de la vitesse en courant dans la descente…

À cet instant, la lumière de la lune déchira les nuages et Silas aperçut enfin ses poursuivants.

Un cri d'horreur se bloqua dans sa gorge.

Il avait vu beaucoup, beaucoup de choses au cours de sa carrière, mais jamais… ça.

Des créatures inhumaines, mais pas parce qu'elles étaient animales : parce qu'elles n'étaient *plus* humaines. Leurs corps trapus, tordus, évoquaient des hommes et des femmes à quatre pattes, mais leurs têtes étaient trop longues, leurs peaux couvertes de poils à mi-chemin de la fourrure, leurs épaules surdéveloppées, leurs nez allongés comme des museaux, leurs bouches souriantes hérissées de crocs et leurs mains crochues pourvues de longues griffes. Le pire restait leurs visages, terrible mélange d'humanité et… d'autre chose, quelque chose de cruel et de bestial qui leur donnait une expression qu'aucun Homme n'aurait pu imiter.

L'espace d'un minuscule instant, à peine un battement de cœur, Silas perdit sa concentration.

C'était un instant de trop.

L'une des créatures bondit et fouetta l'air en rugissant.

Silas esquiva trop tard. Une douleur brûlante explosa dans son estomac. Il serra les dents et fit un pas en arrière pour se stabiliser.

Le sol se déroba sous ses pieds.

Il sentit son corps basculer et se replia sur lui-même pour atténuer la chute. Son épaule heurta quelque chose de dur, envoyant jusqu'à son crâne une onde de souffrance.

Les mains sur la nuque, il commença à dévaler la pente, de plus en plus vite au fur et à mesure que l'inclinaison s'accentuait. Il sentait les feuilles voler autour de lui, les racines lui labourer le dos et les côtes, l'air siffler dans ses oreilles et la douleur pulser dans son ventre.

Il se crispa dans l'attente d'un choc, d'un tronc qui lui barrerait la route, mais il fila miraculeusement à travers les obstacles. Le monde était sens dessus dessous, ses oreilles résonnant du bruissement des feuilles et de sa respiration hachée, ses yeux incapables de discerner autre chose qu'un mélange de formes ténébreuses, son nez saturé par l'odeur de la terre et de son propre sang. Les monstres le poursuivaient-ils encore ? Il ne les entendait pas, mais…

Le sol disparut brusquement. Il serra les dents en se sentant chuter encore et détendit ses muscles une seconde avant l'impact.

Le choc le projeta presque dans l'inconscience, mais il s'accrocha avec hargne au présent.

Il resta quelques secondes immobile, cherchant à entendre le souffle rauque des créatures…

Mais rien. Rien d'autre que sa propre respiration.

Par une chance extraordinaire, il avait atterri sur un tas de mousse et de feuilles décomposées, limitant les dommages. Il puisa dans ses forces pour se relever.

Putain.

Il serra les dents, la main pressée contre son ventre. Du sang chaud coula entre ses doigts.

Putain de merde.

Il prit une profonde inspiration, ferma les yeux et écouta.

Toujours rien.

Les monstres avaient-ils abandonné la poursuite ? Ça n'avait aucun sens.

Il tendit de nouveau l'oreille…

Et là, dans le silence de la nuit, une musique lui parvint.

Quelques notes douces, atténuées, à peine discernables.

Une valse ?!

Il rouvrit les yeux et se força à ignorer la douleur pour se concentrer sur ce qui l'entourait.

Dans son dos, un mur à moitié écroulé coupait la pente qu'il venait de dévaler. Devant lui se trouvait ce qui avait dû être un jardin, bien longtemps auparavant. Un chemin aux pavés descellés, brisés et couverts de mousse, le traversait. La forêt débordait par endroits sur l'herbe envahie de plantes folles et d'arbustes torturés. Et un peu plus loin…

Un château. Un château immense construit en pierres blanches. La façade était sculptée de bas-reliefs, mais les formes avaient été lissées par le temps et dissimulées par le lierre, qui grimpait jusqu'au dixième et dernier étage de la bâtisse. Des rangées de fenêtres dévoilaient des trous noirs, des vitres brisées ou des restes de vitraux. Au bout du sentier béait une énorme porte aux battants écroulés, comme la gueule d'un monstre centenaire. Les gargouilles hérissées au bord du toit lui évoquèrent de façon dérangeante les créatures inhumaines qui avaient failli le tuer.

Failli, failli… Encore fallait-il qu'il survive à cette nuit.

La main toujours pressée contre son ventre, il avança vers le château. Toutes les fenêtres étaient éteintes. L'endroit semblait abandonné depuis des siècles.

Mais c'était de là que venait la musique.

Silas continua à marcher lentement en essayant de rester prudent. Les buissons qui peuplaient le jardin ressemblaient à des monstres immobiles. Il s'attendait à tout instant à discerner deux yeux jaunes dans l'une des formes sombres, ramassées, qui semblaient guetter son avancée.

La mélodie se faisait plus forte. Il s'agissait d'une ritournelle répétitive, comme celle d'une boîte à musique. Y avait-il vraiment quelqu'un ici ou était-il en train de devenir fou ? De toute façon, il fallait qu'il trouve un endroit où se cacher, se reposer et s'administrer les premiers soins. Il *refusait* de mourir maintenant !

Arrivé devant la porte du château, il hésita. Les battants étaient renversés sur le côté, brisés, moisis, couverts de mousse et de champignons. L'intérieur était plongé dans le noir, mais il pouvait apercevoir plusieurs masses sombres, immobiles, dressées à quelques mètres de lui.

La musique venait de sa droite. Il décida de longer la façade dans cette direction.

La brûlure dans son ventre commençait à se faire si forte qu'il sentait à peine ses jambes, ce qui était de toute évidence une très mauvaise nouvelle. Sa main laissait des traces ensanglantées aux endroits où elle s'appuyait. Son corps était lourd et il lui semblait que le monde vacillait. Les bords de sa vision devenaient flous.

Mais il fallait qu'il continue, il le *fallait*…

La musique était plus proche, plus près. *Une valse*, songea-t-il fiévreusement. *Il s'agit bien d'une valse*…

Il atteignit le coin du bâtiment, tourna et aperçut enfin de la lumière.

Elle venait d'une grande verrière accolée au château comme une coque de bateau renversée. Un lustre illuminait l'intérieur. Sur les vitres obstruées par des siècles de poussière, son éclat doré projetait des ombres vêtues de vastes robes et de perruques, des couples qui dansaient en rythme, parfaitement synchronisés les uns aux autres.

Était-ce un rêve, un mirage, un délire provoqué par la douleur ? À moins qu'il ne soit passé sans le savoir dans le monde des fées ?

Il reprit sa route en clignant des yeux pour chasser la sueur qui s'y accumulait. Il pouvait sentir ses forces décliner et la souffrance grignoter lentement sa résistance.

Encore un effort… Allez, *allez*…

Un pas après l'autre, il tituba jusqu'à la salle de bal. Il lui fallut une éternité pour atteindre cet étrange théâtre d'ombres. La musique reprenait en boucle le même refrain et les couples dansaient sans le moindre trouble ni la moindre hésitation.

Il leva une main tremblante et essaya d'essuyer la poussière pour voir à l'intérieur, mais ne réussit qu'à laisser une traînée rouge sur le verre.

La musique s'arrêta. Il tomba à genoux. Des étincelles noires se multipliaient devant ses yeux.

— Qui êtes-vous ? demanda une voix lointaine.

Silas ne répondit pas. Sa tête se posa contre la vitre. Les danseurs continuaient de tourner de l'autre côté, même privés de notes.

Puis une ombre s'interposa entre lui et la lumière, une silhouette massive, définitivement inhumaine.

Il sut instinctivement qu'il avait trouvé la Bête.

Un rire amer lui échappa. N'avait-il pas toujours su qu'il mourrait ainsi, au fond d'un endroit hostile et inatteignable, en compagnie de monstres et de fantômes ?

Il ferma les yeux et cessa enfin de lutter contre l'inconscience.

3
Le bel étranger

Damien regarda Akim remonter la couverture jusqu'au menton de l'inconnu.

— Alors ? demanda-t-il nerveusement.

— Il survivra, répondit le médecin en rangeant le reste des bandages et des fioles qu'il avait utilisés. Il a perdu beaucoup de sang, mais aucun organe vital n'a été touché. Il est aussi couvert de bleus, mais n'a aucune côte cassée ou fêlée. Il a eu de la chance. Tu sais qui c'est ?

Damien lui jeta un regard blasé. Comme s'il pouvait connaître qui que ce soit venant d'en dehors de la forêt.

— Ça valait toujours le coup de demander, s'expliqua Akim en haussant les épaules.

Alors qu'il continuait de ranger ses affaires, Damien remarqua que sa main droite bougeait plus lentement et de façon légèrement saccadée.

Il faudra que je pense à remonter le mécanisme de sa prothèse, songea-t-il distraitement.

Autorisant enfin ses pensées à quitter le bel étranger blessé, il dévisagea son ami. Akim ne devait pas avoir beaucoup plus de quarante-cinq ans, mais il paraissait plus vieux, probablement à cause de ses traits tirés et des fils d'argent qui parsemaient sa chevelure nattée, contrastant avec sa peau sombre. Il était grand, mais sa silhouette maigre semblait toujours trop fragile à Damien. Des cernes soulignaient ses yeux et les coins de sa bouche se plissaient d'anxiété. Il devrait se reposer plus.

— Arrête de t'inquiéter comme ça, soupira Akim. Je suis un grand garçon.

— Je n'ai rien dit ! se défendit Damien.

— Tu l'as pensé tellement fort que je l'ai vu sur ta tête.

Damien hésita quelques secondes avant de demander :

— Quelque chose ne va pas ?

— Ce n'est rien, répondit le médecin. J'ai juste… un mauvais pressentiment, concernant cet étranger. Et je n'aime pas savoir que les Chimères rôdent si près du château.

— Pas si près que ça, intervint une nouvelle voix.

Damien tourna la tête pour voir sa plus vieille amie entrer dans la pièce. Avec sa petite taille, ses épaules larges, son teint pâle et sa silhouette robuste, Lianne était tout l'inverse d'Akim. Ses pieds nus et ses joues mouchetées de taches de rousseur accentuaient cette différence, ainsi que ses yeux verts et, évidemment, son absence de chevelure. À la place, de longues plumes multicolores poussaient sur son crâne et tombaient sur ses épaules. De plus petites, comme un duvet d'oiseau, poussaient le long de ses bras nus.

Elle paraissait à la fois intriguée et irritée, ce qui n'était jamais rassurant venant d'elle.

— Que veux-tu dire ? demanda-t-il en reportant son regard sur l'inconnu.

Il était toujours aussi beau, impossiblement, presque douloureusement sublime. La lumière de l'aube baignait de reflets rosés ses oreillers blancs et Damien mourait d'envie de connaître la couleur de ses yeux. À quoi ressemblait son visage lorsqu'il s'animait ? Quel timbre avait sa voix ? Même dans les livres de la bibliothèque, il n'avait jamais vu quelqu'un d'aussi magnifique.

— J'ai remonté ses traces, expliqua Lianne en les rejoignant près du lit. Ce n'était pas difficile, il a laissé une jolie piste rouge vif. Apparemment, il s'est battu avec des Chimères en haut de la pente sud. Il a réussi à fuir, ce qui relève du miracle, il a dépassé les anciennes murailles, puis il a traversé les jardins et fait le tour du château jusqu'à la salle de bal.

— Avec ces blessures ?! s'étonna Akim. Par la barbe des fées, s'il n'était pas devant moi, je t'aurais juré que c'était impossible !

— Tu penses qu'il est soldat ? demanda Lianne, que les exploits guerriers intéressaient toujours.

— Possible… Ou mercenaire, peut-être ? Il possédait de drôles d'étuis à poignards sur ses avant-bras et il avait du sang de Chimère sur ses vêtements.

— Tu veux dire qu'il a réussi à en blesser une ?! s'exclama-t-elle.

— Oui, et salement, si j'en crois la quantité de sang. Peut-être même plusieurs.

— Je n'aime pas ça, grommela la femme-oiseau. Ce type est dangereux. Damien, pourquoi l'as-tu fait entrer dans le château ?

— Mais… balbutia l'intéressé, qui ne s'était pas préparé à devoir se défendre. Je n'allais pas le laisser mourir sur le pas de la porte…

— Mais pourquoi dans ta chambre ? insista Lianne.

Damien croisa les bras, irrité.

— Tu aurais préféré la tienne ? Nous n'avons pas de chambre d'amis, tu sais, et j'aurais eu l'air bête s'il s'était vidé de son sang pendant que je lui préparais un lit.

— Elle n'a pas tout à fait tort, intervint Akim, ce bougre est plus que suspect.

Damien fronça les sourcils, contrarié. Il n'aimait pas ne pas être du même avis que ses amis, aussi petit soit le conflit, et il ne comprenait pas ce qui les rendait soudain si peu charitables.

— Laissez-lui une chance. Le pauvre n'a même pas encore ouvert la bouche…

Lianne grimaça.

— Il n'en a pas eu besoin pour t'hypnotiser, à ce que je vois. Damien, on ne sait pas ce qu'il faisait dans la forêt. Il venait peut-être te tuer, comme les types de l'autre fois.

Ils se turent tous les trois en se remémorant l'attaque subie un mois plus tôt. Un homme avait débarqué à la tête d'une trentaine de soldats en uniforme rouge et avait donné la chasse à Damien à travers la forêt. Seule la tombée de la nuit et l'apparition des Chimères l'avait sauvé.

Damien frissonna et serra un peu plus ses bras sur sa poitrine.

— Les Chimères les ont décimés, lâcha-t-il finalement. Je ne pense pas qu'ils soient beaucoup à s'en être sortis, et même si c'était le cas, est-ce qu'ils enverraient vraiment un homme seul là où trente ont échoué ?

Lianne haussa les épaules, l'air buté. Akim bâilla.

— Avec la dose de somnifère que je lui ai administrée, il ne devrait pas se réveiller de sitôt, de toute façon. Alors, si vous le permettez, je retourne me coucher. Et Damien, arrête de le dévorer du regard comme ça, tu vas lui faire peur.

Damien sursauta en entendant la fin de sa phrase et recula en baissant les yeux.

Tu vas lui faire peur.

— Je suis désolé, s'excusa précipitamment le médecin, ce n'est pas ce que…

— Ce n'est rien, le coupa Damien. Ne t'inquiète pas, je suis fatigué, moi aussi. Va te coucher.

Akim hésita, puis posa brièvement une main sur son épaule et s'en alla. Lianne soupira en le regardant partir.

Ils restèrent un instant silencieux, puis elle jeta un regard noir au blessé et posa à son tour la main sur l'épaule de son ami.

— Je vais patrouiller un peu, histoire d'avoir l'esprit tranquille.

— Sois prudente.

— Toi aussi. Je ne plaisantais pas en disant que je ne l'aimais pas. Verrouille la porte si tu sors de la chambre.

— Quand même…

— S'il te plaît. Tu fais toujours confiance trop facilement, laisse-moi me méfier pour deux. D'accord ?

Il soupira et hocha la tête. Elle lui sourit, soulagée, et partit à son tour, le laissant seul avec l'étranger.

Il ferma la porte derrière elle et retourna au pied du lit. Il savait que ce n'était pas correct d'observer quelqu'un qui dormait, mais il ne pouvait pas s'en empêcher. Il voyait si rarement de nouveaux visages, alors un visage comme *ça*…

L'inconnu semblait sorti d'un conte de fées. Ses longs cheveux d'encre s'étiraient en volutes gracieuses sur l'oreiller, sa peau de bronze était lisse, parfaite, presque irréelle, et ses lèvres entrouvertes avaient le velours des pétales de roses.

Qui était-il ? Comment s'appelait-il ? Pourquoi était-il là ? Que faisait-il dans la vie, la véritable vie, au-delà des limites de la forêt ? Il n'avait pas osé fouiller dans son sac, posé près de la table de chevet, mais la curiosité lui brûlait les doigts. Et s'il s'agissait d'un prince en fuite ? Il avait certainement une certaine noblesse en lui…

Damien laissa son esprit courir de fantasmes en rêves éveillés avant de soupirer et de revenir à la réalité. Il baissa ses yeux sur ses mains – ou les choses qui lui tenaient lieu de mains – et sentit une douleur familière lui serrer le cœur.

Tu vas lui faire peur, résonna dans son esprit la voix d'Akim.

Il s'écarta lentement du lit et tourna la tête vers le coin de sa chambre où gisait le seul miroir à peu près intact du château. Il s'en approcha presque malgré lui et le retourna.

La surface abîmée fractura un peu plus son abominable reflet. Il croisa son propre regard et lâcha le cadre, qui s'écrasa au sol avec fracas. Il aurait dû s'en débarrasser depuis longtemps, de toute façon.

Il tourna de nouveau la tête vers l'inconnu et l'imagina s'éveiller, se relever et tomber nez à nez avec ce qu'il venait d'apercevoir dans le miroir. Il hurlerait probablement, comme l'avaient fait Lianne et Akim lors de leur première rencontre. Il aurait peur de lui – tout le monde avait peur de lui, au début.

C'était si profondément injuste. Il détestait le fait qu'on le croie mauvais, lui qui ne souhaitait que vivre en paix. Si seulement il existait un moyen de le côtoyer sans être vu…

Une idée germa dans son esprit. Ce n'était pas parfait et ses amis se moqueraient probablement de lui, mais il pouvait essayer.

Lianne et Akim ne comprendraient jamais, de toute façon. Ils ne savaient pas ce que cela faisait d'être un monstre.

4

Le château aux mille roses

Silas ouvrit brusquement les yeux. Ses sens aiguisés par des décennies de chasse analysèrent aussitôt son environnement.

Un ciel était peint au plafond, au-dessus de lui, mais des fissures accentuées par la pénombre brisaient l'illusion. Il faisait bon. Il se trouvait dans un lit, sur un épais matelas, couvert par une couette qui lui arrivait au menton. Les draps sentaient la lavande. Il distinguait aussi, plus discrètement, l'odeur de la poussière et de l'humidité. La pluie battait contre les carreaux d'une vitre.

À sa droite, il vit une petite table supportant une carafe, et à sa gauche un mur décoré d'un papier peint rouge aux motifs dorés presque effacés.

N'ayant repéré aucune menace immédiate, Silas se décida à s'examiner lui-même. Tous ses membres étaient présents, ce qui était toujours une bonne nouvelle, et il ne semblait rien avoir de cassé. Son épaule droite était bandée, mais elle paraissait fonctionner normalement. Une douleur sourde irradiait de son ventre, légèrement engourdi. On lui avait probablement fait boire une décoction de pavot pour lui éviter de trop souffrir. Quant à savoir qui était ce « on »…

Des images floues lui revinrent. Des créatures monstrueuses. Un château en ruine. Une salle de bal illuminée. Des danseurs tournant au son d'une valse lente…

Où était-il ? Que s'était-il passé ?

Il se redressa précautionneusement et écarta la couette pour s'examiner un peu mieux. Il était torse nu et son ventre était bandé. On avait retiré les étuis accrochés à ses avant-bras, mais pas sa bague empoisonnée ni les deux longues aiguilles dissimulées dans la couture de son pantalon. *Amateurs.*

Il s'assit au bord du lit et reporta son attention sur ce qui l'entourait. Il se trouvait dans une grande chambre, illuminée par la lueur dansante d'un feu dans une large cheminée en marbre. La pièce avait dû être luxueuse autrefois, avant que le temps ne fasse son œuvre et que son actuel propriétaire ne s'y installe. Des habits traînaient un peu partout, snobant la lourde armoire en bois sombre qui veillait dans un coin. Le bureau, face à la cheminée, croulait sous des empilements de boîtes, de vêtements, d'outils et d'objets inidentifiables. Le tapis élimé jusqu'à la trame laissait apercevoir le parquet et plusieurs tableaux décrochés se trouvaient appuyés contre le mur, face cachée.

Silas laissa échapper un bruit réprobateur. Comment pouvait-on vivre dans un tel bazar ?

Deux fenêtres cintrées plus hautes que lui laissaient apercevoir la tempête qui faisait rage dehors, les nuages bouillonnant dans le ciel strié par une pluie incessante et l'ombre mouvante des arbres secoués par le vent. L'espace d'un instant, il crut deviner une silhouette décharnée parmi les ombres, deux yeux jaunes, un sourire trop grand…

Il frissonna. Il avait assez de métier pour savoir ce qui était l'œuvre de la nature et ce qui ne l'était pas. Les créatures qu'il avait rencontrées dans la forêt entraient définitivement dans la seconde catégorie. Si la Bête avait créé ces choses, elle méritait entièrement le contrat passé sur sa tête. Mais où était-elle à présent ? Était-ce elle qui l'avait recueilli, ou avait-il rêvé cette énorme silhouette noire penchée sur lui ?

Dans tous les cas, il fallait qu'il sorte d'ici.

Il se pencha et, avec un immense soulagement, repéra sa sacoche. Tout ce qu'il possédait s'y trouvait.

Un regard lui suffit pour savoir que le sort qui dissimulait son véritable contenu n'avait pas été désactivé. Si son hôte l'avait ouverte, il n'avait trouvé que quelques carnets de voyage, deux ou trois remèdes, une arme et de l'argent. Rien de bien méchant.

La main sur le ventre, les dents serrées pour endiguer la douleur, il se leva. Le tapis était râpeux sous ses pieds nus. Il fit un pas et dut s'arrêter pour prendre une profonde respiration. Les effets du somnifère qu'on lui avait administré étaient en train de s'effacer. Il pourrait marcher, mais jamais se battre dans cet état, et certainement pas retourner dans cette foutue forêt. Il était coincé ici.

— Merde, souffla-t-il en passant une main dans ses cheveux. Merde, merde, *merde !*

S'il lui était déjà arrivé de se trouver blessé et en mauvaise posture, il ne s'était jamais laissé handicaper à ce point durant une chasse ! Deirdre devait se retourner dans sa tombe.

Et maintenant ? Gaston lui avait bien dit que la Bête vivait dans le château, mais il avait vu plusieurs silhouettes danser dans la salle de bal. Combien de personnes habitaient ici ? Qui l'avait recueilli et soigné ? Et surtout… pourquoi ?

Silas déglutit. Un monstre qui enlevait des enfants et créait des créatures abominables ne recueillait généralement pas des jeunes hommes par pure bonté. Que voulait-il ? Se servir de lui comme esclave ? Comme repas ? Comme catin ?

— Dans ses rêves, marmonna-t-il, les poings serrés, en se dirigeant vers l'unique porte.

Verrouillée, évidemment.

Il se baissa, la main crispée sur son ventre, pour examiner la serrure. *Juste un verrou classique*, constata-t-il, soulagé. Il pourrait crocheter ça les yeux fermés.

Et si la Bête pensait qu'il allait poireauter ici en attendant son bon plaisir, elle se trompait lourdement.

Il retourna vers le lit, enfila ses bottes et sortit une nouvelle chemise de son sac. Il hésita à porter par-dessus un gilet sans manches qui soulignait sa taille de façon flatteuse, mais il avait peur que sa blessure ne s'ouvre de nouveau et ne voulait pas tacher plus de vêtements que nécessaire.

Le sang était horriblement compliqué à nettoyer, et même si cela froissait son orgueil, il devait admettre en lui-même que ce n'était pas le moment de laisser parler sa vanité.

Une fois vêtu, il ramena ses cheveux en chignon et passa la lanière de sa sacoche en travers de sa poitrine. Le poids pesait douloureusement sur sa blessure, mais il préférait souffrir un peu plutôt que risquer de perdre toutes ses possessions. Il n'était pas exclu qu'il doive prendre la fuite, malgré son état précaire.

Par réflexe, il regarda autour de lui à la recherche d'un miroir et aperçut quelques éclats dépassant d'un cadre retourné, échoué au sol. Il s'agenouilla et le redressa, découvrant une glace en morceaux.

Il s'observa quelques instants dans la surface brisée. Il n'avait pas trop mauvaise mine. En cas désespéré, il pourrait toujours essayer de séduire la Bête. Ce ne serait pas le premier monstre à trouver ses charmes mortels…

En se relevant, son regard se posa sur la cheminée, où trônaient quatre horloges différentes, toutes en état de marche. Il s'était cru en pleine nuit, à cause de l'absence de lumière, mais il était apparemment cinq heures. Du matin ou du soir ?

Un regard en direction de la fenêtre striée de pluie lui renvoya une autre version de son reflet. Perdu, vulnérable.

Une image de lui-même qu'il haïssait.

Pour la défier, Silas se dirigea de nouveau vers la porte de la chambre et choisit dans sa sacoche un petit crochet.

La serrure céda encore plus vite qu'il ne l'avait estimé.

Il passa la tête dans l'embrasure, prêt à tout…

Mais il ne vit qu'un large couloir se perdant des deux côtés dans l'obscurité.

Il retourna dans la chambre pour se saisir d'une bougie, qu'il alluma aux flammes de la cheminée, et sortit. Seul le martellement de la pluie sur les vitres se faisait entendre, souligné de temps en temps par un orage profond.

Il tourna à gauche au hasard et commença à marcher, une main crispée sur sa bougie, l'autre sur son ventre douloureux. Il n'y avait aucune fenêtre dans ce couloir.

Le plafond était si haut qu'il le distinguait à peine. Le halo de sa flamme donnait un aspect mouvant aux moulures sur les murs ainsi qu'aux lambeaux déchirés du papier peint délavé. Des cadres vides ou des zones plus claires marquaient l'emplacement de tableaux disparus.

Qui retire tous les tableaux et brise les miroirs ? se demanda-t-il, intrigué. Il savait que certaines créatures enchantées n'aimaient pas les reflets parce qu'elles ne parvenaient pas à les distinguer de la réalité. La Bête était peut-être de ce genre-là…

Ou peut-être a-t-elle peur de sa propre image, songea-t-il en dépassant une série de portes closes.

La tentation d'en ouvrir une était forte, mais il craignait trop de tomber nez à nez avec quelqu'un – ou quelque chose – qu'il aurait préféré éviter.

Il continua silencieusement jusqu'au bout du couloir, qui tournait sur la droite, et atteignit une large porte au battant disparu. Il s'arrêta, l'oreille tendue. De là où il se trouvait, il pouvait deviner le dessin d'une cheminée éteinte. Aucun autre bruit que la pluie, l'orage et le sifflement du vent ne lui parvenait.

Il franchit prudemment le seuil de la pièce. Il s'agissait d'un salon, ou, du moins, d'un lieu de vie. Une grande porte-fenêtre laissait apercevoir un jardin aux herbes si hautes qu'elles atteignaient sa taille. En s'approchant, Silas put distinguer au milieu de ce chaos de végétation les restes d'une fontaine surplombée d'une statue de fée décapitée.

Il reporta son attention à l'intérieur. Devant la cheminée débordante de cendres se dressaient deux fauteuils et un sofa aux tissus délavés.

Une multitude de coussins de toutes les formes et de toutes les couleurs était éparpillée dessus et dessous, se chamaillant avec des verres abandonnés, des assiettes ébréchées et des habits froissés.

Silas émit un reniflement désapprobateur. C'était bien la peine d'habiter dans un château, si c'était pour vivre avec aussi peu de classe.

La table et les chaises qui se trouvaient à côté de la fenêtre avaient l'air étrangement neuves, par contre. Les dossiers étaient délicatement sculptés de motifs végétaux et les coins, décorés de bas-reliefs, représentaient des plantes et des animaux. *Probablement enchantés pour ne pas vieillir*, songea Silas, qui savait que certains ébénistes faisaient appel à des sorcières ou des sorciers pour conserver leur travail.

En levant les yeux, il s'aperçut que d'épaisses branches de lierre grignotaient le mur donnant sur l'extérieur. Les feuilles s'infiltraient sous le papier peint, comme une infection contaminant lentement la chair d'un malade. Le sifflement du vent devait venir des fissures qui couraient à la jonction du plafond.

De plus en plus intrigué par cet étrange endroit, Silas emprunta un autre couloir pour continuer son exploration. Il traversa de nombreuses pièces semblables au petit salon, curieux mélange de vie et d'abandon, comme deux époques superposées. Les meubles à moitié écroulés se mêlaient aux nouveaux, les papiers peints tombaient en lambeaux, le parquet gondolé était à peine couvert par quelques tapis élimés, mais des statuettes en bois parfaitement conservées se dressaient sur les cheminées et des horloges au tic-tac régulier veillaient un peu partout.

Il vit bien quelques tableaux ici et là, mais seulement des natures mortes. Les couleurs ternies par le temps brouillaient les détails, comme des souvenirs à moitié effacés. La bougie de Silas les animait un moment en les illuminant avant de les renvoyer dans l'oubli.

Plus il s'éloignait de l'endroit où il s'était réveillé, plus le château était délabré. Le lierre serpentait le long des murs, le parquet tordu laissait des trous béants, les portes ouvertes donnaient sur des pièces noyées de poussière et les vitres fissurées laissaient goutter la pluie à l'intérieur, comme si la bâtisse pleurait doucement sa gloire passée.

Et toujours personne, ni Bête ni homme.

Au bout d'un moment, une entêtante odeur de rose lui parvint. Il décida distraitement de remonter à sa source, de la même façon qu'il avait suivi – était-ce la veille ? – les notes de musique dans la nuit.

Il tourna plusieurs fois, remonta un long couloir humide et froid, avant de se retrouver devant une grande porte vitrée. Des feuilles et des tiges obstruaient le verre sale, l'empêchant de distinguer correctement l'autre côté.

Il l'ouvrit, étonné de la sentir tourner sans problème sur ses gonds, entra et se figea, le souffle coupé.

Il venait de pénétrer dans une immense serre. Elle s'étirait aussi loin qu'une salle de bal et se finissait en arc de cercle, comme la nef d'un temple. Une épaisse couche de terre était disposée autour d'une allée centrale. Et partout, grimpant sur les parois de verre, autour des piliers de fer ou des voûtes du plafond, s'épanouissaient les plus belles roses qu'il ait jamais vues.

Silas aimait les plantes. Il les collectionnait, les séchait et les répertoriait depuis des années dans ses carnets, autant par passion que par utilité. Connaître les poisons et les antidotes pouvait toujours servir lorsqu'on jouait quotidiennement avec la mort. Il avait voyagé dans des dizaines de pays, visité des centaines de jardins, mais il n'avait jamais vu de roses aussi grosses, plus larges que sa main, ni aussi rouges, comme couvertes de sang frais. Leurs pétales ouverts offraient un aspect velouté à la faible lumière de sa bougie et en s'approchant, il s'aperçut que chaque fleur était délicatement veinée d'or.

Dans le semi-silence de ce lieu onirique, seulement perturbé par la musique constante de la pluie, Silas effleura doucement un pétale.

Il fallait absolument qu'il se procure une de ces roses.

Il posa sa bougie et glissa ses doigts sur la tige de la plante, dont les épines auraient pu lui transpercer la main. Il se saisit d'un de ses poignards et commença à la scier délicatement, sans l'écraser. Une sève dorée, étrangement épaisse, se mit aussitôt à couler.

Étonné, il s'arrêta et se pencha pour mieux voir…

Seul son instinct lui permit de s'écarter à temps.

Une forme sombre jaillit dans la serre et quelque chose – une patte, une main ? – fonça vers sa tête dans un sifflement.

Il sauta en arrière et lâcha un cri de douleur en sentant la blessure de son ventre se rouvrir.

— Tu l'as abîmée ! rugit une voix furieuse, si forte et si grave qu'elle remplaça un instant l'orage.

Plié en deux, la mâchoire crispée par la douleur, le poing serré sur son poignard, Silas détailla la créature qui lui tournait le dos.

Elle faisait bien un demi-mètre de plus que lui. Elle portait une cape noire tendue par ses épaules anormalement larges et une perruque poudrée nouée par un ruban rouge derrière la nuque.

La Bête – car cela ne pouvait être qu'elle – était penchée au-dessus de la rose.

— Qui êtes-vous ? demanda Silas avec hargne.

Le monstre se retourna. Il portait un masque en bois lisse, comme le visage d'une poupée sans traits, seulement percé au niveau des yeux. Sous sa cape se devinaient une chemise large, un pantalon sombre, bouffant, et des bottes déformées de l'intérieur. Ses énormes mains étaient dissimulées sous des gants au cuir tendu, prêt à se déchirer.

Silas retint un frisson. On aurait dit un animal – ou autre chose – cherchant à se déguiser en humain.

— Sors d'ici ! cria la Bête. *Sors immédiatement !*

Silas esquiva le bras tendu pour l'attraper et se précipita vers la sortie, malgré la douleur qui lui déchirait les côtes. Il savait qu'il aurait perdu le combat dans son état et il *détestait* se sentir aussi vulnérable.

Il courut le long d'un couloir et ne s'arrêta que lorsqu'il ne put plus continuer.

Le monstre l'avait menacé pour une rose. Il l'avait fait se sentir faible. Il l'avait forcé à lui obéir, écrasant en même temps sa fierté.

Je te tuerai, songea-t-il en s'adossant à un mur, la main serrée sur sa chemise tachée de sang. *Je te tuerai, quels que soient le moyen et le temps que cela prendra.*

5
Mensonges et séduction

Damien finit d'attacher la rose abîmée à un tuteur et soupira.

Cette première rencontre n'aurait pas pu plus mal se passer.

Mais pourquoi avait-il fallu que l'étranger se rende dans le seul endroit du château où il ne devait *surtout pas* aller ? Pourquoi avait-il fallu qu'il touche précisément à son bien le plus précieux ?

Comment s'était-il réveillé aussi tôt ? Et comment était-il sorti de sa chambre ? Il était certain d'avoir verrouillé sa porte…

Il quitta la serre. Son cœur battait trop fort et l'arrière-goût de la peur traînait toujours dans son esprit. Il détestait perdre son sang-froid. Il avait l'impression de se perdre lui-même dans ces moments-là et cela le terrifiait. Il se revit en train de se précipiter sur l'inconnu… Qu'aurait-il fait si l'homme ne s'était pas écarté à temps ?

Un goût de bile lui monta dans la bouche. La simple idée d'avoir été près de blesser quelqu'un lui donnait la nausée. Il avait senti le mal fait à la rose et s'était précipité jusqu'ici sans réfléchir. Maintenant, il allait devoir en assumer les conséquences.

Un coup d'œil dehors lui apprit que la tempête faisait toujours rage. La pluie qui striait les vitres ressemblait aux barreaux d'une prison. Une pensée terrible le traversa : et si l'étranger était sorti dans la forêt ? S'il avait tenté de fuir ? Les Chimères profitaient certainement de l'absence de lumière pour rôder, elles ne feraient de lui qu'une bouchée !

Alarmé, il reprit le chemin qui menait aux chambres en priant qu'il s'y soit rendu. Il traversa rapidement plusieurs couloirs et s'arrêta net, stupéfait, au seuil du salon.

Il était là.

Gracieusement assis dans un fauteuil, ses longues jambes croisées. Il avait retiré sa chemise et changé son bandage. La lueur du feu naissant se reflétait doucement sur sa peau hâlée, couverte d'une fine pellicule de sueur. Ses cheveux étaient ramenés en natte négligée sur sa poitrine nue. Il tenait un verre de vin à la main et fixait la cheminée, apparemment perdu dans ses pensées.

Damien se trouva la gorge sèche.

Déstabilisé par les sensations étranges qui couraient sous sa peau, il s'arracha à sa fascination pour avancer d'un pas.

L'homme tourna la tête dans sa direction en affichant un air étonné, comme s'il ne l'avait pas entendu approcher, et sourit en penchant la tête sur le côté. Ses cheveux glissèrent sur sa peau, dévoilant la courbe nue de son cou.

Par les fées, songea Damien, dont le train de pensée dérapa brutalement. Qu'est-ce que c'était que… que… *ça ?!*

Que signifiait cette contraction dans son corps, cette chaleur intense, ce frisson déroutant ? Il n'avait jamais rien ressenti de semblable dans son existence. C'était exquis, exaltant et terriblement perturbant.

Silas décroisa ses jambes, un peu frustré de ne pouvoir estimer l'effet de sa prestation sur la Bête.

Le costume du monstre l'empêchant de déterminer sa nature et ses points faibles, il avait décidé de gagner sa confiance. La séduction avait toujours été sa meilleure arme dans ce genre de situation. Il n'avait jamais échoué à faire se déshabiller quelqu'un, après tout.

— Comment va votre blessure ? demanda la créature masquée.

Silas, surpris par la question, baissa les yeux sur ses bandages. La voix de la Bête était beaucoup plus douce que ce à quoi il s'était attendu. Mais il avait vu sa vraie nature dans la serre et il ne se laisserait pas piéger par quelques faux-semblants. Lui aussi pouvait faire preuve de douceur, comme du miel autour d'une flèche empoisonnée.

— Rien de bien méchant, mentit-il en ignorant la douleur. Ne vous inquiétez pas, j'avais de quoi me soigner. Vous ne m'en voudrez pas de m'être servi dans vos réserves de vin, j'espère ? J'ai trouvé des dizaines de bouteilles dans l'armoire.

Pris de court, Damien secoua simplement la tête en signe de négation. Il voulait s'excuser, insister pour s'enquérir de sa santé, le rassurer pour le vin et lui demander qui il était, mais comme d'habitude, lorsqu'il voulait dire trop de choses en même temps, rien ne sortait. Il avait toujours beaucoup de mal à s'exprimer lorsqu'il était nerveux, reliquat des longues années de solitude ayant précédé l'arrivée de Lianne et Akim.

Quel snob, jugea Silas sans cesser de sourire.

— Je vous dois des excuses pour cette histoire de rose, dit-il d'un ton contrit, dissimulant le fait qu'il l'aurait immédiatement poignardé s'il avait su comment atteindre son cœur. Je me suis introduit dans un endroit privé sans vous demander votre avis, j'ai voulu me servir… Et je suis sûr que ces roses sont pour vous de véritables trésors.

Damien dut retenir un rire amer.

— Je vous pardonne.

Je n'aurais pas dû dire ça comme ça, se fustigea-t-il immédiatement. *J'aurais dû dire que ce n'était pas grave ! Même si ça l'était… Ou demander moi-même pardon ? Ou dire qu'il n'y avait rien à pardonner ? Ou lui expliquer la nature des fleurs… Non, quand même pas. Ou si ? Argh !*

Silas s'empêcha de grincer des dents. *Monsieur est trop bon*, songea-t-il en répondant d'une voix suave :

— Merci.

Il reposa son verre et fit un effort pour se lever sans grimacer de douleur.

— Je m'appelle Silas, déclara-t-il avec une petite révérence, et je vous remercie aussi de m'avoir recueilli lorsque j'étais blessé. Sans vous, je serais mort à l'heure qu'il est.

— Oui, sûrement, approuva Damien avant de se reprendre, consterné. Je voulais dire… C'était normal, je n'allais pas vous laisser là. Mon ami Akim vous a soigné, vous pourrez le remercier tout à l'heure. Je m'appelle Damien.

Damien ? se répéta Silas, surpris. C'était un nom si banal, si… humain.

— Eh bien, Damien, murmura-t-il presque en se rapprochant, il semblerait que vous soyez mon sauveur…

Damien sentit sa température monter en flèche et se figea, comme une souris hypnotisée par un serpent.

— … Ah ?

J'ai l'impression d'essayer de séduire un tronc d'arbre, ronchonna intérieurement Silas. *Il va falloir forcer la dose.*

— Qui est ce Akim ? demanda-t-il en écartant distraitement la mèche qui tombait devant ses yeux. Ne sommes-nous pas seuls ici ?

Comme pour lui répondre, un bruit de pas se fit entendre et deux silhouettes apparurent au seuil de la pièce.

— Éloigne-toi de lui ! cria immédiatement une voix féminine.

Silas, qui savait reconnaître une menace quand il en entendait une, s'écarta d'un bond souple, comme un chat touché par une goutte d'eau. Sa blessure au ventre pulsa sourdement.

La nouvelle venue se plaça entre Damien et lui, et il la dévisagea avec une surprise qu'il ne prit pas la peine de dissimuler. Une… femme-oiseau ? Il n'avait jamais rien vu ou entendu de tel.

Avec un intérêt tout professionnel, il nota que ses plumes paraissaient fragiles, mais que ses ongles longs semblaient particulièrement menaçants et que ses dents étaient bien plus pointues que la moyenne. Ses yeux étaient aussi un peu plus grands que ceux d'une humaine ordinaire. Elle lui évoquait les créatures rencontrées dans la forêt, même si elle n'avait pas le même regard fou. Elle portait une chemise marron aux manches coupées – ne sentait-elle pas le froid ? – et une sorte de long pagne. Elle semblait forte, en tout cas, et belliqueuse, comme en témoignaient les petites cicatrices sur ses bras et ses jambes.

Ainsi, évidemment, que le fait qu'elle pointait une épée sur sa gorge.

— Je ne suis pas un ennemi, prétendit-il en levant les mains. J'étais justement en train de dire à Damien que je vous étais extrêmement reconnaissant de m'avoir sauvé la vie.

— Mouais, marmonna-t-elle sans bouger.

— Lianne, intervint un autre homme à la voix fatiguée, arrête de brandir ton arme sous son nez.

— Mais il est *louche* ! se défendit-elle.

Silas se composa son visage le plus innocent.

— Moi ?

La pointe de la lame se rapprocha dangereusement de sa pomme d'Adam.

L'homme qui avait parlé quelques instants plus tôt soupira et posa sa main sur celle de la jeune femme pour lui faire baisser son épée.

— Akim, je présume ? demanda le chasseur en examinant l'individu.

Un vétéran, estima-t-il immédiatement. Quelque chose dans son expression et sa manière de se tenir lui rappelait certains soldats usés, croisés lors de ses voyages, ceux qui avaient vu trop de batailles et trop de cadavres.

— Vous présumez bien, répondit sobrement le médecin. Et si vous nous disiez qui *vous* êtes, monsieur l'inconnu ?

— Je m'appelle Silas, répondit le chasseur en lui adressant un sourire amical.

Ils avaient trouvé ses armes en le soignant et il était au milieu d'une forêt mortellement dangereuse. Inutile donc de se faire passer pour un poète ou un paisible horticulteur.

— Je suis chasseur de trésors, expliqua-t-il en se rasseyant. Explorateur, aventurier, apothicaire à mes heures perdues. En passant dans la Vallée du Roi, j'ai entendu parler d'un château en ruine au fond de la forêt. Qui dit « vieux château » dit « objets précieux à collecter ». Je ne pensais pas que ces lieux étaient habités. J'espère que vous pardonnerez mon intrusion…

Il crut voir la Bête réagir à sa présentation, mais c'était difficile à dire sous ce fichu masque. Il n'arrivait même pas à voir correctement la couleur de ses yeux.

Lianne et Akim échangèrent un regard rapide.

— Il n'y a pas de trésor ici, lâcha la jeune femme d'un ton définitif. Tu as fait tout ce trajet pour rien. Quel dommage. Tu devrais repartir. Nous t'escorterons à la lisière de la forêt demain matin, si la tempête s'est calmée.

— Non, intervint Damien.

Trois têtes se tournèrent vers lui. Réalisant visiblement que cette simple déclaration ne suffisait pas, il ajouta :

— Il est trop blessé pour se déplacer et j'ai dû empirer son état tout à l'heure en lui faisant peur.

Je n'ai pas eu peur ! s'étouffa silencieusement Silas, profondément vexé.

— En plus, continua la Bête, un peu déstabilisé par la colère qu'il avait vue traverser le regard sombre de son invité, il est *chasseur de trésors*...

— Pour l'amour des fées, Damien ! lâcha Lianne alors qu'Akim levait les yeux au ciel. Tu es encore sur cette histoire de tapisserie ?!

— Oh, vous avez un travail pour moi ? comprit Silas, qui comptait bien imposer sa présence par tous les moyens possibles.

— Oui, répondit la Bête au moment où Akim et Lianne répondaient « non ».

Il y eut un silence.

— Je suis le meilleur, vous savez, se vanta Silas en adressant un sourire en coin à Damien, comme s'il partageait avec lui une confidence. Confiez-moi votre problème et je vous promets qu'il sera entre de bonnes mains...

Il fit un geste du bout des doigts en parlant, comme s'il caressait quelque chose. Ou quelqu'un.

Damien se força à ne pas déglutir. Akim fronça les sourcils et Lianne désigna la porte.

— Peut-on discuter quelques instants, juste nous trois ? Sans oreilles indiscrètes ! ajouta-t-elle en lançant un coup d'œil à Silas.

Il lui sourit innocemment et crut que les plumes allaient littéralement se hérisser sur son crâne.

La Bête hésita, puis hocha la tête et quitta la pièce. Sa cape se souleva dans son sillage, découvrant momentanément la forme tordue de ses jambes. Akim le suivit. Lianne envoya une dernière menace silencieuse au chasseur avant de les imiter.

Silas reprit son verre de vin et le sirota tranquillement en écoutant les échos de la dispute venir depuis la pièce d'à côté.

Ce dernier contrat serait peut-être amusant, finalement.

6
La tapisserie

— Qu'est-ce que c'est que cet accoutrement ?! demanda agressivement Lianne en désignant son costume.

Damien, qui commençait à avoir chaud sous son masque, le retira pour mieux parler.

— Je ne voulais pas le faire fuir, se défendit-il.

— Et tu pensais que t'habiller en bouffon aiderait ? railla-t-elle.

Il pinça les lèvres, blessé. Elle ouvrit la bouche pour ajouter quelque chose, mais Akim posa une main sur son épaule pour l'interrompre.

— De quoi parlais-tu tout à l'heure en disant que tu lui avais fait peur ?

— Il s'est réveillé quand je n'étais pas là, avoua Damien, et il est sorti se promener dans le château…

— Je t'avais dit de verrouiller la porte ! lui reprocha Lianne.

— Je pensais l'avoir fait, assura Damien, penaud. Et… Il a découvert la serre.

Ses amis blanchirent d'un coup.

— Il a abîmé des roses ? s'inquiéta Lianne.

— Rien de grave, mentit-il, mal à l'aise.

La rose blessée ne survivrait probablement pas longtemps, mais il ne voulait pas attiser la colère de ses compagnons, qui n'accepteraient définitivement pas que Silas reste. Ce chasseur de trésors était une chance qu'il était décidé à ne pas laisser passer.

— Il ne pouvait pas savoir, plaida-t-il. Vous ne saviez pas non plus, au début.

— C'est vrai, concéda Akim, mais nous ne sommes pas allés saccager ta serre le lendemain de notre arrivée. Et le fait qu'il se soit réveillé aussi vite, avec les doses de drogues que je lui ai administrées… Ce type est inquiétant, Damien !

— Je sais, soupira la Bête en songeant à ce que le chasseur avait provoqué en lui. Mais je veux qu'il m'aide. Je lui montrerai la tapisserie. Peut-être trouvera-t-il quelque chose. Vous savez combien c'est important pour moi.

— Mais il n'y a rien à trouver, soupira Akim. Nous avons déjà tout retourné des dizaines de fois, fouillé chaque pièce accessible de cette fichue ruine… Je suis désolé, vraiment, mais cela ne sert à rien de te torturer ainsi à chercher et chercher encore. Qu'espères-tu découvrir ? Le passé est passé. Il n'a que l'importance que tu lui donnes.

Damien tritura son masque en essayant de former une réponse adéquate, mais Lianne le prit de vitesse.

— Es-tu certain que c'est bien à cause de la tapisserie que tu veux qu'il reste ?

— Comment ça ? répondit-il, surpris.

— Est-ce que tu ne fantasmes pas plutôt sur tes histoires de contes de fées ? Les baisers d'amour brisant les malédictions et tout ce qui va avec ? Tu penses vraiment qu…

— Tais-toi ! la coupa Damien en serrant si fort son masque qu'il le sentit craquer sous ses doigts. Tu n'as pas le droit de te moquer de ça, tu…

Il inspira profondément, essayant de canaliser sa blessure autrement que par la colère, et remit lentement son masque sur son visage.

— Comme si j'osais imaginer qu'un homme tel que lui puisse aimer une bête telle que moi, lâcha-t-il amèrement. Il reste, parce que ce château est à moi, que c'est moi qui décide qui y habite ou non, et que je veux qu'il m'aide.

Il se dirigea à grands pas vers la porte et se retourna au dernier moment pour ajouter :

— Et je trouve que vous êtes des hypocrites. Vous aussi, vous avez échoué ici blessés et perdus, et je ne vous ai pas jetés dehors, que je sache.

Lianne et Akim échangèrent un regard coupable.

Il referma la porte dans son dos et s'arrêta dans le couloir, le cœur battant.

Il détestait les situations de conflit et ne comprenait pas la réaction de ses amis. Évidemment, il n'allait pas accorder toute sa confiance à Silas en quelques secondes, mais de là à le jeter en pâture aux Chimères...

Il soupira et marcha jusqu'au salon.

Silas se trouvait près de la fenêtre, dos à lui. Il avait remis sa chemise.

Il se tourna en l'entendant arriver, un sourire aux lèvres, sans laisser paraître sa surprise devant la fissure qui courait sur son masque. Damien lui rendit instinctivement son sourire avant de réaliser que sa bouche était cachée.

— J'espère que je ne vous cause pas trop de problèmes, s'inquiéta Silas en le rejoignant.

— Ce n'est rien, lui assura son hôte. Ce n'est pas votre faute...

Sa phrase se termina en suspens. Le chasseur attendit quelques instants des mots qui ne vinrent pas et fit de son mieux pour retenir son irritation. Ce prétentieux s'estimait-il trop noble pour lui adresser plus de deux phrases d'affilée ?

— Vous vouliez mon aide pour... *quelque chose* ? s'enquit-il en appuyant lourdement sur la fin de sa phrase, insinuant que ce « quelque chose » pourrait être de n'importe quelle nature.

— Effectivement, confirma Damien, qui n'avait jamais saisi un sous-entendu de sa vie. Je voudrais vous engager en tant que chasseur de trésors. Si vous êtes d'accord.

Qu'est-ce que c'est encore que cette histoire ? soupira intérieurement Silas.

— Je suis à votre service, évidemment, accepta-t-il suavement.

— Merci, répondit chaleureusement Damien. J'aurais quelque chose à vous montrer, dans une autre pièce du château. Est-ce que vous voulez vous reposer avant ?

— Non, non, allons-y maintenant, le pressa Silas. J'ai l'impression que vos amis ne m'aiment guère, et je n'ai aucune envie de leur imposer ma compagnie pour le moment !

Et si je pouvais te tuer rapidement, cela m'arrangerait aussi, précisa-t-il en lui-même.

— Parfait, approuva Damien en hochant la tête, faisant osciller sa lourde perruque poudrée. Venez, je vous expliquerai tout sur place ! Vous ne le regretterez pas.

Tu parles d'un rendez-vous, grommela Silas en attrapant un bougeoir.

Il hésita, puis décida de prendre sa sacoche avec lui. S'il devait fuir, autant ne pas être forcé de revenir sur ses pas.

En silence, ils remontèrent le couloir menant aux chambres, passèrent devant la pièce où Silas s'était éveillé et continuèrent tout droit. La tempête commençait à se calmer dehors. La pluie était moins violente et le soleil faisait quelques timides apparitions, diluant la pénombre.

— Suis-je resté longtemps inconscient ? demanda Silas, qui détestait être désorienté. Quand m'avez-vous trouvé ?

— Vous avez dormi une nuit et une journée presque entière, répondit son guide sans se retourner. Akim pensait que vous vous réveilleriez bien plus tard.

Silas hocha la tête, satisfait. Il avait l'habitude d'être blessé et les narcotiques n'avaient pas grand effet sur lui. Sous l'égide de Deirdre, il avait habitué dès le plus jeune âge son corps à toutes sortes de drogues et de poisons.

— Akim est médecin ? s'enquit-il d'un ton innocent, conscient qu'il devait en savoir plus sur ses possibles opposants.

— Oui, répondit sobrement Damien.

Il entendit un bruit agacé dans son dos et réalisa que son invité attendait plus d'informations. Mortifié, il précisa :

— Il est arrivé ici il y a deux ans. Il était blessé, et son bras était…

Il se reprit à temps en réalisant qu'Akim n'avait peut-être pas envie de partager cette information.

— Bref. Lianne et moi l'avons soigné et il est resté. Il ne parle jamais de son passé.

— Et Lianne, continua Silas, est-elle là depuis longtemps ?

Damien réfléchit. C'était difficile de tenir compte du temps ici. Surtout lorsqu'il s'obstinait à se fragmenter entre ses doigts…

— Six ou sept ans, je pense, lâcha-t-il enfin. Elle était poursuivie par des Chimères et a trouvé refuge au château.

— Des Chimères ? répéta aussitôt le chasseur. Ce sont les bestioles qui m'ont attaqué hier ?

Damien lui jeta un coup d'œil surpris par-dessus son épaule. Il n'avait jamais entendu personne caractériser les Chimères de « bestioles ». Silas pencha la tête en souriant innocemment, mais la Bête vit une étincelle d'intérêt intense danser dans son regard, comme s'il était en train de calculer quelque chose.

Il eut brusquement l'intime conviction que cette personne n'était pas ce qu'elle semblait être…

Mais aussi vite qu'elle était apparue, cette expression concentrée s'effaça, ne laissant qu'un sourire amical. Avait-il mal interprété une ombre passagère ?

— Oui, confirma-t-il en fronçant les sourcils.

Il s'arrêta. Ils se trouvaient dans une toute petite pièce qui avait dû faire office de salle d'attente ou de boudoir. Une fenêtre ternie par la poussière donnait sur l'allée principale et, plus loin, la forêt noyée par la pluie.

Une impression de tristesse l'envahit, comme à chaque fois qu'il pensait aux Chimères. Un sentiment de perte encore plus terrible du fait qu'il ne pouvait lui donner aucune véritable source.

— On ne sait pas d'où elles viennent, expliqua-t-il, ni ce qu'elles sont vraiment. Elles ne supportent pas la lumière du soleil et évitent de s'approcher du château. Enfin, elles évitaient… Elles sont de plus en plus nombreuses ces derniers temps et de plus en plus téméraires. Vous avez eu de la chance de leur avoir échappé hier.

Silas, à sa droite, hocha songeusement la tête. À quoi pensait-il ? Le comparait-il en pensée à ces monstres décharnés ?

Perturbé par cette idée, Damien se tourna et ouvrit la porte suivante. Il dut tirer un bon coup pour la déloger de son cadre, où le lierre avait tenté de la fixer.

— Cela fait vraiment longtemps que je ne suis plus venu par ici, avoua-t-il en franchissant le seuil.

Ils pénétrèrent l'un après l'autre dans l'immense hall du château.

Un tapis de mousse et de champignons couvrait le sol. Le vent faisait entrer la pluie par la grande porte, étirant sur le damier de marbre un miroir troublé que les gouttes faisaient crépiter. L'entrée était surplombée d'un vaste vitrail. Envahi par le lierre, obscurci par la poussière, ses couleurs n'étaient plus que des souvenirs fanés.

Damien et Silas avancèrent en silence, à la lueur de la bougie tenue par le chasseur, leurs pieds s'enfonçant avec des bruits spongieux dans la mousse.

La salle était d'une hauteur vertigineuse. Des champignons recouvraient les poutres du plafond, leur conférant dans la pénombre des formes irrégulières étrangement veloutées. Contre les murs, quatre immenses statues s'étaient autrefois tenues. Elles gisaient désormais au sol, face contre terre, comme des soldats abandonnés après une bataille achevée. La mousse avait dévoré leurs visages et le lierre s'était insinué entre les fragments brisés, effaçant pour toujours leur identité.

Au fond de la pièce, les marches grises d'un escalier en fer à cheval se rejoignaient sous une porte obstruée par un pan de plafond effondré. Ils s'arrêtèrent en face, pris par un mélange de nostalgie et d'émerveillement.

— Cet endroit a dû être grandiose, souffla le chasseur.

— Je suppose… répondit songeusement Damien.

— Vous ne l'avez pas connu avant sa ruine ? Pardonnez-moi cette question, mais je n'arrive pas à déterminer votre âge…

— Ah oui, il est effectivement compliqué à estimer, convint la Bête en faisant volte-face.

Il m'éneeeeerve, gémit intérieurement Silas.

Ils traversèrent la salle et s'approchèrent du mur menant à l'aile ouest. De longues et hautes portes gravées de motifs floraux s'y alignaient. Damien en choisit une, entrouverte, jeta un coup d'œil dans son dos pour vérifier que Silas suivait et en franchit le seuil.

Un long couloir se trouvait de l'autre côté. Sans fenêtres, le parquet gondolé et troué, il s'étirait jusqu'à se perdre dans l'obscurité. Le papier peint tombait en lambeaux. Les portes, le long des murs, étaient toutes fermées.

Ils marchèrent quelques minutes en silence.

Je devrais dire quelque chose, songea nerveusement Damien.

— Nous n'habitons que l'aile est, déclara-t-il à brûle-pourpoint. Vous devriez éviter d'explorer seul le reste du château. Il est immense, particulièrement labyrinthique et plein d'endroits dangereux au sol à moitié effondré.

— Oh, ne vous inquiétez pas pour moi, répondit Silas en songeant que s'il trouvait le moyen de tuer sa proie rapidement, il pourrait peut-être se dégoter une cachette dans le reste du bâtiment en attendant que sa blessure guérisse.

Damien hocha la tête et tourna sur sa droite. Un courant d'air froid les accueillit. Toutes les vitres du couloir dans lequel ils venaient de déboucher étaient brisées. Les fragments de verre couvraient le sol, faisant craquer leurs pas.

Silas ralentit. Ici, les tableaux n'avaient pas été retirés.

Il y en avait beaucoup, de toutes tailles et de toutes formes. Certains étaient tombés, d'autres tenaient encore, quoique bancals. Les toiles étaient gondolées, délavées par la lumière et la pluie, certaines entièrement noircies, mais on pouvait encore comprendre qu'il s'agissait de portraits.

Et ils étaient tous, jusqu'au dernier, défigurés, balafrés, déchirés, comme si un animal sauvage s'était acharné sur leur visage.

Glacé, Silas vérifia que ses poignards étaient bien à portée de main. La Bête marchait toujours devant lui, taciturne, calme, posée…

Mais capable de se déchaîner pour une rose.

Qui d'autre aurait pu détruire ces tableaux ?

— Vous savez qui était sur ces portraits ? demanda-t-il, tendu.

Il avait conscience de jouer avec le feu, mais sa curiosité était trop grande.

Damien se retourna. Il se tut si longtemps que le chasseur pensa ne jamais avoir de réponse, puis il lâcha :

— Probablement le propriétaire originel de cet endroit.

— Qui était-ce ?

— Je ne sais pas, répondit la Bête avec un accent douloureux.

De plus en plus intrigué, mais possédant un minimum d'instinct de survie, Silas n'insista pas.

Ils reprirent leur route silencieuse, quittèrent le couloir et traversèrent une série de salles. Un instant, Silas se vit de l'extérieur, en train de suivre un monstre masqué, une parodie de noble, à travers les ruines d'un château peuplé de spectres défigurés. Qu'avait-il fait de sa vie pour en arriver là ?

Il n'avait jamais été prompt au sentimentalisme, mais dieux, que cet endroit était mélancolique… L'écho d'un drame lointain résonnait encore entre ces murs délabrés, dans chaque pièce où la vie semblait s'être brutalement arrêtée. Des objets traînaient au sol, des jeux étaient sortis, des livres ouverts, des lettres à moitié rédigées, des verres oubliés sur des guéridons… Mais la marée du temps avait tout recouvert, tout immobilisé, en déposant sur ces vestiges son écume de poussière.

— C'est étrange qu'il n'y ait pas de toiles d'araignées, remarqua soudain Silas, et que tout ce qui est en papier et en tissu n'ait pas été mangé par les mites et les rongeurs.

— Les animaux ne peuvent pas entrer dans le bâtiment, lui apprit Damien, pas même les insectes. Il faut soit être mort, soit être une créature consciente, comme vous et moi. Le château possède probablement des protections magiques contre les nuisibles.

Silas acquiesça sans rien ajouter. Le silence de son hôte le rendait nerveux.

Ils continuèrent encore quelques minutes avant d'entrer dans ce qui avait dû être une salle à manger. L'immense table qui trônait au milieu était couverte de mousse. Une armoire renversée vomissait de la faïence brisée. Des feuilles mortes et des brindilles remplaçaient les flammes dans le foyer de l'imposante cheminée, comme si le feu s'était pétrifié avec les années. Le squelette monumental d'un lustre s'était fracassé sur le carrelage, éparpillant dans les fêlures des dalles ses larmes de cristal ternies.

Silas remarqua un cadre vide au-dessus de la cheminée, à peine maintenu par un dernier clou. Des paillettes et des fragments argentés jonchaient le sol tout autour. Un miroir s'était trouvé là, un miroir qui avait été encore plus violemment saccagé que les portraits.

La Bête contourna la table, ouvrit une porte et fit signe à Silas d'entrer le premier. Le chasseur hésita quelques secondes, craignant un piège, avant d'obtempérer. Il fallait qu'il gagne sa confiance d'une manière ou d'une autre, et le meilleur moyen pour y arriver était de lui faire croire qu'il lui offrait la sienne. Ce qui ne lui était jamais arrivé de sa vie, mais le monstre masqué n'avait pas besoin de connaître ce genre de détail.

Il découvrit une salle qui avait dû faire office de bureau. Une bibliothèque tombée avait couvert le sol de livres, de feuilles et de carnets jaunis. Quelques enveloppes aux sceaux brisés jonchaient le dessus d'un secrétaire penché. Les aiguilles d'une horloge figée contemplaient l'éternité.

— Regardez, souffla la Bête. C'est ce que je voulais vous montrer…

Silas se retourna.

Une tapisserie aux bords déchirés couvrait un mur. Les couleurs étaient fanées, mais on pouvait encore distinguer sur un fond vert le dessin d'un arbre noir aux branches nues. Ses racines enserraient un énorme diamant blanc, rectangulaire, aussi large que le tronc lui-même.

— C'est pour cela que je vous parlais de trésor, expliqua Damien en caressant le dessin de la pierre précieuse.

Il regrettait d'avoir à porter des gants, lui qui aimait tant sentir la texture des choses sous ses doigts, mais même ce manque ne suffisait pas à les lui faire enlever. Il n'avait pas envie de faire fuir Silas.

Le chasseur le rejoignit devant la tapisserie.

— On retrouve ce motif à quelques autres endroits dans le château, ajouta Damien. Lianne et Akim pensent qu'il ne s'agit que d'un symbole, mais je crois que ce diamant existe réellement.

— Pourquoi ?

— Je... Je le *sais*. J'en suis absolument certain. Il faut que je retrouve ce diamant. C'est important.

— Je vois... répondit Silas en se demandant s'il se fichait de lui. Et où avez-vous cherché ?

— J'ai creusé sous les plus vieux arbres des jardins, j'ai visité les sous-sols, fouillé toutes les pièces que je pouvais... En vain.

Une note douloureuse, presque désespérée, transperçait sa voix.

Décidément surpris par le tour que prenaient les événements, Silas examina de nouveau ce bout de tissu. Ça ressemblait trop à un symbole sans queue ni tête, comme les nobles adoraient en plaquer sur toutes leurs armoiries, pour ne pas en être un. Cette Bête était-elle stupide ou essayait-elle de le piéger d'une façon ou d'une autre ?

— Effectivement, déclara-t-il d'un ton docte, c'est étrange, et certainement pas anodin. Vous n'avez réellement aucune idée de ce que cela pourrait représenter ?

Damien laissa échapper un soupir songeur qui sortit du masque comme un sifflement. En tournant la tête dans sa direction, Silas le vit se gratter la nuque, faisant dangereusement osciller sa perruque. L'espace d'un instant, aussi fugace que surprenant, il eut l'impression de se trouver face à un enfant perdu.

Puis il se souvint de l'épisode de la serre, des enfants à moitié dévorés et des tableaux saccagés. Il était bien placé pour savoir qu'il ne fallait pas se fier aux apparences.

— Je ne sais pas, avoua finalement Damien.

Silas hocha la tête et fit mine de continuer à examiner la tapisserie en réfléchissant à son prochain mouvement. L'idéal serait de tuer la Bête maintenant, alors qu'ils étaient seuls, puis de se cacher quelque part pour éviter Lianne et Akim et partir dans quelques jours, quand sa blessure aurait suffisamment guéri. Hélas, le problème était toujours le même : le masque et les vêtements amples de sa proie l'empêchaient d'identifier sa nature et ses points faibles. Il ne pouvait pas l'attaquer aveuglément, il avait rencontré des monstres aux écailles assez dures pour briser des épées et ne comptait pas tenter sa chance aussi bêtement.

Patience, Silas ! le réprimanda la voix lointaine de Deirdre. *Un chasseur sans patience finit par attendre dans sa tombe.*

Ça avait toujours été un de ses principaux défauts, malheureusement, et les années ne l'avaient pas arrangé.

Damien, de son côté, le regarda examiner la tapisserie avec soulagement. Lianne et Akim n'avaient jamais pris au sérieux son obsession pour ce diamant. Il ne pouvait pas leur en vouloir, puisqu'il n'arrivait pas à se l'expliquer lui-même. Il était simplement persuadé qu'en retrouvant cette pierre, il retrouverait la part manquante de son passé, ce vide sur son identité qui le taraudait depuis si longtemps. L'oubli était le pire des supplices, surtout quand il prenait racine à la source même de sa mémoire.

Il avait craint que Silas ne se moque de lui et était plutôt agréablement surpris de le voir prendre l'affaire avec tant de sérieux. Il l'observa encore quelques instants, de plus en plus gêné. Était-il censé dire quelque chose ? Comment agirait une personne normale, quelqu'un qui n'aurait pas passé les trois quarts de sa vie seul au milieu de ruines ?

— Eh bien… Dites-moi… Qu'en pensez-vous ? demanda-t-il finalement, un peu maladroitement.

Silas se tourna vers lui, un sourire au coin des lèvres. Damien retint son souffle. Quand le chasseur s'était-il approché autant ?

— Vous m'avez certainement offert la plus belle affaire de ma carrière, susurra-t-il.

Il s'approcha encore et posa une main sur le bras de la Bête, qui sursauta et le regarda sans rien dire. Sa peau était étrangement dure et bosselée à travers le tissu de ses vêtements. Possédait-il une sorte de carapace ? Cela réduirait drastiquement le nombre de points faibles, mais le laisserait plus vulnérables aux jointures. Dans ce cas de figure, viser le cou était souvent gagnant…

Damien frissonna sous le poids de ces grands yeux sombres qui le scrutaient comme s'ils voulaient lire en lui. La main du chasseur était toujours sur son bras. N'avait-il pas peur de le toucher ? N'avait-il pas peur de lui ?

Son cœur battait la chamade. Il se sentait troublé et cela lui faisait presque peur. Silas était… C'était comme… Comme si une flamme s'était allumée quelque part en lui, alimentée par les courbes indécentes de ses lèvres et le dessin sinueux de ses mèches folles.

Mais en même temps, par-delà ce trouble, Damien se sentait mal à l'aise. Pourquoi le chasseur agissait ainsi ? Pourquoi envers *lui* ? Ça ne pouvait pas être sincère, et cette simple certitude le blessait.

— Qu'y a-t-il ? demanda-t-il d'un ton involontairement sec.

— Pardon, murmura Silas en s'approchant encore, assez pour que son souffle caresse sa proie. Je ne pouvais m'empêcher de me demander à quoi vous ressembliez sous ce masque. Pourquoi vous cachez-vous de moi ?

Comme il était très près, il put voir les yeux de la Bête s'écarquiller et distingua enfin leur couleur. Ils étaient dorés, comme un mélange de miel, de sève et de feuilles d'automne. Ce n'était pas le regard qu'il aurait donné à un monstre, mais il ne se laissa pas déconcentrer.

Damien caressa quelques secondes l'idée de retirer son masque et Silas sentit son hésitation.

Le poignard glissé dans sa manche brûlait presque contre sa peau. Il lui suffirait d'un instant pour identifier la nature de cette créature, puis d'un geste pour le tuer.

Retire-le. Retire-le. Retire-le…

Damien s'arracha à sa fascination et fit un pas en arrière.

— Pas tout de suite, répondit-il en essayant de ne pas laisser paraître ses doutes dans sa voix.

Il ne savait pas pourquoi Silas se comportait ainsi avec lui, mais cela aurait été un mensonge de dire qu'il ne l'appréciait pas. Il ne voulait pas le faire fuir en lui montrant son visage, et par-dessus tout, il ne voulait pas lire l'horreur sur ses traits.

N'avait-il pas le droit, pour quelques heures, d'entretenir l'illusion de pouvoir être regardé sans peur ?

— Je comprends, le rassura Silas en se tournant vers la tapisserie, un juron au bout des lèvres.

Il avait été si près…

— De toute façon, ajouta Damien, quand vous aurez vu ce qui se trouve en dessous, vous le regretterez certainement.

— Laissez-moi juge de cela, répondit le chasseur.

Même si ce n'était qu'une ruse, il détestait qu'on décide pour lui.

Il fit semblant d'examiner la tapisserie en réfléchissant au type de monstre que la Bête pouvait être. Un golem ? Un dragon métamorphe ? Une création magique, comme les Chimères ?

Tandis qu'il se perdait dans ses pensées, ses mains continuaient de s'activer et il finit par écarter la tapisserie pour examiner distraitement le mur derrière.

Un léger courant d'air lécha le bout de ses doigts.

Intrigué, il ramena son attention au présent et commença à examiner plus scrupuleusement la paroi. Il s'agissait d'un mur en pierres grises, semblable à tous ceux qu'il avait vus dans le château. Il devait avoir été peint avant, car de légères traces bleues subsistaient ici et là.

Il approcha sa bougie d'une fissure. La flamme trembla. Il la décala vers une autre fente, un mètre sur la gauche. Elle ne frémit pas. Il revint à la première et la descendit lentement en longeant les jointures. Elle se pencha, frissonna et s'éteignit.

— Un passage secret, déclara Silas avec satisfaction.

Il fronça les sourcils et se tourna vers la Bête, presque indigné.

— Vous ne vous en êtes jamais douté ? Sérieusement ?! Vous avez regardé partout sauf derrière la tapisserie ?!

Damien haussa les épaules, penaud. Il n'était même pas certain de comprendre comment le chasseur en était arrivé à cette conclusion.

Faut toujours tout faire soi-même, grommela intérieurement Silas en cherchant un mécanisme d'ouverture.

— Pas de levier ni de bouton apparent, lâcha-t-il au bout d'un moment. Il y a de grandes chances pour que ce truc soit censé s'ouvrir par magie…

Il se tourna vers Damien, l'évalua d'un regard, puis désigna le mur.

— Pensez-vous que vous pourriez forcer la porte ? Ce château tombe en ruine, de toute façon, un bon coup d'épaule devrait débloquer le mécanisme.

— Je ne sais pas, hésita Damien. Je n'aime pas…

Il chercha ses mots pendant quelques instants avant d'avouer :

— Je n'aime pas utiliser ma force.

Le chasseur ne put s'empêcher de lui jeter un regard incrédule. Il espérait vraiment lui faire gober ça ?!

Damien sentit la honte lui brûler les joues. À quel point pouvait-il se montrer pathétique ?

— Je vais essayer, concéda-t-il.

Silas s'écarta, la tapisserie dans ses mains, en lui désignant théâtralement le mur.

Se sentant ridicule au plus haut degré, Damien leva un poing et l'abattit mollement sur la paroi.

— Je ne suis pas certain qu'il suffise de toquer, railla Silas.

Mortifié, Damien s'écarta, prit une grande inspiration et, cette fois, se précipita contre le mur de toutes ses forces, l'épaule en avant.

Il y eut un craquement sec. *Pourvu qu'il s'agisse des pierres*, pria-t-il fiévreusement.

Une partie du mur s'enfonça, dessinant un rectangle de la taille d'une porte. Silas y plaqua sa propre épaule, s'arc-bouta et poussa. Le morceau de paroi vacilla, bascula et s'écroula avec fracas, soulevant un nuage de poussière qui les fit tous les deux tousser.

Ça prendra des heures à partir de mes cheveux, rouspéta intérieurement le chasseur. *Saletés de ruines.*

Lorsque la vague grise retomba, ce fut pour révéler un passage étroit, obscur, où se devinaient les premières marches d'un escalier descendant.

Évidemment, se plaignit Silas. *Maintenant, il va falloir s'enfoncer dans un trou humide…*

— Bien joué, complimenta-t-il la Bête avec un sourire éclatant. On y va ?

Damien, qui se frottait l'épaule, heureusement intacte, le regarda fixement, puis demanda d'un ton incertain :

— Maintenant ?

— Vous avez rendez-vous quelque part ?

— Non, mais on ne sait pas ce qui se trouve en bas… Nous pourrions peut-être prévenir Lianne et Akim.

— Auriez-vous peur ? se moqua Silas.

La Bête hésita et le chasseur, estomaqué, en vint à se demander s'il avait *réellement* peur.

— Ne vous inquiétez pas, lança-t-il sur le ton de la plaisanterie, je vous protégerai.

Damien, toujours hermétique au second degré, hocha la tête.

— Merci, dit-il d'un ton soulagé.

Silas lui jeta un regard en coin, incapable de déterminer s'il était sincère ou non, puis ralluma sa bougie et s'inclina pour le laisser passer le premier. Hors de question qu'il s'enfonce dans un couloir avec un ennemi dans le dos.

La Bête avança jusqu'au seuil du passage, hésita, puis lâcha un minuscule soupir et plongea dans l'obscurité en croisant les bras sur sa poitrine.

Pour la première fois, un véritable doute se fraya un chemin jusqu'à l'esprit de Silas. Était-ce vraiment là le monstre qui était censé mettre des enfants sur les tartines de son petit déjeuner ?

Mais non, c'était forcément une ruse. Il devait se reprendre. Il n'était pas assez concentré. Il fallait qu'il finisse ce contrat une bonne fois pour toutes et qu'il quitte enfin ce fichu château.

— J'arrive, lança-t-il en rejoignant la Bête, qui l'attendait sur la première marche. Tenez, prenez la bougie.

Damien accepta la lumière avec reconnaissance et commença à descendre.

7
L'antre du monstre

L'escalier s'enroulait en colimaçon. Les marches de pierre étaient usées et glissantes, couvertes par endroits d'eau croupie. Le plafond bas forçait Damien à baisser la tête. Peu rassuré, il avançait en tendant sa bougie au maximum, jetant un halo de lumière fragile sur les murs humides. L'air sentait la pluie et la pourriture.

Son cœur battait trop vite. Une voix en lui lui criait de faire demi-tour, comme s'il s'enfonçait dans la gueule d'un monstre endormi. Il avait la vague impression d'être déjà venu ici, sans pouvoir dire quand ou pourquoi. Il détestait ce sentiment de déjà-vu, hélas trop familier. C'était comme tourner autour d'un trou et essayer de deviner d'après sa forme la nature de ce qui s'y était trouvé.

À un moment, il crut entendre dans son dos un faible bruit métallique, comme une lame heurtant une pierre. Il se retourna et croisa le regard de Silas, deux marches plus haut.

Une angoisse absurde l'envahit brusquement.

L'espace d'un instant, il ne vit qu'un inconnu en train de le fixer, les traits creusés par les ombres, le regard si calculateur et si froid, si terriblement froid, qu'un seul mot s'inscrivit dans son esprit.

Dangereux.

Puis l'instant passa et la dureté disparut du visage de Silas, qui lui sourit aimablement en penchant la tête sur le côté. Mais Damien pouvait encore la deviner au fond de son regard, dissimulée sous des couches de mensonges.

Qui était cet homme ?

Lianne et Akim avaient peut-être raison, finalement, il aurait dû le faire partir…

— Quelque chose ne va pas ? demanda innocemment Silas en passant une main dans ses cheveux.

Avait-il le droit d'être aussi beau ? Était-ce seulement humain ?

— Non, répondit Damien en se retournant, le cœur battant.

Silas jura silencieusement. Il sentait qu'il avait fait une erreur. Il fallait qu'il soit plus que jamais sur ses gardes.

Ils continuèrent à descendre lentement, dans un silence de plus en plus étouffant.

Le bruit de leurs pas résonnait démesurément dans l'espace confiné, ponctué par leur respiration régulière. L'air glacé s'imprégna d'une odeur de plus en plus forte, un mélange doucereux et métallique, comme…

— Du sang, reconnut Silas. Beaucoup de sang.

Il s'assura – sans bruit, cette fois – que son poignard glissait bien jusqu'à son poing. La Bête l'avait-elle attiré dans son garde-manger ? Y avait-il une autre créature prête à lui sauter dessus dans l'obscurité ? Cherchait-elle à le piéger pour le dévorer à l'abri des regards ?

Une chose était certaine : il était absolument hors de question qu'il meure dans un endroit aussi décrépit.

Damien ralentit. Il était rongé par la certitude que quelque chose de terrible attendait au bout de l'escalier et se trouvait tiraillé entre son désir de connaître son passé et la peur de ce qu'il pourrait y découvrir.

S'il n'y avait pas eu Silas, peut-être aurait-il fait demi-tour. Peut-être aurait-il choisi d'oublier ce souterrain et cette odeur écœurante qui s'insinuait dans sa mémoire, cherchant à ranimer des souvenirs morts depuis longtemps.

Le temps qu'il se décide, ils avaient atteint le bas des marches.

Il s'arrêta au seuil d'une porte sans battant.

Sur sa droite, l'éclat de la bougie se refléta sur un mur couvert de bocaux en verre. Des choses noircies flottaient à l'intérieur, dans des liquides troubles et granuleux. Damien frissonna si fort qu'il renversa une coulée de cire sur son gant.

Cet endroit était mauvais, *mauvais, mauvais…*

Le chasseur le rejoignit, sortit de sa sacoche une seconde bougie et l'alluma, agrandissant le halo de lumière.

En s'éloignant, les ombres révélèrent des étagères métalliques rouillées, des établis couverts d'alambics, de bols et de bouteilles, des coffres empilés les uns sur les autres et des grimoires abandonnés sur des pupitres. Une épaisse couche de poussière enveloppait le tout, comme un drap de velours gris. L'obscurité était si dense que les bougies semblaient lutter pour l'effacer. Ils ne voyaient même pas le bout de la pièce.

Curieux, Silas entra dans ce qui avait toute l'apparence d'un ancien laboratoire.

Damien l'imita. Il tremblait sans vraiment comprendre pourquoi. La lueur de sa flamme dansait sur les bocaux comme un minuscule incendie. Silas lui jeta un regard intrigué et continua d'avancer.

Sa bougie révéla une nouvelle forme devant eux. Une table métallique élevée à hauteur de poitrine.

Un squelette était couché dessus. Un squelette humain, attaché par des liens en cuir. Un squelette tout petit.

Un squelette d'enfant.

Damien plaqua une main sur son masque, devant sa bouche. *Un enfant…*

Silas le regarda d'un air surpris – ce n'était pas la première fois qu'il voyait un mort, quand même ? –, puis tourna soudain la tête sur le côté. Il avait cru entendre quelque chose, un bruit ténu…

Un sifflement.

— Foutrefée, s'exclama-t-il, un piège ! L'endroit avait pourtant l'air trop ancien… Il faut partir *maintenant* !

— Mais… balbutia Damien en pointant un doigt vers le squelette.

Un filet de fumée bleutée effleura leurs chevilles, accompagné d'une odeur âcre et piquante.

— Du gaz empoisonné ! reconnut Silas en faisant volte-face.

Deux secondes plus tard, il s'élançait dans l'escalier sortant du laboratoire.

Cinq secondes de plus et il s'aperçut que la Bête ne suivait pas.

Il s'arrêta, attendit encore quelques instants, puis, perplexe, redescendit.

Damien était penché sur le squelette de l'enfant, qui paraissait encore plus petit et fragile comparé à sa silhouette massive. Il avait coincé sa bougie entre deux bocaux et tirait sur les liens en cuir pour les faire céder. Les volutes de gaz montaient jusqu'à sa taille et l'odeur était si forte que même Silas, qui se trouvait hors de la pièce, avait du mal à respirer.

Il aurait dû continuer à avancer, s'enfuir, sauver sa peau et abandonner la Bête à son sort puisqu'il était de toute façon venu la tuer, mais il était si stupéfait qu'il resta planté là, à regarder le monstre masqué retirer sa cape pour l'enrouler autour de la dépouille.

Silas était un cynique blasé, qui avançait dans la vie sans rien attendre de particulier. Il prenait les choses comme elles venaient, sans se poser plus de questions que « comment assassiner mes proies en me faisant de l'argent ». La surprise – la *vraie* surprise – était un sentiment si étranger qu'il fut momentanément désarmé.

La Bête était en train de risquer sa vie pour sauver le squelette d'un enfant ? Ça n'avait absolument aucun sens. Quelque chose devait lui échapper…

Damien retraversa la pièce en courant et en toussant, son paquet contre sa poitrine, et l'instinct de survie de Silas se réveilla enfin. Abandonnant son compagnon suicidaire, il se retourna et remonta quatre à quatre les marches de l'escalier, les yeux brûlants et la gorge irritée.

Il surgit à toute vitesse dans la pièce à la tapisserie et sortit dans la salle à manger, où il s'arrêta enfin.

Damien le rejoignit en titubant et tomba à genoux en toussant toujours, si fort qu'il semblait pris de spasmes.

Toujours stupéfait, Silas l'observa. Sans sa cape, le dessin déformé de ses épaules était plus visible. Sa perruque avait légèrement glissé, donnant l'impression que son visage était tordu, et il avait dû se cogner quelque part, car la fissure sur son masque s'était agrandie.

Il se cramponnait toujours à son paquet. Il n'avait jamais aussi peu ressemblé à un humain qu'à cet instant et, pourtant, il n'avait jamais eu l'air aussi peu dangereux ou monstrueux.

Silas ne put retenir l'élan de curiosité mêlée de fascination qui le fit s'agenouiller et lui demander :

— Pourquoi ?

Damien, les yeux débordant de larmes brûlantes, leva la tête vers lui. Son masque le gênait affreusement, l'empêchant de reprendre correctement sa respiration, mais il ne pouvait pas se résoudre à le retirer.

— Pourquoi… quoi ? réussit-il à articuler.

Silas fit une tête que Damien aurait trouvé comique s'il n'était pas occupé à éviter de s'étrangler. Ça allait un peu mieux maintenant que de l'air frais parvenait à ses poumons, mais il avait l'horrible impression qu'on lui avait enfoncé une rose pleine d'épines dans la gorge.

— Pourquoi as-tu risqué ta vie pour récupérer un squelette ? reformula le chasseur avec une patience forcée.

Sa posture avait changé, ainsi que son ton. Il n'était plus ni mielleux, ni amical, ni même dur ou vaguement menaçant. Seulement nerveux et curieux.

Damien se demanda fugitivement s'il s'agissait du vrai lui ou d'un nouveau masque.

— Pour l'enterrer, répondit-il d'un ton d'évidence.

Silas cligna des yeux plusieurs fois et demanda lentement :

— C'est une blague ?

Ce fut au tour de Damien d'être confus.

— Eh bien, euh… non.

Pour la deuxième fois en trop peu de temps, Silas sentit la surprise ébranler ses défenses.

— Mais… Mais c'est complètement idiot. Cet enfant est mort depuis des décennies, probablement des siècles. Tu le connaissais ?

— Pas du tout.

— Qu'est-ce que ça change pour lui de se retrouver sous terre ou sur une table de laboratoire ? La mort, c'est la mort, où qu'elle se trouve. Si elle a bien un point positif, c'est qu'on se fiche de ce qui nous arrive après.

Damien le fixa quelques instants, tentant d'assimiler ce point de vue. La brûlure dans sa gorge s'était légèrement apaisée et il avait enfin cessé de tousser.

— C'est une drôle de vision des choses, déclara-t-il finalement.

— Comment ça, « une drôle de vision des choses » ?! hoqueta Silas. C'est de la logique pure !

Il ne comprenait pas ce qui le faisait réagir ainsi. Était-ce parce qu'il avait passé sa vie à tuer que l'idée qu'on risque sa vie pour enterrer un mort le perturbait autant ?

— Ça n'a aucun sens, asséna-t-il.

Damien écarta doucement le paquet de sa poitrine et posa sa main gantée sur le crâne du squelette. Il pouvait presque en faire le tour.

— Je me suis imaginé à sa place, dit-il doucement. Si petit, terrifié, dans un monde grand et violent. Que lui a-t-on fait, penses-tu ? Il y a trop de tristesse dans cette mort et trop de douleur, tu ne trouves pas ? Toute cette violence, ce froid, cette obscurité… Si j'étais cet enfant, je n'aurais pas voulu rester pour toujours dans cette affreuse cave. J'aurais voulu dormir dans un jardin en fleurs. J'aurais voulu que quelqu'un se souvienne de moi, n'importe qui, même une personne que je ne connaissais pas. Que quelqu'un sache que j'étais là.

Il se contenta de le fixer, les yeux ronds. C'était la première fois qu'il l'entendait dire plus de trois phrases d'affilée.

— Après tout, finit gravement Damien, on meurt vraiment deux fois, n'est-ce pas ? Une fois quand notre cœur cesse de battre et une fois quand on nous oublie. Je ne peux pas donner grand-chose à cet enfant, je ne peux pas l'aider, je ne peux pas l'empêcher de souffrir, je ne peux pas lui rendre la vie, mais je peux lui offrir un petit bout de ma mémoire, en espérant que quelqu'un fera la même chose pour moi un jour. Ça, ça me semble plus logique que de le laisser là-bas. Tu ne penses pas ?

Et Silas, qui avait jouté avec les plus grands orateurs du continent, qui pouvait vendre du sable aux habitants d'un désert et convaincre un dragon d'abandonner son or, ne sut pas quoi répondre de plus que :

— Hein ?

— Je vais chercher les autres, reprit Damien, et on fera une petite cérémonie pour l'enterrer. Tu viens ?

Sans attendre sa réponse, il repartit à travers les couloirs, l'enfant dans ses bras. Le chasseur le regarda s'éloigner quelques secondes avant de le suivre lentement. Sa tête bourdonnait de pensées contradictoires.

Damien était-il réellement la Bête qu'il était venu tuer ?

Au fond de lui, il sentit un doute s'installer.

8
Le cimetière en fleurs

Le cimetière se trouvait adossé à la façade ouest du château. Il s'agissait d'un grand jardin à l'abandon, colonisé par les fleurs sauvages, où s'élevaient ici et là de petits monticules surmontés d'une plume, d'un tas de cailloux ou d'un objet en bois. Tout luisait de la dernière pluie, comme un linceul brillant, délicatement posé sur les défunts.

Ils étaient repassés par le salon, où se trouvaient Lianne et Akim, et Damien leur avait brièvement expliqué la situation. Ses deux compagnons l'avaient suivi dehors sans protester, même si le jour tombant amenait déjà la fraîcheur de la nuit.

Silas marchait silencieusement entre les tombes. Lui, qui connaissait si intimement la mort pour l'avoir donnée et côtoyée tant de fois, n'avait jamais ressenti le besoin de l'honorer. Les rituels et les cérémonies en tous genres le mettaient même mal à l'aise. Son monde à lui était pragmatique. La mort était une fin, un échec pour qui la subissait et une victoire pour qui la donnait. Il ne la pleurait pas. Elle existait, voilà tout. À quoi bon regretter l'inévitable ? Il n'avait même pas pleuré la disparition de Deirdre, la seule personne dont il avait été proche, et n'avait pas cherché son corps pour l'enterrer. Les chasseurs ne se préoccupaient pas de ces choses-là.

On meurt vraiment deux fois, avait dit Damien. *Une fois quand notre cœur cesse de battre et une fois quand on nous oublie.*

Si c'était vrai, alors lui mourrait deux fois en un seul coup, car personne ne prendrait la peine de se souvenir de ce qu'il avait été. Personne ne le connaissait assez pour ça.

Sentant le regard méfiant de Lianne se fixer sur lui, Silas fit un effort pour se reprendre. Son sourire charmeur revint par réflexe étirer ses lèvres tandis qu'il redressait sa silhouette, au mépris de la douleur dans son ventre.

Elle vint se placer à côté de lui.

— Vous avez vraiment trouvé un laboratoire secret derrière la tapisserie ? demanda-t-elle à voix basse.

Akim marchait devant eux, juste derrière Damien, qui fouillait le jardin du regard.

— Tout à fait, confirma le chasseur. Un laboratoire piégé par un gaz mortel. Je vous déconseillerais d'essayer d'y entrer.

Elle grimaça et hocha la tête.

Damien s'arrêta enfin, déposa doucement son fardeau, toujours enroulé dans sa cape, et commença à creuser à mains nues entre deux bosquets de fleurs bleues. Ses larges doigts arrachaient des pelletées entières de terre. Il n'avait pas retiré ses gants, qui finirent rapidement bruns. Que cachait-il en dessous ?

Ayant atteint la profondeur souhaitée, il prit délicatement les restes de l'enfant et les déposa dans le trou, qu'il entreprit de refermer. Akim sortit alors de sa poche une minuscule boîte à musique et l'activa, gravant dans le crépuscule les notes lentes d'une berceuse.

— Faut-il vraiment faire ça ? ne put s'empêcher de demander Silas à voix basse.

— Bienvenue dans la logique de Damien, répondit Lianne avec une pointe d'affection dans la voix. Tu vas vite t'apercevoir qu'il a sa façon à lui de voir et de faire les choses. Il ne supporte pas, par exemple, que les êtres morts soient oubliés. Je suppose que ça se comprend quand on… Enfin, bref. Il fait des petits bûchers funéraires aux oiseaux afin, je cite, « qu'ils s'envolent une dernière fois », il joue de la musique pour les humains, il fait des tas de pierres pour les Chimères et il dépose des petites sculptures sur les tombes des autres animaux. Quand nous mangeons de la viande, il récupère toujours les restes pour les enterrer. Au début, je trouvais tout ce qu'il faisait complètement absurde, mais... Étrangement, à la longue, il donne un sens aux choses. Ses rituels sont réconfortants. Et si tu as un problème avec ça...

Sentant la menace poindre dans sa dernière phrase, Silas leva les mains en signe de paix.

— Il peut faire ce qu'il veut, il est chez lui, après tout !

— Exactement.

La berceuse s'arrêta. La tombe avait été refermée.

Akim tendit un bras un peu raide pour déposer la boîte à musique sur le dessus.

Silas allait leur demander quand ils se poseraient des questions à propos du laboratoire contenant des cadavres d'enfants situé dans leur cave lorsqu'un mouvement capta son attention au bord de sa vision.

Un poignard jaillit immédiatement dans sa main alors qu'il se tournait sur le côté, analysant en moins d'une seconde les endroits à son avantage pour se battre, les possibles directions de fuite et la probabilité pour que Damien et ses amis soient des alliés.

Une femme venait d'apparaître à la lisière de la forêt. Elle était vêtue d'une livrée rouge déchirée et tenait à la main une arbalète. Sa peau et ses cheveux étaient gris, comme vidés de toute couleur. Ses yeux blancs ne voyaient rien. Silas se souvint du grand cerf croisé dans la forêt.

La femme fit trois pas vers eux, plia un genou et prit position pour tirer. Mais son arbalète n'était pas chargée, la corde était cassée et personne ne se tenait dans la direction qu'elle visait.

Silas se tendit un peu plus. Quelque chose clochait sérieusement.

Une main effleura son bras – une main aussi dure que la pierre. Il se força à ne pas frémir lorsque l'ombre de la Bête le surplomba. Était-ce le moment où il allait l'attaquer et révéler enfin sa véritable nature ?

— Elle n'est pas dangereuse, déclara doucement Damien. Ce n'est qu'une Ombre.

— Une Ombre ? répéta le chasseur, perdu.

Lianne et Akim n'avaient pas l'air plus inquiets que lui, seulement tristes et graves.

La femme en rouge fit plusieurs fois le geste de recharger son arbalète et de tirer, puis recula de deux pas, poussa un cri muet à l'intention d'une personne invisible, se retourna et s'enfuit.

L'obscurité des sous-bois la fit disparaître rapidement.

— Il y en a de plus en plus, soupira Damien. Venez, nous devrions rentrer, il commence à faire froid.

— Mais… balbutia Silas en les voyant s'éloigner.

Il attendit quelques secondes avant de les suivre, le regard fixé sur l'endroit où la femme avait disparu. Elle portait l'uniforme des soldats de Gaston. Faisait-elle partie de l'attaque que le seigneur avait menée quelques semaines plus tôt ?

L'esprit plein de questions, il suivit les trois autres jusqu'au salon.

Il faisait paradoxalement plus froid à l'intérieur. Les vieilles pierres donnaient à la bâtisse la température d'un mausolée, en plus de lui en offrir l'aspect.

Lianne usa d'un briquet à friction pour rallumer la cheminée. Les flammes jetèrent dans la pièce des ombres fantasmagoriques, creusant l'obscurité dans les recoins, les voûtes et les fissures où s'engouffrait le lierre. Silas commençait à être fatigué. Les émotions de la soirée, en plus de sa course dans le laboratoire, n'avaient pas arrangé son état de convalescence.

Il faisait un effort pour être aussi impassible que d'habitude, le menton toujours haut, l'air toujours noble et inaccessible, mais Damien, qui l'observait à la dérobée, n'était pas dupe. Il allait lui proposer d'aller se reposer dans sa chambre lorsque le chasseur demanda :

— Alors, qui était cette brave femme ?

Ses yeux sombres et graves démentaient son ton léger.

— Une Ombre, soupira Akim en se laissant tomber dans un fauteuil.

— Vous avez conscience, vous trois, que ce que vous dites n'a aucun sens ? lâcha Silas, excédé.

Il s'assit gracieusement, les jambes croisées, dans le deuxième fauteuil qui faisait face à la cheminée. Damien tira une chaise pour s'installer à son tour tandis que Lianne, visiblement trop nerveuse pour rester immobile, commença à faire les cent pas.

Akim regarda Lianne, puis Damien, et comprit que c'était à lui de s'y coller. Il soupira de nouveau et reprit :

— La forêt est atteinte par une sorte de maladie qui la ronge lentement. On l'appelle le Mal Gris. Là où il se répand, tout meurt et perd ses couleurs. Si une personne ou un animal mange ou boit quoi que ce soit de contaminé par ce mal, il perd tout à son tour. Son esprit s'efface en ne laissant plus qu'un corps, comme une coquille vide. On les appelle les Ombres. Complètement insensibles à la douleur et à la faim, les Ombres répètent à l'infini le dernier jour de leur vie, comme des automates. Elles ne s'arrêtent que si leur corps est trop endommagé pour continuer.

Lianne se crispa, les bras serrés sur la poitrine. Silas ne réagit pas, mais songea que, d'une façon ou d'une autre, le phénomène devait la concerner de près.

— Le Mal se répand de plus en plus vite ces derniers temps, continua Damien. C'est probablement pour cela que les Chimères, chassées de leurs terres habituelles, se rapprochent du château.

Silas fronça les sourcils.

— Je n'ai jamais entendu parler d'un tel phénomène, avoua-t-il, et pourtant, j'ai bien voyagé. Ça ressemble beaucoup à une malédiction, ou, en tout cas, à quelque chose de magique.

— Sans blague, railla Lianne en se tournant vers lui. Et tu as d'autres éclairs de génie à nous proposer, monsieur le chasseur de trésors ?

— Je te le ferai savoir quand ce sera le cas, répondit Silas en lui offrant un sourire éblouissant qui la fit presque littéralement se hérisser. Cela fait longtemps que cette Ombre en particulier traîne dans les jardins avec son arbalète ?

— Un mois, lui apprit Damien en ignorant le regard de reproche de ses amis, qui auraient visiblement préféré qu'il se taise. Une bande de soldats, menée par un homme… disons… agressif, est arrivée jusqu'au château, m'a surpris dans les jardins et a commencé à me donner la chasse.

Il frissonna distinctement, malgré la proximité du feu. Il se souvenait encore du goût du sang dans la bouche, de son cœur battant à tout rompre, de sa respiration hachée et des cris des poursuivants dans son dos alors qu'il fuyait, vite, vite, *vite*, pour ne pas mourir…

— Mais j'ai réussi à leur échapper assez longtemps, finit-il en déglutissant, pour que la nuit tombe et que les Chimères sortent de leur tanière. Elles étaient très nombreuses, probablement attirées par le bruit, et ils ont subi tellement de dommages qu'ils ont dû battre en retraite. Ils ont laissé trois morts derrière eux, que nous avons enterrés dans le cimetière. Je suppose que la femme de tout à l'heure faisait partie de cette troupe, s'est perdue à un moment donné et s'est fait contaminer par le Mal Gris.

Silas hocha la tête. Pas d'erreur, donc, c'était bien son hôte dont Gaston voulait la tête. Mais il l'avait décrit comme une créature sanguinaire lui ayant infligé une large blessure au torse, ce que Damien n'avait pas mentionné.

Lequel des deux récits était vrai ? Damien ne semblait pas agressif, si on omettait l'épisode de la rose, mais qui savait ? Et même s'il n'avait pas vraiment commis tous les crimes qu'on lui imputait, fallait-il qu'il renonce à le tuer et à empocher l'argent qui venait avec ? Cette récompense était sa chance de prendre un nouveau départ… Mais Deirdre lui avait inculqué un certain code d'honneur. Les chasseurs de monstres dignes de ce nom ne tuent *que* les monstres. C'était le seul précepte qu'il avait jamais respecté. Allait-il y renoncer maintenant ?

Par les fées, comme il était fatigué de toutes ces questions, tous ces secrets et ces incertitudes… Pourquoi les choses n'étaient-elles jamais simples ? Pourquoi Damien ne pouvait-il pas massacrer des nourrissons devant lui afin qu'il puisse le décapiter la conscience tranquille ? Était-ce vraiment trop demander ?

— À propos de ce laboratoire… lança Akim. Et si tu nous donnais plus de précisions ?

Il parlait à Damien, qui secoua la tête.

— Il n'y a pas grand-chose à dire. Silas a découvert une porte dissimulée derrière la tapisserie et nous sommes descendus. Mais c'était piégé…

— Je pense que nous avons franchi un cercle runique ou marché sur une dalle qui a activé un mécanisme, précisa le chasseur. Un gaz mortel s'est répandu. Je suppose que la porte du laboratoire devait normalement se fermer afin de nous piéger dedans jusqu'à ce que nous mourions dans d'atroces souffrances. J'aurais dû vérifier un peu mieux avant d'entrer, mais je pensais que le temps avait défait les défenses de l'endroit. En général, les pièges ne traversent pas bien les siècles.

Il regarda autour de lui avec un peu d'espoir.

— Il n'y aurait pas un peu de vin dans le coin, par hasard ?

Lianne, Akim et Damien fixèrent sur lui le même regard estomaqué. Il avait parlé avec autant de légèreté que pour détailler sa liste de courses.

— J'ai fini la bouteille qui était ouverte, rétorqua finalement Lianne avec une pointe d'agressivité. Comment en sais-tu autant sur les pièges mortels ?

Silas pointa un doigt sur sa propre poitrine et répondit en résistant héroïquement à l'envie de prendre un ton condescendant.

— Chasseur de trésors. Salles secrètes. Pièges. Expérience.

Elle parut sur le point de lui sauter à la gorge. Bon, peut-être ne s'était-il pas autant maîtrisé que ça…

— Je pense qu'il s'agissait d'alchimie, reprit-il d'une voix plus pacifique.

Les trois compagnons échangèrent des regards perplexes.

— J'en ai vaguement entendu parler, avoua finalement Akim, mais je ne sais pas exactement en quoi cela consiste.

— Vous connaissez les quatre principales branches de la magie ? demanda Silas en prenant inconsciemment la pose d'un professeur.

— Non, répondit Damien, toujours aussi laconique.

— Les sorciers, les magiciens, les enchanteurs et les créatures, énuméra Silas d'un ton docte. Les créatures n'obéissent à aucune règle. Ce sont les fées, les dragons et tout ce qui y ressemble. Ils *sont* la magie.

Il jeta un coup d'œil à Damien, des fois qu'il ait envie de se manifester pour dire quelque chose du style « oh, comme moi ! ». Mais non, évidemment.

— Les enchanteurs sont des guérisseurs, enchaîna-t-il. Leur nature est assez proche de celle des créatures. Ils sont très puissants, mais aussi absolument pacifiques, portés sur le secret, et rares. Les magiciens sont plus communs, quoique quand même difficiles à trouver. Ils puisent la magie de façon brute dans le monde qui les entoure. Ils ont généralement un ou plusieurs éléments de prédilection, eau, terre, pierre, bois, etc. Et sont doués d'une capacité d'empathie surnaturelle. Pour cela, la plupart font vœu de ne jamais blesser un être vivant. Les derniers, les plus répandus, qu'on peut rencontrer dans la plupart des villes, sont les sorciers. Moins puissants, mais plus fiables et plus humains. Leur magie est scolaire et précise, à base de sortilèges, de runes, de talismans, de sceaux, de potions, de poupées et toutes ces sortes de joyeusetés.

Il fit une pause pour être sûr que tout le monde suivait – il avait horreur de se répéter –, puis continua :

— L'alchimie est une sous-branche de la sorcellerie. La moins respectable, mais aussi la plus accessible, car une fraction d'étincelle de don suffit à la pratiquer. Elle se base sur un système de communication d'énergie, il me semble…

Il se tut quelques instants alors que des souvenirs plus précis lui revenaient en mémoire.

— Les effets de l'alchimie sont très matériels, lâcha-t-il d'un ton plus grave. Il s'agit souvent d'objets ensorcelés ou de transformations physiques…

Il jeta un coup d'œil en direction de Lianne, qui s'était figée.

— Comme les Chimères, conclut-il en ignorant le malaise ambiant.

Un long silence s'abattit dans la pièce.

Au bout de quelques minutes, Silas posa les mains sur ses accoudoirs et se leva.

— Bref ! Merci pour cette merveilleuse soirée en votre compagnie, mais je suis fatigué. Je pense que nous pourrons continuer cette passionnante enquête demain…

Il adressa une œillade à Damien, regrettant pour la millième fois de ne pouvoir jauger son effet.

— Puis-je dormir de nouveau dans ton lit ?

— Bien sûr, répondit la Bête sans relever le sous-entendu. Viens, je vais t'accompagner jusqu'à la chambre.

Silas le suivit en traînant les pieds. Il fallait évidemment qu'il soit tombé sur le seul plouc du coin qui soit totalement insensible à son charme ravageur.

Ils remontèrent le couloir et s'arrêtèrent au seuil de la pièce.

— Bonne nuit, dit Damien en s'éloignant.

Mais au bout de trois pas, il s'arrêta et se tourna vers lui.

— Et merci. D'être là. De m'aider à comprendre… tout ça.

Il y avait un sourire dans sa voix, mais pas moqueur ou cruel. Un sourire bienveillant et plein de gratitude.

— Eh bien, tu m'as engagé, n'est-ce pas ? répondit-il, mal à l'aise. Je remplis toujours mes contrats.

Damien fut surpris d'entendre tant d'amertume dans cette dernière phrase, mais le temps qu'il trouve quelque chose à dire, la porte s'était refermée.

***

Cette nuit-là, Silas rêva de Deirdre.

Elle se tenait au pied de son lit, dans l'armure de cuir sombre qu'elle avait toujours portée. La cendre se mêlait à l'or de ses cheveux.

Elle le regardait fixement.

— Où est ma tombe, Silas ?

Il ouvrit la bouche, mais aucun mot n'en sortit.

— Où est ma tombe, Silas ? répéta-t-elle sur le même ton.

Il plaqua les mains devant ses yeux pour ne plus la voir. Mais il pouvait toujours l'entendre.

Elle répéta la même phrase, encore et encore, jusqu'au petit matin.

— Où est ma tombe, Silas ?

9
Le bal des fantômes

Silas s'éveilla brusquement, le cœur battant et la peau glacée. Une douleur sourde, constante, irradiait de son ventre.

Il se redressa prudemment et jeta un coup d'œil au pied de son lit, où s'était tenu le spectre de son cauchemar.

Rien, évidemment.

Il tourna la tête en direction de la fenêtre, blanchie par la morne lumière du matin, puis vers la porte close. Avant de se coucher, il avait placé devant les deux issues un grelot suspendu à un fil. Le bruit était ténu, mais il avait le sommeil léger, surtout lorsqu'il couchait en territoire ennemi. Si quelqu'un était entré, il l'aurait entendu.

Il s'assit et vérifia sa blessure. Ce n'était pas beau à voir, mais cela n'avait pas l'air de s'infecter pour le moment. En soupirant, il fourragea dans sa sacoche et en sortit une fiole emplie d'un liquide verdâtre et nauséabond qu'il secoua avant de la porter à ses lèvres. Il s'agissait d'un remède ensorcelé – très cher – qui l'aiderait à cicatriser cinq fois plus vite qu'au naturel.

Cela fait, il s'habilla soigneusement, se coiffa, natta sa chevelure, choisit des boucles d'oreilles en larmes dorées et appliqua un trait noir sur ses paupières à l'aide d'un miroir de poche. Se préparer l'aidait à réfléchir calmement, comme un soldat huilant ses armes avant la bataille.

Au programme : gagner la confiance de la Bête afin de trouver ses points faibles, calmer la méfiance de ses deux acolytes… et se décider à mener ou non ce contrat jusqu'au bout.

Cette fichue mission semblait partie pour s'éterniser.

Il soupira de nouveau, plus tragiquement, et laissa sa sacoche dans la chambre. Elle gênait ses mouvements et il n'avait pas l'intention de fuir aujourd'hui. Il tira les couvertures, plaça son sac au bout du matelas et arrangea la couette en tapon par-dessus, de manière à ce qu'on ait l'impression que le lit était vide. Ça ne survivrait pas à une véritable fouille, mais il n'allait pas essayer de trouver des cachettes élaborées dans la chambre d'un autre. De toute façon, les solutions les plus simples étaient généralement les plus efficaces.

Il détacha ses grelots, glissa un poignard dans chaque manche, deux lames de jet dans ses bottes, et, après un instant d'hésitation, enfila sa bague au dard empoisonné.

La main sur la poignée de la porte, il s'arrêta.

Il n'avait pas envie d'affronter cette journée.

Allez, Silas, s'encouragea-t-il silencieusement. *Pense à tout l'argent que tu vas te faire…*

Son ventre gronda.

Et au petit déjeuner, ajouta-t-il en ouvrant le battant.

Parce qu'ils devaient bien servir un petit déjeuner dans cet endroit pourri, n'est-ce pas ? Ils n'étaient pas barbares *à ce point-là* ?!

À la lumière du jour, non tamisée par la pluie, les couloirs du château paraissaient encore plus tristes et froids. Le lierre, qui ne parvenait pas à recouvrir la grisaille des pierres, ne faisait qu'allonger l'ombre des fissures qui couraient dans la poussière.

Silas avança sans bruit jusqu'au seuil du salon. Assis en face de la cheminée éteinte, Akim se trouvait penché sur une petite table surmontée d'une curieuse machine en bois. Il s'agissait d'une sorte de « U » posé sur le côté. Une aiguille pointant vers le bas sortait de l'extrémité supérieure. Le médecin glissa le coin d'une cape en dessous et le lissa soigneusement.

Silas retint un mouvement de recul lorsqu'un *tac-tac-tac* régulier retentit. L'aiguille s'était mise en marche d'elle-même.

Elle plongeait dans le tissu à une cadence infernale, entraînant avec elle un fil bleu. Intrigué, le chasseur entra dans la pièce, repérant au passage Lianne, assise à la grande table, en train d'empenner des flèches.

Akim sursauta lorsqu'il entra dans son champ de vision et l'aiguille s'arrêta. Silas remarqua une pédale en bois sous son pied. *Fascinant.*

— Qu'est-ce que c'est ? demanda-t-il en se penchant sur l'engin.

Il était sculpté de délicats bas-reliefs représentant des oiseaux dans les feuilles d'un arbre, des chefs-d'œuvre à eux seuls.

— Une machine à coudre, lui apprit Akim avec un sourire en coin. Superbement pratique.

Pour preuve, il tendit la cape devant lui, montrant les points serrés et réguliers de la doublure.

— C'est enchanté ? s'enquit Silas, curieux.

Dommage que ça ne rentre pas dans l'ouverture de son sac, il serait bien reparti avec.

Akim hésita quelques secondes, échangea un regard avec Lianne, puis haussa les épaules.

— Non, c'est de la pure mécanique. C'est Damien qui l'a construite.

Silas lui jeta un regard incrédule. Est-ce qu'il se moquait de lui ? Comment quelqu'un de la stature de Damien pourrait-il construire quoi que ce soit d'aussi délicat ?

À cet instant, Lianne se leva, les rejoignit et lui offrit brusquement sa main ouverte, chargeant d'agressivité un geste qui était censé être accueillant.

— Écoute, le chasseur, lâcha-t-elle sans plus de préambule, nous sommes partis du mauvais pied. Je ne te dis pas que je te confierais ma vie, mais Damien pense que tu peux l'aider, et en tant qu'amis, nous nous devons de respecter son choix.

Silas lui adressa un sourire faussement touché en acceptant sa poignée de main.

— Où est-il, d'ailleurs ? demanda-t-il avant d'ajouter, un peu plus anxieusement : Y a-t-il quelque chose à manger ?

— Des œufs, de la viande, des fruits ou des racines, répondit Akim du ton stoïque d'un homme résigné à son sort. Tout est comestible, tant que personne n'essaie de le cuisin... *Aïeuh* !

Lianne venait de lui donner une tape sur la tête.

— Mon ragoût de l'autre soir était excellent !

— Tu ne l'as appelé « ragoût » que parce que je t'ai dit que c'était le nom d'un plat à base de viande ! Et je peux t'assurer...

Silas se racla délicatement la gorge. Ils pouvaient se disputer tant qu'ils le voulaient *après* lui avoir donné à manger.

Akim se leva avec des airs de martyr et se dirigea vers une armoire.

— Sers-toi, lança-t-il laconiquement en l'ouvrant.

Consterné, le regard de Silas passa sur des piles de vaisselle moyennement propre pour s'arrêter sur des bocaux emplis de fruits en conserve, des boîtes mal fermées, débordantes de racines, et un panier empli de fruits. La viande était probablement conservée autre part, au frais.

Du moins, il espérait.

Il se saisit d'une pomme du bout des doigts, l'examina, la frotta sur son pantalon et décida que cela suffirait pour déjeuner.

Lianne et Akim échangèrent un regard amusé. C'était la première fois qu'ils rencontraient quelqu'un de snob.

— Pourquoi Damien s'intéresse-t-il autant au dessin de cette tapisserie ? demanda soudain Silas, les prenant de court.

Le médecin ouvrit la bouche, la referma, hésita et se tourna vers Lianne, qui tergiversa à son tour.

— J'exige toujours une parfaite honnêteté de la part de mes clients, mentit le chasseur d'un ton effronté. Je ne peux pas résoudre un mystère sans partir de quelques certitudes !

Les deux amis laissèrent encore passer quelques secondes, puis Lianne craqua.

— De toute façon, ce n'est pas vraiment un secret… avoua-t-elle, peu sûre d'elle.

Comprenant qu'un rien pourrait la faire changer d'avis, Silas s'appliqua à ne pas paraître trop intéressé.

— Damien a des problèmes…

Elle s'arrêta, nerveuse, et secoua la tête.

— Non, c'est à lui de te raconter tout ça, pas à moi. Allons le voir, il doit être dans l'atelier…

Sa fabrique de machines à coudre ? ironisa intérieurement Silas, persuadé qu'on lui faisait une blague.

Il croqua dans sa pomme et fronça le nez. Elle était terriblement acide. Probablement le pire petit déjeuner de sa vie, après la fois où il avait été obligé de manger de la viande de golem crue.

Il suivit Lianne et Akim le long du couloir menant à la serre. Un instant, il crut qu'il reverrait la pièce aux mille roses, mais ils tournèrent avant et s'arrêtèrent devant une haute porte à double battant.

— Ne touche à rien, l'avertit Akim en tournant la poignée. Il a horreur de ça.

Silas hocha la tête sans vraiment l'écouter et entra.

Il se figea, les yeux écarquillés.

Il se trouvait dans une bibliothèque, une immense et majestueuse bibliothèque qui s'élevait à des mètres et des mètres avant de se fondre dans un plafond entièrement couvert de lierre. Des échelles en piètre état montaient sur quatre étages, liant entre eux les balcons en partie écroulés qui faisaient le tour de la pièce. La couleur des ouvrages s'était affadie avec les années. La lumière du soleil les confondait dans les mêmes teintes ocre, chaleureuses, relevées par les étincelles dorées de la poussière en suspension.

Silas avait beaucoup voyagé. Il avait visité les palais les plus riches et les librairies les plus réputées, mais il n'avait jamais vu autant de livres réunis. Une vie ne suffirait pas à tous les feuilleter.

Passé sa surprise première, il réalisa que si ses hôtes avaient appelé cet endroit « l'atelier », c'était parce qu'il n'était plus consacré à la lecture depuis longtemps.

Une foule de sculptures en bois occupait l'espace, si nombreuses que leurs formes enchevêtrées créaient un véritable labyrinthe. Il vit des animaux de toutes les tailles, des meubles couverts de bas-reliefs, des silhouettes aux traits vaguement humains et des mannequins si réalistes que c'en était presque inquiétant.

Hypnotisé, Silas avança lentement entre ces œuvres inanimées, respirant des parfums de bois et de vieux papier. Il aperçut un bouquet de fausses roses dont les pétales délicats semblaient réellement froissés, un petit écureuil, un enfant endormi, une femme faisant la révérence…

Puis il entendit un bruit, une aspiration paniquée, et se retourna brusquement. Il eut à peine le temps de voir l'ombre de son hôte disparaître derrière une armoire gravée de centaines de papillons.

— Vous auriez pu frapper ! lança Damien en réapparaissant une minute plus tard, les deux mains sur le masque qu'il venait de remettre.

Il jeta un coup d'œil surpris à Silas, qui arborait une expression différente de toutes celles qu'il lui avait vues jusqu'alors, une sorte d'émerveillement calme, comme un poète devant un coucher de soleil. Mais cet air disparut en une fraction de seconde, remplacé par un sourire séducteur. Damien se sentit frémir lorsque l'œillade ravageuse du chasseur se posa sur lui, mais, quelque part, il regretta un peu la perte de cette vision qu'il venait d'avoir, cet aperçu fugitif d'un visage sans masque.

Ironique de sa part.

— On n'a jamais frappé jusqu'à maintenant, fit remarquer Lianne avec sa délicatesse habituelle.

Elle pointa Silas du doigt et ajouta :

— Monsieur a des questions à te poser.

Le chasseur grimaça devant cette façon si peu élégante de présenter les choses, mais hocha tout de même la tête.

— Je voulais savoir pourquoi tu désirais tant retrouver ce diamant.

Tout en parlant, il se rapprocha, un sourire aux lèvres. Il était assez près pour distinguer les yeux dorés de la Bête, qui s'écarquillèrent légèrement en se posant sur lui.

Ah, tout de même ! Un peu de reconnaissance professionnelle pour son entreprise de séduction !

Il tendit la main pour effleurer son bras, mais Damien recula vivement, comme un animal blessé.

La question sur le diamant avait remué des pensées désagréables, ravivant une plaie que le temps approfondissait au lieu de guérir. Il soupira, se retourna et se mit à marcher. Intrigué, Silas l'imita.

Ils contournèrent un buffet aux pieds arqués, dépassèrent une sirène allongée sur un sable imaginaire et arrivèrent enfin à un endroit dégagé, tout au fond de la pièce, près d'une grande fenêtre donnant sur un jardin. Le brouillard s'était levé avec une rapidité stupéfiante, si dense qu'il dissimulait déjà presque entièrement le paysage. C'est à peine si Silas aperçut l'ombre d'une tour, une dizaine de mètres plus loin.

Son attention revint vite à l'intérieur de la bibliothèque. Devant lui se trouvait une table haute et large où reposait, sur un lit de copeaux, le visage d'un jeune homme à la chevelure encore indéfinie. Il était surplombé d'une sorte de loupe au pied articulé. Des outils que le chasseur ne connaissait que de loin patientaient à côté, ciseaux à bois, petite scie, poinçons…

Il n'arrivait pas à lier la délicatesse de ce travail avec les grosses mains de la Bête. Le visage de bois semblait sur le point de cligner des yeux, d'ouvrir la bouche, de prendre une grande inspiration et de parler. Y avait-il un sortilège là-dedans ?

— Akim, lança Damien, et si j'examinais ton bras pendant que nous discutons ?

Il avait désespérément besoin de faire quelque chose de ses doigts, quelque chose qui distraie sa tristesse et lui donne une excuse pour détourner le regard tandis qu'il exposait ses plus grandes failles. Parfois, même un masque ne suffisait pas à se cacher.

Le médecin acquiesça. Il tira un vaste fauteuil, se laissa tomber dedans et retira sa chemise.

Silas retint un hoquet de stupeur.

Son bras droit était en bois. Un bois sculpté pour ressembler à un membre humain, assemblé de plusieurs pièces de teintes légèrement différentes. Le moignon de chair qui dépassait de son épaule était couvert de grosses cicatrices boursouflées. Il retira son gant, révélant une main tout aussi artificielle.

— C'est à cause d'un incendie, lâcha laconiquement Akim en croisant le regard de Silas.

Oh non, corrigea intérieurement le chasseur, intrigué, en prenant soin d'arborer une mine compatissante. Il aurait été un bien mauvais assassin s'il n'avait pas reconnu l'œuvre d'une explosion de poudre à canon. Akim aurait-il quelque chose à cacher lui aussi ?

Lianne alla s'appuyer contre la vitre, le regard perdu dehors. Damien s'agenouilla devant son ami.

Une position si humble aurait dû surprendre Silas, mais il réalisa que cela n'était pas si incohérent avec ce qu'il avait observé de la Bête jusqu'à maintenant.

Il s'approcha pour mieux voir. De longues plaques étaient fixées dans le faux bras. Elles n'étaient pas vissées, mais directement encastrées dans la prothèse et maintenues par des motifs irréguliers, comme des casse-tête.

Damien attrapa un outil ressemblant à une clé tordue, la glissa dans une fente et défit délicatement l'une des plaques.

Le chasseur retint son souffle en apercevant les minuscules engrenages, les courroies et les pistons qui se trouvaient à l'intérieur. Gêné d'être ainsi observé, Akim se tortilla sur son siège, faisant s'animer quelques secondes ses muscles factices.

La façon dont il bouge son moignon active probablement différents mécanismes, estima Silas, extrêmement impressionné.

— Les engrenages devraient être en métal, avoua Damien, mais je ne sais pas assez bien travailler cette matière. Alors je me contente du bois, même s'il s'use vite…

Il hésita en fixant ses gants. Il ne pouvait exécuter des manipulations aussi délicates sans les retirer, mais il ne s'était toujours pas décidé à laisser Silas apercevoir des fragments de son apparence.

— Peux-tu t'éloigner, s'il te plaît ? demanda-t-il au chasseur. Je n'aime pas être scruté.

Silas hésita, puis obéit, la mort dans l'âme. Il recula de trois pas et, comme la Bête le regardait encore, soupira avant de rejoindre Lianne devant la fenêtre.

Damien s'assura qu'il lui tournait bien le dos, puis enleva ses gants, sortit une longue pince de sa poche et commença à retirer délicatement les engrenages abîmés du bras d'Akim.

— Ma mémoire est incomplète, confessa-t-il finalement, concentré sur sa tâche. Je ne sais ni d'où je viens ni qui je suis. Je n'arrive même pas à dater mes plus anciens souvenirs. D'aussi loin que je remonte, je me vois dans cette pièce en train de sculpter. Tout ce que je sais, c'est qu'avant l'arrivée de Lianne, j'étais seul depuis très longtemps, certainement des décennies.

— Tu es resté isolé pendant des *décennies* ? répéta Silas, persuadé qu'il serait devenu fou à sa place.

La Bête hocha la tête avant de se souvenir qu'il ne le voyait pas et de répondre :

— Oui.

Il examina un engrenage, le jugea trop usé, le retira délicatement de la prothèse de son ami, puis reprit :

— Peut-être ai-je eu de la compagnie, à certains moments. Il m'arrive de trouver des traces de passages qui ne m'appartiennent pas. En tout cas, si j'ai eu d'autres amis, je ne m'en souviens plus… Et ma mémoire continue de se détériorer. Je perds parfois des jours, des mois, des années, sans m'en rendre compte sur le moment. Ce n'est qu'en essayant de me remémorer certaines choses que je découvre des trous, des gouffres dans mon passé…

Il se tut pour inspecter un mécanisme particulièrement délicat, puis grogna quelque chose d'inintelligible et lança :

— Lianne, peux-tu me donner le quinze et le vingt… non, le seize !

La femme-oiseau se dirigea vers une armoire, l'ouvrit, dévoilant des rangées de tiroirs numérotés, et sortit ceux qui étaient demandés pour les lui apporter.

Face à la fenêtre, Silas se concentra pour observer le reflet de son hôte. Il le vit fouiller dans un tiroir et aperçut des doigts sombres, étrangement boursouflés, mais l'image était trop floue pour qu'il puisse réellement discerner quoi que ce soit. Il retint un juron frustré. Il *détestait* ne pas savoir.

Le sculpteur resta silencieux pendant une dizaine de minutes, concentré sur son travail. Silas continua de le regarder dans la vitre. Une montagne de muscles à genoux devant un homme frêle… Le brouillard qui serpentait dehors hantait en surimpression cette image étrange. Le souvenir de ce qu'il avait vu dans le laboratoire lui revint en mémoire : la soi-disant Bête ployée devant le corps d'un enfant… Un géant serrant délicatement sur son torse la dépouille fragile d'un mort…

Et si c'était là le vrai fond de sa personnalité ? Et si Damien était vraiment un pauvre hère sans mémoire qui aidait les gens et honorait même la mort des oiseaux, au lieu du sauvage que Gaston lui avait décrit ?

Enfin, il permit au doute de s'ancrer vraiment en lui.

Il commençait à entrevoir la réponse à cette question, et elle ne lui plaisait pas *du tout*.

Saleté de Bête honnête. C'était un coup à tuer sa profession, ça.

— Parfois, reprit soudain Damien, quand je visite le château, je tombe sur des traces de moi. Des sculptures qui sont indéniablement de moi, mais dont je ne me souviens pas, par exemple. Des œuvres à moitié terminées… Et même un deuxième atelier, autre part. Akim, tu veux bien essayer de bouger tes doigts ?

— Je peux regarder ? demanda Silas, plein d'espoir.

Damien hésita et répondit :

— Non. Pas tout de suite.

De plus en plus frustré, le chasseur croisa les bras sur sa poitrine en arborant une moue boudeuse.

— C'est parfait ! s'enthousiasma le médecin. Merci, Damien.

L'intéressé se contenta de sourire et fixa de nouveau les plaques qui protégeaient le mécanisme de la prothèse.

— Voilà, conclut-il en se relevant.

— Je peux voir, maintenant ? grommela Silas.

Damien attrapa ses gants. Comme il peinait à les renfiler, Akim soupira et l'aida à les passer sur ses doigts. Il désapprouvait cette idée de cacher son apparence au chasseur – le choc ne serait probablement que pire lorsqu'il finirait par la révéler –, mais il respectait le choix de son ami.

— Tu peux te retourner, lança Damien en remerciant son compagnon d'un signe de tête.

Silas fit volte-face et bondit presque jusqu'au médecin, des fois que son hôte change d'avis. Sans demander la permission, il posa une main sur son membre en bois et commença à l'examiner.

— As-tu plus de force qu'avec ton bras normal ?

— Un peu, avoua Akim. Mais j'évite de trop le solliciter pour ne pas user les rouages.

— Peux-tu faire exactement les mêmes mouvements ?

— Je suis un peu moins souple et moins précis, et je ne peux pas le lever plus haut que mon épaule.

— Le bois est-il assez dur pour parer une lame ? Tu penses que tu pourrais t'en servir comme bouclier ?

Damien laissa échapper un hoquet choqué. Akim s'écarta. Il y eut un blanc.

— Tu as de drôles de questions, le chasseur, lança Lianne d'un ton signifiant « je ne t'aime pas ». De quelle lame faudrait-il qu'il se méfie, ici ?

Silas lui adressa un sourire innocent.

— Ce n'était qu'une question théorique, évidemment.

— Évidemment, marmonna-t-elle, l'air revêche, en se plaçant à côté du médecin.

Silas estima qu'il était largement temps d'orienter la conversation sur un autre sujet. Il se tourna vers Damien.

— Pour en revenir à cette histoire de laboratoire, de diamant et de mémoire…

— Ah oui, reprit la Bête, en grattant l'arrière de sa perruque. Eh bien… Je pense que le plus simple serait de te montrer.

Il reposa ses outils sur son établi et, sans ramasser les tiroirs remplis d'engrenages qui traînaient par terre, prit la direction de la sortie. Silas lui emboîta aussitôt le pas. Akim et Lianne échangèrent quelques mots à voix basse dans son dos avant de les rejoindre précipitamment.

Ces deux-là ne l'aimaient vraiment pas. Était-ce parce qu'ils se méfiaient de lui ou pour une raison différente ? Quelque chose lui disait qu'un autre élément entrait en jeu, un élément dont Damien lui-même n'avait peut-être pas conscience… Mais quoi ?

— Où allons-nous ? s'enquit-il en se plaçant à côté du sculpteur, de façon à ce que leurs bras se frôlent.

Cela l'irritait de devoir lever la tête pour le regarder, mais il fut récompensé par la vision fugitive de ses yeux dorés. Par provocation, il ramena une mèche folle sur le côté, faisant tomber sa chemise entrouverte de son épaule. Son guide ne fit aucun signe suggérant qu'il avait noté quoi que ce soit.

Silas grommela une malédiction silencieuse.

Damien se força à fixer ses yeux devant lui et à respirer calmement, *beaucoup* trop conscient de la proximité de cet homme à la beauté dérangeante. Il répondit d'une voix bourrue :

— La salle de bal.

— J'espère que tu m'inviteras pour une danse ! lança Silas d'un ton taquin en lui adressant un sourire en coin.

Damien sentit ses joues chauffer.

— Je ne sais pas danser, lâcha-t-il plus brutalement que prévu.

Son compagnon haussa les épaules, momentanément vaincu, et Damien maudit pour la millième fois son manque de compétence en conversation. Ce n'était pas comme s'il n'avait pas *envie* que le chasseur lui propose une danse, après tout. Mais l'idée était si ridicule et si surréaliste que l'envie qu'elle faisait naître en lui lui faisait presque mal. Mieux valait ne pas penser à tout cela.

Ils passèrent devant la serre. Silas ne fit aucun commentaire, mais Damien sentit ses yeux s'attarder sur la porte en verre et accéléra fébrilement le pas.

Il était allé voir la rose blessée ce matin. Elle était morte. Il n'en voulait pas au chasseur, il ne pouvait pas savoir, mais si seulement…

— Lorsque je suis arrivé, lança soudain Silas, j'ai cru voir des gens danser dans la salle de bal.

— C'étaient des fantômes, ricana Lianne, des spectres venus réclamer ton âme ! S'ils n'ont pas insisté, c'est probablement parce que tu n'en as pas.

— Ce n'est pas vrai, se sentit obligé de rectifier Damien. Elle essaie de te faire peur.

Silas leva les yeux au ciel. Oui, merci, il avait saisi.

Ils s'arrêtèrent devant une large porte en fer. Damien se saisit de la poignée et la tira. Les gonds pivotèrent sans grincer.

Il s'inclina et fit signe à son invité d'entrer le premier. Sa perruque blanche et ses atours de cour, dans cette position, évoquèrent fugacement à Silas les bals auxquels il avait assisté dans le passé. Il sourit, intrigué, et entra.

La salle de bal était aussi vaste et imposante que le hall aux quatre statues. De grandes verrières remplaçaient les murs, élançant jusqu'au plafond des arcs si élégants qu'ils semblaient presque en mouvement. Le monde était blanc derrière les vitres, effacé par l'épaisse couverture de brouillard qui étouffait le château. L'humidité s'était condensée sur les fenêtres, dont certaines pleuraient quelques gouttelettes. Sous l'effet de la lumière laiteuse, le brun du parquet et l'or des piliers s'étaient atténués, formant presque un monochrome de gris.

Silas s'arrêta en haut des deux marches menant à la piste de danse.

Elle était occupée.

Des dizaines de couples enlacés patientaient sagement sur le sol lustré, des hommes et des femmes vêtus de très anciens costumes, de grandes robes, de perruques et de chemises rapiécées dont les broderies trahissaient la richesse passée.

Ils étaient tous faits de bois.

Quelques images fugaces de son arrivée au château lui revinrent en mémoire. Une valse se répétant en boucle dans la nuit, des ombres dansant sur les vitres, leurs pas parfaitement synchronisés…

— Des automates ? souffla-t-il en s'approchant, peinant à réaliser ce qu'il voyait.

Nul horloger n'avait jamais réussi un tour aussi incroyable. Les couples semblaient réellement figés entre deux mouvements, attendant que quelques notes leur insufflent assez de vie pour une valse. Ils se tenaient par la main et par la taille, les yeux dans les yeux, le visage teinté d'une sorte d'amour rêveur, semblable à l'expression qu'on pouvait trouver dans des illustrations de contes.

À droite de l'entrée se trouvait une sorte de malle à taille humaine pourvue de deux manivelles. Damien referma sa main autour de la première et la tourna lentement.

Quelques notes résonnèrent dans la pièce. Les danseurs de bois frémirent, comme si la musique s'était incarnée en eux, puis ils commencèrent à bouger, tous au même rythme, un pas en avant, une jambe relevée… Avant de s'arrêter, de nouveau figés. Damien avait lâché la manivelle.

— Une sorte de boîte à musique géante, expliqua-t-il en désignant le sol.

Silas aperçut des cercles concentriques de multiples tailles incrustés dans le parquet. Les automates devaient s'en servir comme des rails pour danser en formant des boucles qui se répétaient à l'infini.

Combien de temps était nécessaire pour réussir un exploit pareil ? Combien de jours, de mois, d'années, Damien avait-il passés à construire et animer ce bal factice ?

Le sculpteur le rejoignit et avoua tout bas :

— La solitude pousse à de drôles de choses. J'avais besoin de compagnie, fût-ce celle de fantômes. Je me suis inspiré des illustrations que j'ai pu trouver dans les livres et j'ai pris des habits dans les armoires. Je leur ai inventé des noms et des histoires…

Regrettant immédiatement d'en avoir autant dit – il ne voulait pas passer pour plus fou qu'il ne l'était –, il se racla la gorge et s'éloigna pour contourner la foule immobile.

Silas dévisagea encore quelques secondes le visage d'un des danseurs, puis le suivit en se demandant sur quoi il allait encore tomber. Il fut presque déçu de découvrir une banale estrade vide, probablement construite pour un orchestre.

Lianne échangea un regard avec Damien, attrapa un chiffon qui traînait au bas de l'estrade et passa un coup dessus pour chasser la poussière qui s'y était accumulée.

Des symboles étaient gravés dans le bois. Ils semblaient avoir été faits à l'aide d'un objet tranchant qui avait dérapé plusieurs fois. Le chasseur distingua un arbre plus ou moins semblable à celui vu sur la tapisserie, un diamant rectangulaire et deux gouttes d'eau accolées, l'une à l'endroit, l'autre à l'envers. Une énorme couronne était dessinée en dessous, soulignée par de profondes rayures évoquant l'urgence et la panique.

— D'aussi loin que je me souvienne, l'inscription a toujours été là, expliqua le sculpteur. Je pense qu'il s'agit d'un message que je me suis laissé, mais…

— Ça t'aurait vraiment tué d'écrire un truc clair ? se plaignit Silas avant de se reprendre, mortifié par son manque de diplomatie.

Voilà pourquoi il évitait de s'attarder trop longtemps à un même endroit. Il n'avait pas la patience de rester aimable plus de deux jours d'affilée.

— Je veux dire, tenta-t-il de se rattraper, que je suis certain qu'il…

Il se tut subitement et se redressa, tous ses sens en alerte.

Son instinct criait au danger.

— Que se passe-t-il ? s'inquiéta Akim.

Silas jeta discrètement un coup d'œil sur sa gauche.

Dans une déchirure du brouillard, il aperçut le visage cauchemardesque d'une Chimère dont les yeux globuleux les fixaient sans ciller. Une cicatrice tranchait son œil droit, traversait sa joue et tordait sa bouche anormalement large.

Une bourrasque referma la brume sur elle, effaçant son sourire aux dents pointues.

— Les animaux ne peuvent pas pénétrer dans le château, n'est-ce pas ? demanda Silas.

— Pas vivants, non, répondit Damien, surpris. Ils se heurtent à une barrière invisible.

— Les Chimères comptent-elles comme des animaux ?

— Aucune idée… Que se passe-t-il ?

Silas fit un tour sur lui-même, fouillant du regard les volutes du brouillard.

— Il semble que nous allons bientôt pouvoir trancher cette question philosophique, lâcha-t-il, tendu. Au moins trois Chimères entourent la salle de bal, et je doute qu'elles soient venues danser.

Comme pour lui répondre, un visage blafard se colla contre la fenêtre la plus proche. Dans un fracas, la vitre vola en éclats.

10
Décision

Silas réfléchit à toute allure, analysant en moins d'une seconde le terrain, le nombre d'armes à sa disposition, les possibles compétences au combat de ses compagnons, le handicap imposé par sa blessure et le niveau de dextérité dont il pouvait faire preuve sans révéler aux autres que tuer était son métier.

— Il faut les attirer dans les couloirs ! s'exclama-t-il en faisant volte-face.

Habituées à la forêt, les Chimères auraient probablement plus de mal à se battre dans des espaces réduits… Ou du moins, il l'espérait.

La première créature bondit dans la salle de bal, renversant un couple d'automates.

— Damien, bouge ! cria Lianne.

Silas, déjà à mi-chemin de la porte, jeta un coup d'œil par-dessus son épaule.

La terrible Bête censée dévorer des enfants au goûter était restée figée devant l'estrade, face au monstre, les mains levées dans une défense instinctive.

— Mais c'est pas vrai ! râla Silas en voyant Lianne et Akim se placer devant leur ami.

Damien les dépassait d'une tête, mais c'était clairement eux qui le protégeaient.

Silas sentit le temps ralentir alors que sa concentration s'aiguisait.

Il vit les cuisses arrière de la Chimère se tendre, sa bouche s'ouvrir, ses pattes avant se plier, et il visualisa clairement ce qui allait se produire dans les prochaines secondes.

Elle allait sauter, égorger Lianne la première – elle était plus près –, se débarrasser d'Akim d'un coup de griffes et continuer dans son élan en sautant sur Damien.

Il n'eut qu'un battement de cœur pour se décider. Il pouvait encore fuir…

Mais personne ne me vole ma proie !

Il s'accroupit, sortit les lames de jet cachées dans ses bottes et, dans un mouvement qui lui était aussi naturel que respirer, les lança.

Elles atteignirent la nuque du monstre une seconde avant qu'il ne quitte le sol. Ses muscles cédèrent d'un coup et son corps s'effondra, mort.

Sans prendre plus de temps qu'une respiration, Silas fit jaillir un poignard dans sa main gauche et décrivit un arc de cercle pour empêcher la deuxième Chimère de l'approcher.

— Ne restez pas plantés là ! cria-t-il aux habitants du château, qui fixaient le cadavre d'un air choqué. Dégagez !

Il fit un pas en direction de la Chimère, manquant de lui érafler le nez de la pointe de son arme. La troisième sortit du brouillard, juste derrière, pour traverser la vitre brisée.

Elles le fixaient toutes les deux du même regard haineux, bestial, les babines retroussées sur leurs crocs saillants.

— Formidable, grommela Silas, c'est moi le plat principal, maintenant…

Du coin de l'œil, il vit Akim atteindre la sortie, suivi par Damien et Lianne. Il fit un pas sur le côté pour éviter la Chimère qui le frôla en bondissant, tourna sur lui-même et…

Une douleur soudaine lui déchira le ventre.

Sa blessure désapprouvait fortement ses pas de danse.

Il se baissa en serrant les dents, évita le coup de griffes qui éborgna un pauvre gentilhomme-automate et courut vers la porte.

Akim apparut sur le seuil, une arbalète à la main. Un instant, Silas eut irrationnellement peur qu'il le vise lui, mais lorsque le carreau vibra dans l'air, ce fut pour se planter dans l'épaule d'un des deux monstres, qui lâcha un glapissement de douleur.

Il ne sait pas viser ou quoi ? se plaignit Silas, toujours irrité lorsqu'il était en difficulté. À sa place, il aurait atteint la tempe, l'œil, la bouche ou le cou sans effort.

Il gravit les deux marches qui menaient à la sortie et quitta la pièce en trombe. Aussitôt dehors, il fit volte-face pour fermer la porte, mais Damien et Lianne étaient déjà en train de pousser le battant.

Ils m'ont attendu, réalisa-t-il, surpris.

C'était plutôt logique dans cette situation, mais il n'était pas habitué à se battre dans le même camp que quelqu'un.

Damien regarda autour de lui, ramassa la porte tombée d'une pièce voisine et l'utilisa pour coincer la poignée de la salle de bal.

Un coup sourd retentit de l'autre côté, faisant trembler la barricade improvisée.

— Ça ne va pas tenir longtemps, prévint Silas en essayant d'ignorer la douleur qui pulsait dans son ventre. Damien, la prochaine fois que tu vois un truc qui veut te tuer, tu frappes ou tu fuis, tu ne restes pas planté là !

— Mais… protesta la Bête d'une toute petite voix.

— Il a raison ! le coupa Lianne. Tu as failli te faire tuer, espèce de tête en bois !

Silas retint héroïquement un commentaire sur cette insulte particulière.

— Il faut les attirer à l'intérieur du château, les séparer et les piéger une par une, déclara-t-il.

— Je suis d'accord, confirma Akim. Il y a des armes au bout du couloir, nous pouvons…

— La serre ! s'exclama soudain Damien d'un ton vibrant d'angoisse. Il faut protéger la serre !

— Mais oui, railla Silas, c'est tout à fait le moment de penser au jardinage.

— Nous allons nous poster devant, Damien et moi, décida Akim sans relever sa remarque. Lianne…

— Je prends le chasseur et je les attire ailleurs, termina-t-elle. Compris.

Sans lui laisser le temps d'émettre un avis, elle attrapa Silas par le bras et commença à courir vers la droite. Le chasseur se laissa entraîner avec un juron résumant tout ce qu'il pensait de la situation.

— Soyez prudents ! leur cria Damien.

Un coup sourd contre la porte de la salle de bal, suivi d'un craquement sinistre, ponctua sa phrase.

— Oui, eh bien, on va faire ce qu'on peut, hein, marmonna Silas en tirant sur son bras pour que Lianne le lâche.

Une douleur déchirante pulsait depuis son ventre. Un coup d'œil lui confirma que sa blessure s'était encore rouverte et que du sang avait taché sa chemise.

Formidable.

À la suite de Lianne, il tourna à gauche, puis à droite, et se retrouva dans une grande pièce coupée en deux par un toit effondré. Il avait dû s'agir d'une salle d'entraînement, puisque des dizaines d'épées, d'arcs, de poignards et d'arbalètes étaient accrochés au mur ou éparpillés sur le plancher.

Aucune issue.

— Tu nous as emmenés dans un *cul-de-sac* ? glapit Silas, sidéré par un tel manque de stratégie.

La femme-oiseau attrapa une grosse épée rouillée, planta ses pieds dans le sol et se posta face à l'entrée.

— C'est le seul endroit où nous pouvions trouver des armes ! expliqua-t-elle sans le regarder. Nous n'allons pas fuir éternellement !

Silas lâcha un profond soupir en se plaçant à ses côtés. *Fichus amateurs.*

— On aurait pu se débrouiller pour les séparer, rétorqua-t-il aigrement. Et lâche ce truc, la lame est si rouillée qu'elle se brisera si tu éternues. Tiens. Mais tu as intérêt à me le rendre !

Il fit jaillir le poignard de sa deuxième manche et le lui tendit. Il valait toujours mieux avoir des alliés armés que des alliés morts.

— Mais combien d'armes as-tu sur toi ? s'étonna-t-elle en acceptant.

— Je suis une personne prudente, répondit-il en la poussant sur le côté pour bondir en avant.

Il avait vu le mouvement d'une ombre du coin de l'œil et avait immédiatement réagi, conditionné par des décennies de métier.

Une Chimère venait de surgir au fond du couloir. Elle avala les derniers mètres en quelques secondes et bondit, la gueule ouverte, son visage presque humain déformé plus loin que la folie.

Elle se réceptionna sur le torse de Silas, qui tomba en arrière. L'air quitta ses poumons lorsque son dos heurta le sol et un pic de douleur fulgurant lui traversa l'estomac.

La créature leva la patte pour le frapper, mais il tourna la tête à temps, laissant les griffes du monstre labourer le parquet à côté de son oreille.

Le visage de la Chimère n'était qu'à quelques centimètres du sien, mais elle ne bougeait pas. Dans ses yeux écarquillés, Silas vit la mort s'installer.

Un filet de sang chaud coula sur son poignet.

Il lui avait planté son poignard dans le menton, si profondément que sa langue et son palais s'étaient cloués dessus.

La Chimère lâcha un ultime râle. Son regard s'éteignit.

Une en moins.

Il remonta les genoux et poussa sur ses pieds pour écarter le cadavre allongé sur lui. Sa chemise était collante de sang chaud, le sien mêlé à celui du monstre.

À ce rythme, il allait détruire toute sa garde-robe…

Un cri de Lianne le força à se concentrer de nouveau. Une deuxième Chimère était entrée dans la pièce. Il se releva et observa quelques instants le combat.

La femme-oiseau ne se débrouillait pas trop mal. Elle manquait de technique, mais le monstre n'en avait pas non plus, ce qui évitait de trop la désavantager. Elle dansait presque sur ses pieds, comme si elle ne pesait rien, et ses va-et-vient rapides, saccadés, ressemblaient vaguement à ceux d'un petit animal.

Elle lâcha un grognement de douleur en se prenant une griffure au biceps et il décida d'intervenir. Ce n'était pas la peine de la laisser se faire trucider.

Il respira profondément, chassant en quelques expirations la douleur et les pensées parasites.

Il voyait, il analysait, il ressentait. Il pouvait presque goûter la faim de la Chimère sur la langue et ressentir la hargne de Lianne, trop fière pour céder plus d'un pouce de terrain.

Les battements de son cœur résonnèrent plus fort à ses propres oreilles.

Boum. Boum. Boum.

Il fit trois pas et se baissa, esquivant la lame de Lianne, qui faillit le blesser sans le vouloir.

Boum. Boum.

La Chimère remarqua sa présence.

Boum.

Trop tard.

Boum.

Elle enfonça sa propre gorge sur le poignard tendu.

Boum.

Le sang chaud gicla.

Boum. Boum. Boum.

Le corps s'effondra.

Sa concentration se dilua.

Silas pesta en réalisant qu'il en avait dans les cheveux. Il allait devoir se laver des dizaines de fois à la fin de cette histoire.

— Comment as-tu… balbutia Lianne.

— Un coup de chance, mentit-il en haussant les épaules. Elle s'est blessée toute seule sur mon arme.

La jeune femme ouvrit la bouche pour répondre, mais à cet instant, une ombre jaillit dans son dos.

Un bruit mat se fit entendre.

Ses yeux roulèrent dans leurs orbites. Elle s'effondra, inanimée.

Derrière elle se tenait une femme inconnue au crâne rasé et au visage couturé de cicatrices. Des tatouages serpentaient le long de ses bras, représentant des corps de monstres enchevêtrés, à peine discernables sur sa peau brune. Sur son armure de cuir sombre avaient été cousues des dents de toutes les tailles et de toutes les formes – certaines immanquablement humaines. Dans son poing encore dressé, elle tenait le sabre dont elle s'était servie pour assommer Lianne.

Silas reconnut instantanément une chasseuse de monstres.

Voilà autre chose.

— Bonjour, salua-t-il poliment, c'est à quel sujet ?

Elle le dévisagea des pieds à la tête et sourit en haussant les sourcils. Il décida immédiatement qu'il ne l'aimait pas.

— Que les démons me raclent la cornée ! s'exclama-t-elle avec un fort accent du Nord. Si ce n'est pas le fameux Silas !

Elle plaça son sabre sur sa propre poitrine, pointe en bas, salut universel des chasseurs.

Silas n'avait jamais fréquenté ses collègues. De son point de vue, la plupart n'étaient que des brutes grossières, de vulgaires assassins responsables de la mauvaise réputation du métier. Si Deirdre avait insisté pour qu'il respecte un certain code d'honneur, notamment la promesse de ne tuer que des monstres, c'était pour éviter de leur ressembler. *Celui qui chasse les monstres doit prendre garde à ne pas devenir monstre à son tour*, soufflait-elle souvent quand ils croisaient la route de leurs semblables.

— Non, mais je rêve ! s'exclama Silas, outré, en réalisant ce qu'elle était venue faire ici. Gaston a envoyé quelqu'un d'autre pour remplir *ma* mission ?!

Elle lâcha un rire amusé, comprenant sa vexation.

— Il préfère s'assurer que le travail sera fait. Et on ne peut pas lui donner tort, cette forêt est un putain de traquenard ! Tu as déjà tué la Bête, du coup ?

Silas grimaça.

— À ce propos, il y a comme un… hic. Je pense que Gaston a menti. La Bête s'appelle Damien, et…

Il hésita, mais au fond, il devait s'avouer à lui-même la vérité.

— Ce n'est pas un monstre.

Elle lui jeta un regard stupéfait, puis rit, la tête rejetée en arrière.

— Bon sang, j'ai cru que tu étais sérieux ! Écoute, je te propose qu'on fasse équipe. Tu as une fameuse notoriété et je ne dis pas non à un petit coup de pouce à ma propre réputation. Je te laisse soixante-dix pour cent de la récompense. Je suis sûre qu'on peut demander une augmentation à Gaston.

Elle lui tendit sa main non armée. Silas hésita. Tout serait si simple s'il acceptait. Il repartirait avec une bourse bien remplie et pourrait enfin faire ce qu'il voudrait de sa vie. Il suffirait que Damien meure…

Et après tout, pourquoi pas ? Deirdre n'était plus là, il n'avait plus à suivre ses principes. Et puis, il ne devait rien à Damien. Il ne le connaissait pas. Il ne savait rien de lui, d'ailleurs, sinon qu'il n'appréciait pas son apparence, qu'il aimait ses amis, qu'il avait vécu si longtemps seul qu'il s'était créé des fantômes pour lui tenir compagnie, qu'il sculptait le bois avec une délicatesse surréelle et qu'il entretenait la mémoire des morts dans son jardin en fleurs…

La main serrée sur son poignard trembla.

Il soupira.

Il ne le tuerait pas.

— Tu ne travailles pas en équipe, hein ? railla la chasseuse en reculant d'un pas.

Il avait hésité trop longtemps.

— Désolé, soupira-t-il tragiquement. Il n'y a pas assez de place pour deux au sommet…

Elle se jeta sur lui avant qu'il ait fini la fin de sa phrase.

Il réagit purement à l'instinct, en bloquant sa lame par la sienne et en donnant en même temps un coup de poing de l'autre main.

Elle ouvrit des yeux surpris, ne s'attendant pas à ce qu'il réagisse aussi vite, et s'écarta d'un bond. Mais pas assez rapidement pour éviter que le dard de la bague empoisonnée lui érafle le poignet.

Ce n'était pas pour rien que Silas était considéré comme le meilleur des chasseurs.

Elle attaqua de nouveau, lame en avant. Il esquiva et garda une distance prudente alors qu'elle l'acculait vers un mur, pensant qu'elle menait ce combat.

C'est étrange, songea Silas, détaché, *comme on peut se débattre sans savoir qu'on est déjà condamné…*

Elle ricana en le voyant esquiver une nouvelle fois, mais son rire se figea en rictus.

Elle s'arrêta.

Sa respiration se fit sifflante. Sa main se desserra, lâchant son sabre. La lame heurta le sol avec fracas.

Ils se regardèrent en silence durant quelques secondes.

Elle sourit. Pas un sourire plein de morgue et de défi, comme les fois précédentes. Juste un sourire résigné.

— C'est le jeu.

Et elle s'effondra, face contre terre.

Silas resta seul debout dans la salle d'entraînement, couvert de sang, entouré de cadavres.

L'histoire de sa vie.

Il resta quelques instants immobile, aux aguets, au cas où quelqu'un d'autre déciderait de se mêler à la fête.

Mais rien.

Sa concentration diminua, laissant la douleur se rappeler à son bon souvenir. Il crispa la main sur son ventre en serrant les dents. Il haletait et une fine pellicule de sueur recouvrait sa peau. Il ne savait pas s'il avait trop chaud ou trop froid. Mauvais signe, ça…

Il s'agenouilla à côté de Lianne et prit son pouls. Régulier. Elle ne paraissait pas gravement blessée, juste assommée. Tant mieux. Il n'appréciait pas les pertes de vies inutiles.

Il inspira profondément et passa ses mains sous les aisselles de la chasseuse pour la soulever. Si les autres la trouvaient, ils se poseraient des questions – le type de questions à éviter.

Il ne savait pas comment réagiraient les habitants du château s'ils découvraient qu'il était chasseur de monstres, mais il préférait ne pas prendre de risques dans son état. Heureusement, Lianne ne l'avait pas vue. Il n'aurait qu'à lui dire qu'une des Chimères s'était relevée et l'avait attaquée dans le dos.

Son fardeau dans les bras, il tituba jusqu'au couloir et tapa du pied pour ouvrir des portes au hasard. Il choisit la troisième pièce, une salle de musique abandonnée, et traîna sa victime jusqu'au coin le plus éloigné, derrière un piano écroulé. Il la lâcha. Elle retomba dans la poussière, les yeux grands ouverts, la joue contre terre.

Désolé, songea-t-il avec une tristesse qui le surprit.

Sans trop savoir pourquoi, il resta debout à la regarder, submergé par une soudaine vague de mélancolie. Il songea à Deirdre. Il songea à son propre avenir, sa propre mort. Il se vit à la place de cette femme dont il ne connaissait même pas le nom. Il était peut-être le meilleur, mais même les meilleurs finissent par tomber…

L'image de Damien s'imposa subitement à lui. Son sang ne fit qu'un tour. Et si un autre chasseur ou une autre Chimère s'étaient introduits dans le château ? Akim ne ferait pas le poids et Damien ne savait apparemment pas se battre…

Il sortit de la pièce, ferma la porte en prenant garde à ne pas laisser de sang sur la poignée et se précipita en direction de la serre.

Une douleur brûlante, comme un tison chauffé à blanc, irradiait de son ventre. Il avait perdu trop de sang. Son cœur battait violemment contre ses tympans, faisant trembler sa vision à chaque coup. Ce satané sol n'était pas tout à fait droit sous ses pieds. Il titubait plus qu'il ne courait.

Et s'il les trouvait morts ? Ça mettrait fin à son dilemme. Il pourrait ramener la tête de Damien à Gaston et empocher tranquillement l'argent. Cette idée aurait dû le réjouir…

Alors pourquoi cette intense sensation de regret lui étreignait-elle la poitrine ?

Il s'appuya sur le mur pour négocier le dernier tournant.

— Silas ! s'exclama Damien en le voyant apparaître.

Il soupira et se laissa tomber à genoux, soudain trop faible pour rester debout. Pourquoi était-il *si* soulagé ?

Damien se précipita vers lui.

— Où est Lianne ?! demanda Akim, la voix déchirée d'inquiétude.

— Tout va bien, répondit-il en souriant, parce que ce n'était pas une phrase qu'il avait l'habitude de dire. Elle est dans la salle d'armes. Un peu assommée.

Le médecin partit en courant.

Silas cligna des yeux. Comment s'était-il retrouvé allongé ? Maintenant qu'elles n'avaient plus rien d'urgent sur quoi se fixer, ses pensées s'éparpillaient dans tous les sens.

Une ombre le surplomba.

Il sentit quelqu'un le soulever sans effort, des bras larges, puissants et durs, qui l'appuyèrent contre un torse tout aussi solide. Il aurait dû paniquer, tenter de se défendre, mais il n'y avait aucune agressivité chez Damien, aucune violence, aucune menace. Son instinct lui soufflait qu'il était *à l'abri*, quoi que cela puisse vouloir dire.

— Je pense qu'on a zigouillé toutes les Chimères, marmonna-t-il d'une voix pâteuse. Vous en avez vu d'autres ?

— Non, répondit Damien. Silas, tiens bon, d'accord ?

— Mmm ? Oh oui, d'accord… acquiesça-t-il distraitement en se blottissant contre son torse.

On ne l'avait jamais porté, même enfant. La sensation était agréable. Il ferma les yeux. Une odeur de rose et de sève lui monta au nez.

— Damien…

— Oui ?

— Si je meurs, tu m'enterreras dans ton jardin en fleurs, n'est-ce pas ? Tu ne m'abandonneras pas tout seul dans la poussière ?

— Tu ne vas pas mourir, répondit-il d'un ton angoissé.

Silas soupira.

— C'est ce que j'ai dit à Deirdre, mais elle est morte quand même.

— Tu ne vas pas mourir, répéta la Bête d'une voix plus claire.

Avait-il retiré son masque ? Silas maudit ses paupières, qui refusaient de s'ouvrir.

Il aurait tellement voulu voir son visage.

11
La véritable rencontre

Des suites d'images confuses passèrent dans l'esprit de Silas sans qu'il puisse séparer tout à fait les rêves des bribes de conscience.

Il vit Deirdre telle qu'elle était le jour de leur rencontre, ses cheveux blonds brillant comme une coulée de soleil, une véritable déesse aux yeux d'un pauvre enfant des rues. Il vit des silhouettes indistinctes, les souvenirs mêlés des dizaines de monstres qu'il avait occis durant les années. Il vit un regard aussi doré que les feuilles d'automne. Il vit le sourire résigné de la chasseuse comprenant qu'elle allait mourir…

Mais lorsqu'il ouvrit enfin les yeux, il était seul.

Durant quelques secondes, le poids brutal de cette solitude l'étouffa.

Il respira fort, le cœur battant, et, petit à petit, la sensation s'effaça.

Il se trouvait dans la chambre de Damien, celle où il s'était éveillé à son arrivée au château. Un feu brûlait dans la cheminée. La nuit recouvrait lentement le ciel de l'autre côté de la fenêtre. Il n'y avait plus de brouillard.

Combien de temps avait-il dormi ? Il se sentait lourd et terriblement fatigué. Vidé, physiquement et mentalement. Sa gorge était sèche et son estomac semblait creux.

En passant une main prudente sur son ventre, il sentit des bandages. Akim devait l'avoir recousu. Eh bien, au moins, cela signifiait qu'ils n'avaient pas découvert sa véritable identité… S'ils avaient trouvé le corps de la chasseuse, ils l'auraient probablement mis à la porte sans autre forme de procès.

Il prit une grande inspiration et se redressa. Il savait qu'il n'aurait pas dû, mais il était incapable de rester immobile trop longtemps, surtout quand les pensées s'agitaient aussi violemment dans son esprit.

Qu'allait-il faire ? S'il renonçait réellement à tuer Damien, allait-il simplement rester ici jusqu'à ce que sa blessure guérisse, puis partir la queue entre les jambes ? Retournerait-il voir Gaston pour s'expliquer, ou éviterait-il soigneusement le village ?

Et s'il trouvait une autre Bête à tuer et livrer à la place ? Après tout, ce n'était pas Damien qui dévorait des gens, c'étaient probablement les Chimères, chassées de leurs terres par le Mal Gris.

Mais il savait que Gaston n'accepterait pas. Au fond, le noble se fichait probablement des villageois disparus, il voulait un nouveau trophée de chasse à accrocher sur son mur. Et il avait déjà vu Damien, en plus, il saurait le reconnaître.

Silas soupira et passa une main sur ses yeux.

Sa vie avait été simple, à un moment. Il tuait les monstres, il empochait l'argent et il recommençait. Quand était-il devenu si fatigué, si désabusé ? Il avait l'impression que plus rien ne rimait à rien, comme si tout ce qu'il avait accompli n'était qu'un énorme gâchis. Même la perspective de perdre la somme astronomique promise par son client ne le bouleversait pas vraiment. Au fond, avait-il réellement cru qu'il pourrait prendre sa retraite ? Les chasseurs mouraient au combat. C'était comme ça.

Il se leva prudemment, en respirant profondément. N'importe quel médecin le tuerait en le voyant debout si tôt, mais il préférait toujours ce risque aux pensées noires qui tournaient dans son esprit. Il avait besoin d'une distraction.

Il était torse nu. Sa chemise ensanglantée gisait en tapon près de la cheminée, probablement irrécupérable. Une autre, propre et blanche, était posée sur le dossier d'une chaise, près du lit.

Il la prit à bout de bras et l'examina critiquement. Les manches bouffantes ainsi que les dentelles au col étaient terriblement démodées et elle avait clairement été coupée pour quelqu'un qui possédait de plus larges épaules, mais si sa blessure se rouvrait *encore*, il préférait ne pas perdre les derniers habits qui lui restaient.

Avec un soupir à fendre l'âme, il enfila la chemise, qu'il glissa dans son pantalon, et natta ses cheveux. Il devait avoir un teint horrible. Finalement, ce n'était peut-être pas une si mauvaise chose qu'il n'y ait pas de miroir dans la pièce…

Sa sacoche était posée sur la chaise, accompagnée des armes qu'il avait perdues durant la dernière bataille. Damien, Akim et Lianne avaient dû les récupérer. Il éprouva une soudaine bouffée de gratitude à leur encontre.

— Content de vous revoir, les enfants ! lâcha-t-il joyeusement en les glissant à leur place, dans ses manches et ses bottes.

Il retira sa bague, qui n'avait plus de poison, et la rangea dans sa sacoche. Il la rechargerait plus tard.

Cela fait, il tituba jusqu'à la porte et tourna la poignée. Elle céda sans résister. Il sortit dans le couloir. La différence de température avec sa chambre chauffée lui arracha un violent frisson. Il aurait fait très sombre, peut-être entièrement noir, si une autre porte n'était pas ouverte sur sa droite, laissant un rectangle doré se dessiner au sol.

Il s'en approcha lentement, la main contre le mur, et jeta un coup d'œil à l'intérieur de la pièce. L'intimité de la scène qu'il surprit lui fit comme un coup au cœur.

Lianne était assise sur un tabouret, penchée en avant, les yeux fermés. Elle ne portait que son pagne et un bandeau autour de sa poitrine. Silas put voir de minuscules plumes sur son ventre, ainsi que des petites cicatrices, comme des croix, un peu partout. Son épaule était pansée. Akim se trouvait derrière elle. Il examinait sa tête, là où la chasseuse l'avait frappée. Ses doigts écartaient les longues plumes en les caressant doucement et Silas vit son visage s'adoucir sous l'effet de la tendresse.

— Je vais devoir arracher cette plume, souffla-t-il à regret. Le bout est brisé et une autre est déjà en train de pousser en dessous, ça peut s'infecter.

Elle grimaça et crispa les poings sur ses cuisses.

— Vas-y.

Il serra brièvement son épaule pour la rassurer, puis tira un coup sec. Elle tressaillit en laissant échapper malgré elle un hoquet de douleur, puis se détendit.

Akim inspecta sa tête encore quelques secondes, puis la contourna et lui tendit la plume.

— Tiens, pour ton prochain nid.

— Idiot ! rit-elle en lui tapant la main.

Ses doigts s'attardèrent sur ceux du médecin. Son rire mourut alors qu'elle plongeait son regard dans le sien.

Akim recula.

— Ne te gratte pas, lâcha-t-il précipitamment en se dirigeant vers la porte.

Silas se dissimula immédiatement derrière le battant ouvert. Akim s'éloigna à grands pas en direction du salon. Il ne regarda pas en arrière, mais le chasseur le vit glisser la plume dans sa poche. Qu'est-ce qui se passait entre eux ?

— Attends ! cria Lianne en surgissant à son tour dans le couloir.

Il ne s'arrêta pas.

Elle resta là quelques secondes, les bras ballants, désemparée, avant de soupirer tristement et de se retourner. Ses yeux s'arrêtèrent immédiatement sur Silas. Il vit la honte passer sur ses traits, suivie par un certain amusement.

— Tu fais bien de te cacher, remarqua-t-elle sans animosité, si Akim te voit debout si tôt, il va te trucider.

Comme le chasseur hésitait à répondre, elle désigna sa chambre et ajouta :

— Viens, j'ai de l'alcool.

— Eh bien, on peut dire que tu sais soigner tes invitations, ironisa-t-il en sortant de l'ombre.

Il ne put s'empêcher de lancer un regard par-dessus son épaule. Sa cachette était entièrement plongée dans l'obscurité.

— Est-ce que tu peux voir dans le noir ? demanda-t-il, intrigué.

— Mieux que toi, répondit-elle avec un sourire moqueur.

Gnagnagna, ronchonna-t-il intérieurement en la suivant dans la chambre.

Elle lui désigna le tabouret qu'elle avait occupé un instant plus tôt et il s'assit, soulageant sa blessure. Instinctivement, il croisa les jambes et ramena ses cheveux sur son épaule droite en faisant attention à ce que la chemise découvre la gauche. Il n'avait pas spécialement l'intention de séduire la femme-oiseau, mais il faisait attention à son image depuis si longtemps qu'il ne savait plus comment paraître en public sans ce voile sulfureux.

Lianne lui jeta un coup d'œil en coin, les joues un peu roses. Cet homme était trop beau pour son bien – et celui des personnes qui l'entouraient.

— Combien de temps ai-je dormi ? demanda-t-il alors qu'elle se penchait sous son lit pour attraper une bouteille.

— Trois jours.

— Trois *jours* ?!

Il n'était jamais resté inconscient si longtemps.

— Tu avais perdu beaucoup de sang et Akim t'a drogué avec tout ce qu'il avait, de peur que tu te réveilles et te mettes à déambuler un peu partout. En fait, il était persuadé que tu n'ouvrirais pas les yeux avant encore un jour ou deux.

Silas accepta le verre qu'elle lui tendait et le porta à ses lèvres pour cacher un petit sourire de satisfaction. Il n'aimait pas être prévisible.

Lianne tira une chaise en face de lui. Elle se laissa tomber dessus et but directement au goulot.

— Par les fées, grommela Silas, les bonnes manières n'ont jamais tué personne.

— Arrête de juger les autres, rétorqua-t-elle. Qu'est-ce que tu es, un roi ? Un noble ?

— Un être civilisé possédant un minimum de connaissance des règles de la bienséance, répliqua-t-il avec grandeur.

Elle hésita visiblement entre lui balancer la bouteille à la figure et soupirer, mais, heureusement pour tout le monde, opta pour la seconde option.

— Ce n'est pas ma faute si je ne connais pas tes règles de bienséance, monsieur le chasseur, lâcha-t-elle amèrement. Je ne suis jamais sortie de la forêt et je ne sais rien du monde extérieur. Damien n'est jamais sorti non plus et Akim ne parle pas de son passé.

— Vraiment ? l'encouragea Silas.

Elle se leva, prit une autre gorgée d'alcool et marcha jusqu'à la fenêtre.

— Tu n'as jamais posé de questions, remarqua-t-elle.

— Ah ? J'ai pourtant l'impression d'en avoir posé plein.

Elle lui jeta un regard exaspéré.

— À propos de…

Elle fit un geste en direction des plumes qui remplaçaient ses cheveux.

— Oh, ça ? fit-il en feignant la surprise. Ma foi… Le sujet avait l'air sensible et je ne voulais pas être assassiné dans mon sommeil.

Il avait aussi estimé qu'on obtenait souvent plus de renseignements en attendant que les gens parlent d'eux-mêmes, mais il omit d'ajouter cette précision.

Elle lâcha un petit rire.

— Avant de rencontrer Akim, avoua-t-elle, je ne savais pas à quoi ressemblaient les humains normaux. Il y a de nombreuses personnes comme moi dans la forêt. Des gens avec des oreilles de renard, des écailles de poisson, des épines sur le dos… Enfin, il y avait. Beaucoup ont disparu avec l'avancée du Mal Gris et la prolifération des Chimères.

— Tu as connu tes parents ?

Elle se figea, déglutit et prit une nouvelle gorgée avant de répondre :

— Oui. Si, comme tu l'as suggéré l'autre jour, nous avons été… eh bien… modifiés par un alchimiste, cela remonte à des générations.

Elle hésita avant d'ajouter, un ton plus bas :

— Toute ma famille est devenue Ombres. La source près de laquelle nous habitions a été infectée par le Mal Gris. J'étais partie pour la nuit. Je ne l'ai découvert qu'au matin. Je me suis enfoncée dans la forêt, folle de chagrin, et j'ai fini par arriver ici…

Sa voix se fendit.

— Ils sont toujours là-bas. Mes parents, mes sœurs, mes oncles, mes neveux, mes amis… Semblables au jour où je les ai quittés. Ils n'ont pas vieilli. Ils n'ont pas changé. Ils répètent les mêmes scènes, les mêmes gestes, prisonniers de leurs dernières heures. Je vais les voir parfois, même s'ils n'ont pas conscience de ma présence. Ils ne sont plus que des souvenirs. Des souvenirs de chair et de sang.

Elle détourna les yeux pour essuyer une larme.

— Il y a quelque chose qui m'étonne, avoua Silas. Damien a dit qu'il avait vécu seul pendant des années avant ton arrivée… Cela signifie qu'aucun d'entre vous n'a jamais eu envie de visiter le grand château en ruine juste à côté ?

— Pas vraiment. Au risque de te surprendre, l'endroit avait vraiment mauvaise réputation. Il y avait des rumeurs sur… eh bien… une Bête monstrueuse. Des crimes abominables. Des gens disparus. Ce genre de choses. Je ne l'ai jamais dit à Damien, évidemment, mais quand je suis entrée dans le château pour la première fois, c'était parce que je voulais mourir. Je voulais que le monstre qui vivait à l'intérieur me tue.

Elle sourit en coin.

— À la place, il m'a tapoté maladroitement l'épaule parce que je m'étais mise à pleurer et il m'a offert un petit oiseau en bois. Ça m'a fait un choc.

— Je vois le genre, admit le chasseur en songeant à la surprise qu'il avait ressentie en le voyant sauver ce squelette d'enfant.

Plus il apprenait sur lui et plus il le trouvait… eh bien… fascinant. Il n'avait jamais rencontré quelqu'un qui lui ressemble. Il n'arrivait pas à le comprendre, mais il avait subitement envie d'essayer, comme un scientifique découvrant un nouveau sujet d'étude.

— Tu devrais aller le voir, d'ailleurs, lança la jeune femme, interrompant sa rêverie. Il est dans son atelier. Il était mort d'inquiétude à ton sujet.

— Quelle drôle d'idée, s'amusa-t-il.

— N'est-ce pas ? renchérit Lianne sur le même ton.

Il se leva. Elle hésita et ajouta, plus durement :

— Je t'ai peut-être mal jugé, et je suis prête à t'accorder une chance, mais je ferai tout pour le protéger, tu sais. Si tu le blesses, je te blesserai en retour. Plus douloureusement.

— Oui, je pense que tu as déjà plus ou moins communiqué la teneur de ce message, railla Silas en déposant son verre sur son tabouret. Dix ou vingt fois, même. Ça devient fatigant. Pourquoi voudrais-je du mal à ce brave Damien ?

— Je ne sais pas, murmura Lianne alors qu'il sortait. Mais je ne te fais pas confiance.

Il lui adressa un sourire par-dessus son épaule.

— Et tu as bien raison. Ce serait stupide de faire confiance à qui que ce soit par les temps qui courent.

***

Par chance, il marcha – enfin, tituba – jusqu'à l'atelier-bibliothèque sans croiser Akim. Il n'avait pas envie de retourner au lit et ne se sentait pas d'humeur à devoir dissimuler un nouveau cadavre dans la soirée. Il détestait être sermonné.

La porte de l'atelier était fermée à clé. Il hésita à la crocheter, puis décida finalement de tenter la voie la plus simple.

Il toqua.

— Qui est-ce ? demanda une voix de l'autre côté de la porte.

— Le plus bel homme du continent, déclara-t-il tranquillement.

Il y eut un blanc.

— Damien, si tu fais semblant de ne pas savoir qui se trouve derrière cette porte, je vais me vexer.

— Je sais que c'est toi, Silas, répondit le sculpteur. Attends un instant, s'il te plaît.

Il m'énerve à être aussi calme tout le temps, marmonna intérieurement le chasseur en croisant les bras. *Fascinant, tu parles…*

En vérité, Damien était loin d'être calme. Son masque à la main, il n'arrivait pas à se décider. Le mettre ou le reposer ? D'un côté, cette mascarade avait déjà assez duré et porter un masque était plutôt inconfortable, sans parler des gants et de la perruque. De l'autre…

Il se tourna vers la fenêtre. Comme il faisait presque nuit dehors, son reflet apparut en filigrane sur les ombres du jardin en friche. Comme à chaque fois qu'il croisait son image, une sensation de dégoût viscérale l'envahit. Il dut se retenir de planter son poing dans la vitre pour s'ôter à cette vue, à la certitude que tous ceux qui le voyaient devaient penser *monstre*.

Monstre, monstre, monstre…

Il remit son masque, ses gants, sa perruque, et alla ouvrir. Le chasseur l'attendait de l'autre côté, terriblement pâle malgré sa peau naturellement hâlée. Ses yeux étaient cernés. Sa chemise trop grande révélait le haut de son torse. Il sourit sensuellement en le voyant et se redressa, renvoyant sa natte dans son dos.

Cette vision fit naître chez Damien un mélange de gêne et de désir qui commençait à lui être familier. Il avait terriblement envie de laisser libre cours aux sensations nouvelles que le chasseur provoquait en lui, d'explorer ces sentiments, de comprendre, de savourer, peut-être même d'oser… Mais il ne pouvait se résoudre à croire que Silas essaie réellement de le séduire. Soit c'était un mensonge – mais pourquoi ? –, soit il ne faisait pas exprès.

Le pire, c'était qu'il ne savait pas non plus s'il voulait le voir continuer dans ses avances ou s'arrêter.

— Comme d'habitude, je suis submergé par le flot de tes paroles, ironisa Silas en secouant la tête d'un air désabusé.

Effaré, Damien se rendit compte qu'il le fixait en silence depuis plusieurs minutes, perdu dans ses pensées.

Devait-il s'excuser ? Le saluer ? Lui dire qu'il était content de le voir debout ? S'inquiéter de sa santé ?

— Tu es très pâle, lâcha-t-il en choisissant la dernière option.

À la tête du chasseur, il devina que le sens qu'il voulait donner à son message n'était pas passé. Il jura silencieusement.

Fallait-il qu'il précise ce qu'il voulait dire ? Qu'il s'excuse… Pour le silence ? Pour le malentendu ? Pour les deux ? Ou qu'il…

— Oui, eh bien, ce n'est pas de ma faute si le soleil s'est mis en grève, râla Silas en se faufilant sous son bras pour entrer dans la pièce, coupant court à son dilemme.

La seule lumière qui troublait la pénombre du soir était les bougeoirs placés près de l'établi de Damien. Leur lumière basse étirait les ombres des sculptures, rendant inquiétante, presque agressive, la petite armée de bois.

Silas n'hésita pas avant de se faufiler entre elles. Damien le rejoignit plus posément près de sa table de travail.

— Tu es en train de réparer les automates de la salle de bal ? demanda le chasseur en détaillant le buste allongé sous la loupe articulée. Je suppose que vous n'avez pas eu de nouvelles attaques de Chimères pendant que j'étais endormi ?

— Oui et non, confirma Damien.

Silas lui jeta un coup d'œil exaspéré. Comprenant qu'il n'avait pas été assez explicite, il fit un effort pour développer :

— Oui, je suis bien en train de réparer les automates, et non, nous n'avons pas eu d'autres attaques, et nous n'avons pas aperçu la moindre Chimère depuis. Akim pense que celles qui sont entrées étaient des sortes d'éclaireuses, et qu'elles n'oseront pas revenir de sitôt.

Silas s'autorisa un petit sourire satisfait. Un peu qu'elles n'oseraient pas revenir : il les avait écrabouillées. Ça leur apprendrait à ces saletés. Nul ne le blessait impunément.

Il délaissa la table de travail de Damien et commença à fureter autour de lui. Le sculpteur le regarda faire durant quelques minutes, amusé et intrigué, puis se rassit sur son tabouret, se saisit d'une petite lime et se focalisa sur l'éraflure qu'il était en train de faire disparaître quand le chasseur était arrivé.

Silas ne savait pas s'il devait être vexé d'être aussi rapidement et facilement ignoré ou impressionné par sa capacité de concentration.

Il poussa du doigt quelques bibelots, souleva un ou deux outils qui prenaient la poussière, farfouilla dans les armoires…

Lorsqu'il se retourna, Damien n'avait pratiquement pas bougé.

Silas marcha vers lui et se pencha de l'autre côté de son établi, de façon à ce que sa chemise trop large laisse apercevoir son torse. Il n'avait rien contre le silence lorsqu'il était seul, mais il le détestait quand il était partagé. Tout ce vide le rendait nerveux et la patience n'était définitivement pas parmi ses vertus.

— Tu ne m'as pas expliqué ce que signifiaient les symboles gravés dans la salle de bal, fit-il remarquer d'un ton doucereux, comme s'il était en train de jouer la sérénade sous un balcon.

Ce ton avait déjà fait des ravages dans divers châteaux et tavernes.

Damien, imperturbable, continua à lisser le pli d'un jupon.

Silas compta jusqu'à trois.

— *Damien*, lâcha-t-il dangereusement.

L'intéressé effectua un dernier mouvement, puis redressa enfin la tête.

— Oui ? répondit-il innocemment.

Silas crut qu'il allait le frapper.

— Ah, j'ai fait quelque chose de mal, comprit le sculpteur avec un soupir.

— Tu m'as ignoré ! se plaignit le chasseur, soudain conscient de sa puérilité.

— Je n'avais pas décidé ce que je voulais te répondre… Et mon attention était focalisée sur un geste délicat.

Silas se pinça l'arête du nez, abandonnant malgré lui ses manières mielleuses.

— Et maintenant, penses-tu réussir à me dégager quelques secondes de ton temps si précieux ?

— Oh, oui.

Il y eut un blanc.

— C'était du sarcasme ? s'enquit Damien, mortifié.

— C'était du sarcasme.

Le sculpteur se gratta l'arrière de la tête, secouant involontairement sa perruque.

— Je ne suis pas très doué pour saisir les seconds degrés.

— Je commence à voir ça, avoua Silas, dont l'amusement remplaçait progressivement l'irritation.

Jusque-là, il avait cru que son hôte était un snob taciturne. Il venait de réaliser qu'il s'agissait peut-être d'un malentendu et que ce dernier était juste un désastre social.

— Pour en revenir à la salle de bal, je ne sais pas ce que signifient les symboles que je t'ai montrés, précisa Damien, soucieux de combler son manque d'éloquence par de la bonne volonté. C'est probablement moi qui les ai gravés en sachant que j'aurais besoin de me souvenir de leur signification plus tard…

— Tu veux dire que tu peux savoir à l'avance quels morceaux de ta mémoire vont disparaître ?

— Parfois.

Ses doigts effleurèrent doucement, presque tendrement, le visage de l'automate qu'il était en train de réparer.

— C'est aussi pour ça que je passe mon temps à créer, avoua-t-il tout bas. J'essaie de fixer ce que je suis dans le bois, de capturer des fragments de moi qui survivront plus longtemps que le souvenir que j'ai d'eux.

Silas songea que les automates du bal étaient peut-être réellement des fantômes finalement. Quelque chose de mort qui subsistait dans le temps.

— Pourquoi ne pas t'écrire une lettre, tout simplement ?

Damien soupira et tenta d'ignorer la honte qui lui brûlait les joues.

— Je ne sais ni écrire ni lire.

Il y eut un blanc. Silas jeta un regard éloquent aux centaines d'ouvrages qui couvraient les murs autour d'eux.

— C'est ballot.

— Je regarde souvent les illustrations. Les histoires pour enfants, en particulier, sont assez simples à comprendre sans avoir besoin de déchiffrer le texte.

— Et Lianne ? Akim ? Ils ne savent pas lire non plus ?

— Lianne a quelques rudiments, mais ça ne l'intéresse pas beaucoup. Akim peut lire et écrire, mais dans une autre langue que les livres qui sont au château. Il a essayé de m'apprendre, une fois ou deux, mais… ça n'a pas fonctionné.

Il était plutôt content que Silas ne puisse déchiffrer son expression. Il s'était senti terriblement idiot quand Akim avait essayé de lui donner des leçons. Il avait essayé, vraiment, mais il n'avait jamais réussi à dépasser un stade de balbutiement ridicule, et la patience du médecin était trop fragile pour qu'il insiste.

— Quel gâchis, soupira le chasseur en s'emparant d'un livre au hasard.

Il l'ouvrit et le feuilleta distraitement.

— Mais… Tu comprends ? s'étonna Damien.

— C'est assez ancien, mais oui, plutôt lisible pour ceux qui pratiquent l'andémien moderne, confirma Silas. L'andémien est le nom qu'on donne à la langue du pays, au cas où tu ne le saurais pas. Enfin, je doute que ce livre t'intéresse de toute façon, il s'agit d'un traité sur les nuages…

Il replaça l'ouvrage et fit glisser son doigt sur les tranches en plissant les yeux pour déchiffrer les titres.

— Le rayon des sciences naturelles a l'air plutôt bien fourni. Je me demande ce qu'ils ont sur les plantes…

Il jeta un coup d'œil en coin à Damien avant d'ajouter :

— Ou les roses.

— Beaucoup de choses, répondit le sculpteur en désignant un petit tas de livres posés près de la fenêtre. L'ancien propriétaire de cette bibliothèque devait être féru de jardinage.

— Ou un alchimiste se renseignant sur ses matières premières, le contredit Silas en parcourant distraitement les ouvrages mis de côté.

Les traités sur les fleurs étaient marqués aux pages où des images et des schémas montraient comment entretenir des rosiers. Après les avoir reposés, le chasseur découvrit une dizaine de recueils de contes illustrés. Sur la couverture de l'un d'entre eux, il reconnut les vêtements et la posture d'un des automates vus dans la salle de bal.

Poussé par la solitude, Damien avait littéralement fait sortir des personnages du papier pour lui tenir compagnie. Des êtres faux, dociles, aussi morts que les Ombres qui peuplaient la forêt.

Il reposa doucement le livre et se retourna. Le sculpteur le regardait silencieusement. C'était dur à dire, à cause de son masque, mais il semblait hésiter.

— Qu'y a-t-il ? demanda Silas.

Damien chercha ses mots. Il voulait lui demander s'il se souvenait de ce qu'il avait dit quand il était blessé, à propos de mourir et d'être enterré dans son jardin, mais il avait l'impression que cela mettrait le chasseur sur la défensive, et il n'était pas assez fin diplomate pour aborder le sujet.

— Je me demandais si tu allais bien, dit-il à la place, ce qui était tout aussi vrai.

Silas haussa les épaules.

— « Bien » est assez relatif, mais comme je suis en vie, je dirais oui.

Il désigna l'atelier autour d'eux.

— Tu as dormi ici ces trois derniers jours ?

— Je n'ai pas besoin de beaucoup de sommeil, répondit Damien. Tu peux occuper mon lit aussi longtemps que tu le voudras.

Silas faillit s'étrangler, puis réalisa qu'il n'avait pas saisi le sous-entendu de sa propre phrase et rit malgré lui.

— Qu'y a-t-il ? s'étonna le sculpteur.

— Rien, rien. Mais je vais rester un peu dans la bibliothèque aussi, je crois, j'ai assez roupillé pour le mois.

Il ne pouvait pas quitter le château avec sa blessure encore fraîche, et comme il avait renoncé à tuer son hôte, il fallait bien qu'il trouve de quoi s'occuper. Il détestait l'inactivité.

— Je vais faire quelques recherches sur cette histoire d'alchimiste et de laboratoire secret, décida-t-il en désignant les étagères.

Damien hocha la tête, chercha vainement quelque chose à ajouter, puis abandonna et replongea sur son ouvrage.

De plus en plus amusé par le comportement de la pas-si-terrible-Bête, qui était définitivement plus maladroit que condescendant, Silas débuta ses recherches.

Au bout d'une demi-heure de silence, il commença à lancer quelques commentaires sur ce qu'il lisait, puis, comme Damien ne réagissait pas, finit par monologuer à mi-voix.

— Des corsets avec des pantalons hauts ? Douces fées, c'était vraiment une autre époque… Ah, voilà qui est déjà plus intéressant. Un compte rendu des affaires de la cour de la reine Thérènne… Eh bien, elle ne savait pas tenir ses courtisans, celle-là. Et son fils était visiblement un petit démon… Ah, la mode est passée au voile ? Heureusement que ces trucs ont disparu, quel intérêt de se maquiller si on doit tout cacher après…

Damien écoutait, un peu déstabilisé par ce flot de paroles. Au début, il avait eu peur que Silas attende des réponses ou des commentaires de sa part, mais le chasseur ne semblait pas perturbé par son absence de réaction.

Ils continuèrent ainsi des heures durant, jusqu'à ce que Silas ressente trop la fatigue. Il hésita à retourner dans la chambre, mais il commençait à en avoir assez de cette pièce, et il ne se sentait pas la force de faire le trajet.

Comme il était tout de même impensable qu'il s'endorme et se laisse sans défense devant Damien, il grimpa jusqu'au plus haut balcon de la bibliothèque, où on ne pouvait le voir d'en bas, en retirant les échelles sur son passage. Il se blottit contre les étagères, son poignard à portée de main, et ferma les yeux pour laisser le sommeil l'emporter.

Le silence parut un peu triste à Damien, après ça.

12

Le piège des matins paisibles

Silas s'éveilla subitement, un poignard à la main.

Il attendit, le cœur battant, que son ennemi se manifeste.

Mais il n'y avait personne.

Les brumes de son cauchemar se déchirèrent lentement, le ramenant au présent. Il était étendu sur une surface dure. Il faisait bon. Un parfum de fleurs sauvages et de rosée se mêlait à celui de la poussière et du papier. Le seul bruit était celui du métal grattant le bois, quelque part en contrebas.

Il soupira en reconnaissant ses environs. La bibliothèque. Il était toujours coincé dans ce fichu château au milieu de nulle part…

Et son ventre lui faisait un mal de chien.

Il rangea son poignard et se pencha prudemment par-dessus la rambarde du balcon.

La lumière du matin inondait la pièce, dessinant de longues traînées d'or dans l'air, piquetées d'étincelles où flottait la poussière.

Damien était toujours derrière sa table de travail. Il avait l'air tout petit vu d'ici et presque fragile, comme encerclé, emprisonné par toute une armée de souvenirs figés.

Silas se frotta les yeux. Voilà qu'il se transformait en poète, maintenant. C'était ridicule, Damien était bien assez costaud pour assommer n'importe qui d'un coup de poing.

Il bâilla silencieusement, réajusta ses vêtements et entreprit de regagner le sol. Les échelles étaient fragiles, les barreaux à peine capables de soutenir son poids, mais il descendit sans grande difficulté et se réceptionna avec la souplesse d'un chat.

Damien leva la tête en l'entendant arriver et le regarda recoiffer ses longs cheveux en natte sur le côté. Même ses habits froissés et ses mèches folles n'arrivaient pas à lui donner un air négligé. On l'aurait dit sorti d'un livre de contes, un de ces princes dont la noblesse était si apparente que ses sujets le reconnaissaient sans sa couronne.

Il ne portait aucune trace du cauchemar qui l'avait tourmenté quelques heures plus tôt, en tout cas. Damien l'avait entendu gémir plusieurs fois et murmurer des phrases incohérentes. Il avait hésité à le réveiller, mais avait renoncé. Quelque chose lui disait que Silas n'aimerait pas le savoir témoin de sa vulnérabilité. Sans compter le fait qu'il ait choisi le balcon le plus inaccessible pour se reposer, probablement dans l'idée de se protéger de lui, et il ne voulait pas le rendre mal à l'aise en lui révélant qu'il était assez bon grimpeur pour l'atteindre facilement.

— Au moins, ironisa son invité en le tirant de ses pensées, personne n'a jamais dû t'accuser d'être trop bavard !

— Non, personne ne l'a jamais fait, convint-il très sérieusement en reposant ses outils.

Silas sourit, amusé par sa réponse – même si Damien ne comprit pas pourquoi –, et contourna l'établi pour rejoindre la fenêtre ouverte.

Il faisait beau. Pour la première fois depuis son arrivée, le chasseur put voir en entier la cour intérieure du château, un carré assez vaste pour accueillir quatre salles de bal, colonisé d'herbes hautes, de fleurs sauvages et de ronces. Le sort qui éloignait les animaux ne devait pas avoir de prise sur ce cloître, puisque des papillons aux ailes d'or voletaient à droite et à gauche. Au centre se trouvait un simple puits en pierre.

— C'est drôle, remarqua Silas, j'ai cru voir une tour ici, la dernière fois…

— Une tour ? s'étonna Damien. Il n'y a jamais eu de tour dans ce jardin. Enfin, pas dans mon souvenir… Les seules tours se trouvent aux quatre coins de la muraille et elles sont toutes écroulées.

— C'était probablement un jeu d'ombres dans le brouillard, admit Silas en plissant les yeux. Probablement…

Si ses années de chasse lui avaient appris quelque chose, c'était que les jeux d'ombres étaient rarement inoffensifs.

Un bruit mécanique lui fit tourner la tête. Une petite trappe venait de s'ouvrir dans le mur de droite, entre deux étagères débordantes de livres. Un plateau supportant une assiette et un verre se trouvait à l'intérieur.

— Le petit déjeuner, déclara pompeusement Damien en portant le plateau jusqu'à l'établi.

Silas adressa un regard soupçonneux à l'amas jaunâtre qui se trouvait dans l'assiette. Ça avait l'apparence générale d'une omelette, ça sentait presque comme une omelette, mais il était certain que le titre d'omelette ne conviendrait pas à ce gâchis alimentaire.

— Lianne a dû trouver des œufs ! se réjouit Damien. Elle est très forte pour reconnaître ceux qui contiennent des poussins et ceux qui n'en ont pas.

— Je vois, commenta le chasseur en tentant de rester courtois. Et je suppose que c'est elle qui a préparé le petit déjeuner ?

— Je crois que c'est au tour d'Akim aujourd'hui. Je m'occupe du potager tandis qu'ils chassent et cuisinent.

« Cuisiner » n'était pas le terme que Silas aurait utilisé dans ce cas précis, mais il retint son commentaire.

— Ils ne doivent pas savoir que tu es avec moi, s'amusa Damien, sinon ils auraient envoyé deux plats. Tiens, tu peux tout prendre. Tu as besoin de reprendre des forces et je n'ai pas très faim.

Et pas très envie de retirer mon masque pour manger, finit-il en pensée.

Silas, qui n'était pas du genre à se faire prier et qui n'avait aucun scrupule à prendre la nourriture de la bouche des autres, accepta d'un sourire gracieux, prit le plateau et s'assit sur une chaise au dossier gravé d'oiseaux. La consistance de cette « omelette » ne lui inspirait pas confiance, mais à la guerre comme à la guerre…

Damien le regarda quelques instants, puis retourna à son ouvrage. Comme d'habitude, une partie de ses pensées se fixait sur sa tâche tandis que les autres s'éparpillaient, le baladant de réflexions en contrées imaginaires, de rêves semi-éveillés à des souvenirs plus ou moins lointains…

— Cette reine Thérènne dont tu as parlé hier, lâcha-t-il tout à coup, penses-tu que le château lui ait appartenu ?

Silas lui jeta un regard surpris.

— Tu m'écoutais ?

Damien fronça les sourcils sous son masque.

— Pourquoi ne t'aurais-je pas écouté ?

— Si seulement plus de gens pensaient comme toi… soupira tragiquement Silas. Tu n'imagines pas le nombre de rustres qui me disent que je suis trop bavard.

Damien voulut lui assurer que ce n'était pas le cas, lui faire un compliment et lui faire comprendre que le silence avait déjà trop d'emprise sur cet endroit, mais tout ce qui sortit fut :

— Tu parles plus que n'importe qui ici.

L'espace d'un instant, le visage de Silas se peignit d'un air si outré que Damien en aurait ri s'il n'était pas mortifié.

— Je voulais dire… balbutia-t-il.

— Bref, le coupa froidement le chasseur. Pour répondre à ta question, oui, je pense que la reine Thérènne a possédé ce château, longtemps auparavant. Le livre que je feuilletais faisait partie des archives de la cour. Toutefois, si le récit de son règne a atteint les rayons de la bibliothèque, cela signifie qu'il y a eu d'autres dirigeants après elle. Certaines informations ne se partagent pas du vivant des personnes concernées.

— Ah ? fit Damien, étonné.

Silas lui adressa un sourire indulgent.

— Tu as l'air de beaucoup t'y connaître en royauté, remarqua le sculpteur. Tu es noble ?

Le sourire du chasseur s'agrandit, ravi qu'on le prenne pour un aristocrate.

— Peut-être, répondit-il d'un ton mystérieux.

Il voulut se lever d'un air gracieux et dramatique, mais un pic de douleur lui traversa l'estomac, gâchant un peu son effet. Sous prétexte de reposer son plateau, il tourna le dos à Damien pour dissimuler sa grimace.

— Je vais continuer à enquêter, lâcha-t-il en se dirigeant vers l'étagère la plus proche. Peut-être trouverai-je la trace d'un alchimiste…

— Et des explications sur ce terrible laboratoire, compléta Damien en frissonnant. Je ne suis pas à l'aise en sachant que des gens ont souffert autant ici…

Silas lui jeta un coup d'œil amusé par-dessus son épaule. Et dire qu'il avait cru avoir affaire à une Bête sanguinaire…

Il prit un livre et se rassit sur sa chaise en résistant à l'envie de s'installer à califourchon, la poitrine contre le dossier, comme il le faisait lorsqu'il était seul. Si personne ne l'avait regardé, il aurait sorti ses lunettes, car il n'avait pas une très bonne vue de près, mais sa vanité l'avait toujours retenu de le faire en public.

— Je veux bien que tu fasses des commentaires, comme tu faisais hier, lança timidement Damien. Pour savoir ce que tu lis. Je me suis toujours demandé ce qu'il y avait dans ces livres.

Silas le dévisagea avec suspicion, cherchant à déceler une possible moquerie, puis haussa les épaules et obtempéra.

— Il est question d'un accident diplomatique avec le royaume voisin, une sombre histoire de soupe renversée sur les genoux de quelqu'un… Il semblerait que le chambellan n'ait pas été extrêmement efficace. En même temps, faire confiance à quelqu'un qui porte une perruque pareille…

Il jeta un coup d'œil en direction du crâne de Damien, se racla la gorge et changea de sujet.

— Les reines du royaume voisin ont failli faire une déclaration de guerre… blablabla… pas d'alchimie dans ce chapitre. Pourquoi n'y a-t-il jamais de table des matières dans ce genre d'ouvrages ? Ah, si, je n'ai rien dit. Voyons…

Une heure plus tard, Akim entra dans l'atelier, sa trousse de soin à la main, et le fusilla du regard en lui apprenant qu'il l'avait cherché partout. Silas lui adressa un sourire angélique.

Le médecin lui fit signe de retirer sa chemise pour examiner ses blessures et refaire ses bandages.

Damien, qui avait un peu chaud soudain, se tourna pour ouvrir la fenêtre.

Puis Akim repartit, Silas reprit sa lecture et Damien sa sculpture. Les parfums de la forêt entraient doucement dans la bibliothèque, portés par l'air frais de ce matin d'automne. Des gazouillis d'oiseaux peuplaient les bruissements d'arbres, créant une musique de fond à la voix de Silas et aux raclements du bois travaillé par Damien. Des rayons de soleil éclaboussaient en taches d'or le parquet et les statues tout autour. Il faisait bon.

L'instant s'étira, s'adoucit et s'échappa hors du temps, comme le font tous ces petits bouts d'éternité qui parsèment nos vies.

En reposant son livre terminé, Silas se demanda quand avait été la dernière fois qu'il s'était senti autant en paix. Il passait sa vie à courir d'un point à un autre, à se battre, à se méfier, à tuer et à tromper, toujours sur ses gardes, toujours un objectif en tête. Il avait oublié le goût des matins paisibles.

Mais c'était un piège et il le savait. La vie était dangereuse. Il ne fallait jamais baisser sa garde, jamais se croire à l'abri.

Il se leva et contourna Damien pour s'asseoir sur le rebord de la fenêtre. Les herbes étaient si hautes qu'il pouvait les effleurer en tendant la main. Un coup de vent les fit onduler en vague. Un papillon doré s'envola.

Une ombre apparut fugitivement dans tout ce vert éclatant.

Silas ne bougea pas, ne frémit pas, ne fit rien qui puisse laisser à penser qu'il avait vu quoi que ce soit. Son regard apparemment rêveur fouilla sans pitié l'herbe du jardin.

Rien.

Il avait vu quelque chose, pourtant, il en était certain.

Il se leva, ferma la fenêtre et, sous couvert de s'asseoir, tira une chaise sous la poignée pour la bloquer. Rien qui arrêterait un tueur professionnel, mais assez pour le déranger.

Il fouilla encore le jardin du regard.

Rien.

Avait-il rêvé ?

— Qu'y a-t-il ? s'inquiéta Damien.

— Quelque chose de terrible, répondit gravement Silas.

— Quoi ?

— J'ai faim.

Le sculpteur se détendit.

— Je peux aller voir s'il y a quelque chose à manger en cuisine, proposa-t-il. Je te l'apporterai ici.

— Je ne suis pas un invalide, protesta le chasseur.

— Non, non, je ne voulais pas dire ça ! paniqua Damien. Juste que… eh bien… C'est mieux si tu ne te déplaces pas trop et la cuisine est assez loin, donc…

Silas sourit d'un air flatté et s'approcha pour lui tapoter le bras.

— Quel chevalier servant vous faites, mon cher Damien, susurra-t-il.

Le sculpteur retira son bras. Plus cela allait et moins il aimait les moments où Silas devenait mielleux et séducteur. Ça sonnait si faux que c'en était presque une insulte.

Et le fait qu'il en tire un certain plaisir malgré lui ne l'aidait *absolument pas.*

Empêtré, comme d'habitude, dans ses mots et ses pensées, il voulut s'excuser, bredouilla quelque chose qui ressemblait à « la cuisine » et quitta hâtivement la pièce.

Silas le regarda partir avec une amertume qu'il n'était pas sûr de comprendre.

13
Danses de masques

L'après-midi s'écoula doucement, paisiblement, à l'image de la matinée. Silas resta près de la fenêtre, au cas où, mais ne revit aucune ombre dans les hautes herbes du jardin.

Un peu avant la tombée de la nuit, Lianne entra dans l'atelier.

— J'ai chassé du beau gibier ! lança-t-elle fièrement. Un bon sanglier bien gras. Qui veut un morceau ?

— Comment l'as-tu préparé ? demanda Silas sans cacher sa suspicion.

— À la broche, répondit la femme-oiseau en levant les yeux au ciel. Ce n'est pas assez distingué pour toi, le snob ?

Le chasseur retint un soupir soulagé. On ne pouvait pas rater une cuisson aussi simple que ça, n'est-ce pas ?

— Ma foi, ça ira, concéda-t-il avec grandeur.

Il posa son livre, se releva et résista à l'envie de s'étirer pour ne pas aggraver sa blessure.

— Vous vous installez dans le salon, habituellement ? demanda-t-il négligemment.

Lianne et Damien, qui avaient l'habitude de s'asseoir au hasard pour manger directement dans le plat, échangèrent un regard gêné.

— Euh… Oui, bien sûr, dans le salon, répondit Damien. Autour de la table.

Silas plissa les yeux.

— Cette précision me fait craindre le pire, mais je vais faire semblant de ne pas l'avoir entendue.

En sortant dans le couloir, ils croisèrent Akim.

— Tu viens manger avec nous ? lança Lianne avec espoir.

— On dîne en grand comité, ce soir ? s'étonna le médecin.

Ils ne mangeaient pas souvent ensemble, vaquant la plupart du temps à leurs propres occupations. Lianne et Damien hochèrent la tête avec enthousiasme.

Akim hésita quelques secondes, puis haussa les épaules et les suivit jusqu'au salon. Le chasseur grimaça en constatant une nouvelle fois le désordre de l'endroit, mais retint les commentaires qui lui brûlaient les lèvres. Il fallait encore qu'il reste ici jusqu'à ce qu'il soit rétabli, après tout, il ne pouvait pas prendre le risque de se les mettre complètement à dos.

— Où sont les assiettes ? demanda-t-il en ouvrant une armoire.

Damien, Akim et Lianne jetèrent un coup d'œil en direction de la vaisselle ébréchée échouée en tas dans un coin de la pièce. Devant les airs vaguement aristocratiques de Silas, ils se sentaient soudain comme des gamins pris en faute.

Dans un sursaut de désespoir, Damien se souvint qu'il avait sculpté une série de bols l'année dernière.

— Je vais les chercher ! s'exclama-t-il, à la surprise de ses amis. Lianne, Akim, vous n'avez qu'à apporter la nourriture !

Sous le regard surpris du chasseur, les trois compagnons se séparèrent avec la même rapidité et le même air déterminé qu'une bande de mercenaires en mission.

Dans la cuisine, Lianne rinça un grand plat sur lequel elle disposa du mieux qu'elle put les morceaux de viande prévus pour la soirée.

— Ce n'est pas la peine de te donner tant de mal, rouspéta Akim. On dirait que tu cherches à l'impressionner…

— Je ne cherche à impressionner personne, soupira Lianne en levant les yeux au ciel. Mais c'est agréable de faire les choses à la façon des gens de l'extérieur, tu ne trouves pas ? Et puis, Silas est plutôt intéressant finalement, non ?

— Mouais. Je te conseillerais surtout de surveiller ton assiette, des fois qu'il y verse un peu de cyanure.

— Pour l'amour des fées, Akim, pourquoi voudrait-il nous assassiner ? Il n'y a plus rien à voler ici !

— À part le fameux trésor de Damien…

— Et il ne l'a pas trouvé, que je sache ! Personne ne te demande de lui confier ta vie, alors arrête de râler, prends le sanglier et monte. Je te suis avec du vin et des verres.

— Je t'en ficherai, moi, des chasseurs de trésors « intéressants », marmonna le médecin en s'exécutant.

Ils croisèrent Damien dans le couloir, se dirigèrent ensemble vers le salon et s'arrêtèrent sur le seuil, surpris. Silas avait poussé la table dans un coin dégagé près de la fenêtre, fourré la plupart des affaires qui traînaient sous les fauteuils, disposé quatre chaises face à face et sorti des couverts pour chacun. La cheminée était allumée et deux bougeoirs trônaient en bout de table.

En moins d'un quart d'heure, il avait fait passer l'atmosphère de la salle de « chaotique et négligé » à « confortable et intime ».

— Quel décorum, soupira Akim en posant volontairement le plateau avec le sanglier de travers.

— Le décorum est ce qui nous sépare de la barbarie, répliqua Silas, tout sourire, en alignant le plateau correctement.

Damien lui tendit les bols qu'il avait apportés et dont les parois extérieures étaient embellies de motifs géométriques abstraits. Impressionné par leur niveau de détails, Silas caressa les gravures du bout des doigts avant de les disposer sur la table. Damien frémit comme si on l'avait caressé lui et se dépêcha de s'asseoir.

Ses jambes avaient eu mal à passer sous la table. Les couverts étaient ridiculement petits à côté de ses larges mains et Lianne, à sa droite, dut se déplacer pour pouvoir s'asseoir sans que leurs épaules se gênent. Il était bien plus grand que les autres, et, soudainement, il se fit l'impression d'être énorme, pataud et maladroit, terriblement décalé dans sa propre demeure. Le masque, qui étrécissait son champ de vision, n'arrangeait rien. Il n'était qu'une parodie d'humain.

Akim se laissa tomber en face de Lianne et Silas s'installa gracieusement à ses côtés, face au sculpteur.

Un silence inconfortable s'installa. Durant quelques minutes, Akim et Lianne se sentirent aussi mal à l'aise que Damien.

Ils avaient toujours mené leurs vies côte à côte, sans instaurer de règles ou de rituels, à part les petites cérémonies du cimetière. Ils s'appréciaient énormément, se répartissaient grossièrement les tâches quotidiennes et se retrouvaient parfois à manger ensemble, mais c'était tout. Ils étaient trop solitaires et indépendants pour qu'on puisse parler d'une véritable communauté. Damien avait sculpté une table et des chaises pour s'occuper, pas dans l'idée de les utiliser vraiment, comme les trois quarts de ce qu'il créait.

Heureusement pour eux, Silas était capable d'animer à lui seul une salle complète, et il commença à servir les autres en faisant la conversation sur la journée.

— Tu t'es aventurée loin dans la forêt pour trouver du gibier ? demanda-t-il à Lianne au bout d'un moment.

— Pas trop, répondit-elle, plus détendue, en coupant sa viande. J'ai fait le tour du château et je suis montée sur le toit pour guetter. Je voulais vérifier qu'il n'y avait pas de traces de Chimères à proximité.

— Et alors ? s'inquiéta Akim.

— Je n'ai rien vu, mais on risque d'avoir bientôt un autre problème. La zone grise du sud se rapproche dangereusement de nous.

— Une zone atteinte par le Mal Gris, c'est ça ? s'enquit Silas.

Elle hocha la tête.

— Cette saleté grandit de plus en plus vite…

Sa voix se termina sur une note grave, effrayée.

— Vous allez être obligés de quitter le château, comprit le chasseur.

Un silence de mort suivit sa déclaration.

J'ai insulté la mère de quelqu'un ? s'inquiéta-t-il.

Son regard se posa sur Damien. Dans les deux fentes de son masque fissuré, il aperçut l'éclat d'un regard doré où brillait le début d'une larme.

Il ne veut pas quitter le château, réalisa-t-il. *Il ne veut pas… Ou il ne peut pas. Pourquoi ?*

— D'où est-ce que tu viens, Silas ? demanda Akim dans une tentative évidente pour changer de sujet.

— Un petit royaume de l'autre côté du continent, répondit le chasseur d'un ton évasif. Pas un endroit très intéressant.

— Mais tu dois avoir une vie palpitante ! insista Lianne. Tu voyages beaucoup pour trouver des trésors ?

— Je vis sur les routes, confirma Silas d'un ton exagérément mystérieux.

— Raconte-nous quelque chose ! Quel est le butin le plus extraordinaire que tu aies ramené ?

Silas fouilla dans sa mémoire. Il n'avait pas envie de parler du temps où il chassait avec Deirdre et il ne devait pas trop en dire non plus sur sa véritable profession.

— Une fois, avoua-t-il en baissant la voix pour plus de dramatisme, je me suis introduit dans la tanière d'un dragon…

Un dragon qui avait dévoré un village entier dans un accès de colère et dont il avait transpercé le cœur et coupé la tête, mais il n'avait pas besoin d'encombrer son auditoire avec ces détails.

— J'étais à la recherche d'un trésor inestimable, volé par le monstre des siècles plus tôt… Un cœur de fée. Savez-vous que les fées se pétrifient après leur mort ? Évidemment, ces pierres sont très recherchées et utilisées par de nombreux sorciers.

— Tu ne l'as pas vendu à un sorcier, j'espère ? s'inquiéta Damien.

Silas ne put s'empêcher de lui sourire, amusé par sa candeur.

— Non, le rassura-t-il, je l'ai rendu à sa famille.

Contre une bourse bien pleine, mais encore une fois, la précision était inutile.

— Le dragon habitait dans l'une des grandes montagnes du Nord, reprit-il, celle qu'on appelle Vibre-Tonnerre, à cause des tempêtes qui font toujours rage à son sommet. Ses flancs sont couverts de forêt d'un côté et de roche glissante de l'autre. De nombreux aventuriers avaient essayé avant moi de débusquer le dragon et de le terrasser, mais bien peu étaient revenus. Heureusement, j'avais un plan…

Fascinés, Damien et Lianne se penchèrent au-dessus de la table pour mieux écouter. Akim faisait semblant de ne rien entendre, mais il réagissait comme les autres aux moments les plus palpitants, et Silas savait qu'il l'avait ferré.

***

La soirée s'éternisa. Le chasseur passait de récit en récit avec l'aisance de ceux qui naviguent régulièrement dans les banquets et les cours royales, évoquant à grand renfort d'hyperboles des endroits maudits, des joyaux égarés et des gardiens monstrueux, décidés à décapiter les aventuriers trop impétueux. Lianne et Damien ne cessaient de poser des questions. Ils voulaient tout savoir du monde extérieur. Combien de royaumes existait-il ? Étaient-ils tous dirigés par des reines ou des rois ? Y avait-il d'autres continents ? La guerre existait-elle vraiment ? À quoi ressemblait une ville ? Quelle technologie possédaient les humains ?

Sans tomber réellement dans le mensonge, Silas leur brossa un portrait adouci du monde hors de la forêt. Il était trop fin diplomate pour gâcher la soirée en évoquant les conflits qui abreuvaient la terre de sang, les souverains fous, les assoiffés de pouvoir et les monstres qui hantaient chaque société.

Et puis, pour être honnête, il n'en avait pas trop envie. C'était rafraîchissant de s'adresser à un public qui n'était ni cynique, ni grossier, ni blasé des récits de bardes. Il appréciait tout particulièrement l'enthousiasme de Damien, qui s'emmêlait dans ses questions à force de vouloir en poser trop en même temps.

Silas savait qu'il ne présentait qu'un masque, une fausse image de lui-même, mais durant les quelques instants où il occupait le devant de la scène, il se sentait toujours plus légitime, comme si ceux qui l'applaudissaient ne le chasseraient pas en le voyant couvert du sang de ses victimes. Au fond, même s'il n'était pas prêt à se l'avouer, peut-être aimait-il simplement l'idée d'être apprécié pour autre chose que son beau visage.

Le feu flancha, rougit et finit par s'éteindre, les abandonnant à la lueur des bougies. Fatigué, Silas se leva de table, salua avec grandeur et se retira en emportant l'un des bougeoirs.

Damien le suivit du regard, comme un papillon attiré par les flammes, avant de se reprendre.

Les Bêtes ne devraient pas rêver de princes charmants.

Il se leva, se saisit du bol qu'il n'avait pas pu entamer à cause de son masque et salua ses amis d'un signe de tête.

— Bonne nuit, marmonna Lianne en bâillant. Tu vas rester à l'atelier ?

— Oui, répondit-il, j'ai plein de réparations à faire.

— Pense à te reposer ! lança Akim alors qu'il quittait la pièce.

Damien ne répondit rien. Il n'aimait pas dormir. Il avait toujours peur d'avoir perdu quelque chose à son réveil, que quelques morceaux de lui, de sa mémoire, soient restés accrochés à son sommeil…

Il se rendit à la serre, ouvrit la porte et vérifia rapidement qu'aucune fuite ne risquait d'abîmer ses roses. Ce petit rituel accompli, il rejoignit son atelier d'un pas fatigué et s'enferma dedans.

De tout le château, c'était le seul endroit où il se sentait chez lui, réellement à l'abri. Avant que Lianne et Akim n'arrivent, il y avait passé des semaines entières, à se nourrir de fruits et de racines recueillis devant sa fenêtre. De toute façon, il avait de moins en moins besoin de manger ou de dormir. Plus les années fuyaient, plus ses souvenirs s'effaçaient, plus sa malédiction gagnait du terrain. Et moins il se sentait humain.

Il salua du bout des doigts quelques-uns de ses amis de bois, posa son bol sur l'établi et retira son masque, sa perruque et ses gants avec un immense soupir de soulagement.

Son regard s'arrêta sur la chaise de Silas, adossée à la fenêtre, comme attendant le retour de son occupant. Le souvenir de son visage lui revint instantanément en mémoire.

Il plaqua les mains sur ses yeux.

Il ne fallait pas qu'il se laisse aller sur cette voie. Silas allait bientôt partir. Il ne garderait de lui et du château qu'un souvenir un peu étrange, une aventure de plus à raconter au coin du feu.

Et puis, Silas était mystérieux. Silas était dangereux. Il possédait des dizaines de masques, des dizaines de sourires qui ne voulaient rien dire et des étincelles dans les yeux qui, au contraire, en disaient trop. Silas était un mensonge, comme une belle fleur aux fines épines.

Il ne fallait surtout pas qu'il s'attache.

14
Le trône maudit

Le lendemain, Silas frappa à la porte de la bibliothèque. N'y tenant plus, il avait entamé les réserves de nourriture enchantée qu'il gardait dans sa sacoche afin de s'octroyer un véritable petit déjeuner et se sentait donc d'excellente humeur. Il avait aussi consommé ses potions les plus efficaces et sa blessure cicatrisait correctement. D'ici une semaine, il pourrait certainement quitter cet endroit et retrouver des terres plus civilisées.

Damien lui ouvrit.

— C'est toi, constata-t-il joyeusement.

— En même temps, ironisa Silas, les chances pour que ce ne soit pas moi étaient plutôt réduites.

— C'est vrai, convint Damien, cette fois penaud, en s'écartant.

Silas marcha jusqu'à la fenêtre et observa quelques instants le jardin. De gros nuages gris cachaient le soleil, annonçant le retour prochain de la pluie. Il ne vit rien d'alarmant entre les hautes herbes. Avait-il rêvé cette ombre menaçante la veille ?

Il examina quelques instants le travail en cours de Damien, qui réparait toujours son danseur-automate, puis tira sa chaise pour reprendre sa place de la veille, en face de l'établi.

Après avoir attrapé un ouvrage au hasard parmi ceux qu'il avait déjà sélectionnés comme potentiellement intéressants, il se remit à parcourir le texte en faisant des commentaires.

Ce séjour forcé ressemblait presque à des vacances, finalement. Il ne croyait toujours pas à cette histoire de diamant géant, malgré les mystérieuses inscriptions que Damien s'était laissées à lui-même dans le passé, mais cela l'amusait d'occuper le temps en feuilletant de vieux livres. Il pourrait aussi en profiter pour mettre à jour ses carnets de plantes et ses bestiaires…

Il lut jusqu'à midi, puis se leva et reposa son ouvrage.

Les vacances, c'était bien beau, mais il commençait à s'ennuyer fermement.

— Et si nous allions fouiller un peu ces vieilles ruines ? proposa-t-il avec entrain.

Damien releva la tête.

— Fouiller les ruines ? répéta-t-il en écho.

— Tu ne veux plus enquêter sur ton diamant et l'alchimiste maléfique qui torturait des enfants dans ta cave ? Je ne pense pas réussir à apprendre quoi que ce soit d'intéressant dans ces vieilles archives. Tu n'es pas obligé de venir, mais ce serait plus simple si tu me guidais dans le château.

S'il avait été honnête avec lui-même, Silas se serait peut-être avoué qu'il était aussi incroyablement curieux à propos de son hôte. S'il quittait cet endroit sans avoir réussi à regarder au moins une fois sous son masque, il en resterait probablement frustré pour le reste de ses jours. Bien sûr, il pouvait toujours l'assommer, l'attacher et le lui retirer de force, maintenant qu'il le savait pas bien dangereux, mais il comptait tout de même essayer la méthode « gagner sa confiance » avant d'en arriver là.

— D'accord, accepta Damien en se levant.

Il réfléchit quelques instants et ajouta d'une voix qui trahissait son sourire :

— Je sais où nous pourrions aller !

Au grand étonnement de Silas, il ne se dirigea pas vers la porte, mais vers la fenêtre. Il l'ouvrit et, sans laisser le temps au chasseur de faire un commentaire, enjamba le rebord pour passer de l'autre côté.

Silas le suivit dans le jardin.

Les herbes hautes lui arrivaient à la taille. Il sentait la terre gorgée de la dernière pluie s'enfoncer sous ses pieds et le soleil, étonnamment bon pour la saison, lui réchauffer le visage. Une dizaine de petits papillons dorés, dérangés par leur présence, s'éparpillèrent de tous les côtés.

Silas avança dans les pas du sculpteur en triturant un de ses poignards à travers le tissu de sa manche. Quelque chose à propos de ce jardin le rendait nerveux. Quelque chose d'indéfinissable – et il détestait les choses indéfinissables.

Rien n'apparaissait ouvertement suspect, pourtant. Les murs qui entouraient le jardin étaient couverts de lierre. Les fenêtres obscurcies par la saleté laissaient apercevoir des pièces abandonnées. Il ne vit aucune ombre suspecte se glisser dans les fleurs.

Damien marchait rapidement, se frayant facilement un chemin dans l'herbe. Alors qu'ils arrivaient près du puits au centre, Silas perçut soudain une odeur de rose, un parfum si fort qu'il put presque le sentir rouler comme une vague sur sa peau. Il n'y avait pourtant aucune rose autour d'eux…

Il jeta un coup d'œil dans le puits, mais ne vit rien d'autre que de l'eau et quelques feuilles mortes.

Il s'écarta. Trois pas plus loin, la fragrance avait disparu.

Perplexe, il rattrapa Damien.

L'autre côté du jardin était bordé par une galerie ouverte, supportée par des colonnes et des arcs brisés. Elle avait certainement permis aux anciens habitants du château de profiter de l'extérieur les jours de pluie.

Ils la remontèrent sans ralentir, piétinant des mosaïques aux motifs fissurés. Une porte ouverte permettait d'entrer de nouveau dans le château.

— J'ai découvert l'endroit où je t'amène il y a des années, lança Damien en franchissant le seuil. Il n'est pas facile d'accès, mais vu la façon dont tu es monté jusqu'au plus haut balcon de la bibliothèque, il m'a semblé que tu étais doué pour grimper.

— Lianne et Akim connaissent aussi ce mystérieux endroit ? demanda Silas, intrigué.

— Je leur ai montré une fois. Akim n'a pas eu l'air intéressé et Lianne n'a pas voulu y entrer, ce que je peux comprendre. Je dois avouer que je n'y retourne pas souvent non plus…

Ils tournèrent et débouchèrent dans un couloir au plafond effondré. Les planches de bois moisies et les meubles brisés formaient un monticule qui bloquait le passage. Le soleil tombait à flots par le trou qui les surplombait, soulignant les ombres de cet étrange assemblement.

Damien grimpa sans effort sur la pile de débris, balançant habilement son poids d'un point à l'autre. Arrivé à l'étage supérieur, il se pencha au bord du trou et tendit spontanément sa main à Silas, qui avait commencé à l'imiter.

Le chasseur connut une infime hésitation avant de l'accepter. Ce n'était presque rien, à peine l'affaire d'un dixième de seconde, mais Damien la perçut.

— Tu n'as pas besoin de te méfier de moi, tu sais, dit-il en le hissant jusqu'en haut.

La pièce dans laquelle ils venaient d'arriver avait été une chambre à coucher. Un large lit à baldaquin s'y trouvait encore, près d'une armoire dont s'échappaient des vagues de tissu.

— Je comprends que tu aies peur de moi, reprit Damien sans lui laisser le temps de parler, mais vraiment, je te promets que je ne te ferai aucun mal.

C'est ce que disent les meurtriers, ironisa intérieurement le chasseur.

— Tu dis ça, rétorqua-t-il, mais tu te méfies aussi de moi, non ?

Damien pencha sa tête sur le côté, perplexe. Le soleil illumina brièvement ses yeux d'or, accentuant la profondeur de son regard.

Silas fit un effort pour ne pas se laisser distraire.

— Pourquoi portes-tu un masque ? Vu la réaction des autres lorsqu'ils t'ont vu avec, le jour où nous nous sommes rencontrés, ce n'est pas habituel.

Damien soupira.

— Je ne voulais pas te faire peur, avoua-t-il. Je ne suis qu'un monstre, et tu es si beau, si séduisant, si parfait…

Silas haussa comiquement les sourcils. Il fallut quelques secondes à Damien pour que les mots qu'il venait de prononcer percutent son esprit. Il sentit ses joues le brûler furieusement sous son masque.

— Je voulais… balbutia-t-il. Je voulais dire… Euh… Hum… Pardon…

— Oh, non, ne t'excuse pas ! s'exclama le chasseur, les poings sur les hanches, en lui adressant un immense sourire. Tu as raison, je *suis* beau, séduisant et parfait !

Damien se mit à rire. L'aplomb et la vanité joueuse de cet homme, qui l'avaient déstabilisé les premiers jours, finissaient par l'amuser franchement.

Silas fut surpris par ce rire. Il était chaud, léger et tissé de joie pure, si loin de l'hilarité grasse ou froide des nobles et des clients qu'il fréquentait habituellement. Pas une once de cynisme ou de dérision. Mais il commençait à réaliser que cela s'appliquait à Damien tout entier.

— Vu ton absence de réaction, j'avais fini par croire que tu n'avais pas remarqué ma beauté, continua-t-il sur sa lancée, curieux de voir où cette conversation les mènerait.

— Tu t'es pourtant donné beaucoup de mal pour ça, fit remarquer Damien. Pourquoi essaies-tu de me séduire ?

— Pourquoi pas ?

Le sculpteur en resta sans voix.

— Ne t'inquiète pas, va, lança Silas en riant à son tour, ce n'était qu'une habitude, je n'en voulais pas à ta vertu.

— Ma vertu ?

— Ta chasteté.

— Ma cha… Oh. Ah. Oui. J'ai eu une conversation avec Akim un jour à ce sujet, et je ne sais toujours pas si techniquement, je pourrais… Oh non, je ne voulais pas aller aussi loin dans cette pensée. Je veux dire… À haute voix.

— J'avais compris, reprit Silas, hilare. Tu ne sais vraiment pas filtrer les informations qui sortent de ta bouche, n'est-ce pas ?

— Non, avoua Damien, mortifié. Je ne sais pas si c'est parce que je suis resté si longtemps seul ou si je suis juste un peu… cassé, mais j'ai toujours beaucoup de mal à discuter correctement. Ça ne veut pas dire que je n'aime pas ça ! Mais les mots se bousculent dans ma tête, tout veut toujours sortir en même temps et ce n'est jamais la bonne phrase que je finis par prononcer. Et je suis tellement focalisé sur l'idée de bien m'exprimer que j'oublie de… eh bien, de « filtrer », comme tu dis. Je sais que ça peut être compliqué pour les autres, car je ne sais pas mentir, ni enjoliver la réalité, ni même la présenter de manière adéquate. C'est pour cela que, la plupart du temps, j'essaie de ne parler qu'un minimum afin de limiter les risques de blesser mon entourage ou de me mettre dans le pétrin.

Silas le dévisagea longuement, regrettant amèrement de ne rien voir d'autre de lui que ses yeux d'or. Il n'avait jamais rencontré quelqu'un comme Damien, il n'aurait même jamais cru cela possible. Finalement, c'était un peu ironique. *Le roi des menteurs et des manipulateurs confronté à la créature la plus franche et honnête de l'univers.*

Il n'y avait vraiment que lui pour se retrouver dans ce genre de situation.

— Je ne pense pas que tu sois « cassé », répondit-il avec une douceur qui les étonna tous les deux. Si plus de gens te ressemblaient, le monde serait certainement un endroit plus agréable à habiter.

Un peu de mélancolie s'était glissée dans la fin de sa phrase. Les fées savaient qu'il ne faisait pas partie, lui, de ceux qui rendaient le monde plus beau…

Il se reprit. Il détestait s'apitoyer sur lui-même et était consterné de se trouver de plus en plus souvent en train de le faire.

— Merci, répondit simplement Damien.

Silas sentit qu'il était sur le point d'ajouter quelque chose, mais pour une fois, les mots ne sortirent pas. Dommage. Plus cela allait et plus il était curieux de savoir comment cette « Bête » pensait.

— Fais attention où tu mets les pieds, lui lança le sculpteur en se retournant. Le plancher n'est pas sûr.

— Sans blague. Et moi qui pensais que le grand trou dans le sol faisait partie de la décoration…

Damien lui jeta un regard surpris par-dessus son épaule.

— C'est du *sarcasme* ! précisa immédiatement Silas, qui ne voulait pas passer pour un idiot.

— Ah oui, je me disais aussi…

Silas leva les yeux au ciel et le suivit hors de la pièce.

Les sortilèges qui protégeaient cette partie du château avaient moins bien tenu que ceux de l'aile est, où Damien, Lianne et Akim vivaient. Les papiers peints avaient presque entièrement disparu, les peintures étaient complètement noircies et cloquées par l'humidité, le parquet se trouvait fréquemment fissuré ou carrément écroulé sur plusieurs étages. Les vitres brisées laissaient entrer le lierre qui colonisait une grande partie des murs et des meubles. La brise qui soulevait la poussière apportait aussi des parfums de forêt. Sous la lumière du soleil, ces tableaux d'abandon ne semblaient pas sinistres. Le temps était simplement passé.

Ils ne tardèrent pas à rencontrer un escalier, dans lequel Damien s'engagea prudemment. Les marches creusées craquèrent sous son poids.

— Ai-je droit à un indice concernant notre destination ? lança Silas, moitié par curiosité, moitié pour briser le silence.

— J'ai passé beaucoup de temps à explorer le château, répondit le sculpteur, et j'y ai vu de nombreuses choses étranges, mais celle-là est pour moi la plus macabre de toutes.

— Quel genre de choses étranges ? insista le chasseur.

— Eh bien… il y a des cellules de prison dans les sous-sols et dans plusieurs d'entre elles sont enfermées des statues en pierre couvertes de chaînes. Au rez-de-chaussée de la tour nord, qui n'est écroulée qu'à partir du premier étage, se trouve une énorme flaque d'eau. Elle ne bouge jamais, quel que soit le temps dehors, et le soleil se reflète en rouge dedans. Nous n'y avons jamais touché, évidemment. Dans un des couloirs de la partie sud, les vitraux sont intacts, toujours propres et toujours légèrement différents à chaque fois qu'on les regarde. Oh, et dans une des pièces de l'aile où nous sommes, l'air sent le sel et, d'après Akim, la mer.

Il se tut avant d'ajouter :

— Tu as déjà vu la mer ?

— Je suis né au bord d'un océan, répondit spontanément Silas, dans une petite maison de pêcheur.

C'était la première fois qu'il répondait honnêtement à une question sur ses origines. L'aveu était pourtant sorti de lui-même, sans qu'il songe à mentir. Il fallait qu'il prenne garde, des fois que l'honnêteté de Damien soit contagieuse…

Mais en même temps, quel risque y avait-il à évoquer son enfance ici, dans ce château au milieu de nulle part ?

— Je vais souvent en bord de mer, ajouta-t-il. Et lorsque je prendrai ma retraite, j'y habiterai, même si je ne sais pas où encore exactement.

Damien soupira sous son masque.

— Alors c'est aussi beau qu'Akim le dit ?

— Oui. Probablement plus que tout ce qu'il a pu te raconter. Il y a un horizon, là-bas, et le ciel est immense, pas comme dans la forêt. La mer donne une puissante impression de liberté.

Damien lui jeta un regard par-dessus son épaule. Le chasseur eut l'impression qu'il souriait.

— Profites-en pour moi, la prochaine fois que tu la verras.

Je le ferai, songea Silas, étonné de le penser sincèrement.

Quelques marches plus tard, ils durent s'arrêter. Le reste de l'escalier s'était écroulé, ne laissant qu'un vide béant.

Sans se laisser décontenancer, Damien passa la tête par la fenêtre qui se trouvait sur sa droite, un tout petit peu plus large que ses épaules.

— Ne saute pas, ironisa Silas, tu n'as pas de plumes, toi.

Damien rentra sa tête pour lui adresser un regard perplexe.

— Si tu fais référence à Lianne, elle ne peut pas voler non plus, tu sais.

— Je… Oui, merci, je m'en étais douté !

— De rien. Regarde, nous devons atteindre la fenêtre qui se trouve au même niveau que nous, sur la droite.

Silas soupira, vaincu, et prit sa place pour regarder dans la direction indiquée. La fenêtre en question n'était pas très loin, cinq ou six mètres à peine.

— J'aurais peut-être dû prévoir des cordes, regretta Damien.

— Des *cordes* ? répéta Silas avec dédain.

Il enjamba le rebord et, avant que le sculpteur n'ait eu le temps d'ajouter quoi que ce soit, attrapa la branche de lierre la plus proche, tira pour vérifier qu'elle était bien accrochée et y transféra son poids. Profitant du balancement de la plante, il tendit la main pour attraper la branche suivante…

Une ombre le recouvrit.

Il leva la tête et sursauta. Damien le surplombait, accroché directement au mur par les mains et les pieds, la tête en bas. Sa cape était coincée sous son bras et sa perruque retenue par son masque. Son visage sans traits était à trente ou quarante centimètres du sien.

L'espace d'un instant, Silas songea à quel point la Bête était grande – énorme, par rapport à lui. Sa voix douce et ses manières maladroites le lui avaient presque fait oublier.

N'importe qui d'autre aurait paniqué, mais Silas était un chasseur de monstres. Il ne paniquait que lorsqu'il n'y avait plus rien à manger au petit déjeuner.

Alors il sourit, glissa le bout de ses pieds dans une fente et sauta sur le côté, les mains tendues, en criant :

— Premier !

Il calcula l'instant exact où il devrait refermer ses doigts autour de la prochaine branche de lierre, consolida sa prise au moment où son poids détacha partiellement la plante du mur et se pencha juste assez pour lui donner un mouvement de balancier.

Il la lâcha à la dernière seconde, déjà focalisé sur son point d'arrivée, attrapa le haut de la fenêtre, ramena ses jambes à l'intérieur et atterrit lestement sur ses pieds, content de lui.

Damien l'attendait.

— Ah, non ! râla Silas. Comment tu as fait pour être aussi rapide ?!

— Les autres ont toujours été trop lents pour moi, admit le sculpteur avec amusement. Mais toi, tu m'as presque rattrapé. Tu étais… Tu *es* impressionnant.

Silas sourit, flatté.

— On verra au retour si les autres sont toujours « trop lents » pour toi, rétorqua-t-il avec un air de défi.

Damien, troublé, ne répondit rien. Il avait su qu'il avait fait une erreur lorsqu'il était passé au-dessus de lui pendant l'escalade et que leurs regards s'étaient croisés. Il oubliait en permanence qu'il faisait peur aux gens dans ces moments-là.

Mais Silas n'avait pas eu peur. Il n'avait pas crié, il n'avait pas fui.

Il l'avait *défié*.

— Où sommes-nous ? demanda l'objet de ses pensées.

Damien s'écarta pour le laisser voir.

Ils se trouvaient dans une petite pièce, visiblement une antichambre, à deux portes. L'une était scellée par des branches et des racines ayant transpercé le sol. L'autre était maintenue entrouverte par une statue écroulée.

Silas se pencha sur elle. Elle représentait un homme à taille humaine. Le marbre avait dû être peint autrefois, mais le temps lui avait rendu sa blancheur. Son visage était détruit, comme tous les tableaux et les miroirs du château. Il jeta un coup d'œil au masque sans traits de Damien, mais retint son commentaire.

Il se redressa, dévoré par la curiosité, se tourna vers la porte entrouverte, se faufila de l'autre côté…

Et se figea.

Il ne savait pas à quoi il s'était attendu, mais certainement pas à ça.

Il s'agissait d'une salle du trône.

Elle avait dû être magnifique autrefois. Plus grande et plus imposante que toutes celles que le chasseur avait pu visiter jusqu'ici, en tout cas.

Elle était bordée par deux rangées de colonnes sculptées dont les bas-reliefs représentaient des créatures féroces. Le plafond, si haut qu'il semblait presque absent, était couvert de motifs semblables, donnant l'impression qu'une nuée de monstres s'apprêtait à fondre sur eux. La pièce était assez longue pour permettre à des centaines de personnes d'y circuler en même temps.

Mais ce n'étaient plus des courtisans qui la fréquentaient désormais.

La salle était obstruée par d'innombrables branches ayant traversé le dallage pour grimper le long des murs et des colonnes comme d'énormes serpents.

Des armures rouges y étaient empalées, le torse ou le visage transpercés, la gorge étranglée et les membres écrasés. C'étaient les mêmes armures que celle que Silas avait vue dans la forêt, au fond de la mare où il avait failli boire.

— Il y a toujours des squelettes à l'intérieur, souffla Damien en le rejoignant. Et il y a d'autres chevaliers semblables, à d'autres endroits du château et dans la forêt. Tous tués de la même façon. J'ai essayé de les libérer pour les enterrer, mais je n'ai jamais réussi.

— D'où viennent ces branches ? demanda Silas.

— Le rez-de-chaussée de cette partie du château est rempli d'arbres, comme si la forêt avait débordé à l'intérieur.

Le chasseur s'approcha du plus proche chevalier. Le rouge sur l'armure ressemblait à une couche de sang séché.

— Tu n'as aucune idée de qui ils étaient ?

— Non, répondit le sculpteur, un ton plus bas. Mais ils me font peur.

Silas lui adressa un regard étonné. Les chevaliers morts étaient effectivement sinistres, mais de là à les craindre…

— Je ne sais pas pourquoi, ajouta très vite Damien, conscient qu'il devait s'expliquer.

— Un mauvais souvenir ?

— Plutôt la trace d'un mauvais souvenir. J'ai l'impression qu'ils sont mauvais et dangereux, sans savoir d'où me vient cette certitude.

Silas hocha la tête, pensif, et s'enfonça un peu plus profondément dans la salle.

Il y avait un énorme trône renversé au bout, cloué au sol par des branches qui avaient brisé son dossier de pierre. Le chasseur s'attendait à moitié à y voir un squelette couronné, mais il était vide.

Il s'accroupit et effleura le bois, méfiant. Comme rien ne lui sautait au visage, il s'approcha.

Quelque chose était gravé sur le dossier…

— Dis-moi, lança-t-il soudain, comment as-tu choisi ton nom ? Quelqu'un te l'a donné ?

— Je ne me souviens pas, répondit le sculpteur, surpris. Pourquoi ?

Silas se tourna vers lui, l'air grave.

— Parce que la personne qui régnait sur cet endroit s'appelait Damien, si j'en crois ce qui est gravé ici. « Le Grand et Majestueux Roi Damien Ier, Souverain de tous ceux qui vivent ou qui naissent dans le Royaume d'Andémée ».

15
Les boîtes à musique

— Alors j'ai été roi ? souffla Damien.

Rendus nerveux par les chevaliers morts, ils avaient quitté la salle du trône pour retourner dans l'antichambre.

— On dirait bien, répondit stoïquement Silas. Le dernier souverain du coin. Et laisse-moi te dire que tu as très mauvais goût en matière de décoration.

Le sculpteur se laissa glisser jusqu'au sol et s'adossa au mur.

— C'est horrible… murmura-t-il en portant une main au niveau de sa bouche.

Son cœur s'était contracté en s'accélérant dans sa poitrine et il avait l'impression d'étouffer. Son masque l'empêchait soudain de respirer, ses gants semblaient trop petits et ses habits le démangeaient.

Le roi Damien.

Ces trois mots réveillaient une peur instinctive, une panique enfouie au fond de lui qui lui donnait envie de hurler.

— Oh, je n'irais pas jusque-là, le contredit le chasseur, si tu voyais le manoir de Gaston, le seigneur qui habite dans le village le plus proche, tu relativiserais mon commentaire sur la décoration.

— Je voulais dire…

— Je sais, je sais, soupira Silas en levant les yeux au ciel. Il va vraiment falloir qu'on travaille sur ta perception du sarcasme. Mais plus sérieusement…

Il s'assit en face de lui et demanda avec curiosité :

— Qu'y a-t-il de si atroce dans le fait d'avoir été roi ? D'accord, ton royaume n'est pas au meilleur de sa forme, mais ça s'est produit il y a longtemps et tu ne t'en souviens même pas, donc…

Damien déglutit et baissa les yeux. Il n'était pas sûr lui-même de parvenir à expliquer l'horreur que cette idée suscitait en lui.

— Si j'ai été roi et que mon château a fini comme ça… Combien de personnes ai-je failli à protéger ? Combien ont souffert à cause de moi ? Tout cela est-il de ma faute ?

Il pointa du doigt la porte de la salle du trône et Silas comprit qu'il faisait référence aux chevaliers empalés.

— Un roi n'est-il pas censé protéger son peuple ? insista Damien. Dans les illustrations des contes, les gens viennent les voir, s'inclinent devant eux et semblent les aimer…

— La vie est bien différente, répondit Silas, presque à regret.

Au fond, il aurait aimé que quelqu'un dans le monde continue à penser que les têtes couronnées ne voulaient que le bien de leurs sujets.

— Le pouvoir monte à la tête des gens. Il corrompt doucement les âmes, comme un inexorable poison. Et bien souvent, ce qui importe aux puissants est plus leur propre plaisir et la domination qu'ils exercent que le sort de ceux qui dépendent d'eux.

Damien avait l'impression qu'il allait être malade.

— Je ne suis pas comme ça. Je ne suis *pas* comme ça ! Je ne veux de mal à personne…

— Je sais, le rassura Silas avec un sourire dont la sincérité l'étonna lui-même. Allez, partons d'ici.

Damien hocha la tête et se leva, soulevant un nuage de poussière. Avant de suivre Silas par la fenêtre, il jeta un dernier coup d'œil dans la salle du trône ravagée.

Qui suis-je ? songea-t-il amèrement.

Il baissa le regard sur ses mains, si énormes qu'elles déformaient ses gants de l'intérieur, et serra les poings.

Il ne voulait de mal à personne… Mais il lui était déjà arrivé de se laisser submerger par des sentiments négatifs, colère, peine, peur ou souffrance, et de perdre le contrôle. Lorsque tout débordait de lui, lorsque ses émotions s'entrechoquaient dans son crâne…

Il pouvait devenir violent.

Il ne se souvenait pas d'avoir déjà blessé quelqu'un, mais il avait détruit assez de miroirs pour savoir de quoi il était capable. Et ses souvenirs étaient incomplets, alors comment être sûr…

Et si c'était là sa véritable nature ? S'il était, et avait toujours été, quelqu'un de mauvais ? S'il n'y avait pas que son visage de monstrueux, mais aussi son âme et son cœur ?

Après tout, il avait bien dû faire quelque chose pour mériter la malédiction qui lui rongeait la chair et la mémoire…

Un bruit attira son attention. Accroché au lierre qui couvrait la façade, Silas avait passé sa tête par l'entrebâillement de la fenêtre. Il semblait à la fois impatient et ennuyé.

— Tu viens ? Je n'ai pas envie de manquer l'heure du goûter.

***

Ils retournèrent en silence jusqu'à la bibliothèque, où ils restèrent quelques minutes de plus sans parler, toujours plongés dans leurs pensées.

— Comment va ton ventre ? demanda soudain Damien. Je n'y pensais pas, tout à l'heure, mais l'escalade n'a pas dû être très agréable pour ta blessure…

— Tout va bien, le rassura Silas avec légèreté. Je n'ai rien senti. Akim a dû dramatiser.

En vérité, l'énorme dose de potion cicatrisante qu'il avait prise le matin même avait déjà commencé à agir, mais il préférait que ses hôtes ne soient pas au courant. Un chasseur de monstres ne révélait que le strict minimum de ses secrets.

— J'évoquais tout à l'heure la possibilité d'un possible goû… commença-t-il.

— Comment s'écrit mon nom ? l'interrompit Damien sans faire exprès.

Il se tut brusquement et bredouilla :

— Pardon, je ne voulais pas te couper. C'est juste… Je ne sais même pas à quoi il ressemble. Peut-être l'ai-je vu ailleurs, sans m'en apercevoir, et cela pourrait peut-être m'aider à comprendre…

— Tu ne sais même pas à quoi il ressemble ? releva Silas, surpris. Je croyais qu'Akim t'avait donné quelques leçons ?

Damien sentit la honte lui chauffer le visage et regretta d'avoir mentionné l'écriture devant Silas. Qu'est-ce qu'il devait penser de lui ?

Le chasseur soupira avec une lassitude exagérée, comme si quelqu'un lui avait demandé de renoncer à un avenir de gloire et de richesse – ce qui était quasiment l'équivalent d'un goûter, non ? –, et regarda autour de lui à la recherche d'un bout de papier et d'un crayon. Malheureusement, il avait beau être entouré par des centaines de livres, pas le moindre ustensile d'écriture n'était en vue.

— Passons par ma chambre, décida-t-il en se dirigeant vers la porte. Enfin, ta chambre.

Damien hocha la tête et le suivit, embarrassé. Ils remontèrent les couloirs sans rencontrer personne et arrivèrent devant la bonne porte.

Le sculpteur fut si surpris par l'état de la chambre qu'il s'arrêta quelques secondes sur le seuil avant d'entrer.

— Je me suis permis de ranger un peu, lança Silas sans la moindre gêne.

Invité ou pas, il était hors de question qu'il dorme plus de trois jours dans une porcherie. Si les autres n'étaient pas contents, ils n'auraient qu'à remettre du désordre après.

La nuit dernière, avant d'aller se coucher, il avait donc rangé les vêtements dans l'immense armoire en bois, passé un coup de chiffon sur les vitres, secoué les tapis dehors, ramassé les objets inutiles ou cassés – petites cuillères, chaussures trouées, cadres et miroirs brisés – pour les fourrer sous le lit, puis il avait débarrassé la cheminée de sa cendre et en avait décoré le dessus d'un bouquet de fleurs cueillies sous sa fenêtre. Il avait aussi laissé cette dernière ouverte, chassant l'odeur de renfermé qui s'était accumulée durant les dernières années.

Ce n'était pas parfait, mais ça faisait l'affaire.

— C'est drôle, lâcha Damien, je crois que je connais cette pièce depuis tant de temps que j'avais fini par ne plus la regarder vraiment…

Silas haussa les épaules et récupéra sa sacoche. Il n'avait jamais vécu assez longtemps à un endroit pour avoir ce genre de problème.

Il ouvrit son sac sans désactiver le sort qui dissimulait son contenu secret et sortit le carnet qu'il utilisait en ce moment pour répertorier les plantes.

Damien, curieux, l'observait en essayant de ne pas paraître trop indiscret – ce qui était plutôt difficile pour une Bête de deux mètres.

— L'inscription était gravée en capitales, commenta distraitement Silas en détachant la dernière page du carnet. Il y a fort à parier que si tu en trouves d'autres dans le château, elles seront aussi en capitales. Je vais donc te l'écrire ainsi.

— « Capitale », c'est une langue ?

Silas lui jeta un regard en biais. S'il ne le savait pas incapable de sarcasme, il lui aurait jeté un truc à la figure – un poignard, par exemple.

— Non, expliqua-t-il en faisant un effort de patience, c'est… une façon d'écrire. En andémien, chaque lettre peut être écrite en capitale ou en minuscule. Ça ne change pas le son, mais ça permet de mettre en avant le début d'une phrase ou d'un prénom.

— Ah, oui ! J'avais remarqué en feuilletant des romans que certaines lettres étaient plus grandes, au début des mots. Mais je n'avais pas compris qu'il s'agissait des mêmes que les petites, mais en… eh bien… plus grand.

Il se tut, déconfit, conscient que ses phrases tournaient en rond. Cette fois amusé, Silas marqua « DAMIEN » sur le papier avant de le lui tendre.

Craignant visiblement de l'abîmer, le sculpteur s'en saisit avec une extrême délicatesse. Comment quelqu'un pouvait-il travailler le bois avec la précision d'un dentellier et se montrer si hésitant le reste du temps ?

Il posa la feuille sur sa paume et la fixa quelques instants. Silas s'approcha, jeta un coup d'œil dessus et laissa échapper un rire.

— Tu le tiens à l'envers, gros balourd !

Il reprit le papier, dessina un trait sous les lettres pour lui montrer le bas et le lui rendit.

— Je ne suis pas un « gros balourd », marmonna Damien, un peu vexé.

— Mais non, mais non, le rassura Silas en lui tapotant le bras. Alors, tu as déjà vu ton nom quelque part ?

— Je ne sais pas, avoua amèrement le sculpteur. Je pensais que le voir écrit pourrait me remémorer quelque chose, mais les lettres se ressemblent toutes à mes yeux. Akim a bien essayé de m'apprendre l'alphabet, mais même si j'arrivais à lui redonner le nom des lettres dans l'ordre, je ne parvenais jamais à les reconnaître ou les différencier…

— Oublie le nom des lettres, ça ne te servira pas à grand-chose. Et elles ne se ressemblent pas tant que ça quand tu comprends comment elles fonctionnent. Elles ont chacune leur identité propre. Pense à…

Il réfléchit quelques instants. Lorsque Deirdre lui avait appris à lire, elle avait comparé les lettres aux plantes utilisées pour faire des potions, mais il doutait que cela parle à Damien.

— Pense à ton armoire pleine d'engrenages, dans la bibliothèque, proposa-t-il à la place. Tu as quoi, une trentaine de modèles différents ?

— Cinquante-deux. Mais je ne vois pas…

— Chaque lettre est un engrenage bien spécifique, d'accord ? Imagine… Imagine que les mots sont des boîtes à musique, comme celle que tu as construite dans la salle de bal. Chaque engrenage va activer un son différent, et cela variera aussi en fonction des engrenages avec lesquels ils sont associés. Tu me suis ?

— Les mots sont des boîtes à musique… répéta Damien, pensif.

Il sourit sous son masque et Silas, qui se trouvait tout près, put le deviner à la façon dont ses yeux pétillaient. Quelque chose pétilla aussi au fond de lui, comme un écho.

On n'avait pas idée d'avoir de si beaux yeux quand on était une Bête. Et on n'avait pas idée de regarder les gens avec tant de joie pour une si petite chose, franchement…

— C'est une belle image, souffla le sculpteur. Chaque mot serait une petite boîte et chaque phrase un morceau. Tous les livres renfermeraient des musiques secrètes. Des musiques que je pourrais aussi créer, comme mes danseurs-automates. Des notes qui ne mourraient jamais, qui attendraient juste sur le papier que quelqu'un les lise pour les ressusciter.

Silas lui sourit. Pour lui qui s'était frotté à ce que l'univers avait de plus violent et de plus cynique, c'était étrange de côtoyer quelqu'un qui s'emparait de la moindre chose pour la changer en poésie. La mort, la solitude, le bois, l'oubli, l'écriture – Damien voyait le monde à travers un prisme étrange, légèrement décalé, qui transformait la vie en kaléidoscope étoilé. C'était difficile à suivre, en particulier pour un chasseur habitué à la réflexion froide et implacable nécessitée par une survie de tous les instants, mais c'était… agréable.

— Quelle note fait cette lettre ? demanda Damien avec un brin d'excitation en désignant le « D » au début de son prénom.

Silas lui en fit la démonstration en bougeant ses lèvres de manière exagérée.

— Disons… Engrenage trente-deux, décida le sculpteur en s'asseyant sur le lit. Ses dents sont plus marquées. C'est celui que j'utilise pour donner des mouvements saccadés à quelque chose.

— Pourquoi aurais-tu besoin de mouvements saccadés ? interrogea Silas en s'installant à ses côtés. Tu n'essaies pas, au contraire, de leur donner des gestes le plus fluides possible ?

La conversation lui semblait tellement naturelle et confortable que pour une fois – pour la première fois en public depuis qu'il avait été recueilli par Deirdre, enfant –, il ne s'assit pas de manière élégante en croisant lascivement les jambes, mais se campa en tailleur, le coude sur le genou, le menton sur le poing.

Damien remarqua la différence – et l'apprécia beaucoup –, mais ne dit rien.

— Tout dépend de ce que je veux créer, répondit-il. Une statue-automate ou une prothèse comme celle d'Akim n'aurait pas beaucoup d'engrenages trente-deux, le « D », mais une horloge ou une machine à coudre en a besoin. La fluidité n'est pas toujours ce qui est recherché.

— Je vois…

Le sculpteur pointa de nouveau le papier.

— Et cette lettre, que fait-elle ?

— A.

— Quoi ? Quelque chose ne va pas ?

— Mais non, andouille, elle fait le son « a » !

— Ah…

— Voilà.

Ils se regardèrent et se mirent à pouffer.

— D'accord, d'accord, reprit Damien. Une note ouverte qui peut durer longtemps… Je l'accorde à l'engrenage vingt.

— Attention, l'avertit Silas, certaines lettres font des sons différents lorsqu'on les associe à d'autres.

— Mais… Mais c'est injuste ! C'est déjà assez compliqué comme ça !

— Attends que je te parle de grammaire et tu vas voir ce qui est compliqué ou pas…

— Tu me fais presque peur quand tu parles aussi gravement, avoua Damien, on dirait que tu me menaces.

— La grammaire, mon cher, est une menace pour la société en général.

Ils pouffèrent de nouveau.

— Avec quelles lettres le « A » se transforme-t-il, alors ?

— Tu ne voudrais pas plutôt continuer à faire les lettres de ton prénom ? s'étonna Silas.

— Si je ne sais pas comment la lettre s'associe aux autres, je ne pourrai pas lui associer un engrenage convenable, répondit le sculpteur d'un ton d'évidence.

La logique n'apparaissait pas à Silas, mais il avait fini par comprendre que Damien fonctionnait d'une certaine façon. Devait-il insister pour tout faire dans l'ordre ? Mais au fond, quelle importance ? Pourquoi ne pas se laisser porter ?

— Le « I », répondit-il. Cela fait « ai ».

— Le « I »…

— Là, tu l'as dans ton prénom. Regarde.

Il se pencha pour le lui montrer. Leurs épaules s'effleurèrent. Il était toujours aussi surpris de sentir à quel point les membres de Damien étaient durs et irréguliers sous ses habits et se demanda pour la centième fois au moins à quoi sa peau ressemblait.

Le sculpteur perdit quelques secondes de lucidité. Silas était si *près*, bon sang ! Il pouvait sentir une odeur de fleur sur lui – lilas ? – et lever la main suffirait à caresser ses cheveux. S'il n'avait pas eu de gants… Oh, et s'il n'avait pas été un monstre aussi, accessoirement.

— Ce « I » est tout petit, s'amusa-t-il en refoulant son trouble. Il lui faut un engrenage aux dents longues et pointues… Quelque chose d'aigu. Mais est-ce qu'il se transforme aussi, avec d'autres lettres ?

— Oh oui, celui-là va bien t'embêter, répondit humoristiquement Silas. Figure-toi que quand il est suivi de deux « L »…

Ils continuèrent à parler ainsi un long moment, Damien interrompant quelques fois la leçon pour expliquer à Silas l'utilisation qu'il faisait de tel ou tel engrenage, et ils finirent par dériver en imaginant quel type de machine ils pourraient créer avec les engrenages correspondant à certains mots.

— Avec juste mon prénom, remarqua le sculpteur, je pourrais faire une horloge très simple… Enfin, il faudrait le répéter beaucoup de fois, évidemment.

— Une horloge qui ferait « Damien ! », « Damien ! », tous les jours à midi ? s'esclaffa Silas.

— Oh, et toi, il faut que tu me notes ton prénom pour que je trouve ta machine ! À quoi ressemble le son « sss » ?

Le chasseur arracha une énième page à son carnet pour le lui noter, et ils reprirent de plus belle.

Quelques heures plus tard, alors que la nuit était bien avancée, Lianne, qui les cherchait pour aller manger, poussa la porte de la chambre.

Elle s'arrêta, stupéfaite, en voyant Silas à genoux sur le lit, un crayon à la main, en train de rire, penché sur quelque chose que Damien tenait dans ses mains. Des morceaux de papier étaient étalés tout autour d'eux. Le sculpteur riait aussi.

Elle déglutit, soudain prise d'appréhension. C'était mauvais signe, très mauvais signe…

Une demi-seconde plus tard, le chasseur la perçut à la lisière de son champ de vision et tourna immédiatement la tête vers elle. Son instinct lui hurla brusquement qu'elle était face à un prédateur et elle eut l'absolue certitude qu'il aurait pu la tuer, là, maintenant, d'un seul geste, aussi facilement qu'il avait transpercé le crâne des Chimères dans la salle de bal.

Mais à l'instant où elle finissait cette réflexion, le visage de leur invité s'adoucit et la menace disparut – au moins de la surface.

— C'est l'heure de manger ? s'enquit-il joyeusement en sautant sur ses pieds.

Elle hocha la tête, mi-figue, mi-raisin.

— Akim est en train de faire cuire les lapins qu'on a attrapés tous les deux cet après-midi, avec quelques légumes du potager que Damien a mis en conserve l'année dernière. Vous voulez manger de nouveau à table ?

— Je vais faire comme si je n'avais pas entendu cette question, rétorqua le chasseur avec noblesse en quittant la pièce.

Incapable de sourire, Lianne regarda Damien récupérer soigneusement tous les bouts de papier avant de le suivre.

16
Prison de mensonges

— « Damen », lâcha Silas d'un ton grave.

— Non, non, non ! corrigea le sculpteur en pointant l'extrémité de son crayon vers la feuille. « Damien » !

— Tu peux essayer de négocier autant que tu le veux, railla Silas, mais il y aura toujours écrit « Damen » sur ce papier.

Damien soupira et laissa ses bras retomber sur sa table de travail, tel un homme défait par un ennemi trop grand. Silas rit en lui tapant l'épaule.

— Interdiction de renoncer ! Quand on a un professeur aussi merveilleux que le tien, on se doit de persévérer !

— Mon professeur n'est pas merveilleux, c'est un tyran !

Il ramena ses mains sur ses genoux et ajouta, d'une voix plus ténue :

— Désolé. Je vais réessayer.

— Ne sois pas bête, répondit Silas en écartant quelques outils pour s'asseoir sur l'établi. Je ne m'attendais pas à ce que tu réussisses à écrire parfaitement quoi que ce soit au bout de trois jours !

Il fut surpris de réaliser que trois jours étaient effectivement passés depuis leur visite dans la salle du trône.

Entre les leçons qu'il donnait à Damien, leurs discussions décousues sur des sujets aussi divers que les contes de fées ou les différentes fonctions d'un engrenage et les recherches qu'il menait dans la bibliothèque, il avait finalement été assez occupé. Ils avaient mangé chaque soir, tous ensemble, autour de la table du salon. Akim et Lianne commençaient même à se détendre en sa présence et à s'envoyer les piques qui semblaient constituer un pourcentage important de leurs conversations habituelles.

La nuit, lorsqu'il se trouvait seul dans sa chambre, il avait aussi commencé à parcourir les vieux carnets de Deirdre, à la recherche d'indices sur les Chevaliers Rouges.

Il n'avait pas ouvert ces carnets depuis la mort de sa maîtresse d'armes et revoir son écriture droite, bien ordonnée, lui avait serré le cœur. C'était elle qui lui avait transmis cette envie de prendre des notes, de classer et de répertorier ce qu'il découvrait du monde. Si lui s'intéressait surtout aux plantes et aux bêtes, elle avait toujours eu un faible pour les histoires. Il n'avait rien trouvé de probant pour le moment concernant les chevaliers ou le château dans lequel il se trouvait, mais il ne perdait pas espoir.

— Réessaie, ordonna-t-il gentiment à Damien en lui tendant la feuille. Tu n'étais pas loin. Réfléchis bien aux sons… « Da-m-*i*-en ».

— Le « I » ! s'exclama le sculpteur en brandissant son crayon comme un bretteur ayant aperçu l'ennemi. J'ai oublié le « I » !

Il se pencha sur sa feuille et, la tête légèrement penchée, entreprit de tracer son nom en entier. Silas était absolument certain que sous son masque, sa langue devait pointer entre ses lèvres, image même de la concentration. Il ne s'en rendait peut-être pas compte, mais il avait fait d'immenses progrès en trois jours. Son trait tremblait beaucoup moins et il ne cassait plus la mine de ses crayons en appuyant trop fort pour commencer. Silas en ressentait une certaine fierté. Pour ses talents de professeur, évidemment, pas pour Damien. Pas du tout. Ça aurait été absurde.

— Voilà ! s'exclama le sculpteur, satisfait.

Silas se pencha pour voir son travail et soupira.

— Dommage… Tu as écrit « allons manger ».

Damien le fixa d'un air suspicieux.

— Tu mens, accusa-t-il gravement.

— Moi ? se défendit Silas d'un ton trop innocent pour être honnête. Ce n'est pas mon genre !

Il sauta sur ses pieds en lâchant un petit rire et lui tapota l'épaule.

— D'accord, j'admets ma faute, tu as véritablement écrit ton nom. Ma vue doit être troublée par la faim.

— Ça me paraît peu probable, rétorqua Damien avec amusement. Vu ce que tu as englouti ce midi, tu n'auras certainement pas faim avant… euh… un certain temps. Mais un temps long. Plus long que celui qui s'est écoulé depuis ton dernier repas. Enfin…

— J'ai saisi, le coupa le chasseur, hilare. Mais tu devrais savoir que les règles du commun des mortels ne s'appliquent pas à moi.

Il lui adressa un clin d'œil, ponctué d'un sourire charmeur qui fit ressentir de drôles de choses à Damien, et se dirigea vers la porte.

— Il est presque neuf heures de toute façon, Lianne et Akim doivent avoir faim aussi. Je vais me changer et je vous rejoins dans le salon !

Sachant qu'il ne devait pas attendre de réponse de Damien, qui ne pensait que rarement à exprimer à voix haute le fait qu'il avait retenu une information, il quitta l'atelier-bibliothèque d'un pas léger. Cela faisait extraordinairement longtemps qu'il ne s'était pas senti aussi en forme et reposé, malgré sa blessure. Cette dernière cicatrisait d'ailleurs remarquablement bien. Il pourrait partir dans quelques jours, s'il le voulait.

Il croisa Lianne et Akim dans un couloir près des cuisines et les salua en leur faisant part de son intention de manger bientôt, ce qui lui valut un acquiescement de la femme-oiseau et un regard bougon du médecin. Silas ne les suivit pas dans la cuisine : il n'y avait mis les pieds qu'une seule fois depuis son arrivée et il avait encore des sueurs froides quand il repensait à l'état catastrophique de la pièce. Mieux valait se persuader qu'il ignorait d'où venait la nourriture.

Il se dirigea vers sa chambre, l'air toujours guilleret, mais s'arrêta avant. L'oreille tendue, il resta quelques secondes immobile afin de s'assurer que personne ne se trouvait dans les parages.

Il avait bien choisi son heure de la journée et il savait exactement où se trouvait chaque occupant du château.

Son sourire s'était éteint, remplacé par une détermination froide, implacable. Il n'avait qu'un quart d'heure pour accomplir sa tâche.

Il se rendit dans sa chambre, enfila une vieille chemise préparée pour l'occasion et courut en direction de la salle de bal. De là, il suivit le chemin qu'il avait emprunté avec Lianne le jour où les Chimères avaient attaqué et retrouva sans peine la pièce qu'il cherchait. L'odeur était épouvantable. Heureusement que cette partie du château n'était pas fréquentée…

Il ouvrit la porte et la referma dans son dos.

Le corps de la chasseuse était là où il l'avait laissé, derrière le piano écroulé. Une semaine dans une salle humide l'avait partiellement décomposé, même si aucune vermine n'était venue accélérer sa disparition. Ses yeux étaient toujours grands ouverts.

Silas la regarda fixement durant quelques secondes. À sa grande honte, il se souvenait vaguement de ce qu'il avait demandé à Damien lorsqu'il s'était mis à délirer, blessé, dans ses bras. *Tu ne m'abandonneras pas tout seul dans la poussière ?*

Il soupira et se frotta les yeux. Le sculpteur serait horrifié d'apprendre ce qu'il s'apprêtait à faire, et encore plus s'il savait qui il était vraiment. Il le mépriserait. Il serait dégoûté, effrayé peut-être. Tous les échanges qu'ils avaient eus jusqu'ici étaient fondés sur un mensonge.

Mais pourquoi cela lui importait-il ?

Comme il n'avait pas envie de réfléchir à cette question et qu'il ne devait pas s'éterniser, il se dirigea vers la fenêtre et arracha l'un des rideaux d'un coup sec. La tringle céda sans opposer de résistance.

Il roula le corps de la chasseuse dans le tissu, puis le chargea sur ses épaules, ouvrit la fenêtre et sortit dans le jardin.

La nuit était bien installée. Des lambeaux de brouillard frôlaient le sol, comme des fantômes paresseux, dotés de reflets blafards par la lune pleine. Une cinquantaine de mètres le séparait de la forêt. Il devait prendre garde aux Chimères.

Il se saisit de la pelle qu'il avait placée sous la fenêtre la veille et longea le mur d'un bon pas jusqu'à trouver le trou creusé le matin précédent. Il avait préféré séparer son opération en plusieurs étapes afin de ne pas disparaître trop longtemps. Situé sous un arbre, à un endroit où l'herbe était particulièrement haute, le trou était presque invisible. Il n'était pas allongé, évidemment, mais vertical, comme un puits. Tous les chasseurs savaient qu'un cadavre avait moins de chances de réapparaître si la tête était la seule partie du corps qui affleurait à la surface.

Il fit glisser le cadavre dedans et se dépêcha de combler le trou. Il tassa la terre, puis déracina un petit buisson de houx et le replanta sommairement sur la tombe de fortune.

D'ici quelques semaines, l'herbe aurait repoussé, les racines du houx se seraient étendues et il n'y paraîtrait plus rien.

Il revint sur ses pas et entra dans le château par une autre fenêtre, repérée deux jours plus tôt. De là, il lui suffit de couper par un salon et une vieille salle de jeux pour retrouver le couloir de sa chambre. Il se débarrassa de la pelle au passage en la glissant sous un canapé.

L'opération lui avait à peine pris plus d'une vingtaine de minutes.

Il cacha ses vêtements pleins de terre sous le lit et se dépêcha d'en enfiler de nouveaux. Il lava ses mains dans un bol placé sur le rebord de sa fenêtre la veille, désormais rempli d'eau de pluie, puis se coiffa et se maquilla légèrement.

Il était prêt.

Il se regarda dans le reflet de la vitre et vit un homme séduisant, élégant et propre sur lui. Aucune trace du meurtre qu'il venait de dissimuler. Ses lèvres souriaient d'elles-mêmes, mais son regard était vide.

Menteur ! semblait crier son image. *Menteur ! Menteur ! Menteur !*

Il eut brusquement envie de la fracasser, d'effacer cet individu aussi beau que trompeur, dont les mains trop blanches auraient dû dégouliner de sang.

Mais il se reprit. Bien sûr qu'il était un menteur. Il l'avait toujours été. Trompeur, manipulateur, c'était le fonds de son métier. Le monde était injuste, pourquoi aurait-il dû se comporter autrement ?

Il secoua la tête afin de faire disparaître son absurde malaise et sortit de sa chambre pour se diriger vers le salon. Sur son insistance, Lianne, Akim et Damien avaient accepté de ranger les objets qui traînaient dans la pièce et Silas avait partiellement réarrangé les meubles. Elle était désormais accueillante et chaleureuse, et il lui tardait d'y être, de manger et d'oublier ce qu'il venait de faire en discutant de tout et de rien.

Alors qu'il s'en approchait, il entendit les voix de ses compagnons. Curieux, il s'arrêta pour écouter.

— … vous êtes ensemble toute la journée ? demandait Akim, une pointe d'accusation dans la voix.

— Il m'apprend à écrire, rétorqua Damien avec une fierté qui fit sourire Silas.

— C'est tout ? insista Lianne.

— Oh, on discute aussi, admit le sculpteur, et il fait des recherches dans la bibliothèque sur les anciens propriétaires du château.

— Tu fais attention, j'espère ? s'inquiéta le médecin. On ne sait toujours rien de lui.

— Il n'est pas méchant, répliqua Damien, sur la défensive.

— Mais il n'est pas totalement honnête non plus, renchérit la femme-oiseau. On ne peut pas lui faire confiance, et tu le sens, n'est-ce pas ? Sinon tu aurais déjà retiré ton masque.

Il y eut un blanc. Le sourire de Silas s'était évanoui.

Il soupira et se frotta les yeux. Ils ne lui faisaient pas confiance.

Mais ils avaient raison.

Il leur avait menti, il avait tué sous leur toit…

Et personne ne devait lui faire confiance. Jamais. Deirdre avait payé trop cher cette erreur.

Pourtant, il aurait voulu…

Mais pourquoi ? C'était déraisonnable de s'attendre à autre chose, même de la part de Damien, qui semblait être la personne la plus ouverte et la plus généreuse qu'il ait jamais rencontrée. C'était sentimental de vouloir qu'on croie en lui. Absurde. Inutile. Vain.

Et de toute façon, leur confiance n'aurait pas été dirigée vers lui, le véritable lui, mais l'être séduisant aux mains propres qu'il avait vu dans son reflet.

Il serra les poings, enfonçant ses ongles dans ses paumes. Il fallait qu'il arrête, *qu'il arrête* ces trains de pensée !

Ça n'a pas d'importance.

— Ça n'a pas d'importance, répéta-t-il à voix haute.

Il se forgea un sourire, puis se remit à marcher en faisant exprès de faire du bruit pour annoncer son arrivée.

Ça n'a pas d'importance.

Ça n'a pas d'importance.

Tout ce qu'il avala ce soir-là avait un goût amer.

17
Le cœur de la Bête

Silas s'éveilla dans un sursaut, le nez saturé par l'odeur du sang, le cœur battant à toute allure.

Il était seul dans la chambre.

La pluie tapotait contre les vitres, comme pour demander poliment à entrer. Le feu s'était presque éteint dans la cheminée. Il avait rejeté les couvertures dans son sommeil et il était gelé.

Il s'assit et passa une main dans ses cheveux. Il ne se souvenait pas de ce dont il avait rêvé, mais les impressions que le songe lui avait laissées – violence, douleur, perte – ne lui donnaient pas envie de creuser.

Il se leva, incapable de chercher de nouveau à s'endormir, et marcha jusqu'à la fenêtre. La nuit était sombre, les arbres à peine discernables dans la masse obscure formée par la forêt. Il vérifia distraitement que le grelot placé près des vitres n'avait pas bougé. Personne n'était entré.

L'esprit brouillé par les vagues réminiscences du sommeil, il commença à marcher en long et en large dans la chambre, puis s'assit sur le sol, attrapa sa sacoche et sortit les carnets de Deirdre. Il avait besoin de s'occuper l'esprit.

Les cheveux ramenés en chignon, ses lunettes sur le nez, il commença à tourner les pages, éclairé par la seule lueur d'une bougie. Il pouvait presque entendre la voix de sa défunte maîtresse d'armes lire à voix haute les phrases qu'il parcourait du regard.

Son mal-être se dissipa, remplacé par une impression confortable, et il se perdit dans l'étude du carnet.

Taverne du Verre-d'or, Royaume de Pyrh, récit collecté auprès d'une dizaine de clients : le Roi Ode a été maudit, enfant, par un sorcier l'ayant enlevé et condamné à vivre sous l'apparence d'un cygne. C'est le Roi Siegfried, son mari actuel, qui a retrouvé sa trace au fond d'une forêt…

Échoppe de la Fée-Forte, Royaume de Soidie, récit raconté par le vendeur : il existerait un refuge d'enchanteur dans la forêt qui borde la montagne au nord du royaume. Gardé par un gigantesque dragon bleu et un chevalier à l'armure de cuir, il ne serait trouvable que par les personnes ayant besoin d'aide…

Cabinet de la Sorcière Shaïma, Royaume d'Embolly, récit collecté auprès de Shaïma elle-même (méfiance, probablement très enjolivé) : dans la grande ville de Gel-Masash, il y a plus de cent ans, un sculpteur de génie aurait créé une statue si parfaite qu'elle aurait pris vie, et ils auraient disparu ensemble. Sortilège ? Illusion ? L'histoire est apparemment beaucoup racontée là-bas…

Silas bâilla, s'étira et continua à tourner les pages, s'arrêtant sur quelques histoires particulièrement intéressantes, sautant celles qu'il connaissait déjà ou qui n'attiraient pas son attention. Deirdre lui racontait souvent les récits qu'elle récoltait à droite et à gauche lors des soirées qu'ils passaient tous les deux au coin du feu. Ils débattaient fréquemment de la véracité de certains faits et il leur était arrivé d'aller enquêter par eux-mêmes.

Ce carnet était assez ancien, toutefois, datant de l'époque où il était encore enfant, et il était plutôt surpris de réaliser que Deirdre ne lui avait pas raconté les histoires les plus sombres qui s'y trouvaient. Elle avait toujours été si sévère avec lui qu'il ne pouvait imaginer qu'elle ait cherché à le ménager. Peut-être pensait-elle que cela altérerait sa motivation à s'entraîner ?

Il allait refermer le carnet, arrivé à la fin, lorsque la dernière histoire attira son attention.

Taverne des Plus-soifs, République d'Aba-Sira, récit récolté auprès d'une troubadoure du nom de Cérynomène El Gargarotte : le Royaume d'Andémée aurait été gouverné autrefois par un roi particulièrement cruel, au point qu'il n'était plus dénommé qu'ainsi, et cela lui plaisait.

Vaniteux et capricieux, il avait réuni pour le servir l'Ordre des Chevaliers Rouges, une cinquantaine d'hommes et de femmes vêtus d'une armure perpétuellement ensanglantée (rouge, ou littéralement couverte de sang ?), qui obéissait au moindre de ses ordres. Ils étaient imbattables et implacables. Le Roi Cruel régnait d'une main de fer, exploitant sans pitié ses sujets, qu'il exécutait, volait ou violait selon son bon plaisir. Il pratiquait l'alchimie et beaucoup prétendaient qu'il se servait dans ses geôles pour trouver des cobayes à ses folles expériences. Obsédé par sa propre beauté, il voulait percer le secret de la jeunesse éternelle.

Le reste est assez vague, les récits se contredisent beaucoup, mais tous s'accordent pour dire qu'un jour, une forêt a jailli de terre, le château s'est écroulé, le Roi Cruel et ses chevaliers ont disparu et les arbres se sont refermés autour de cet endroit maudit pour en condamner définitivement l'accès. C'était il y a plus de cinq cents ans. Le château existe-t-il encore ? Est-il hanté par les chevaliers et leur terrible souverain ?

C'était tout.

Silas déglutit. Il relut les quelques lignes avec attention, tentant d'en retirer le plus d'informations possible. Son cœur battait un tout petit peu trop fort.

La déduction était si évidente qu'il ne pouvait l'ignorer.

Damien était – ou du moins avait été – le Roi Cruel. Le laboratoire était le sien. Il avait dû tenter une expérience alchimique dont les conséquences lui avaient échappé, provoquant la catastrophe qui avait détruit l'endroit. Cela expliquait les miroirs brisés et les portraits saccagés : un vaniteux devenu monstrueux ne supporterait pas de contempler jour après jour le rappel de sa déchéance.

Il se releva, les membres ankylosés, le carnet serré contre sa poitrine.

Dois-je le lui dire ?

Il se souvint de la réaction du sculpteur dans l'ancienne salle du trône quand il avait compris qu'il avait été roi. Comment réagirait-il lorsqu'il apprendrait qu'il avait été si mauvais qu'on l'avait renommé « Cruel » ?

Silas fronça les sourcils. Pourquoi sa première réaction avait-elle été de se demander s'il devait protéger Damien de la vérité ? Était-il en train de devenir fou ? Les chasseurs de monstres ne protégeaient pas les gens et certainement pas de leurs propres sentiments. La bonne question à se poser était : qu'est-ce qui serait le plus intéressant pour lui ?

Il n'avait aucun intérêt à révéler tout cela à Damien. Il savait que les gens avaient tendance à blâmer les messagers pour leurs mauvaises nouvelles et il valait mieux éviter de l'énerver.

Il posa la bougie à côté de son lit et contempla les draps froissés.

Des fragments de cauchemars lui revinrent en mémoire. Du sang, des cris, des corps sans tombes.

Pourquoi avait-il aussi froid ?

Pourquoi se sentait-il aussi seul ?

Il devrait se recoucher. Sa blessure était presque guérie, il pourrait partir le lendemain s'il s'était bien reposé, quitter définitivement ce fichu château et oublier la Bête qui sculptait des automates pour peupler sa solitude.

Personne ne voulait réellement de lui ici, de toute façon. Personne ne voulait réellement de lui nulle part.

Il posa un genou sur le matelas.

Puis il changea brusquement d'avis, attrapa la bougie, fit volte-face et sortit dans le couloir.

***

Debout devant la fenêtre ouverte de son atelier, Damien regardait la pluie tomber. Une forte odeur d'herbe et de terre mouillée montait jusqu'à lui.

Il ferma les yeux pour se concentrer sur la sensation du vent caressant son visage. Il savait que s'il parvenait à calmer le tumulte de ses sentiments, il pourrait sentir le monde autour de lui, et plus particulièrement la forêt. C'était comme un tiraillement au bord de son âme, un poids toujours présent, mais pas désagréable. Il n'en avait jamais parlé à personne.

C'était difficile à exprimer et il avait déjà assez de mal à parler comme ça, il n'allait pas essayer d'expliquer à quel point il se sentait lié à cet endroit, ni à quel point il sentait que la forêt souffrait.

Ce n'était pas une douleur humaine, brûlante et intense, mais quelque chose de sourd, de triste et de lancinant, comme un rocher lentement érodé par les ans. La forêt était en train de mourir. Et au fond, tout au fond de lui, il savait que leurs sorts étaient liés. Il était lui aussi en train de s'effacer.

Quelqu'un frappa à la porte de l'atelier, le faisant sursauter. Qui venait le voir en plein milieu de la nuit ?

— Damien ? appela le visiteur.

Son cœur fit un petit bond. C'était la voix de Silas, basse, curieusement hésitante, mais reconnaissable entre toutes.

— Damien, tu es là ? insista le chasseur.

— Oui, répondit-il, presque malgré lui. J'arrive.

Il passa devant son établi, hésita quelques instants, puis se saisit de son masque, de sa perruque et de ses gants, qu'il enfila maladroitement.

Silas ne dit rien en attendant. Comme il était plus du genre à lancer des remarques sardoniques qu'à patienter sans rien dire, Damien craignit qu'il ne soit parti avant d'ouvrir la porte.

Son cœur trembla de nouveau. Non seulement Silas était bien là, mais il semblait singulièrement différent. Son chignon était négligé – réellement négligé, pas juste quelques mèches savamment défaites –, sa chemise rentrée à la va-vite dans son pantalon, et il portait des lunettes, deux petits cercles dorés qui lui donnaient un air studieux.

Frappé par cette vision, Damien songea qu'il était encore plus beau que d'habitude. Moins séduisant, moins suave et sulfureux, mais tellement plus… touchant.

— J'ai un truc sur le visage ? lâcha le chasseur en levant les sourcils.

Puis il réalisa, blêmit et retira rapidement ses lunettes. Seule Deirdre l'avait vu les porter. Il avait vaguement honte de ne pas s'être montré sous son meilleur jour, en plus d'avoir révélé une de ses faiblesses.

Décidément, rien ne va plus… songea-t-il en refaisant correctement son chignon.

— Je ne savais pas que tu avais besoin de lunettes, s'étonna finalement Damien.

Silas écarta le sujet d'un geste de la main et entra dans l'atelier en réajustant sa chemise. Elle était froissée, car il avait dormi avec, et il tenta vainement d'en lisser le devant avant de renoncer dans un soupir.

Intrigué, Damien le suivit jusqu'à son établi.

— Tu ne devrais pas laisser la fenêtre ouverte, le rabroua Silas. Tu ne sais pas ce qui pourrait entrer.

— Ce qui pourrait entrer ? répéta le sculpteur en déglutissant. Euh… Quoi ?

Silas lui adressa un sourire en coin curieusement affectueux.

— Des papillons cannibales.

Choqué, Damien ouvrit la bouche pour s'inquiéter de la présence d'une telle espèce dans cette contrée avant de réaliser.

— Tu te moques de moi !

— Un peu, admit Silas dans un petit rire. Je pensais à des Chimères, idiot. Elles sont rentrées dans la salle de bal, tu te souviens ? Elles pourraient recommencer.

Et je pourrais ne pas être là pour les arrêter, la prochaine fois, finit-il en pensée.

Plus perturbé qu'il n'oserait se l'admettre par cette réflexion, il s'assit sur la table de travail, comme il le faisait parfois lors de leurs leçons d'écriture. Damien se laissa tomber sur son tabouret, à côté de lui, ce qui amena leurs visages à la même hauteur.

— Quelque chose ne va pas ? s'inquiéta le sculpteur. Tu as l'air…

Il voulut exprimer le fait que Silas semblait fatigué, qu'il savait qu'il faisait des cauchemars, qu'il était prêt à l'écouter s'il voulait en parler, mais qu'il n'était pas obligé de le faire, ainsi que l'idée que c'était inhabituel de le voir aussi peu sûr de lui et négligé, mais que ça lui plaisait – sans dire que ça lui plaisait, évidemment.

Les mots, ces sales traîtres, s'emmêlèrent comme toujours et tout ce qui sortit fut :

— … Plus beau que d'habitude.

Il y eut un blanc.

Damien sentit son visage le brûler et considéra la possibilité de s'enfuir par la fenêtre, de courir jusqu'à la forêt et de laisser les Chimères l'achever.

Silas pouffa.

— Merci, monseigneur, c'est toujours bon à savoir. Je suppose que ce n'était pas exactement ce que tu voulais dire ?

Un peu quand même, avoua Damien intérieurement avant de saisir la deuxième chance qui lui était offerte et de balbutier :

— Fatigué et nerveux. Tu as l'air fatigué et nerveux. Pas beau.

— Pas beau ? fit mine de s'offusquer le chasseur.

— Si ! Non ! Enfin…

Il s'arrêta et croisa les bras.

— Tu le fais exprès, marmonna-t-il, un peu vexé.

— Je plaide coupable, rit Silas.

Damien avait remarqué ces derniers jours que le rire du chasseur évoluait. Plus le temps passait et plus il semblait sincère et non étudié et élégant.

Il appréciait vraiment le changement.

Mais le visage de Silas devint soudain grave et sérieux et Damien commença à s'inquiéter.

— J'ai trouvé quelque chose, avoua-t-il. À propos de toi. De ton passé.

Il sortit un carnet de sa poche, l'ouvrit à la dernière page et le lui tendit avant de se souvenir qu'il ne savait pas lire.

— Il s'agit du carnet de… quelqu'un que je connaissais, expliqua-t-il de manière hésitante. Elle recueillait les histoires et les rumeurs. Je crois avoir trouvé quelque chose qui pourrait te concerner.

Il fit une pause avant d'ajouter :

— Quelque chose qui ne va pas te plaire.

— Le contraire m'aurait étonné, soupira Damien, fataliste.

— Tu es sûr de vouloir savoir ?

Le sculpteur réfléchit, considérant sérieusement la question.

— Oui, affirma-t-il finalement. Dis-moi. L'incertitude est pire que tout.

Silas hocha la tête et lui lut le passage.

Puis il se tut, referma son carnet et attendit.

Damien regardait ailleurs. Le sang battait à ses oreilles et une étreinte glacée, dure et familière, s'était refermée sur sa poitrine.

Le Roi Cruel.

Un monstre.

Bien sûr qu'il était un monstre.

Il l'avait toujours su, au fond. Il avait mérité son sort. Il avait fait du mal, tellement de mal à tellement de gens.

Il revit le squelette de l'enfant dans le laboratoire souterrain, les armures rouges des chevaliers empalés dans la salle du trône, et il eut envie de hurler, de pleurer, et simultanément de se taire et de disparaître jusqu'à la fin des temps.

— Damien, finit par dire doucement Silas, sais-tu s'il reste un portrait intact quelque part dans le château ? Nous pourrions peut-être…

— Ils sont tous détruits, le coupa le sculpteur d'une voix étranglée. J'ai cherché. J'ai probablement…

Il fixa ses mains ouvertes sur ses genoux.

— J'ai parfois des accès de colère… De violence… Que je ne maîtrise pas. Je ne me souviens pas d'avoir saccagé les portraits, mais je sais que j'ai détruit plusieurs miroirs, et…

Il releva la tête vers le chasseur, qui vit ses yeux dorés, écarquillés, luire dans la pénombre.

— J'ai déjà failli m'en prendre à Lianne et Akim, avoua-t-il enfin. Deux fois. Et je t'ai fait peur aussi, lorsque tu es arrivé, dans la serre…

— Je n'ai pas eu peur ! le coupa Silas, vexé. Tu m'as *surpris*. Bon, admettons que tu sois le Roi Cruel, d'accord ? Tu as joué avec une magie qui te dépassait et tu as tout fait péter. Puis tu es resté seul pendant des siècles et tu as fini par tout oublier. Et maintenant, que vas-tu faire ?

Damien haussa les épaules, se leva et lui tourna le dos pour se rendre à la fenêtre. La pluie s'était intensifiée, battant sans pitié l'herbe du jardin.

— Attendre que le temps emporte le reste, je suppose, et que je ne sois plus qu'une coquille vide, un automate de plus dans un château en ruine. Je ne l'ai pas avoué à Lianne et Akim, mais la perte de mes souvenirs s'est aggravée ces dernières années. Je les perds plus vite que je ne les gagne. Un jour, l'oubli me rattrapera. Ou le Mal Gris atteindra le château et je deviendrai une Ombre.

Silas le rejoignit près de la fenêtre.

— Tu ne peux donc vraiment pas partir ?

Damien baissa la tête vers lui. Leur différence de taille était flagrante lorsqu'ils étaient côte à côte, mais elle ne mettait pas Silas particulièrement mal à l'aise. Il était assez confiant dans ses capacités pour ne se sentir inférieur à personne.

Ils se fixèrent un long moment, à quelques pas du rideau de pluie, puis Silas leva un sourcil, l'air de dire « alors quoi ? », et Damien se surprit à sourire.

— Tu m'as demandé tellement de fois ce qui se trouvait sous mon masque… commença-t-il lentement. Tu m'as dit que je pouvais te faire confiance et que tu ne jugerais pas ce que tu verrais dessous…

Je te manipulais parce que j'essayais de te tuer, le corrigea Silas en pensée, heurté par la plus grosse vague de culpabilité qu'il avait jamais ressentie.

Damien porta la main à son visage. Ses doigts tremblaient un peu sous le regard perçant du chasseur.

Était-ce l'instant où il le ferait fuir, le moment où il lirait enfin du dégoût sur ses traits si parfaits ?

Il insinua les doigts sous sa perruque et défit l'attache en cuir qui retenait son masque. Le visage de bois commença à glisser. Il le retint, puis le retira lentement et le laissa tomber dans le jardin.

Silas sentit sa respiration s'accélérer sous le coup de la stupeur.

Seulement éclairé par la bougie qui luisait sur l'établi, il ne vit d'abord du visage de Damien qu'un mélange de creux et de bosses sombres.

Le sculpteur enleva sa perruque, se tourna vers la lumière…

Et Silas réalisa finalement ce qu'il était en train de regarder.

Des racines.

Elles couraient sur la face de Damien comme d'abominables boursouflures, laissant à peine apparaître autour des yeux et de la bouche un millimètre de chair plissée. Tordues en angles pointus, elles s'enroulaient sur ses joues, recouvraient entièrement son nez et grimpaient sur sa tête, où elles se divisaient en petites branches tendues, telle une parodie de chevelure. La perruque en avait brisé la plupart et des gouttes de sève ambrée, figées, perlaient au bout.

Damien retira ses gants.

Ses mains étaient épaisses, robustes, et les mêmes racines qui couraient sur son visage serpentaient dessus. Ses doigts, toutefois, étaient dépourvus des bosses qui auraient pu en gêner le mouvement, et Silas réalisa avec un coup au cœur qu'ils avaient été *limés*. Damien avait sculpté ses propres mains.

Enfin, le roi maudit attrapa son col et, avec une adresse surprenante, défit un à un les boutons qui fermaient l'avant de sa chemise. Le vêtement glissa de ses épaules et s'arrêta à ses poignets, mais Silas n'y fit pas attention.

Il fixait sa poitrine, couverte de racines torturées, plus épaisses que celles qu'il avait déjà vues.

Il fixait son cœur.

Ou plutôt l'endroit où il aurait dû se trouver.

À la place, il pouvait discerner un creux, un trou entre les racines.

Et dans ce trou, comme dans une cage, poussait une rose. Une rose rouge sombre, aussi grosse qu'un poing, striée de fines veines dorées. Les mêmes que celles qu'abritait la serre.

— Les roses sont des parts de mon âme, avoua Damien tout bas. Les roses sont des fragments de ma mémoire.

Il regardait Silas avec une attention confinant au désespoir, scrutant son visage à la recherche de peur ou de dégoût, mais il ne trouva que de la stupeur et de la fascination. Le chasseur le détaillait comme s'il espérait résoudre les mystères de l'univers à travers lui, et il n'était pas certain que quelqu'un, jamais, l'ait regardé avec autant d'intensité.

Silas leva une main et l'arrêta à quelques centimètres de son torse.

— Puis-je… ?

Le sculpteur hocha la tête. Il lui aurait permis n'importe quoi à cet instant.

Silas posa la paume de sa main sur les racines, à côté de la rose qui grandissait dans sa poitrine. Elles étaient dures et curieusement tièdes. Damien frémit.

— Tu peux me sentir ? s'enquit le chasseur, intrigué.

— Oui. Le bois fait partie de moi.

— Mais comment… Tu as une peau en dessous ?

— Non, les racines l'ont remplacée. Je ne me souviens même pas de ce à quoi je ressemblais avant. Je ne peux pas les retirer.

À la façon dont il l'avait dit, Silas devina qu'il avait essayé et ne put s'empêcher de frissonner. Il désigna ses mains.

— Ça ne te fait pas mal de les tailler ainsi ?

— Si. Mais je préfère souffrir que de ne plus pouvoir les utiliser pour créer.

Silas hocha la tête et caressa songeusement sa poitrine, fasciné par la texture rugueuse du bois sous sa paume. Il ne reconnaissait pas les motifs de l'écorce, ni le parfum léger, vaguement sucré, qui s'en échappait.

Damien déglutit, heureux que son rougissement ne soit pas visible.

— Qu'entendais-tu en disant que les roses étaient ta mémoire ? l'interrogea enfin le chasseur, les doigts tout près de la fleur qui poussait en lui.

— Tous les deux mois environ, une rose fleurit à la place de mon cœur, expliqua Damien. À la fin du deuxième mois, elle devient trop grande pour sa petite prison, alors je la déracine et je la replante dans la serre. Ces roses sont les incarnations de mes souvenirs. Lorsqu'une d'entre elles disparaît, tout ce que j'ai été, tout ce que j'ai vécu durant les mois où la rose a grandi en moi disparaît aussi. Elles ne fanent pas, mais elles sont fragiles.

Silas pâlit.

— Lorsque je suis arrivé, j'en ai abîmé une…

Damien hésita, puis avoua :

— Pendant que tu la cueillais, j'ai senti le souvenir s'éteindre. Je ne me souviens plus de ce dont il s'agissait, mais je crois que c'était quelque chose d'agréable. Je me suis précipité, j'espérais la sauver…

— Mais c'était trop tard, comprit le chasseur avec une nouvelle pointe de culpabilité. Je suis désolé.

Il ne s'était pas excusé sincèrement depuis… depuis… trop longtemps pour qu'il s'en souvienne. Les mots étaient pourtant sortis tout seuls, et il ne les regrettait pas.

— Tu ne pouvais pas savoir, soupira Damien. Et comme je te l'ai dit, de toute façon, je suis voué à disparaître. La serre tombe en ruine. Nous faisons de notre mieux pour l'entretenir, mais de nombreuses roses gèlent chaque hiver, des carreaux laissent entrer la pluie… Et le Mal Gris se rapproche du château. Lorsqu'il aura contaminé la forêt, lorsqu'il atteindra les roses…

— Non, lâcha Silas avec une force qui le surprit lui-même.

Damien marqua un temps d'arrêt.

— Eh bien… Si…

Le chasseur sourit.

— Voyons, mon cher Damien, n'oublie pas que tu m'as officiellement engagé, et je ne laisse jamais tomber un client.

Le sculpteur haussa les sourcils, ou, du moins, les deux protubérances au-dessus de ses yeux. Son visage en lui-même n'était pas très expressif, car les racines bougeaient peu, mais son regard doré suffisait à transmettre sa confusion.

— Tu m'as engagé pour percer le secret de cet endroit, reprit Silas avec un aplomb venu d'il ne savait où. Ce château pue la magie et, au cas où tu l'aurais oublié, il y a un laboratoire secret dans la cave. Si l'alchimie a créé tout ce foutoir, alors l'alchimie peut nous aider à le résoudre. Il doit y avoir un remède ou un moyen d'arrêter le Mal Gris.

Son regard effleura la rose qui incarnait l'âme de Damien.

— Et il doit y avoir un moyen de te guérir de…

Il agita les doigts.

— Tout ça.

Après tout, il n'avait pas besoin de partir *tout de suite*. Sa blessure n'était pas entièrement guérie, mieux valait être prudent. Et il avait droit à des petites vacances, il n'était pas obligé de toujours crapahuter à droite et à gauche. En plus, il adorait les mystères et…

Ses excuses s'effacèrent de son esprit quand, pour la première fois, il vit le sourire de Damien.

Sa grosse tête penchée sur le côté, ses yeux dorés pétillant de joie, les racines tendues au bout de ses lèvres brunes… Il aurait pu avoir l'air ridicule s'il n'était pas si touchant.

Qu'est-ce que je suis en train de fabriquer ? se demanda Silas en l'imitant malgré lui.

18
L'appel

Après une petite heure à discuter, Silas laissa Damien dans l'atelier et retourna dans sa chambre pour fouiller dans ses carnets.

Il se sentait bien, fébrile, empli d'une force nouvelle. Il n'avait plus envie de déprimer. Pour la première fois depuis des années, depuis même avant la mort de Deirdre, il se sentait impatient.

Il n'allait pas essayer de tuer quelqu'un, mais de le *sauver*. Un tout nouveau mystère auquel s'attaquer, un nouveau défi, une nouvelle aventure. Il n'avait pas réalisé à quel point la routine lui pesait jusqu'alors, à quel point il en avait assez de refaire encore et encore les mêmes choses, les mêmes quêtes qui se terminaient dans le sang et la mort.

Était-il seulement capable d'aider quelqu'un, lui qui avait passé son existence à tuer ? Il n'en était pas sûr, mais il avait terriblement envie de tenter sa chance.

Et puis il y avait Damien.

Comment une seule personne pouvait-elle se montrer si surprenante ? Il l'avait d'abord cru violent, snob et taciturne. Puis un peu fou, lâche et menteur. Maintenant, il le découvrait généreux, sensible, créatif, maladroit, mais aussi écorché, égaré, avec une part sombre qui n'était pas pour déplaire à l'assassin patenté qu'il était.

Oui, il fallait se l'avouer, il aimait bien Damien. S'il devait essayer de sauver quelqu'un une fois dans sa vie, autant que ce soit lui.

Le souvenir de Deirdre perça sa mémoire comme une flèche enflammée. Il l'écarta aussi vite que possible, ainsi que la culpabilité.

Il devait cesser de penser à Deirdre. Il devait se concentrer sur le futur. Sur l'alchimie. La malédiction. Damien.

Et trouver un plan d'attaque.

***

— Donc, lâcha Lianne, si je résume, Damien t'a expliqué son problème avec les roses et le fait qu'il était coincé ici alors que le Mal Gris s'approchait, et toi, Silas, tu as décidé que tu voulais le sauver et que le meilleur moyen pour cela était de s'introduire dans un laboratoire protégé par des pièges mortels afin d'utiliser l'alchimie, qui est probablement la cause de tout ce bazar, pour régler le problème. C'est ça ?

Ils se trouvaient tous dans le salon éclairé par la lueur maussade d'un matin gris. Le chasseur les avait réunis dès qu'il les avait entendus se lever pour leur expliquer ses intentions.

— Exactement ! confirma-t-il joyeusement.

Akim leva le doigt.

— Oui ? s'enquit Silas d'un ton professoral.

— J'ai deux questions, si tu permets, répondit le médecin. Premièrement, comment allons-nous survivre ? Et deuxièmement, pourquoi te ferions-nous confiance ?

— Excellentes remarques ! s'exclama le chasseur en tapant dans ses mains. Je te remercie d'avoir soulevé ces points délicats. Premièrement, je suis très doué pour survivre et je sais comment désactiver des pièges. Deuxièmement, ne me faites pas confiance si vous n'en avez pas envie ! Je vous demande si vous êtes partants pour une petite virée d'exploration afin de chercher des solutions aux problèmes que vous semblez déterminés à ignorer, pas de me donner la clé du garde-manger.

Damien sourit, mais ne fit pas de commentaire. Il était extrêmement amusé par l'énergie et la détermination soudaine de Silas, qui sautillait presque sur place en leur expliquant ses plans, et plutôt fasciné par la façon dont les quelques mèches échappées de son chignon caressaient ses pommettes. Il avait remarqué que le chasseur les attachait toujours ainsi lorsqu'il devait se concentrer et ne pouvait s'empêcher de se demander à quoi il ressemblerait avec la chevelure entièrement relâchée.

— En ce qui concerne le gaz mortel, continua Silas, il doit être activé soit par un cercle runique, c'est-à-dire une inscription quelque part, soit par un interrupteur matériel, comme une dalle s'enfonçant dans le sol, par exemple. Je sais désactiver les cercles runiques, et pour les dalles, il suffit de faire attention à ne pas marcher dessus. Mais si vous avez trop peur, je peux tout à fait y aller seul…

— Peuh, lâcha Lianne en croisant les bras. Même pas dans tes rêves. Je suis de la partie.

Akim soupira.

— Je suppose qu'il faut bien que quelqu'un vous évite de vous faire trucider…

Ils se tournèrent vers Damien.

— Tu nous attends ici ? proposa Lianne.

— Quoi ? s'offusqua le sculpteur. Non ! Je viens avec vous.

Ses deux amis parurent surpris, mais pas Silas, qui s'attendait à cette réaction. Il se frotta les mains et se dirigea vers la porte.

— Allons-y !

— Quoi, maintenant ? s'étonna Lianne.

Silas lui adressa un regard par-dessus son épaule.

— Tu as plus urgent ? Une omelette demandant à être massacrée ?

— Tu sais que je vais profiter de la première occasion pour t'éliminer, n'est-ce pas ? répliqua-t-elle sans animosité.

Il rit en quittant la pièce.

— Tu peux toujours essayer !

Damien jeta un regard inquiet à la femme-oiseau, qui le rassura d'un sourire sur le fait qu'elle n'était pas sérieuse.

Ils partirent tous les deux à la suite du chasseur et Akim, l'air maussade, leur emboîta le pas.

Ils se rendirent en silence jusqu'à la pièce où se trouvait la tapisserie et l'entrée du laboratoire. Damien, pieds nus, seulement vêtu d'un large pantalon et d'une chemise au col ouvert, savourait pleinement sa nouvelle liberté de mouvement. Lui aussi se sentait plein d'entrain et de détermination. Non seulement Silas n'avait pas fait de commentaire désobligeant sur son apparence, mais en plus, il proposait de l'aider !

Sa bonne humeur se ternit toutefois devant l'entrée de l'escalier souterrain. Il se souvint de l'impression viscérale de danger qui l'avait envahi la dernière fois, ainsi que de la dépouille si petite et si fragile de l'enfant mort.

— Je passe devant, lança Silas, mais le premier qui essaie de me poignarder dans le dos aura affaire à moi !

Il l'avait dit sur le ton de la plaisanterie, mais Damien ne put s'empêcher d'imaginer une pointe de sincérité dans cette menace, et se remémora toutes les fois où le chasseur s'était montré inquiétant, voire menaçant, sous ses airs séduisants. Akim avait raison : aussi douloureux que ce soit, il ne pouvait lui faire entièrement confiance.

Silas descendit donc le premier dans l'escalier en colimaçon, suivi de Lianne, de Damien et du médecin. Ils avaient tous des bougies, mais leurs lueurs peinaient à écarter l'obscurité qui les entourait. L'ouverture donnant sur le bureau ne tarda pas à disparaître dans leur dos et l'écho de leurs pas sur les pierres humides se mit à résonner dans l'espace étroit.

Au bout d'un moment, Damien sentit dans l'air les relents d'une odeur âcre et piquante, hélas familière.

— Il ne s'agit pas de gaz à proprement parler, lança Silas d'un ton docte, mais de poudre de scolophragme, un champignon assez rare des montagnes du Sud. On le reconnaît à son parfum si délicat et sa couleur bleutée. Il perd ses propriétés mortelles lorsqu'il reste exposé plus d'une journée dans un espace moins confiné qu'une boîte. S'il n'y a pas de nouvelle émission, nous ne devrions donc pas avoir de problème.

— Formidable, railla Lianne.

Puis, quelques minutes plus tard, ils atteignirent l'entrée du laboratoire. Silas s'accroupit pour observer le sol, constitué de larges dalles.

— Nous nous étions avancés de quelques pas à l'intérieur avant que le piège ne se referme sur nous, marmonna-t-il à voix haute. Le déclencheur ne doit pas être sur la porte. Attendez…

Il sortit de sa poche une petite bille métallique, la posa sur sa paume et souffla dessus en murmurant quelque chose. Sa main retomba aussitôt et la bille chut au sol avec un bruit sourd.

— Elle fait désormais le poids d'un humain moyen, expliqua distraitement Silas.

Il sortit deux autres billes, répéta le processus, puis les envoya rouler dans la pièce, une tout droit, une en diagonale sur la gauche et l'autre sur la droite.

Elles dérivèrent quelques minutes, retentissant parfois sur la courbe de dalles descellées, et finirent par s'arrêter contre un mur ou une étagère.

Rien ne se passa.

— Bien, apprécia Silas, essayons les runes.

Il sortit de sa poche une petite bourse, l'ouvrit et renversa dans sa paume en coupe une petite partie de son contenu.

Damien, Lianne et Akim se penchèrent pour mieux voir. Il s'agissait d'une sorte de poudre pailletée aux couleurs irisées.

Toujours accroupi, le chasseur porta la main à sa bouche et souffla dessus.

La poudre se dispersa instantanément, formant un nuage si large et si dense qu'il aurait pu passer pour du brouillard, s'il n'y avait pas eu ces reflets aux couleurs changeantes.

— Ah ! laissa victorieusement échapper Silas en désignant le sol.

Une ligne laiteuse, légèrement luisante, était apparue en relief sur la pierre. De minuscules runes s'alignaient au-dessus.

Silas sortit une craie, dessina un cercle sur la ligne, puis le barra verticalement.

— Et voilà, lâcha-t-il nonchalamment en se relevant. La voie est libre.

La poussière irisée se dissipait lentement autour de lui, rendant à la pièce son décor sinistre. Lorsqu'elle eut totalement disparu, les runes sur le sol ne furent plus visibles non plus.

— Tu es certain qu'il n'y a plus de danger ? s'inquiéta Lianne.

— Je n'irais pas jusqu'à dire que c'est un endroit sûr, répondit Silas, mais oui, je pense que nous pouvons entrer sans mourir immédiatement. Après tout, le propriétaire du laboratoire ne devait pas posséder mille protections. Vous imaginez, devoir désamorcer dix pièges à chaque fois que vous entrez dans votre bureau ?

Tout en parlant, il ramassa ses billes, apparemment redevenues légères, les mit dans sa poche et récupéra sa bougie, posée devant la porte.

— On y va ? lança-t-il joyeusement.

— Ce type est cinglé, gémit Akim en levant les yeux au ciel.

Lianne lui donna une tape sur l'épaule.

— Petite nature, ricana-t-elle.

— Sauvage ! répliqua-t-il.

— Tu préfères que je te raccompagne en haut ?

— Pourquoi, tu veux remonter ?

— Ils sont toujours comme ça ? souffla Silas à Damien.

— Toujours, soupira le sculpteur en secouant la tête. Bon… Par où veux-tu commencer ?

Il évitait obstinément de regarder en direction de la table où ils avaient trouvé le squelette de l'enfant.

Tu parles d'un roi cruel, s'amusa Silas.

— La plupart des chercheurs, quel que soit leur domaine d'expertise, gardent un journal de leurs avancées, expliqua-t-il. Le plus intéressant serait de le trouver. Sinon, des livres expliquant comment pratiquer l'alchimie pourraient faire l'affaire, je suppose…

Damien hocha la tête, prit son courage à deux mains et avança.

La pièce était bien plus grande que ce qu'il avait estimé lors de leur dernière venue. Ce qu'il avait pris pour un mur, sur sa droite, était en fait une étagère emplie de bocaux aux contenus qu'il préférait *vraiment* ne pas chercher à identifier. Elle montait presque jusqu'au plafond voûté. Derrière, plusieurs autres étagères se trouvaient alignées, croulant sous des bocaux, des bouteilles, des fioles, des sachets, des boîtes ou des livres. Elles se succédaient jusqu'au mur du fond, presque invisible dans la pénombre.

Sur sa gauche se trouvait un espace évoquant une cuisine, avec plusieurs éviers en pierre, trois plans de travail, des colonnes de petits tiroirs étiquetés et d'imposants placards. Une inquiétante collection de lames, allant du scalpel à la scie, était accrochée au mur.

Damien vit Silas les détailler d'un air presque appréciateur et ne put s'empêcher de frissonner. Il tourna le dos à la « cuisine », ignora la table où s'était trouvé l'enfant mort et marcha résolument vers les étagères comportant des livres. À la couverture ou aux dessins à l'intérieur, il pourrait peut-être identifier des ouvrages intéressants.

L'angoisse sourde qu'il avait ressentie la dernière fois était revenue, en plus puissante. Un dégoût profond, primitif, enflait dans sa poitrine, une répugnance qui lui serrait la gorge, comme si son corps se souvenait de quelque chose que sa mémoire avait effacé.

Il se força à ignorer ses craintes et posa sa bougie au bord d'une étagère pour pouvoir sortir un livre. Les araignées n'avaient pas pu s'approprier l'endroit, mais une épaisse couche de poussière recouvrait tout et le simple geste de tirer l'ouvrage souleva un nuage qui le fit tousser.

Le grimoire en cuir terne ne possédait aucune inscription, sinon une étoile en relief sur la couverture. Il l'ouvrit et le feuilleta. Le texte était serré sur deux colonnes, les lettres si petites qu'elles se distinguaient à peine les unes des autres. Il en reconnut quelques-unes et tenta de faire un effort pour déchiffrer deux ou trois mots, mais abandonna très vite, pris par une sensation d'impuissance familière.

Il vit bien quelques schémas représentant des fioles et des quantités, ainsi que quelques pierres et plantes, mais rien qui le marqua comme particulièrement utile ou maléfique. Il reposa le livre et en prit un autre.

Au bout de quatre ou cinq manuscrits, ses yeux commençaient à piquer sous l'effet de la poussière et il n'avait toujours rien vu d'intéressant. Il commençait à se demander s'il n'allait pas explorer une autre partie du laboratoire et laisser les livres à Silas lorsqu'une page l'arrêta.

Il s'agissait de trois dessins alignés. Un arbre semblable à celui vu sur la tapisserie. Un diamant rectangulaire rehaussé d'argent et deux gouttes côte à côte, l'une à l'endroit, l'autre à l'envers.

Si on exceptait la couronne, c'était exactement le message gravé sur l'estrade de la salle de bal. Allait-il *enfin* savoir ce qu'il signifiait ?!

Il tourna sur lui-même à la recherche de Silas, le seul qui pourrait peut-être déchiffrer le manuscrit. Il vit Lianne et Akim en train de faire des grimaces devant les bocaux, mais pas le chasseur. Impatient et vaguement inquiet, il sortit de l'allée où il se trouvait et s'enfonça vers le fond de la pièce, longeant d'autres étagères.

Il finit par l'apercevoir, près du mur du fond, en train de consulter les pages d'un petit carnet. Soulagé, il ouvrit la bouche pour l'appeler.

— Sil…

Le prénom se coinça dans sa gorge. Le livre et sa bougie lui tombèrent des mains.

Quelque chose venait de le traverser, une vibration partie du sol qui remonta le long de ses pieds, de ses jambes, de sa poitrine et se ficha dans ses pensées sous la forme d'un seul mot :

— *Viens.*

C'était fort et intense, comme un fil directement lié à son âme, mais ce n'était ni violent ni sombre, seulement désespéré.

— *Viens.*

Et tout au fond de lui, au fond de la mémoire qu'il ne possédait plus, une petite voix voulut répondre :

— *J'arrive.*

Silas, qui avait relevé la tête lorsque le livre avait heurté le sol, fronça les sourcils en voyant le sculpteur se figer, puis tourner sur lui-même et se diriger droit vers un coin de la pièce plongé dans l'obscurité.

— Damien ? lança-t-il en le rattrapant, sa bougie au poing. Que se passe-t-il ?

— Il y a quelque chose… Quelqu'un…

Silas fit glisser un poignard dans sa main libre.

— Qui ? Où ?

— Là, répondit Damien en continuant à avancer.

Ils étaient quasiment arrivés dans le coin de la pièce. Le sculpteur continua droit devant.

Silas sursauta et tendit sa bougie, s'attendant à ce que son compagnon heurte un mur, mais lorsque la flamme dissipa les ombres, il aperçut un passage. Une porte étroite, sans battant, dessinait un arc d'obscurité entre les pierres. De grosses racines en jaillissaient, rampant sur le mur comme des serpents figés.

Damien passa le seuil sans hésiter.

— Attends ! voulut l'arrêter Silas.

Il posa une main sur son bras, mais le sculpteur ne ralentit pas.

Il tergiversa quelques secondes. Un coup d'œil par-dessus son épaule lui apprit qu'Akim et Lianne n'étaient pas en vue. Il faillit pénétrer dans le couloir sans eux, puis songea que ça allait lui retomber dessus d'une manière ou d'une autre et se décida à crier :

— Les amoureux ! On a besoin de vous !

Ce qui lui permit de voir immédiatement surgir un Akim furibond et une Lianne rouge jusqu'à la pointe des oreilles.

Il leur fit signe et, sans attendre plus, s'enfonça dans le passage à la suite de Damien.

19
Exploration

Damien avait vaguement conscience qu'on le suivait et qu'on parlait dans son dos, mais son attention était entièrement concentrée sur l'appel qui résonnait au fond de lui. C'était une sensation d'appartenance si intense et si nouvelle qu'il avait presque envie d'en pleurer. Comme retourner chez soi après des décennies de voyage, ou retrouver un être qu'on a profondément aimé… Deux choses qu'il n'avait jamais connues jusqu'alors, deux choses qu'il voulait *absolument* découvrir. Il craignait que s'il se détournait de ce lien, ne serait-ce que quelques secondes, ce dernier s'efface et le renvoie à la froide solitude de son quotidien.

Alors il avançait.

Le sol descendait légèrement. Le couloir s'était élargi, lui permettant de garder la tête haute, même s'il fallait éviter les grosses racines qui tombaient du plafond. Il n'était éclairé que par les bougies qui se trouvaient dans son dos, mais pour une fois, il n'était pas effrayé par l'obscurité. Ce qui cherchait à l'attirer n'était pas hostile.

— Damien ? appela pour la cinquième fois Lianne.

— Arrête de me crier dans les oreilles, pesta Silas, juste devant elle. Tu vois bien qu'il ne t'entend pas ou ne t'écoute pas.

— Mais comment faites-vous pour rester aussi calmes ! tempêta-t-elle. Il y a clairement quelque chose qui ne va pas chez lui !

— Il n'a pas l'air en danger dans l'immédiat, répondit le chasseur en haussant les épaules, et je suis extrêmement curieux de savoir où il va.

— En plus, ajouta le médecin, je pense que même à trois, nous aurions du mal à l'arrêter. Il est extrêmement fort.

— Mais quand même ! protesta vainement Lianne. On dirait… Il agit comme… une Ombre !

Une note de détresse perça la fin de sa phrase. Seulement éclairée par la lueur tremblotante de la bougie, elle eut soudain l'air jeune et vulnérable. Silas se souvint qu'elle avait perdu toute sa famille à cause du Mal Gris, mais ne sut quoi dire pour la rassurer.

Akim glissa une main dans celle de la femme-oiseau.

— Ne t'inquiète pas, murmura-t-il en se penchant vers elle. Nous ne laisserons rien lui arriver.

Elle lui adressa un long regard, puis hocha résolument la tête. Ils continuèrent à marcher en silence en se tenant toujours la main.

Quelques pas plus loin, les parois s'élargirent d'un coup et même Damien ralentit, le souffle coupé.

Ils se tenaient à l'orée d'une pièce aussi vaste que la salle de bal. Les racines avaient été particulièrement virulentes ici : elles avaient presque entièrement recouvert les murs, renversé les meubles, éparpillé le contenu sordide des étagères… Et détruit les imposantes cages à oiseaux empilées au centre. Il y en avait une trentaine. De grosses chaînes suggéraient qu'elles avaient été suspendues au plafond. Elles étaient assez grandes pour avoir retenu des humains et Damien sentit son cœur se soulever en apercevant des os coincés entre le fer et le bois.

L'appel résonnait toujours dans son esprit. Il allait contourner les cages et sortir de cette maudite pièce lorsque Silas se posta devant lui. Il tendit un doigt sur le côté, l'air grave. Damien ne put que regarder dans la direction indiquée.

Une seule chose avait été épargnée par les racines. Une étagère contre un mur où s'alignaient des roses séchées sous des dômes de verre.

— Mais… balbutia le sculpteur en s'approchant. Ce sont… Ce sont *mes* roses.

Silas le rejoignit. Effectivement, on ne pouvait s'y tromper : même ainsi, les veinures d'or sur les pétales rouges étaient bien visibles.

— Pourrais-tu dire à quels souvenirs elles correspondent ? s'enquit-il.

— Non, regretta Damien. Elles sont mortes. Mais je ne comprends pas…

Il désigna la base des fleurs, attachées à des tuteurs en verre.

— Elles ont été coupées. Pas cassées, pas arrachées… Elles ont été *cueillies*. Pourquoi aurais-je fait ça ?

Silas vit Lianne et Akim échanger un rapide regard et songea que ces deux-là cachaient définitivement quelque chose. Il hésita à les confronter, mais ce n'était pas le moment. Ils étaient trop sur la défensive, mieux valait attendre l'instant où il pourrait les prendre de court. En plus, s'ils avaient vraiment pu expliquer la présence des fleurs ici, ils ne se seraient probablement pas tus.

— Peut-être s'agissait-il de souvenirs que tu voulais voir disparaître, proposa le chasseur. Ou…

Il se baissa et tira une page arrachée coincée entre deux racines. Une rose y était dessinée, à côté d'une suite de schémas décrivant une procédure pour la réduire en poudre.

— Peut-être voulais-tu les étudier ?

Damien lui adressa un regard sceptique.

— Je ne suis pas du genre à étudier les choses. Et je ne sacrifierais certainement pas des souvenirs pour ça.

Il ferma à demi les yeux. L'appel était toujours là, toujours puissant, toujours aussi insistant.

— *Viens.*

Il se tourna et se dirigea vers une porte au battant arraché, de l'autre côté de la pièce.

— Ah non, pas encore ! râla Silas en le rattrapant. Tu ne veux pas nous expliquer où tu vas, au moins ?

— Je ne sais pas, murmura Damien. Mais j'ai envie… Vraiment envie d'y aller. De retrouver… ce qui m'appelle.

Silas pinça les lèvres et vérifia que le poignard caché dans sa manche pouvait bien glisser dans sa main à la première occasion. De son expérience, les voix qui appelaient les gens dans des souterrains maléfiques ne voulaient pas simplement jouer aux cartes.

Ils s'engouffrèrent dans un nouveau tunnel et continuèrent à marcher durant quelques minutes avant d'arriver à un croisement. Le chemin continuait à droite et tout droit. Sur leur gauche, un escalier montait et disparaissait dans la pénombre.

Silas fronça les sourcils. L'escalier devait être un autre accès depuis les parties anciennement habitées du château. Et qui disait accès à un laboratoire secret disait…

Un petit « clic » résonna dans le silence.

— Piège ! cria-t-il en réalisant que la dalle sous le pied de Damien venait de s'enfoncer d'un bon centimètre.

Ils se figèrent.

En un claquement de doigts, sans le moindre grincement annonciateur, le sol disparut sous leurs pieds.

Seul Silas ne hurla pas lorsque le vide l'aspira.

Les bougies s'éteignirent presque instantanément, les plongeant dans l'obscurité totale alors qu'ils chutaient comme des pierres.

Damien sentit des racines lui frôler le visage, lui érafler les bras et se briser dans son dos. Au plus profond de sa panique, il réalisa qu'elles devaient être tendues comme un filet en travers du trou, leur offrant une petite chance de survie… mais que son poids et la dureté de son corps étaient en train de leur retirer ce dernier espoir.

Sans cesser de hurler, fouetté par l'adrénaline et la certitude qu'il *fallait* qu'il aide ses amis, il tendit les mains et chercha à agripper ce qu'il pouvait.

La peur dans sa voix se changea en douleur lorsque sa paume râpa contre la pierre. Il referma les doigts sur une racine qui se brisa aussitôt, en attrapa une autre qui ralentit sa chute durant quelques secondes avant de céder aussi et en saisit une troisième, qui se bloqua d'un coup.

Il décrivit un arc de cercle et heurta le mur de plein fouet. Sa poitrine émit un craquement sinistre. Une vibration désagréable secoua la rose qui lui servait de cœur, brouillant momentanément ses idées.

Lorsqu'il retrouva ses esprits, heureusement, il savait toujours qui il était et ce qu'il faisait là.

Et il n'avait pas lâché.

Il entendit Lianne et Akim hurler encore quelques secondes avant de laisser échapper des exclamations étouffées, ponctuées de jurons pour la femme-oiseau.

Puis plus rien.

Pourvu qu'ils aillent bien…

Un frottement déchira le silence. Une lumière apparut en dessous de lui, diluant l'obscurité.

Toujours suspendu par les mains, il tourna la tête.

Ils se trouvaient dans un puits de six ou sept mètres de diamètre. Des racines brisées pendaient aux parois au-dessus de lui, infortunées victimes de sa chute. En dessous, superposées sur des dizaines et des dizaines de couches, elles formaient comme une gigantesque toile d'araignée.

Lianne gisait sur le dos, empêtrée dans des racines qui s'emmêlaient autour de sa taille et de son bras droit. Akim était suspendu par une cheville, la tête en bas, un niveau sous elle.

Et Silas se trouvait debout, en équilibre sur une des grosses racines qui traversaient le puits, un briquet à la main.

— Sacrée descente, commenta-t-il en levant les yeux pour évaluer la distance parcourue durant leur chute.

— Je vais le tuer… marmonna Akim, qui tentait vainement de se redresser.

— Est-ce que tout le monde va bien ? demanda Damien, crispé.

Il était fort, mais il sentait que sa prise commençait à faiblir et il avait peur de briser plus de racines s'il retombait.

— Ça va, répondit Lianne.

Elle venait de réussir à s'asseoir et tendait un bras au médecin pour l'aider.

— Ça va aussi, renchérit ce dernier en attrapant sa main. Rien de cassé.

Il y eut un blanc.

— Silas ? s'inquiéta Damien.

— Oui ?

— Est-ce que ça va ?

Le chasseur eut l'air surpris, comme s'il n'avait pas réalisé que la question l'englobait aussi. Était-ce parce qu'il était évident qu'il s'en était bien sorti ou parce qu'il n'était pas habitué à ce qu'on s'enquière de son bien-être ?

Damien n'eut pas le loisir d'y réfléchir plus : le bout de la racine qu'il tenait se détacha du mur et il tomba d'un demi-mètre avant qu'elle ne se bloque de nouveau.

— Cherche des prises directement sur la paroi, lui conseilla calmement Silas en se rapprochant de lui. Tu as l'habitude d'escalader, si tu gardes ton sang-froid, tu t'apercevras que ce n'est pas bien différent de la façade du château.

Sa tête arrivait à peu près à la taille du sculpteur, qui se concentra pour ne pas paniquer en bougeant ses pieds à l'aveugle contre les pierres.

— Attends, lança le chasseur.

Il s'accroupit en gardant un équilibre parfait, referma sa main libre autour de la cheville de Damien et le guida jusqu'à une anfractuosité assez large pour le stabiliser. Il fit de même avec son autre pied.

Sous sa tutelle, Damien descendit jusqu'à sa hauteur, retrouvant des gestes et des réflexes familiers. Silas lui fit signe de s'asseoir sur la racine en face de lui.

— Je pense qu'elle est assez solide, le rassura-t-il.

Tout le monde se crispa lorsque le bois craqua sous son poids, mais la racine ne céda pas.

Damien adressa un regard de remerciement à Silas, qui lui répondit d'un sourire en coin.

— Formidable, soupira Lianne, et maintenant ? Vous avez d'autres idées géniales du style « explorer des souterrains dangereux » ?

— Tu n'aides pas, répliqua le sculpteur, exaspéré.

— Je ne pense pas que nous puissions repasser par le haut, en tout cas, commenta Silas. Le plafond est probablement réapparu après notre passage. Ce qui ne nous laisse que le bas… Au fait, Damien, tu entends toujours ta voix bizarre t'appeler ?

L'intéressé ferma les yeux à demi pour se concentrer.

— Oui, confessa-t-il. Ça vient de… quelque part sur la droite.

Silas jeta un regard éloquent au mur de droite.

— Je pense qu'on peut éliminer cette direction pour le moment. Continuons à descendre. Il y a souvent des issues en bas de ce type de piège afin de pouvoir examiner ou récupérer les corps de ceux qui se sont fait prendre.

— Tu es la personne la plus sinistre que j'ai jamais rencontrée, lâcha Damien avec sa franchise habituelle.

— En même temps, cela ne te fait pas beaucoup de comparaisons, rétorqua le chasseur du tac au tac.

Le sculpteur pouffa et admit d'un signe de tête qu'il n'avait pas tort.

— Mon briquet ne va pas tenir éternellement, reprit Silas d'un ton plus sérieux. Nous ferions mieux de ne pas traîner. J'espère que ce truc ne s'enfonce pas jusqu'au centre de la terre…

— Toujours les mots pour rassurer, hein ? marmonna Akim en se rapprochant d'une paroi.

Intrigué, Silas se demanda si son faux bras le gênerait pour descendre. Comme pour lui répondre, le médecin glissa sa main artificielle dans une fissure et se souleva à la seule force de cette prise pour permettre à ses pieds de trouver où s'accrocher.

Pas mal, songea distraitement le chasseur en se dirigeant lui aussi vers le mur. Il connaissait quelques collègues qui donneraient cher pour se procurer de faux membres aussi puissants. Certains se couperaient même le bras volontairement. Il jeta un coup d'œil en direction de Damien, qui tâtonnait la paroi d'un air concentré, et songea avec amusement qu'ils l'auraient fait pour rien, puisque le sculpteur n'aurait jamais accepté de fabriquer des prothèses pour des gens qui n'en apprécieraient pas la beauté.

Sans compter, évidemment, que les autres chasseurs auraient cherché à le tuer.

Cette pensée lui fit l'effet d'une douche froide.

Les lèvres pincées, il se concentra pour descendre sans lâcher son briquet. Même pour quelqu'un qui grimpait aussi bien que lui, l'exercice était plutôt compliqué.

Finalement, Damien retrouva toute son assurance et se mit à bouger plus fluidement. Lorsqu'il arriva à sa hauteur, leurs regards se croisèrent. Les yeux du sculpteur luisaient comme de l'or dans la pénombre, la masse de son corps réduite à des creux et des bosses sombres.

Il sourit.

— Tu es lent, Silas.

— Je suis *lent* ?! s'offusqua le chasseur.

Ils se fixèrent encore quelques secondes.

Puis ils commencèrent à faire la course.

Damien était gêné par sa carrure massive qui se prenait dans les racines et Silas lourdement handicapé par le fait qu'il n'utilisait qu'une main, mais ils arrivaient tout de même à aller à la même vitesse, l'un poussé par des années de pratique sur des façades en ruine, l'autre par un apprentissage auprès de la plus féroce des chasseuses de monstres.

Au bout d'une ou deux minutes, Damien finit tout de même par prendre de l'avance, à l'immense frustration de Silas, qui abandonna tout ce qui lui restait de prudence pour accélérer encore.

Sa main ripa.

Il lâcha son briquet pour utiliser son autre bras, referma les doigts autour d'une racine qui céda immédiatement et chuta complètement.

Le temps ralentit.

S'il calculait correctement, il pourrait atteindre l'une des racines qui pendaient, il suffisait qu'il tende la main au bon moment et…

Quelque chose s'enroula autour de sa taille. Son souffle se coupa.

Damien venait de sauter pour l'attraper en plein vol…

Et atterrit cinq mètres plus bas, le chasseur en travers de ses bras, à côté du briquet qui se consumait tranquillement.

Il y eut une seconde de flottement.

— J'ai gagné, lâcha le sculpteur en souriant fièrement.

— Tu as triché ! rétorqua Silas.

Damien fronça les sourcils.

— Comment ça ? Nous n'avions même pas établi de règles et comme techniquement j'ai atteint le sol en premier, je ne vois pas…

Le chasseur rit en plaquant une main sur sa bouche pour le faire taire.

— Stop ! On ne peut même pas être mauvais joueur avec toi, c'est épuisant !

— Euh… Désolé ? s'excusa son compagnon d'un ton incertain, ce qui ne fit que relancer l'hilarité de Silas.

Pour la énième fois depuis leur rencontre, Damien se félicita du fait qu'on ne puisse pas le voir rougir. Il pouvait encore sentir la pression des doigts sur sa bouche et cela lui procurait des sensations qui ressemblaient à de minuscules feux d'artifice dans sa poitrine.

Silas finit par s'arrêter et par le dévisager, toujours goguenard, comme s'il attendait quelque chose.

— Qu'y a-t-il ? s'inquiéta Damien.

— Tu me reposes ?

Le sculpteur sentit son visage s'enflammer de nouveau en réalisant qu'il le tenait toujours dans ses bras et le lâcha d'un coup.

Heureusement, comme un chat, Silas atterrissait toujours sur ses pattes. Il se réceptionna souplement et se redressa en époussetant ses vêtements froissés et déchirés par sa chute.

— Je ne te mettrais pas une bonne note dans la catégorie « prince charmant », ironisa-t-il.

Pour une raison qu'il ne s'expliqua pas, Damien se rembrunit et détourna le regard.

— Je plaisantais, s'empressa de préciser le chasseur, mal à l'aise.

Il ne savait pas comment rassurer ou réconforter quelqu'un. Bon sang, il n'avait *jamais* eu à rassurer ou réconforter quelqu'un. Devait-il lui tapoter l'épaule ? Faire semblant de rien ? Ajouter quelque chose ? Lui demander pourquoi cette remarque l'avait fait réagir ainsi ? Il laissa passer quelques instants, aussi frustré que désemparé, avant de marmonner :

— Nous sommes décidément tous les deux assez inaptes en communication.

Damien sourit, ses yeux d'or pétillant de nouveau, et Silas préféra ne pas s'appesantir sur le plaisir que cela lui procura.

Puis il réalisa, mortifié, qu'il était tellement pris dans son échange avec Damien qu'il n'avait même pas examiné les environs. Un ennemi aurait pu se limer les griffes à deux pas de lui sans qu'il s'en soit aperçu.

Il était vraiment en train de se ramollir.

De nouveau sérieux, il ramassa son briquet et tourna sur lui-même.

Ils ne se trouvaient plus dans le puits, mais dans une grotte étroite au sol sableux qui s'étirait sur leur gauche jusqu'à se perdre dans l'obscurité. L'air était assez humide et un très vague bruit d'eau se faisait entendre, probablement une rivière souterraine.

Surpris par ce changement de décor, il leva les yeux et aperçut le bout du puits dans le plafond de la grotte, à deux ou trois mètres au-dessus de sa tête.

— Je vous déteste, gronda une voix familière.

Suspendue dix mètres plus haut, toujours à l'intérieur du puits, Lianne les fusillait du regard. À peu près au même niveau qu'elle, Akim avançait de manière saccadée. Il semblait avoir du mal à bouger son bras artificiel.

— Sa prothèse doit avoir besoin d'être re-réglée, soupira Damien avec une note de regret. Le bois n'est vraiment pas idéal pour ce genre de travail.

— On n'aurait peut-être pas dû partir avec la lumière, remarqua Silas.

— EFFECTIVEMENT ! ragea Lianne. Vous n'êtes qu'une bande de lâcheurs !

— C'est fou, il doit y avoir une drôle d'acoustique, car je n'entends rien, déclara Silas d'un ton faussement attristé. Je me demande s'ils essaient de communiquer.

Damien fronça les sourcils. Le chasseur articula silencieusement « sarcasme » et la face de son compagnon s'illumina sous l'effet de l'amusement.

— Lianne nous fait probablement des compliments sur notre magnifique descente, renchérit Silas dans le seul but de le faire sourire.

— Tu crois ? s'enquit le sculpteur, hilare.

— Je vous le ferai payer un jour, ronchonna la femme-oiseau en arrivant enfin en bas du puits.

Elle lâcha prise et tomba disgracieusement dans le sable, où elle resta quelques secondes assise en grimaçant. Les plumes sur sa tête étaient hérissées de tous les côtés et certaines, tordues, pendaient tristement.

— Ça va ? s'inquiéta Damien en l'aidant à se relever.

— Ça va aller, soupira-t-elle à l'instant où Akim les rejoignit.

Il fit un atterrissage plus contrôlé et se remit debout rapidement. Son bras artificiel tressautait légèrement, comme un réveil ne cessant de sonner. Il le plia et le déplia plusieurs fois, arrachant des grincements de mauvais augure à la mécanique malmenée. Ses doigts semblaient fonctionner, mais bien plus lentement que ceux d'une main ordinaire.

— Désolé, s'excusa-t-il à l'adresse du sculpteur, je l'ai un peu abîmé.

— Ce n'est pas grave, lui assura immédiatement Damien, je le réparerai.

— Et maintenant ? s'enquit Lianne avec une mauvaise humeur évidente. On va où ?

— Damien, lança Silas, tu entends toujours ton… truc ?

Le sculpteur se figea.

— Non, murmura-t-il avec une note de regret douloureux qui les surprit. Je n'entends plus rien. C'est tout… vide.

Lianne posa une main sur son épaule pour le réconforter et Akim lui serra le bras avec un sourire amical.

Ça leur vient si naturellement… songea Silas en les étudiant comme un scientifique devant une nouvelle espèce d'êtres vivants. *Le réconfort, la camaraderie, la complicité…*

Peut-être ressentait-il un peu – un tout petit peu – de jalousie.

— Longeons la grotte, lança-t-il, perturbé par le train que prenaient ses pensées. Nous finirons bien par tomber sur quelque chose.

— Ton optimisme me réchauffe le cœur, soupira la jeune femme.

Mais ils le suivirent tous les trois sans protester et Silas s'en sentit étrangement… fier.

Au bout de quelques minutes, le bruit d'eau se fit plus fort. Bizarrement, malgré l'humidité ambiante, ni mousse ni champignons ne poussaient contre les parois.

Ils finirent par arriver au bord d'un petit ruisseau qui jaillissait d'une fissure dans la roche, traversait la grotte et se perdait dans une anfractuosité de l'autre côté.

Silas s'accroupit, intrigué. L'eau avait quelque chose d'étrange, quelque chose de *faux*. Elle était transparente, mais elle semblait épaisse, presque gélatineuse, et coulait plus lentement que ce que l'inclinaison du sol laissait à supposer. Il mit quelques secondes à réaliser que les reflets qui s'accrochaient à sa surface n'étaient pas ocre, comme ils auraient dû l'être à cause de son briquet, mais gris.

Akim tendit un doigt vers le ruisseau.

— NON ! rugit Lianne en l'attrapant par le col pour le tirer en arrière, si fort qu'il atterrit sur ses fesses, étonné. Elle est contaminée !

— Alors… Le Mal Gris a déjà atteint le château ? souffla Damien d'une voix blanche.

Le chasseur secoua la tête.

— Ce n'est qu'un tout petit ruisseau, je ne pense pas qu'il traverse le château. Il doit avoir sa source non loin.

— Mais… Mais ça voudrait dire…

— Que le Mal Gris vient du château, termina gravement Silas.

Ils se turent tous un long moment.

— En même temps, je ne vois pas pourquoi cela nous étonne, ironisa le chasseur. Tout ce qui est maléfique à dix kilomètres à la ronde doit partir d'ici.

Il y eut un nouveau blanc. Il grimaça en réalisant qu'il avait peut-être légèrement manqué de délicatesse.

— Je suppose que le ruisseau resurgit quelque part dans la forêt, soupira Akim, et qu'il contamine lentement les environs.

— Et si nous le bloquions ? proposa Lianne avec espoir.

— Avec quoi ? rétorqua Silas. Et puis, ça ne ferait qu'inonder la grotte. L'eau rejaillirait forcément quelque part. Probablement directement dans le salon.

— Ce truc est un cauchemar, gémit-elle en se frottant les yeux. Partons d'ici.

Le chasseur hocha la tête et pointa du doigt l'autre côté du ruisseau. La grotte continuait sur quelques mètres avant de s'arrêter. Une porte sans battant était visible sur la paroi, ainsi que les premières marches d'un escalier. Lianne lâcha un cri d'enthousiasme.

— La surface !

— Je vous avais dit de me faire confiance, se vanta le chasseur.

— Tu nous as littéralement dit l'inverse, rétorqua Damien avec un sourire en coin.

— Pffff… Calomnie. Bref. Allons-y.

Il enjamba prudemment le ruisseau en prenant garde à ne pas se faire toucher par la moindre éclaboussure et gagna le pied de l'escalier.

Il confia son briquet à Akim, sortit de sa poche la bourse contenant la poudre révélatrice et souffla pour la répandre sur les marches.

Une ligne de runes apparut sur l'avant-dernière. À l'aide de sa craie, il brisa le sort et commença à monter l'escalier. Les autres le suivirent, peu rassurés.

— Les runes devaient être une ultime précaution, lâcha-t-il au bout d'un moment, rendu nerveux, comme toujours, par le silence. Au temps où il n'y avait pas de racines pour freiner la chute des malheureux intrus, le puits que nous avons dégringolé tout à l'heure devait être fatal.

Personne ne lui répondit. Peut-être que parler du fait d'avoir échappé de peu au trépas les rendait nerveux ? Silas devait s'avouer qu'il n'avait aucune idée de la façon dont les gens normaux réagissaient lorsqu'ils frôlaient la mort.

Ils continuèrent de grimper.

L'escalier s'élargissait au fur et à mesure. Au bout d'une bonne dizaine de minutes, ils se trouvèrent face à un mur.

— Une porte, commenta Silas en examinant la disposition des pierres. Probablement magiquement scellée... Damien, nous ferais-tu l'honneur de l'ouvrir ?

Le sculpteur hocha la tête, posa son épaule contre la paroi et poussa de toutes ses forces, les lèvres serrées.

La porte céda d'un coup et Silas lui attrapa le bras par réflexe, l'empêchant de s'étaler par terre.

Une bouffée d'air frais leur parvint, leur arrachant un sourire commun.

— Mesdames, messieurs et les autres, clama le chasseur d'un ton de bonimenteur : La surface !

20
Jeux d'ombres

La nuit commençait à tomber. Ils étaient sortis non loin de la salle de bal, dans une pièce abandonnée aux murs couverts de cartes jaunies.

Ils parcoururent en silence les couloirs menant au salon, puis Silas annonça qu'il allait se changer et prit la direction de sa chambre. Il se sentait nerveux et curieusement amer, malgré les intrigantes découvertes de la journée.

Était-ce son incapacité à s'intégrer correctement dans un groupe qui le chagrinait à ce point ? Ça ne lui avait pourtant jamais posé problème avant…

Peut-être parce qu'il n'avait jamais essayé, il fallait se l'avouer.

Il soupira, ferma à clé la porte de sa chambre, vérifia que personne n'était entré pendant son absence – les vieilles habitudes ont la vie dure – et se déshabilla. Il fit un brin de toilette grâce au bol d'eau de pluie placé sur le rebord de sa fenêtre, s'habilla soigneusement, se recoiffa et se maquilla légèrement. Il se sentait toujours mieux lorsqu'il était présentable, au point qu'après toutes ces années, il ne savait plus si c'était lui ou les autres qu'il essayait de tromper.

Un instant, il caressa l'idée de rester dans sa chambre, en seule compagnie de son reflet sur la vitre. Mais ça aurait été lâche, et s'il y avait une chose qu'il n'était pas, c'était bien celle-là.

Alors il sortit et prit la direction du salon. La porte de Lianne était fermée, ainsi que celle d'Akim. Étaient-ils ensemble en ce moment même ?

C'était peu probable, car le médecin semblait curieusement réticent à l'idée d'accepter une relation avec la femme-oiseau. Pourquoi ? Évidemment, ça ne le regardait pas, mais il sentait la curiosité le brûler.

Il chassa ces pensées de sa tête en continuant à marcher. Le salon était vide et froid. Son ventre gronda, mais pour une fois, il n'avait pas vraiment envie de manger.

Sur un coup de tête, il se dirigea vers la serre.

Arrivé devant la porte en verre, il jeta un coup d'œil à l'intérieur.

Damien était là.

Il ne savait pas comment il l'avait anticipé, ni pourquoi il était allé chercher si instinctivement sa compagnie, mais cela le rassura.

Il poussa le battant et se glissa à l'intérieur.

Il n'était pas revenu en ce lieu depuis le premier jour. Maintenant qu'il connaissait la nature des roses, il ne voyait plus l'endroit de la même façon. Ce n'était plus une prouesse botanique, mais un jardin à souvenirs.

C'était curieux de penser que tout le monde avait une serre semblable à l'intérieur de soi, une mémoire qui fleurissait et s'abîmait au fil des ans. Au fond, cela ressemblait bien à Damien d'avoir une âme si grande qu'elle débordait de lui.

Il y avait tellement de roses… Et en même temps, pas tant que ça. Combien de décennies s'étaient effacées sous l'effet d'un vent trop froid ou d'un carreau cassé ? Qu'avait-il perdu de ce qu'il avait été ?

Le sculpteur était agenouillé au bout de l'allée centrale, le dos tourné. Ses épaules bougeaient régulièrement sous l'effet d'un mouvement répété.

En faisant le tour, Silas s'aperçut qu'il frottait la paume d'une de ses mains pour décoller la sève qui la recouvrait.

— Tu es blessé ? demanda-t-il en s'asseyant à ses côtés.

Damien sursauta, tiré de ses pensées.

— Un peu, avoua-t-il. Le problème, c'est que lorsque les racines sont abîmées, ce n'est pas du sang, mais de la sève qui en sort. Si je la laisse sécher, elle risque de se glisser dans mes jointures et je ne pourrai plus bouger mes doigts correctement.

Il y avait une véritable détresse dans sa voix.

Silas prit délicatement sa main blessée dans la sienne, ignorant la texture collante contre sa peau, et l'examina. L'intérieur était profondément éraflé et hérissé d'échardes. La sève avait recouvert la paume et collé ensemble le petit doigt et l'annulaire.

— Je vais devoir la décoller à l'eau bouillante, soupira Damien. Ça ne va pas être très agréable.

Il y avait un certain fatalisme dans sa voix et Silas songea, un peu surpris d'en être peiné, qu'il semblait avoir une grande résistance à la douleur. Celle de quelqu'un qui l'avait beaucoup expérimentée.

— J'ai de l'alcool pur dans ma sacoche, lui apprit-il en lui rendant sa main. Je pense que ça peut décoller la sève sans t'ébouillanter au passage.

Il se releva et ajouta :

— Tu viens ? Ou tu étais venu faire quelque chose de crucial ici ?

Il jeta un regard sceptique sur les fleurs qui se trouvaient en face du sculpteur. Damien sourit et se mit debout, le dominant de toute sa hauteur.

— Non, j'étais simplement venu m'assurer que tout allait bien. C'était assez dérangeant de voir ces roses séchées, en bas. Je ne comprends toujours pas ni comment, ni pourquoi elles sont arrivées là… Est-ce que cela signifierait que j'étais déjà maudit à l'époque où j'utilisais le laboratoire ? Lorsque j'étais roi ? À moins qu'il n'y ait pas vraiment de malédiction et que j'aie toujours été un monstre…

— Tu n'es pas un monstre, rétorqua presque automatiquement Silas. Crois-moi. J'en ai rencontré de toutes sortes, et tu n'entres pas dans cette catégorie.

Damien ne parut pas convaincu. Il ouvrit la bouche pour répondre, mais ne parvint pas à formuler de phrase adéquate et finit par soupirer, défait.

— Arrête de faire cette tête, le rabroua gentiment Silas, et viens te faire soigner si tu veux garder ta main.

Il lui prit d'autorité le poignet et le guida à travers les couloirs. Damien le suivit docilement. Ils formaient un drôle de spectacle, vu de l'extérieur. Un humain menant sans hésiter une Bête bien plus grande et plus large que lui.

De retour dans sa chambre, le chasseur le fit asseoir par terre, se saisit d'une chemise qu'il trouvait assez laide pour être sacrifiée sans la moindre pitié et la plaça sous la main de Damien. Puis il attrapa une des bouteilles d'alcool qu'il transportait dans sa sacoche sans fond et versa une généreuse rasade sur la paume du sculpteur, qui se crispa.

— Ça pique ? s'enquit Silas en se maudissant de ne pas l'avoir anticipé.

Il avait tellement l'habitude de traiter cavalièrement ses plaies qu'il n'avait même pas pensé à l'avertir.

— C'est… une façon de le dire, répondit Damien d'une voix étranglée.

— Désolé, s'excusa le chasseur, mortifié.

Il commença à le frotter énergiquement avec le tissu.

— Ça part !

— Tant mieux ! Mais je dois t'avouer qu'Akim est légèrement moins… brut que toi.

Silas releva la tête, faussement outré.

— Comment ? Oserais-tu remettre en doute mes compétences médicales ?!

— Tes compétences, je ne sais pas, mais ta délicatesse…

— Ingrat, soupira tragiquement Silas.

Il lui adressa un bref sourire pour lui faire comprendre qu'il plaisantait et nettoya l'alcool avec ce qu'il lui restait d'eau de pluie.

Damien soupira, soulagé, et bougea ses doigts devant son visage.

— Merci beaucoup, Silas, déclara-t-il avec assez de force pour que le chasseur se sente gêné.

— Et pour… le reste ? demanda-t-il afin de ne pas avoir à répondre.

Il désigna la tête de Damien. Les fins branchages qui lui tenaient lieu de chevelure étaient presque tous brisés et de lourdes larmes dorées s'étaient figées sur son crâne.

— Oh, ça, ce n'est pas grave, répondit le sculpteur en haussant les épaules. Ça repousse à une vitesse folle et ça ne m'empêche pas de vivre. Enfin, tant que je n'ai pas à porter de perruque, évidemment.

Silas fit une grimace exagérée.

— J'espère que tu as brûlé cette chose.

— Elle n'était pas si horrible…

— Non, elle était *abominable* ! Elle n'était probablement déjà plus à la mode à l'époque où elle a été créée, en plus.

— Je ne suis pas certain que de tels concepts soient importants ici, s'amusa Damien.

— Oui, forcément, si tu veux vivre comme un sauvage…

Le sculpteur pouffa.

— Donc, le fait que je sois plus ou moins un rosier magique ne te dérange pas, mais que ma perruque soit démodée, si ?

— Dans la vie, rétorqua le chasseur avec grandeur, il faut avoir le sens des priorités.

Damien rit ouvertement, cette fois, et Silas sourit malgré lui. Il aimait vraiment son rire. Il était chaud, rayonnant, comme un soleil au zénith. Et même s'il n'était pas prêt à se l'avouer, le fait de l'avoir provoqué lui procurait un étrange plaisir mêlé de fierté.

On toqua à la porte. Le chasseur cria « entrez » et Akim ouvrit. Il parut surpris de voir Damien, mais ne fit pas de commentaire.

— Je venais m'assurer qu'il n'y avait pas de blessure à soigner, expliqua-t-il. Tout va bien ?

— Silas a décollé ma sève, répondit le sculpteur avec un sourire satisfait.

Akim mit quelques secondes avant de répondre :

— *Hein ?*

— Oh, bon sang… grommela le chasseur en retenant un rire. J'ai décollé la sève de ses mains avec de l'alcool.

— Ah, fit le médecin, soulagé.

Il ne savait pas ce qu'il s'était imaginé, mais il préférait ne pas chercher.

— J'ai l'impression d'avoir involontairement dit quelque chose de bizarre, remarqua Damien d'un ton suspicieux.

— Mais non, mais non, le rassura Silas, hilare, en se relevant. Bon, et si nous allions manger ?

— Y a-t-il autre chose que la mode et la nourriture qui t'intéresse ? s'enquit Damien.

Silas fit mine de réfléchir.

— Non, vraiment, ce sont les deux principaux centres d'intérêt de mon existence.

— Et du coup, à quel moment t'es-tu donc dit qu'aller te perdre au fond d'une forêt maudite était une bonne idée ?

Silas revit en flash le visage de Gaston, son regard concupiscent et son sourire carnassier. Dégrisé, il se contenta de hausser les épaules.

— On a tous nos moments d'égarement.

***

Ils retrouvèrent Lianne dans le salon. Elle avait rassemblé sur la table des restes du repas de la veille.

— Finalement, soupira-t-elle en s'installant, nous avons failli mourir et nous n'avons pas appris grand-chose…

— Je ne dirais pas ça, la contredit Silas. Nous savons que le Mal Gris provient du château. C'est donc presque certain qu'il y a été créé, et si on en trouve la source, on pourra peut-être l'arrêter. Nous sommes aussi fixés sur le type d'expériences qui avaient eu lieu dans la cave. Lianne, tes ancêtres ont probablement été… modifiés dans ce laboratoire.

Elle pâlit et se servit un verre de vin.

— Dans les grandes cages ? souffla-t-elle.

Il hocha la tête. Elle vida son verre.

— Nous savons aussi que les roses à souvenirs existaient déjà avant que les racines saccagent le château, reprit le chasseur, et, peut-être le plus important, qu'il y a quelqu'un ou quelque chose dans ces souterrains qui connaît Damien et qui aimerait fortement le rencontrer. Peut-être le résultat d'une autre expérience ayant mal tourné ?

Il avait dit cela d'un ton factuel, mais ses trois compagnons déglutirent.

— L'appel n'était pas hostile, précisa Damien.

— Il ne te *semblait* pas hostile, nuança Silas. Avez-vous déjà entendu parler des sirènes de Jédalie ?

Akim hocha la tête.

— Elles sont plus redoutées que les tempêtes, là-bas. Tout le monde sait qu'il faut les éviter. Elles envoûtent les marins avec leurs chants afin qu'ils fracassent leurs navires sur les rochers. On ne sait pas ce qu'elles font des corps…

— Elles les dévorent, lui apprit obligeamment Silas, qui ne manqua pas de noter la familiarité d'Akim avec la Jédalie. Il y a plusieurs royaumes de sirènes dans le monde et la plupart sont assez semblables aux humains. C'est-à-dire qu'il y en a des bonnes, des méchantes, des stupides, etc. Mais les sirènes de Jédalie sont différentes. Certains pensent qu'une malédiction les a condamnées à se repaître de chair humaine. D'autres prétendent qu'elles ont justement été maudites *parce qu'elles* mangeaient de la chair humaine. En tout cas, leurs chants sont si purs, si incroyablement beaux, que personne ne peut leur résister. Tout ça pour dire, Damien, que la chose qui t'appelait pouvait aussi vouloir te manger.

Il y eut un blanc.

— Je ne dois pas être très comestible, tout de même, finit par faire remarquer le sculpteur.

— Tu dois croustiller sous la dent, plaisanta Silas.

— Remarque, peut-être que réduit en poudre…

— Oh, bon sang, arrêtez ! les coupa Lianne. Vous êtes horriblement macabres !

Silas, qui côtoyait la mort depuis tout petit, haussa les épaules, et Damien, si familier avec l'idée de sa propre perte qu'elle ne lui faisait plus grand-chose, l'imita.

— Bande de suicidaires, grommela la femme-oiseau.

— Et maintenant, que fait-on ? demanda Akim pour dévier la conversation.

— On peut commencer par étudier ça, répondit Silas en sortant de sa poche un petit carnet. Je l'ai trouvé en bas. Il s'agit du journal de… eh bien, du Damien d'avant, je suppose. Il est codé, ce qui signifie qu'il contient certainement des informations intéressantes, mais je pense parvenir à le déchiffrer. On peut aussi retourner fouiller le laboratoire…

— Commence par lire ton carnet, rétorqua Akim, et laisse-nous le temps de souffler avant de nous renvoyer dans des pièges mortels.

— Vous n'êtes pas drôles, soupira le chasseur.

Ils finirent de manger en silence, puis Lianne lança :

— Damien, tu nous joues quelque chose ?

— Tu joues de la musique ? s'étonna Silas.

— Oui et non, répondit l'intéressé avec un sourire en coin. Venez.

Il se leva, prit la bougie qui se trouvait sur la table et se dirigea vers le couloir menant à la serre, ses amis sur les talons. Il tourna un peu avant, ouvrit la porte d'une pièce que Silas n'avait jamais visitée et s'inclina pour les inviter à entrer.

Le chasseur laissa échapper un hoquet stupéfait. Il s'était agi d'un petit salon, longtemps auparavant, certainement utilisé pour prendre le thé et écrire des correspondances. Les rideaux étaient tirés. Les fauteuils étaient alignés au milieu de la pièce, face au mur de gauche. Ou du moins, ce qui cachait le mur de gauche, c'est-à-dire un grand drap blanc cloué sur un cadre, entouré d'un foisonnement d'engrenages de toutes les tailles et de toutes les formes. À la lueur de la bougie, Silas distingua aussi, derrière, quelques fines silhouettes en bois, aussi plates que des feuilles de papier.

— Asseyez-vous, leur enjoignit Damien en leur désignant les fauteuils.

Il lança un sourire hésitant à Silas, qui lui répondit d'un regard intrigué, puis disparut derrière le drap blanc en emportant la bougie.

Son ombre se dessina de façon démesurée sur l'écran. Silas songea à la nuit où il était arrivé au château et où il avait aperçu les silhouettes des automates danser sur les vitres poussiéreuses de la salle de bal.

Un théâtre d'ombres, réalisa-t-il. Il en avait déjà vu quelques-uns dans les grandes villes. C'étaient généralement des sorciers qui faisaient bouger les figurines, mais quelque chose lui disait que les mécaniques de Damien n'avaient rien à envier à la magie.

Une douce mélodie grimpa dans la nuit. Damien disparut de l'écran. Une forêt naquit à sa place dans le cadre et, au milieu, la silhouette d'un prince à la couronne brisée.

Le prince tomba à genoux. Une fée apparut. Leur échange était muet, mais il n'y avait pas besoin de paroles pour le comprendre. Les mots les plus éloquents sont parfois ceux qu'on choisit soi-même.

Silas cessa de réfléchir. Pour une fois, il s'autorisa à baisser ses défenses et laissa simplement l'histoire l'emporter.

Au milieu de nulle part, dans le silence de cette nuit si noire, le fait que quelques personnes se rassemblent autour d'un conte lui semblait si touchant et si profondément humain qu'il ne put s'empêcher de sourire.

21
La douceur du silence

Silas ouvrit la porte de l'atelier et marcha droit vers le fond de la pièce, renversant les sculptures qui s'écrasèrent et se brisèrent sur son passage.

Damien, penché sur son travail, releva la tête d'un air stupéfait.

Le chasseur ne lui laissa pas le temps de se poser des questions : il lui sauta dessus, le fit basculer en arrière, s'assit sur son torse et plongea la main dans le trou de sa poitrine.

Ses doigts se refermèrent autour de la rose, qu'il arracha d'un geste sec.

De grosses larmes de sève suintèrent entre ses doigts.

Damien hurla.

*

Silas se réveilla brusquement.

Haletant, couvert d'une fine pellicule de sueur, il s'assit et inspecta immédiatement ses mains.

Aucun sang, ni rouge ni doré, ne venait les tacher.

Il n'avait pas tué Damien.

Il n'avait pas tué Damien.

Le soulagement qui l'envahit était noirci de culpabilité.

Il *aurait pu* tuer Damien. Il avait *failli* tuer Damien. Il l'aurait fait, s'il avait su comment s'y prendre lorsqu'il l'avait rencontré.

Cette pensée l'obsédait autant qu'elle le terrorisait. Il ne pouvait s'empêcher de s'imaginer la douleur du sculpteur, la trahison dans son regard, et ça lui était intolérable.

Il repensa à la chasseuse qu'il avait enterrée dans le jardin. Il repensa à toutes les fois où il avait lavé ses mains ensanglantées, à toutes les vies qu'il avait prises.

À quoi joues-tu, Silas ? s'admonesta-t-il en pensée. *Ils te détesteraient tous, s'ils savaient qui tu es. Pourquoi rester ici ? Pourquoi retarder ton inévitable départ ?*

Damien apparut dans ses pensées. La façon dont il s'était agenouillé dans son cimetière pour honorer la mémoire d'un enfant… La promesse qu'on se souviendrait de lui avait touché Silas bien plus qu'il ne l'avait cru sur le moment. Ça donnait à sa vie un sens, une valeur qu'elle n'avait jamais eue à ses propres yeux. Était-ce cela qui le retenait ici ?

C'est un mensonge, pourtant, songea-t-il en se levant. *Même si Damien se souvenait de moi, il ne me connaît pas vraiment. Il ne voit que le reflet si présentable, si séduisant, que je montre aux gens.*

S'il y avait une justice en ce monde, il n'y aurait jamais de jardin en fleurs pour lui.

Il marcha jusqu'à la fenêtre et regarda dehors. Le brouillard épaississait les ombres, effaçant le monde en dehors du château.

Il pourrait partir demain. Certes, il y avait les mystères alchimiques, les dangers et l'aventure… Mais il était fatigué de mentir, d'évoluer dans des endroits où il n'avait pas sa place.

— Je pourrais partir demain… se répéta-t-il à voix basse.

Mais était-ce ce dont il avait *vraiment* envie ?

Il soupira, se retourna et attrapa une chemise, qu'il mit à la volée. Puis il sortit, bougie au poing, et longea les couloirs menant à l'atelier.

Il entra sans frapper, cette fois, puisqu'il n'y avait plus de masques à mettre.

Quelque chose se dénoua dans sa poitrine lorsqu'il le vit, penché sur son ouvrage, dessinant avec une délicatesse presque surnaturelle la chevelure d'une fée minuscule. Il semblait inébranlable, comme un point fixe dans un monde changeant. Ce n'était qu'une illusion, évidemment, mais elle était belle. Réconfortante.

Silas s'assit sur un siège et le regarda travailler.

Damien ne prit pas tout de suite conscience de sa présence. Lorsqu'il le fit, il eut l'impression qu'une flamme douce, aussi fragile et tremblante qu'une bougie, s'était allumée en lui.

Couvé par son regard, il finit son geste et releva la tête.

Ils se fixèrent silencieusement quelques instants.

— Tu ne dors donc jamais ? demanda Silas.

— Très peu, confessa le sculpteur. Cela fait longtemps que je n'en ai pas vraiment ressenti le besoin. Mais toi, tu n'as pas l'air de dormir beaucoup non plus…

Silas haussa les épaules. Damien hésita, puis se décida à demander :

— Cauchemars ?

Le chasseur grimaça en hochant la tête.

— Je ne rêvais pas autant avant d'arriver ici.

— Ah oui, Akim et Lianne m'ont dit pareil. Il y a peut-être quelque chose de favorable aux songes dans le château. Comme le serait… Je ne sais pas… Une terre fertile.

— Peut-être, concéda Silas avec un sourire. Je n'avais jamais considéré les choses ainsi. Et toi, lorsque tu dors, tu rêves ?

Damien fronça les sourcils sous l'effet de la concentration.

— Je… Je n'en suis pas sûr. Peut-être. Certains souvenirs à moitié effacés se confondent… Je ne saurais dire s'il s'agit de songes ou de bouts de mémoire.

Damien reposa ses outils et soupira. Des mots se bousculaient dans ses pensées, cherchant à former des phrases satisfaisantes. Le chasseur attendit patiemment, jusqu'à ce que la question sorte enfin.

— Penses-tu réellement que je ne sois pas un monstre ? Vous continuez à me traiter comme si de rien n'était tous les trois, mais si je *suis* le Roi Cruel, si je suis responsable des Chimères, du Mal Gris et de tout le malheur arrivé ici…

— Te souviens-tu de toutes ces choses ? s'enquit doucement Silas.

— Non, pas du tout, mais…

— As-tu envie de les reproduire ?

— Non !

— Alors, c'est simple. Tu n'es pas le Roi Cruel. Tu l'as été, ce qui est différent.

Damien se tut quelques instants avant de demander :

— Mais peut-on pardonner à quelqu'un des crimes abominables juste parce qu'il les a oubliés ?

— Tu as fait plus que les oublier, le contredit Silas. Tu les as largement expiés, et tu as changé. Peut-être est-ce la longue solitude ou peut-être la perte de tes souvenirs qui a lentement effacé ce qu'il y avait de destructeur en toi… Je ne sais pas. Mais à quoi bon te rendre responsable de crimes commis par une autre personne ? Car tu n'es plus Damien le Roi Cruel. Tu es… Damien le Sculpteur. Damien le Faiseur d'Automates, le Façonneur d'Histoires en Ombres, le Gardien du Cimetière en Fleurs. Et il n'y a aucun mal à cela.

Damien le regarda un long moment, profondément troublé, avant de répondre :

— Et s'il restait un peu de mal en moi ?

— Il y en a partout, rétorqua Silas en haussant les épaules. De la violence et de la peur, de la colère, de la douleur, de la rage et de la jalousie. Il n'y a pas d'humain ou de créature pensante qui en soit dépourvu. Les fées savent que *je* n'en suis pas dépourvu !

Il l'avait dit sur le ton de la plaisanterie, mais la phrase fit tiquer Damien.

— Tu n'es pas ce que tu fais semblant d'être, lâcha-t-il brutalement.

— Pardon ? bégaya Silas, le cœur battant.

— Tu portes un masque. Plusieurs masques. Tu étais si suave et séducteur au début… Maintenant, tu es plus spontané, plus énergique et excentrique, mais tu ne dis pas tout. Je ne sais pas qui tu es…

Il fit une pause avant d'ajouter :

— … Sinon que tu es un peu perdu. Ce n'est pas grave, pas vraiment. Tu n'es pas obligé de tout me dire, nous nous connaissons à peine. Je voulais juste te faire savoir que j'en avais conscience.

Silas continua à le dévisager, les yeux ronds, comme si on l'avait frappé.

— Ça va ? s'inquiéta Damien.

— Je ne t'ai pas donné la permission de me renvoyer ma propre image à la figure comme ça, ironisa le chasseur, mais sinon oui, je devrais survivre.

— Ah, désolé, je demanderai la prochaine fois.

Silas pouffa. La tension disparut de ses épaules.

— Et si nous revenions à tes leçons ? proposa-t-il. Il y a encore de nombreuses lettres que tu ne maîtrises pas.

Damien hocha la tête, ouvrit un tiroir et en sortit un tas de feuilles blanches.

— J'ai découpé des pages vierges à la fin des livres, expliqua-t-il en désignant les ouvrages autour d'eux, afin que tu ne sois pas obligé de sacrifier tes carnets.

— Bien pensé ! Mais si c'est une tentative pour que je sois moins tyrannique envers toi, c'est raté.

— Tu n'es pas tyrannique, protesta Damien, qui, comme d'habitude, n'avait pas saisi la plaisanterie. En fait, tu es plutôt un bon professeur.

Silas fit un effort pour ignorer le plaisir que lui procura cette remarque et défit sa natte pour ramener ses cheveux en chignon.

— Voyons voir ça.

***

Au petit matin, le chasseur s'étira et déclara :

— Je pense que c'est suffisant pour aujourd'hui. Il ne faut pas te donner trop d'informations, si tu veux bien les assimiler.

— Tu en as assez, c'est ça ? comprit Damien, amusé.

— D'accord, d'accord, avoua Silas, j'en ai assez. Comment fais-tu pour rester immobile toute la journée ?

Le sculpteur haussa les épaules.

— Je ne sais pas. Ce n'est pas compliqué. Enfin, pour moi, je veux dire. Mon corps se concentre sur sa tâche, ainsi qu'une partie de mon esprit, et le reste de mes pensées s'éparpillent partout. Je pourrais probablement vivre dans ma tête, s'il le fallait. Si le bois continuait à grandir sur mon corps, par exemple, et que je ne pouvais plus bouger…

— Arrêtons tout de suite les pensées de ce type, le coupa Silas. Je déteste broyer du noir avant d'avoir pris mon petit déjeuner. C'est mauvais pour la peau.

— Et ce serait dommage d'abîmer une peau comme la tienne, renchérit son élève avant d'avoir pu s'en empêcher.

Silas lui adressa un sourire rayonnant.

— Exactement !

Le sculpteur se sentit tout drôle. Pour cacher son trouble, il jeta un coup d'œil dans le jardin.

Le brouillard est en train de disparaître, remarqua-t-il. Après la journée d'hier, je ne pense pas que Lianne et Akim seront réveillés de sitôt. Que dirais-tu d'aller chercher nous-mêmes des œufs pour le petit déjeuner ?

— Mon cher, répondit Silas d'un ton grandiloquent, sache qu'une promesse de nourriture m'emmènera partout.

— Partout ? répéta le sculpteur d'un ton pensif.

Silas plissa les yeux, suspicieux.

— Pourquoi ?

— Non, rien, c'est juste bon à savoir. Allons-y.

Il fit volte-face et marcha en direction de la sortie.

— Damien ! protesta le chasseur en le rattrapant. Qu'est-ce que tu mijotes ?

— Moi ? Rien.

— Tu n'es pas très convaincant.

Son compagnon lui adressa un sourire en coin, une étincelle amusée dansant fièrement dans ses yeux dorés.

— Tu ne le sauras que si tu me rattrapes.

Et il partit à toute allure.

— Pauvre fou ! lança Silas en riant. Tu es condamné !

Il se lança à sa poursuite à travers les couloirs du palais. Au début, il crut qu'il l'atteindrait vite, mais Damien se mouvait à une vitesse presque surréelle pour quelqu'un de son envergure. Un rire au bord des lèvres, Silas accéléra l'allure au maximum de ses capacités.

Il n'avait pratiquement jamais joué dans sa vie. Il était trop occupé à survivre, petit, puis à s'entraîner et obéir à Deirdre.

Sans compter que ses talents étaient bien au-dessus de la moyenne et qu'il n'avait jamais rencontré quelqu'un qui puisse le concurrencer dans quelque discipline que ce soit.

Jusqu'à présent.

Ils sortirent en courant sur un balcon. Sans s'arrêter, le sculpteur attrapa le lierre accroché à la façade, grimpa jusqu'à la fenêtre du dessus et disparut à l'intérieur.

— Tu ne te débarrasseras pas de moi ! rugit Silas en l'imitant.

Damien était fort, rapide, et avait l'avantage de connaître le terrain. Mais Silas était un chasseur, la traque était son domaine.

Ayant compris que son compagnon l'emmenait en hauteur, il grimpa une fenêtre plus haut et courut en direction du grand escalier. Il vit apparaître la tête de sa proie et sauta sur lui les pieds en avant.

Il se souvint *in extremis* qu'il devait éviter de lui faire mal et dévia sa course dans un sursaut de panique pour ne pas l'atteindre à la poitrine. Son pied atterrit sur son épaule, dont il se servit comme tremplin pour sauter plus loin.

Il se réceptionna sans peine dans l'escalier et posa une main dans le dos de son compagnon pour l'aider à regagner son équilibre.

— Perdu, lâcha-t-il avec délectation.

Damien rit.

— Tu es incroyable !

— Évidemment. Maintenant, parle ! Où voulais-tu m'emmener, vile Bête ?

Le sculpteur ouvrit la bouche pour répondre, la referma, hésita…

— Tu n'en as pas la moindre idée, n'est-ce pas ? réalisa le chasseur, hilare. Tu as juste dit ça comme ça ?

— Eh bien… oui, avoua Damien en haussant les épaules, penaud. Désolé.

— Ne t'excuse pas, pouffa Silas. Ça m'a quand même permis de te battre.

— D'accord… Mais je t'ai battu les deux dernières fois, donc je mène toujours.

— Ça ne comptait pas dans le puits !

— Pourquoi ?

— J'étais défavorisé par mon briquet.

Le sculpteur fit mine de réfléchir.

— Non, tu as perdu quand même, trancha-t-il en recommençant à marcher.

— Et c'est moi qu'on traite de tyran… ronchonna Silas sans réelle contrariété.

Ils parcoururent le reste du trajet en commentant les pièces qu'ils traversaient et finirent par arriver en haut d'un escalier étroit. Damien poussa la porte. Ils étaient sur le toit.

Le brouillard n'avait pas totalement disparu. Son linceul déchiré flottait tel un spectre décharné entre les arbres rouge orangé de la forêt. Il laissait apercevoir de grosses taches grises, comme des plaques sur la peau d'un malade, éparpillées un peu partout. La plus proche n'était pas à plus d'un kilomètre.

Silas avança et tourna sur lui-même. Le château se trouvait au fond d'une sorte de cuvette. Ainsi, même sur le toit, il était impossible de voir au-delà des collines. Les arbres innombrables se dressaient de tous les côtés comme les barreaux d'une prison.

— Qu'y a-t-il au-delà ? demanda doucement Damien.

— Après la forêt ? répondit Silas. Eh bien…

Il prit quelques secondes pour s'orienter et pointa un doigt dans la direction qu'il avait empruntée à l'aller.

— Par là se trouve la Vallée du Roi. À l'orée de la forêt, il y a un village plutôt prospère, où règne un seigneur de campagne absolument détestable.

Il dévia son doigt.

— Je n'y suis jamais allé, mais je sais que Tymélys, dite La Cité Chatoyante, se trouve dans cette direction.

— La Cité Chatoyante ?

— Il s'agit d'une cité-État, comme un minuscule royaume. Elle est connue pour son immense marché spécialisé dans les objets rares. Des commerçants viennent du monde entier pour écouler leurs précieux chargements. Mais ce qui fait sa particularité avant tout est sa mine de cristal.

— Une mine de cristal ? s'étonna le sculpteur.

— Eh oui ! Enfin, ce n'est pas du cristal à proprement parler, mais du *lyall*, une matière transparente aux reflets nacrés. Les gens l'appellent « le cristal des fées » parce que la mine a été offerte à la reine de la ville il y a très longtemps par une fée qui cherchait à la courtiser. Enfin, c'est ce que la légende raconte. Et comme il y en a sur tous les étals, les jours de soleil, la ville brille de mille feux. D'où le surnom de Chatoyante.

— Je me demande quel effet cela ferait de travailler une telle matière… murmura songeusement Damien.

Silas regretta sincèrement de ne pas pouvoir lui en donner. Il aurait aimé voir le résultat.

— Et par là, qu'y a-t-il ? demanda le sculpteur, le doigt tendu de l'autre côté.

— Par là, répondit Silas en souriant, se trouve l'océan, et à son bord la ville d'Arzéban, réputée pour être un repaire de pirates. Je m'y suis rendu quelques fois et c'est tout à fait vrai ! Qui dit pirates dit aventures et histoires, ce qui signifie qu'on y croise aussi beaucoup de bardes et de saltimbanques itinérants, venus chercher matière à chansons et spectacles. C'est une ville très… vivante. Dangereuse et animée.

— Tu es vraiment un puits de connaissance, remarqua Damien avec une pointe d'admiration.

— Le savoir, c'est le pouvoir, répondit Silas sans une once de modestie. Mais nous devrions aller prendre nos œufs, le brouillard recommence à s'épaissir à une vitesse effarante. Je suis quasiment sûr qu'il n'est pas naturel.

— En même temps, qu'est-ce qui est naturel dans cette forêt ? soupira le sculpteur en lui faisant signe de le suivre.

Ils longèrent le toit sur lequel ils se trouvaient, escaladèrent un mur pour passer sur celui de l'aile ouest, un peu plus en hauteur, et arrivèrent près d'une zone pratiquement couverte de nids. De longues plumes aux reflets irisés, assez semblables à celles de Lianne, gisaient ici et là.

— Lianne est capable de communiquer rudimentairement avec les oiseaux, expliqua Damien. Nous leur fournissons un peu de matière pour leurs nids et en échange, ils nous laissent des œufs sans oisillons dedans.

— Je ne savais pas que c'était possible, s'étonna Silas. Mais en même temps, je n'ai jamais vu d'oiseaux possédant un tel plumage… De quelle espèce sont-ils ?

Damien haussa les épaules.

— Je ne sais pas. On ne leur a pas donné de nom.

Silas hocha songeusement la tête, ramassa deux plumes et les glissa dans sa poche.

— Ce n'est pas la première fois que je te vois faire ça, remarqua Damien.

— Quoi donc ?

— Observer des choses et les mettre dans tes poches. Tu l'as fait avec les fleurs du jardin devant l'atelier et quelques feuilles que le vent y avait portées. Pourquoi ?

— Je les répertorie, avoua le chasseur. Je les examine, j'en teste les propriétés et je leur donne un nom, parfois. J'aime accumuler ce genre d'informations. Ça peut toujours devenir utile.

— C'est à ça que te servent tes carnets ?

— Tout à fait.

Damien acquiesça et s'accroupit pour récupérer les œufs d'un nid un peu excentré. Se rendant compte qu'il avait oublié de prendre un sac, il jeta un coup d'œil à sa chemise, songea que Silas préférerait sauter du toit que de salir ses élégants vêtements et la retira pour en faire un baluchon.

— Tu n'as pas froid ? s'enquit le chasseur, lui aussi curieux.

— Pas vraiment. Je sens le vent et la fraîcheur du matin, mais ça ne m'est pas désagréable.

Sans se parler, ils décidèrent que Damien s'occuperait du sac de fortune pendant que Silas finissait la collecte.

— Depuis quand tiens-tu tes carnets ? s'enquit le sculpteur.

— Depuis que je sais écrire.

— Tu en as beaucoup ?

— Beaucoup.

— Quelle est la plante la plus étrange que tu aies trouvée ?

Silas sourit et lui raconta.

Ils finirent leur tâche en discutant de plantes, puis retournèrent à l'intérieur avec leur butin et regagnèrent tranquillement le rez-de-chaussée sans cesser de parler.

Dans le salon, ils croisèrent Akim et Lianne, attablés devant une omelette déjà faite, probablement avec ce qu'il restait dans la cuisine.

— Oh, vous êtes allés chercher des œufs ! s'exclama la femme-oiseau. Ça tombe bien, nous venions de finir la réserve. Tenez, Akim en a cuisiné assez pour vous…

Maussade, Silas regarda le contenu de l'assiette poussée vers lui. Il hésita à aller se faire sa propre omelette, mais la paresse et la faim l'emportèrent sur sa détermination et il s'assit pour manger.

Après cela, il retourna dans sa chambre pour prendre sa sacoche et rejoignit Damien dans l'atelier.

— Je vais te montrer la plante dont je te parlais tout à l'heure, expliqua-t-il en enfonçant son bras entier dans son sac.

Les yeux de Damien s'agrandirent sous l'effet de la surprise. Silas rit.

— C'est une sacoche sans fond ! Un sorcier me l'a fabriquée contre un bon prix. Si on se contente de l'ouvrir normalement, on ne voit que l'intérieur banal d'un sac, mais si on tourne deux fois le bouton sur le côté avant… Je pourrais probablement rentrer entièrement dedans, si l'ouverture était assez large pour que je m'y glisse ! Heureusement, le poids reste toujours le même…

Damien s'approcha, fasciné, pour jeter un coup d'œil à l'intérieur.

Une impression froide heurta soudain Silas. Qu'est-ce qui lui prenait ?! Un chasseur ne révélait jamais ses secrets ! C'était le meilleur moyen de se faire voler, ou tuer, ou…

Mais Damien ne ferait rien de cela.

Avec un coup au cœur, Silas réalisa qu'il lui faisait *confiance.*

Drôle de sensation.

— Ça va ? s'inquiéta le sculpteur.

— Mmm ? Ah, oui, je réfléchissais… Tiens, voilà le carnet que je cherchais !

Durant les quelques heures qui suivirent, il expliqua son système de classement à Damien en lui montrant ses pièces les plus intéressantes.

— Beaucoup de recettes de poisons, remarqua le sculpteur.

— Ce sont surtout les antidotes qui m'intéressent, mentit Silas en tournant les pages pour changer de sujet. Tiens, regarde ! Ce champignon est particulièrement apprécié des dragons…

Il laissa au fond de son sac les carnets sur les monstres et les différents moyens de les tuer.

Au bout d'un moment, Silas finit par se lasser. Il rangea ses carnets et décida de commencer à déchiffrer le journal trouvé dans le laboratoire. Damien s'installa derrière son établi pour s'entraîner à écrire.

La journée passa doucement. Le brouillard cotonneux effaçait le monde juste derrière la fenêtre, les isolant dans une bulle paisible. Ils s'arrêtèrent quelques fois pour discuter de choses et d'autres, changer de position ou comparer leurs progrès.

Silas réalisa que le silence ne le gênait pas quand il était partagé avec Damien. Il n'éprouvait plus le besoin de le remplir. Peut-être était-ce parce qu'il avait sorti ses lunettes et qu'il s'était installé à califourchon sur sa chaise… Comme il n'était pas nécessaire de prétendre, de se forcer à être suave et élégant, il ne ressentait pas la nervosité d'une image à conserver.

Étrangement, le silence entre eux n'était pas un manque à combler, mais une conversation en elle-même.

22
Chaleur

Silas sauta sur ses pieds et s'étira.

— C'est l'heure du dîner, c'est ça ? s'amusa Damien.

— Exactement ! Et comme nous n'avons presque pas mangé à midi, il est hors de question que je manque de nouveau un rituel si vital.

— Comment peux-tu consommer autant de nourriture et être aussi fin ? s'interrogea Damien en le suivant hors de la pièce.

— Le talent, mon cher, le talent.

Alors qu'ils sortaient dans le couloir, ils tombèrent nez à nez avec Lianne.

— Ah, je venais justement vous demander quand vous vouliez manger ! Akim et moi avons profité d'un répit dans le brouillard pour relever des collets et nous avons récolté trois beaux lapins. Nous nous disions que nous pourrions peut-être essayer de les faire bouillir…

— *BOUILLIR ?!* rugit Silas, si fort qu'il les fit sursauter. Dans… Dans de l'eau ?!

— Eh bien… Oui… C'est pratique parce que ça cuit et ça ne brûle pas, donc ça ne demande pas de grosse attention, et…

— Pas un mot de plus, la coupa Silas en levant un doigt. C'est fini. Je me suis retenu jusqu'à maintenant parce que je ne voulais pas me faire jeter dehors, mais vous avez largement dépassé ma limite ! Il est hors de question que je vous laisse vandaliser un peu plus le noble art de la cuisine !

Il partit comme une furie.

— Je t'en ficherai, moi, des lapins bouillis… marmonna-t-il, énervé.

Lianne et Damien échangèrent un regard. Le sculpteur pinça les lèvres pour ne pas rire.

À la suite de Silas, ils se rendirent au pas de course jusqu'à la cuisine et arrivèrent au moment où Akim plaçait une marmite sur le feu.

— Il suffit, malheureux ! tonna le chasseur en se jetant presque sur lui. Votre règne d'abjection est terminé ! Je prends possession de cet endroit !

Akim resta figé quelques secondes, la marmite dans les mains, et jeta un regard en direction de Lianne et Damien, restés sur le pas de la porte. La jeune femme lui fit signe de se rendre et de les rejoindre.

— Sage décision, gronda Silas en relevant ses manches.

Il tourna sur lui-même pour prendre en compte l'ampleur du désastre.

La cuisine était une pièce extrêmement large, possédant deux cheminées assez vastes pour faire rôtir trois sangliers, une dizaine de foyers où allumer des feux et placer des marmites, deux fours, six ou sept éviers en pierre et quatre longues tables. Trois grandes fenêtres donnant près du cimetière en fleurs dispensaient de la lumière.

Malgré la taille de l'endroit, Damien, Lianne et Akim avaient réussi à tout mettre sens dessus dessous. De la vieille vaisselle traînait un peu partout, avec des restes de plats à différents stades de décomposition. Des ustensiles de cuisine les accompagnaient, ainsi que des paniers ou des boîtes qui, à la plus grande horreur de Silas, contenaient des aliments frais destinés aux prochains repas.

— Il va falloir trier, nettoyer et ranger tout ça, déclara-t-il sans ambages.

— On n'a pas besoin de *tout* ranger pour cuisiner seulement un repas, fit observer Lianne.

Silas lui envoya un regard qui la fit déglutir.

— D'accord, rangeons, abdiqua-t-elle immédiatement.

— Parfait, lâcha le chasseur, je vois que nous sommes tous d'accord. Damien, prends ce qui se trouve ici et…

Il s'arrêta en voyant l'intéressé froncer les sourcils, fit une grimace, invoqua tout son contrôle mental et reprit :

— Damien, est-ce que tu veux bien réunir tout ce qui est sale dans les éviers… S'il te plaît.

Bon sang, c'était compliqué de devoir faire attention aux sentiments des autres… Pas étonnant qu'il ne se soit pas donné cette peine jusqu'à présent.

D'ailleurs, *pourquoi* se donnait-il cette peine maintenant ?

Pas le moment d'y réfléchir.

— Akim, peux-tu aller chercher de l'eau ? Beaucoup d'eau. Et Lianne, peux-tu éloigner de cette pièce tout ce qui est assez pourri pour avoir l'air d'avoir développé une vie propre ?

Il faillit oublier d'ajouter :

— S'il vous plaît.

Les trois amis échangèrent un regard, puis Damien hocha la tête et se dirigea vers la table désignée, presque invisible sous tout ce qui s'y entassait.

— Il y a des arrivées d'eau ici, apprit Akim à Silas en lui désignant les tuyaux qui descendaient du plafond. C'est relié à l'un des puits qui alimentent le château. Il suffit de tourner le robinet, à côté, pour remplir les éviers.

— Merveilleux. Alors tu peux te charger du nettoyage avec les autres ? Je vais inspecter ces placards, réunir et trier ce qui a l'air comestible. De toute façon, ça ne vous fera pas de mal d'avoir ne serait-ce qu'un vague inventaire de vos réserves.

Le médecin esquissa un demi-salut militaire avant de se reprendre, hocha la tête et se mit à l'ouvrage.

Au bout d'une heure et demie, Silas avait réussi à dégager et nettoyer une table pour y rassembler les denrées comestibles qu'il avait pu trouver un peu partout dans la pièce. Vraiment partout. Y compris dans une boîte scellée, à moitié enfoncée dans une partie du plancher.

Il libéra un placard, entreposa, en les triant, les aliments dont il ne se servirait pas dans l'immédiat et observa d'un œil critique ceux qu'il avait sélectionnés. Des pommes, des pommes de terre, des champignons, quelques oignons sauvages et, évidemment, les lapins.

Il abandonna ses compagnons pendant quelques minutes, le temps de faire l'aller-retour jusqu'à l'atelier, où il avait laissé sa sacoche. Elle contenait toujours le minimum vital. Il prit un petit pot de miel, du poivre et du thym. L'idée de partager ses précieuses réserves l'aurait normalement hérissé, mais pas aujourd'hui : aujourd'hui, il était de son devoir de montrer à ces campagnards à quoi ressemblait un véritable plat.

Dans la cuisine enfin prête, il alluma des dizaines de bougies, car la nuit était tombée, et réunit les autres autour d'une table. Ils avaient l'air à la fois curieux, amusés et attentifs, comme des enfants face à une nouveauté.

Silas se rendit compte qu'il souriait lui-même. Il se prenait au jeu, et il n'avait pas anticipé que ce dernier soit aussi agréable.

— Je vais vous montrer une recette simple, déclara-t-il comme un maître d'école. De toute façon, vous possédez si peu d'épices et d'herbes qu'on devra se contenter du strict nécessaire en termes d'assaisonnement…

Il avait fini en marmonnant presque. Son regard croisa celui de Damien, qui le regardait avec amusement et… affection ?

Quelle était cette chaleur dans sa poitrine ?

— Damien, demanda-t-il en détournant les yeux, troublé, pourrais-tu peler les pommes de terre ? Lianne, tu épluches les oignons et tu les coupes en fines lamelles. Akim, tu peux laver et émincer les champignons.

— Très bien, répondit le médecin. « Émincer », c'est une sorte de légume ?

Silas faillit répondre vertement avant de comprendre qu'on se moquait de lui.

— Ignare, lâcha-t-il avec grandeur. « Émincer » signifie « couper en fines tranches ».

— Alors pourquoi ne pas simplement dire « couper en fines tranches » ? remarqua Lianne.

— C'est toujours mieux d'utiliser un mot précis pour dire une chose précise, intervint Damien. Chaque nuance est importante.

— De la part d'une personne qui n'arrive pas à s'exprimer correctement une fois sur deux, ironisa Akim, tu…

— Stop ! les interrompit Silas. Vous ne pourrez vous battre que lorsque vous aurez accompli vos tâches !

— Pourquoi est-ce qu'on le laisse commander, déjà ? ronchonna Lianne en s'exécutant.

— Parce que j'ai faim, répondit simplement le médecin.

Pendant qu'ils parlaient, Silas ramassa un tablier, prit les lapins encore entiers, s'installa sur une autre table et leur tourna le dos, cachant par réflexe son maniement des couteaux. Ses gestes étaient précis et terriblement efficaces. Après tout, il savait écorcher une créature et sectionner une articulation depuis qu'il avait huit ans.

Le silence était retombé dans la cuisine, seulement troublé par le bruit des lames. Finalement, Damien, concentré sur ses pommes de terre, demanda :

— Au fait, Silas, tu as trouvé quelque chose d'intéressant dans le carnet récupéré au laboratoire ?

— Oui et non, répondit le chasseur en écartant les têtes, les pattes et les organes. Le journal relate les premières découvertes en alchimie de… euh… l'ancien Damien ? Disons, le Roi Cruel. Il avait apparemment deux obsessions, celle de ne pas mourir et celle de rester éternellement beau. Comme les sorciers et les magiciens ne savaient pas comment accéder à ses requêtes ou n'étaient pas assez fous pour le faire, il a décidé de se débrouiller lui-même. Je pense d'ailleurs qu'il y a de nombreux autres laboratoires souterrains que nous n'avons pas découverts lors de notre petite expédition.

En jetant un coup d'œil par-dessus son épaule, Silas vit ses trois compagnons frissonner de concert. Il sourit, hésita malicieusement à forcer le ton pour leur faire peur, puis renonça et continua simplement :

— Apparemment, l'alchimie fonctionne sur un système d'échange et d'énergie. L'énergie étant, évidemment, la magie en mouvement.

— La magie en mouvement ? répéta Akim d'un ton circonspect. C'est-à-dire ?

Silas inspecta une casserole pour en vérifier la propreté et commença à allumer un des petits foyers.

— La magie est partout dans le monde, expliqua-t-il en craquant une allumette. Elle circule de manière constante dans chacune de nos respirations, dans la croissance des arbres et dans le courant des océans. La magie est une énergie, et cette énergie est un mouvement perpétuel. Les sorciers, les magiciens et les enchanteurs peuvent puiser dans cette source. Les créatures comme les fées ou les sirènes sont directement façonnées à partir de cette… eh bien… matière. Leur âme, leur principe de vie, est la magie en elle-même.

— Et ce n'est pas le cas des humains ? demanda Damien.

Silas haussa les épaules.

— Les avis divergent à ce sujet. Je pense personnellement que si, que les humains sont aussi nés de la magie, mais différemment des créatures.

Akim leva un doigt pour lui faire signe d'arrêter et grimaça.

— Je ne comprends qu'un mot sur deux de ce que tu racontes.

— Pareil, avoua Lianne. Tu as vraiment lu ça dans le carnet de… euh… du Roi Cruel ?

Silas sourit et secoua la tête.

— Non, pas en ce qui concerne la nature de la magie en général. On me l'a expliqué il y a longtemps. Je n'ai pas de don moi-même, mais j'ai toujours eu une certaine affinité avec la magie. Dei… Quelqu'un que j'ai connu était persuadé qu'un de mes ancêtres possédait un don de magie.

— Je te vois bien en demi-fée, s'amusa Damien.

Silas lui jeta un regard mi-amusé, mi-flatté.

— Et toi, tu ne sembles pas avoir de mal à comprendre ce que je raconte ?

— Non, avoua le sculpteur avec un soupir. Tout me paraît naturel, comme si je le savais déjà. Je suppose que c'est parce que je le *savais déjà*, je l'ai juste oublié…

Son regard se fit plus sombre et Silas regretta d'avoir posé la question.

Il leva une main au-dessus de la poêle pour en estimer la température, pesta sur l'absence d'huile ou de beurre et commença à faire cuire ses morceaux de lapin. Les animaux étaient assez gras, cela suffirait peut-être…

— Bref, reprit-il en se retournant vers ses compagnons, toujours occupés aux tâches qu'il leur avait assignées. D'après ce que j'ai pu lire dans le carnet du Roi Cruel, l'alchimie est une façon assez malsaine et dangereuse d'utiliser la magie. Comme la magie est arrachée de force au monde, chaque action entraîne une réaction inverse équivalente. Si j'utilise l'alchimie pour faire un pas en avant, quelqu'un, quelque part, doit faire un pas en arrière. La subtilité, c'est que ce n'est pas obligatoirement la personne qui a lancé le sort qui en subit les conséquences.

— Ça veut dire, continua Damien d'un ton pensif, que si tu utilises l'alchimie pour sauver quelqu'un, une autre personne doit mourir ?

— Exactement, confirma Silas. Apparemment, pour un alchimiste, la difficulté repose moins sur le fait de lancer le sort que d'en maîtriser les effets secondaires…

Il s'assura que ses lapins n'étaient pas en train de roussir et s'approcha de la table pour inspecter le travail de ses compagnons. Il fit la grimace en voyant les oignons et les champignons coupés si grossièrement, mais retint le commentaire qui lui brûlait les lèvres.

Il prit les oignons et les mit dans la poêle avec les lapins, qu'il retourna à l'aide d'une spatule en bois. Pour le moment, la viande ne collait pas, ce qui était déjà ça.

— La deuxième chose que j'ai pu apprendre concernant l'alchimie en elle-même, reprit-il en se retournant, c'est qu'elle nécessite un objet matériel pour lancer un sort. Comme les alchimistes ne sont pas capables de puiser leur magie directement dans le monde qui les entoure, ils la prennent là où elle est le plus accessible, soit dans des objets ensorcelés, soit dans des lieux enchantés, soit dans des créatures.

Il jeta un coup d'œil à sa préparation, décida d'ajouter les champignons, et continua son petit compte rendu :

— C'est ainsi que les chevaliers à l'armure rouge ont été créés. Le Roi Cruel avait beaucoup d'ennemis et ne faisait confiance à personne. Il avait besoin de mercenaires invincibles et aveuglément loyaux pour le protéger et l'aider à régner. Le passage concernant le sort en lui-même utilisait un code plus compliqué à déchiffrer, mais de ce que j'ai pu comprendre, il a capturé des néréides, des créatures immortelles vivant dans les cours d'eau, et a utilisé leur sang pour forger l'armure de ses chevaliers. Chaque coup frappé sur l'armure était reçu par une néréide à la place…

Il allait ajouter quelques détails, mais il vit Damien écarquiller les yeux d'horreur et décida de s'abstenir.

— C'est tout ce que j'ai pu apprendre, conclut-il. Avec un peu de chance, les pauvres néréides ont pu s'enfuir lors de la catastrophe qui a presque détruit le château.

— Et moi ? demanda Lianne. Et tous ceux qui vivent dans la forêt ? Pourquoi… Comment…

Elle caressa une de ses longues plumes multicolores.

— Je ne sais pas, avoua Silas. Il est possible qu'il ait cherché à créer des soldats, ou des serviteurs. À moins qu'il n'ait juste voulu expérimenter…

Lianne déglutit. Akim tendit une main pour effleurer son poignet et sourit lorsque leurs regards se croisèrent. Elle sourit aussi.

Silas se tourna vers Damien, qui regardait le vide d'un air triste et absent. Comment un visage de bois pouvait-il exprimer tant de regret et de mélancolie ?

Il s'approcha en cherchant quelque chose à dire pour dévier son attention et aperçut les pommes de terre épluchées, posées sur la table. Il ne put s'empêcher de sourire et une pointe d'affection lui réchauffa la poitrine. Évidemment, Damien n'avait pas pu simplement retirer la peau, il avait fallu qu'il les sculpte en forme d'oiseaux, de loups ou de renards. Ce n'étaient que quelques traits, quelques coups de couteau, mais il avait saisi à chaque fois l'essence même de ce qu'il cherchait à représenter.

— Je te donne des patates et tu en fais des œuvres d'art ? plaisanta-t-il.

Il alluma un foyer pour mettre une marmite d'eau à chauffer et n'eut pas à attendre longtemps avant qu'elle se mette à bouillir. Alors qu'il plongeait les pommes de terre dedans, il vit une ombre le recouvrir. Il ne réagit pas : il avait reconnu Damien.

— Je ne suis pas certain que ce soit une bonne idée de se tenir si près du feu lorsqu'on est à moitié constitué de bois, lança-t-il avec un sourire en coin.

— Bah, répondit le sculpteur, tu n'auras qu'à me balancer l'eau des patates dessus.

Silas laissa échapper un petit rire. Il vérifia que sa viande ne brûlait pas et retourna à la table.

— Si on avait de la farine, j'aurais pu faire du pain, un gâteau ou des crêpes, soupira-t-il tristement.

— On pourrait peut-être essayer de réduire des racines en poudre ? proposa Akim.

Silas réfléchit et hocha la tête.

— Bonne idée… Avec un peu plus de pommes, on pourrait faire une tarte… Ah, à propos de pommes, je pense qu'on va pouvoir les ajouter. Ainsi qu'une touche de miel…

— Ça sent incroyablement bon, soupira Lianne. Les fées nous ont fait une faveur en t'envoyant, finalement.

Damien approuva d'un grand hochement de tête et même Akim sourit pour montrer qu'il était d'accord.

Silas se retourna, utilisant le prétexte de rajouter ses pommes au plat pour dissimuler son trouble.

Ils étaient heureux de sa présence ? Vraiment ?

Et ils l'étaient *maintenant*, alors qu'il avait laissé tomber son numéro de séduction, qu'il ne cachait plus ses manies et son sarcasme, qu'il était juste… lui-même ?

Damien le rejoignit de nouveau près du feu.

Ils échangèrent un sourire. Le chasseur sentit son cœur gonfler dans sa poitrine, soudain plus léger.

Ils passèrent la soirée dans la cuisine, tous les quatre, à la lueur des bougies et la chaleur des foyers.

Silas ne se souvenait pas s'être senti aussi détendu dans un groupe, aussi apaisé, aussi *à sa place*. Même Damien était agréablement surpris de la nouvelle harmonie qui régnait entre eux. Il n'avait jamais imaginé que des rituels quotidiens puissent les rapprocher autant, il n'avait jamais pensé qu'il ressentirait comme une impression de… eh bien, de famille.

23
Du sang

Damien ouvrit les yeux, un peu confus.

Il s'était endormi sur son plan de travail, quelque chose qui ne lui était pas arrivé depuis des années.

Pris d'un élan de panique, il rejoua la journée de la veille dans sa tête, cherchant un trou, un souvenir disparu…

Mais non, il n'avait rien perdu. Après avoir parlé d'alchimie, ils étaient restés manger dans la cuisine. La nourriture était excellente, sans conteste la meilleure qu'il se souvenait d'avoir dégustée.

Ils avaient discuté de toutes les recettes que Silas pourrait faire avec tel ou tel ingrédient, puis ils avaient parlé de la forêt, ils avaient échangé des anecdotes étranges ou drôles de leur quotidien, et ils s'étaient séparés pour la nuit.

Silas l'avait accompagné jusqu'à l'atelier.

Ils avaient parlé encore longtemps. C'était si simple de discuter avec lui. Les mots se bousculaient toujours dans sa tête, mais il avait moins peur de mal s'exprimer. Silas s'amusait gentiment de ses erreurs et ne semblait pas prendre ombrage de sa franchise. Il faisait attention à le lui signaler lorsqu'il était en train d'ironiser afin qu'il n'y ait pas de malentendu, mais il n'hésitait pas à plaisanter et Damien se surprenait à lui répondre instinctivement.

Ils avaient aussi fait quelques exercices d'écriture. Il progressait bien plus vite que ce à quoi il s'était attendu, ce qui l'emplissait de fierté.

Mais Silas avait fini par bâiller et lui souhaiter bonne nuit. Il avait hésité au seuil de la pièce et son regard s'était perdu près du balcon, au dernier étage de la bibliothèque, là où il avait dormi peu après son arrivée au château.

Sauf que maintenant, il savait que Damien pouvait facilement grimper jusque-là et l'atteindre dans son sommeil.

Un instant, le sculpteur avait cru qu'il resterait, mais il s'était contenté de lui sourire et de partir.

Avait-il peur de lui… ou peur tout court ?

Il y avait quelque chose de nerveux chez Silas, une tension, une méfiance qui bouillonnait sous la surface et dont il ne se départait jamais entièrement. Il semblait toujours savoir quand quelqu'un s'approchait de lui et Damien l'avait surpris plusieurs fois, en entrant dans une pièce, à chercher du regard les portes et les fenêtres.

Tu es en sécurité, aurait-il voulu lui dire. Même si c'était un mensonge, même si Silas était certainement plus capable de se protéger que lui, il brûlait de le rassurer, de le voir se détendre complètement, juste une fois, et de savoir à quoi ressemblait son sourire lorsqu'il s'abandonnait entièrement à l'instant présent.

Cette dernière pensée le fit soupirer.

Était-ce la beauté de Silas qui le troublait tant ? Ou était-ce sa façon d'être et d'exister qui le chamboulait vraiment ?

À première vue, Silas était radicalement différent de lui. Il n'avait peur ni de la mort, ni de la violence. Il était téméraire, sarcastique et désabusé, alors que lui restait hésitant, trop franc et toujours plein d'idéaux. Et pourtant, au fond, ils se ressemblaient. Ils se comprenaient. Ils étaient tous les deux égarés, en quête d'une liberté qui leur échappait, essayant simultanément de fuir le passé et de s'y accrocher. Ils étaient tous les deux décalés par rapport au monde, l'un trop beau et l'autre trop laid, tous les deux en possession de capacités hors norme – finalement, quelque part, tous les deux difformes.

Damien ne savait pas si c'était effrayant ou exaltant, ce sentiment qui fleurissait dans sa poitrine. C'était profondément troublant, beau, étrange, à la fois puissant et terriblement vulnérable.

Il ne fallait pas qu'il s'attache à Silas.

Surtout pas.

Silas finirait par partir… Et de toute façon, Silas était trop pour lui. Trop beau, trop fort, trop vivant, trop intelligent comparé à la Bête qui sculptait des fantômes dans les ruines d'un château.

Il songea aux portraits déchirés, aux miroirs brisés, aux cages tordues dans le laboratoire souterrain, et une question lancinante lui revint, une question aussi douloureuse que familière.

Qui pourrait aimer un monstre ?

***

Quelques heures avant l'aube, une délicieuse odeur de nourriture s'infiltra dans l'atelier. Certain de trouver Silas à l'origine de ce fumet, Damien sortit de la bibliothèque et remonta les couloirs jusqu'à la cuisine.

Le chasseur se retourna en l'entendant arriver. Il portait ses cheveux en chignon, une simple chemise rentrée dans son pantalon et un tablier marron.

Bon sang, comme il était beau.

— Formidable, s'exclama-t-il en le voyant, je n'ai même pas besoin d'aller te chercher ! Je voulais te faire goûter une *véritable* omelette. Il est inadmissible que quiconque vive aussi longtemps que toi sans connaître un tel délice.

Damien sourit et s'assit alors que le chasseur sortait des assiettes. Les fenêtres étaient entrouvertes, laissant apercevoir le jardin couvert de brouillard. Le parfum de la forêt se mêlait à celui des œufs et des épices.

Ils mangèrent tranquillement en discutant de tout et de rien. C'était tranquille. Paisible.

Jusqu'à ce que Lianne déboule dans la pièce en s'exclamant :

— On a un problème !

Silas soupira et s'essuya délicatement la bouche sur un mouchoir blanc.

Damien ne put s'empêcher de fixer ses lèvres une seconde de trop avant de détourner les yeux.

— Quel type de problème ? s'enquit nonchalamment le chasseur.

— J'ai vu quelque chose passer près de la porte principale. Peut-être une Chimère.

Silas se leva, le visage soudain sombre et déterminé.

— Retrouvons-nous devant l'entrée dans cinq minutes.

Accompagné de Damien, il fit un crochet par sa chambre pour prendre dans sa sacoche une épée courte qu'il glissa à sa ceinture et de longues épines en métal, spécialement conçues pour être lancées, qu'il fixa sous ses manches, à côté de ses poignards.

— Tu devrais nous attendre à l'intérieur, lança-t-il au sculpteur.

— Pas question !

Silas soupira, plongea la main dans sa sacoche et en sortit un nouveau poignard.

— Combien d'armes as-tu là-dedans ? s'étonna Damien.

— Juste ce qu'il faut.

— Ce qu'il faut pour monter une armurerie ?

— Arrête de dire des bêtises et prends ça. On ne sait jamais.

Damien s'en saisit d'un air circonspect.

— Et ne te blesse pas avec ! ajouta le chasseur en quittant la pièce.

— Je ferai ce que je peux, soupira Damien, déjà sur ses talons.

Ils retrouvèrent Akim et Lianne à l'endroit prévu. Le médecin tenait une arbalète et la femme-oiseau un arc particulièrement long. Sur le seuil du grand hall, ils fixaient la brume qui s'épaississait à vue d'œil à l'orée de la forêt, vingt ou trente mètres plus loin.

— Rien de nouveau, lança Lianne lorsqu'ils s'approchèrent. J'ai vu deux ou trois silhouettes bouger, mais je n'ai pas pu déterminer s'il s'agissait de Chimères, d'humains ou de gros animaux.

— Quoi que ce soit, j'espère qu'ils ne profiteront pas du fait que nous soyons tous réunis ici pour pénétrer dans le château par une autre entrée, remarqua Silas en grimaçant.

Ses trois compagnons lui jetèrent un regard angoissé, prouvant qu'ils n'y avaient pas pensé.

— Franchement, comment avez-vous fait pour survivre si longtemps ? soupira le chasseur.

— Les Chimères n'étaient pas si téméraires, répondit Damien à la place de Lianne, qui avait visiblement un juron sur le bout de la langue. Elles ne sortaient jamais de jour, même en plein brouillard. Et personne n'était venu essayer spécifiquement de me tuer avant le mois dernier…

Silas sentit quelque chose de glacé lui effleurer le cœur. *Ne t'en fais pas*, promit-il en pensée, *ils ne t'atteindront pas.*

Puis Lianne s'exclama « là ! » en pointant un doigt et son attention se focalisa immédiatement dans cette direction.

Une ombre tordue se déplaçait dans le brouillard, deux petits ronds jaunes luisant au niveau de son visage…

Une Chimère.

— Laissez-la-moi… marmonna la femme-oiseau en bandant son immense arc.

La flèche partit dans un sifflement sourd, fendant la brume comme une feuille de papier.

Un cri rauque retentit.

La silhouette tituba. Les deux lueurs jaunâtres de ses yeux disparurent.

Elle s'écroula au sol.

— Joli tir, commenta Silas.

— Merci, répondit Lianne en se rengorgeant.

— Tu en vois d'autres ? demanda Akim.

La femme-oiseau scruta de son regard perçant le brouillard qui continuait de s'épaissir.

— Pas pour le moment…

Ils restèrent immobiles durant de longues minutes, tous les sens en alerte.

— Elles sont peut-être parties, murmura Damien.

— Non, répondit Silas avec fermeté.

Il *savait* qu'elles étaient là, à attendre, observer, et son instinct ne mentait jamais. Les trois autres lui jetèrent un regard en biais, mais ne le contredirent pas.

— Nous devons les provoquer, décida le chasseur, sinon cela durera des heures et elles sont certainement plus endurantes que nous. Sans compter le fait qu'elles risquent de nous contourner pour entrer dans le château et nous attaquer par-derrière. Il y a des chances qu'elles tâtent juste le terrain, histoire de savoir si nous sommes toujours de taille à résister. Autant leur apporter une réponse directe.

Il fit jaillir son épée.

— Akim, tu tires aussi bien que Lianne ?

— Un peu moins.

— Alors abstiens-toi, je ne compte pas finir mes jours ici. Lianne, s'il y en a plus de trois qui s'approchent de moi en même temps, tu tires dans la tête de la plus éloignée, d'accord ?

— Oui.

— Attends, attends, intervint Damien, tu ne vas pas...

Sans l'écouter, Silas commença à remonter l'allée.

Le monde ralentit.

Ses sens s'aiguisèrent.

C'était l'heure du chasseur.

Conscient de tout ce qui l'entourait, des volutes de brouillard dans les hautes herbes aux silhouettes menaçantes des arbres, il continua à avancer.

Le silence était presque étouffant, pas même perturbé par une once de vent. Il entendait ses pas, son cœur et le bruit de sa propre respiration.

Il sourit en apercevant la Chimère arriver sur sa droite, et s'arrêta, attendant le dernier moment. Elle se précipita sur lui. Il tendit le bras en un éclair.

Elle s'égorgea elle-même sur la lame et s'effondra à ses pieds.

Il entendit un cri de surprise dans son dos et grimaça. Il ne devait pas être *trop* efficace s'il ne voulait pas que ses nouveaux amis recommencent à se méfier de lui.

Il fit exprès de ne pas réagir quand une deuxième Chimère s'approcha et se décala juste à temps pour ne pas se faire éborgner.

— Silas ! cria Damien, angoissé.

Il aurait voulu lui répondre de ne pas s'inquiéter, mais il était occupé à danser avec son assaillante, qui tentait de lui enfoncer ses dents dans l'épaule.

Une autre Chimère apparut. Il s'écarta, deux pas en arrière, trois sur le côté, esquive, esquive, volte-face.

Son cœur résonnait sourdement, marquant sa cadence.

Boum. Boum. Boum.

Trois pas à gauche.

Boum. Boum. Boum.

Leurs coups se perdirent dans le vide.

Boum. Boum. Boum.

Deux pas à droite.

Boum. Boum. Boum.

Un en arrière…

Quand est-ce qu'une troisième arriverait ? Il voulait que Lianne intervienne afin de donner l'impression qu'il était en difficulté. Sa fierté en prenait un coup, mais si c'était le sacrifice à faire pour continuer à cuisiner et parler de longues heures la nuit dans l'atelier…

Boum. Boum. Boum.

Esquive.

Boum. Boum.

Bras tendu.

Une Chimère hurla en reculant, la poitrine balafrée. Son sang noir tacha sa peau à la fourrure éparse.

Boum. Boum.

Un pas en arrière.

Boum. Boum.

Volte-face.

Boum. Boum.

Elles s'étaient coordonnées. La danse était plus complexe, plus rapide.

Boum.

Une troisième, enfin !

Boum.

Esquive. Sifflement.

La flèche de Lianne se planta dans la tête du monstre. Brave fille.

Boum. Boum. Boum.

Les deux autres reculèrent.

Silas jeta un coup d'œil par-dessus son épaule. Il apercevait à peine l'entrée du château.

Boum. Boum. Boum.

Il s'enfonça un peu plus en avant, ignorant l'appel angoissé de Damien, et disparut aux yeux de ses compagnons.

Boum. Boum.

Une Chimère se précipita sur lui…

Boum.

Esquive.

Boum.

Geste du bras.

Boum. Boum. Boum.

Elle s'effondra, les yeux crevés par ses lames de jet.

Boum. Boum. Boum.

La dernière Chimère se figea.

Boum. Boum. Boum.

Elle fit volte-face et s'enfuit.

Silas resta immobile. Tendu.

Son cœur marqua cinq battements.

Plus rien.

Il s'accroupit, reprit ses lames de jet et utilisa son épée pour taillader la Chimère et donner l'impression d'une longue bataille, se couvrant lui-même, à regret, de sang.

Son cœur sursauta.

Il tourna immédiatement la tête, de nouveau concentré.

Une silhouette apparut entre les arbres. Une femme musclée dont les poings serraient deux énormes épées.

Une autre chasseuse.

Damien l'appela, toujours caché par la brume. Il ne répondit pas.

— Ainsi, tu es encore en vie, souffla la femme sans le quitter des yeux. Gaston m'a dit qu'il t'avait mis sur ce contrat, mais que tu avais disparu depuis.

Elle avança. Il recula prudemment, évaluant le terrain.

Un coup de vent déchira momentanément le brouillard, dévoilant le chemin jusqu'au château, ainsi que ceux qui l'attendaient au seuil.

La chasseuse lui adressa un regard surpris.

— Mais tu protèges la Bête. Pourquoi ?

Il ne répondit rien. Elle sourit.

— Y aurait-il autre chose à gagner ici, quelque chose de plus important que la récompense promise par Gaston ?

— Non, la contredit-il immédiatement.

Et il sut qu'il avait fait une erreur.

Elle rit et se jeta sur lui.

Une des flèches de Lianne traversa l'air, mais la femme était trop rapide.

Il esquiva son attaque en la maudissant intérieurement. Soit il décidait de se battre à pleine mesure de ses capacités et révélait son secret, soit elle le tuait.

— Qu'y a-t-il ? s'amusa-t-elle. Je te fais peur ?

— Écoute, nous pourrions peut-être nous associer… Gaston a menti à propos de la Bête et le château renferme un trésor…

Il sut à son regard qu'elle n'écoutait pas.

Pas le choix : la danse devait reprendre

Boum. Boum.

Esquive.

Boum.

Parade.

Boum.

Attaque.

Boum.

Esquive.

C'était dix fois plus rapide, dix fois plus précis que contre les Chimères. Il pouvait faire mieux, mais il n'arrivait pas à passer outre le fait que Damien le voyait…

Boum.

Attaque.

Boum.

Attaque-parade.

Boum.

Esquive-attaque-parade.

Boum.

Akim et Lianne surgirent à ses côtés, armés d'une épée chacun.

La chasseuse recula d'un pas, évaluant la situation. Elle jeta un coup d'œil par-dessus son épaule, mais Silas savait ce qu'elle devait penser. Elle n'avait pas de grandes chances de survie en s'enfonçant dans la forêt infestée de Chimères.

Elle se précipita sur Akim, qu'elle avait apparemment identifié comme la proie la plus vulnérable des trois.

Silas aurait pu lui dire qu'il s'agissait d'une erreur.

Le médecin bloqua ses lames avec son épée et utilisa son bras artificiel pour la repousser avec tant de force qu'elle recula de quelques pas.

Silas se déplaça sur le côté, en même temps que Lianne en face de lui.

Elle était encerclée.

C'était la première fois que Silas travaillait en équipe depuis la mort de Deirdre. Il avait oublié quelle sensation cela faisait d'avoir quelqu'un pour couvrir ses arrières.

Ce n'était plus une danse, à présent. C'était une partie d'échecs, où chaque mouvement comptait.

La chasseuse fit semblant de replonger vers Akim, mais se tourna au dernier moment pour précipiter l'une de ses armes vers le cou de Lianne.

Silas, qui l'avait vu venir, attrapa la femme par le col de sa chemise et la tira en arrière alors que Lianne s'écartait d'un bond, indemne.

Silas vit une silhouette familière réapparaître sur sa droite et ne put s'empêcher de jurer : la Chimère qui s'était enfuie un peu plus tôt avait décidé de rejoindre de nouveau la partie.

Profitant de sa distraction, la chasseuse se retourna en faisant voler ses épées. Akim lâcha un cri de douleur lorsque son torse se décora d'une estafilade ensanglantée.

— Akim ! cria Lianne en se déconcentrant immédiatement.

La chasseuse se focalisa de nouveau sur celui qu'elle savait être son véritable adversaire : Silas.

Il lui sourit.

Elle bondit vers lui…

Mais au lieu de l'attaquer, comme il s'y attendait, elle le contourna et se mit à courir vers le château.

Vers Damien.

Le sang de Silas ne fit qu'un tour. Il ne réfléchit même pas avant de lancer ses lames.

Elles s'enfoncèrent dans la nuque de la femme, qui s'écroula à mi-chemin, morte avant d'avoir touché le sol. Profitant de ce qu'elle n'avait probablement identifié que comme un trébuchement, la Chimère restante se précipita vers elle et planta ses dents dans sa gorge.

Silas courut jusqu'au château, Lianne et Akim sur les talons. Il savait qu'il aurait été plus rapide, mais il laissa la femme-oiseau prendre son arc et tirer plusieurs fois.

La Chimère s'effondra à son tour, le front et l'œil transpercés.

Et le silence revint.

Silas resta crispé cinq longues minutes encore, scrutant chaque mouvement, analysant le moindre bruit.

Puis il se détendit.

— C'est fini.

Les autres se détendirent à leur tour.

— Akim ? s'inquiéta Lianne.

— Rien de grave, la rassura le médecin.

— Silas, tu vas bien ? demanda Damien.

Le chasseur se souvint qu'il s'était volontairement couvert de sang.

— Pas de mal, répondit-il en se rendant auprès des cadavres de la chasseuse et de la Chimère.

Il se baissa et se dépêcha de récupérer ses lames afin qu'on ait l'impression que c'était le monstre, et non lui, qui l'avait tuée. Il les glissa discrètement dans ses manches, à côté de ses poignards, juste avant que Damien ne le rejoigne.

Ce dernier écarta doucement le corps de la Chimère et se pencha sur la femme dans l'espoir de pouvoir l'aider, mais il comprit immédiatement que c'était trop tard.

— Elle est morte, soupira-t-il.

— Je sais, souffla Silas. Je suis désolé.

Désolé que tu aies dû voir ça, désolé pour elle d'en être arrivée là, désolé de te mentir ainsi, désolé pour tout.

Akim et Lianne s'approchèrent à leur tour.

Ils restèrent quelques instants tous les trois, silencieux, comme en plein recueillement.

— Rentrons, lança finalement Silas. Le château en entier est indéfendable, mais nous devrions pouvoir nous barricader dans l'aile est.

Ses compagnons hochèrent la tête et retournèrent à l'intérieur.

Silas jeta un dernier regard inquiet dans le brouillard. Combien d'autres tueurs patientaient dehors, prêts à attaquer Damien à la première occasion ?

Qu'ils viennent, songea-t-il sombrement, les poings serrés. *Je les attends.*

***

Ils passèrent le reste de la matinée à barricader les accès donnant sur l'aile où se trouvaient les pièces habitées. De larges étagères en travers des couloirs, des bibliothèques et des tables renversées poussées contre les portes… Ce n'était pas parfait, mais cela suffirait à ralentir n'importe quel assaillant. À regret, ils condamnèrent l'accès à la salle de bal, trop vulnérable. Les gros points faibles restaient la serre et la fenêtre du salon.

Vers midi, ils se réunirent dans la cuisine. Lianne avait déjà aidé Akim à bander sa plaie, mais ses gestes de tendresse inquiète n'avaient trouvé aucune réponse chez le médecin, et, blessée, elle évitait son regard depuis.

— Qui était cette femme ? demanda Damien en s'asseyant sur un banc.

Son regard doré était moins brillant que d'habitude, presque délavé.

— Peut-être un membre du groupe qui t'a attaqué la dernière fois ? proposa Silas.

— Je pense qu'il s'agissait d'une chasseuse de monstres, intervint Akim.

Silas sentit un frisson glacé le parcourir.

— J'en ai déjà entendu parler, mentit-il, mais jamais rencontré. Les chasseurs de monstres ont mauvaise réputation.

Le médecin hocha la tête.

— J'en ai déjà croisé plusieurs fois, quand je vivais hors de la forêt. Ils ont une manière très particulière de se battre. Ce sont des mercenaires sans pitié, spécialisés dans l'assassinat de créatures dangereuses.

— Mais je ne suis pas dangereux, objecta Damien.

Silas posa une main sur son bras et lui sourit avec un peu d'affection involontaire.

— Non, confirma-t-il. Tu ne l'es pas.

Il maudit silencieusement ses collègues. Comment une profession créée pour protéger les gens avait-elle pu évoluer ainsi ?

— Mais qui paierait des chasseurs pour aller tuer Damien ? fit remarquer Lianne. Non seulement il ne fait de mal à personne, mais il ne quitte pratiquement pas le château. Personne ne le connaît en dehors de la forêt.

Tiens, songea Silas, *c'est vrai, ça, comment Gaston connaît-il Damien ?*

Et maintenant qu'il y pensait… La solution serait peut-être d'aller assassiner directement le noble aux stupides trophées de chasse. Mais s'il quittait le château et que quelqu'un attaquait de nouveau ?

— Je ne sais pas, répondit Akim. Mais les Chimères ont mis un certain temps à revenir après nous avoir attaqués la dernière fois, et vu que nous les avons décimées de nouveau, je pense que nous sommes tranquilles pour un moment. Elles pourraient même abandonner l'idée de venir nous chercher des noises…

— Je n'y compterais pas trop, à ta place, railla Silas. Dans tous les cas, nous devrions éviter de nous déplacer seuls dans les jours qui viennent, et nous ferions mieux de rester dans la partie protégée du bâtiment.

Les trois autres acquiescèrent.

Il y eut un blanc.

— Bon, et si nous mangions, maintenant ? lança-t-il plus joyeusement. Toute cette histoire vaut bien une deuxième omelette.

Il eut l'immense plaisir de voir Damien sourire de nouveau.

24
Les secrets

Il faisait nuit.

Silas avait montré à ses compagnons comment mettre en place des dispositifs d'alarme rudimentaires à l'aide de fils tendus et de casseroles en équilibre. Il avait annoncé qu'il resterait avec Damien, tandis que Lianne et Akim formeraient leur propre duo pour la nuit. Tout le monde avait acquiescé.

Ils lui faisaient tellement confiance que ça lui faisait presque mal de continuer à leur mentir.

Assis au coin de la table de travail de Damien, il le regardait distraitement s'entraîner à écrire, perdu dans ses pensées.

— À ton avis, lança soudain le sculpteur, pourquoi Akim continue-t-il à repousser Lianne ? Ne s'est-il pas rendu compte qu'elle l'aimait ?

C'était tellement éloigné des réflexions actuelles du chasseur qu'il lui fallut quelques secondes avant de répondre.

— Je pense qu'il le sait.

— Comment ça ? s'étonna Damien. J'ai essayé de lui en parler plusieurs fois ces derniers mois, mais… euh… je n'ai peut-être pas réussi à faire preuve du tact nécessaire pour lui extirper des confessions.

Silas rit.

— Toi, manquer de tact ? Difficile à croire.

Damien lui tira la langue.

C'était un geste puéril, mais l'espace d'un instant, une fraction de seconde, Silas ressentit comme un coup au cœur. Cette étincelle joueuse dans ses yeux d'or, la vision de sa langue glissant sur sa bouche… Damien avait l'air si humain, si vivant et si…

Durant cet instant, il eut terriblement envie de se pencher, de tendre les doigts, de toucher son visage… Ou peut-être seulement ses lèvres, dont la douceur contrastait avec les bosses et les creux durs des racines, et puis…

Il se reprit.

Il devait vraiment être fatigué.

— Je ne m'abaisserai pas à réagir à une telle provocation, lâcha-t-il avec grandeur, encore un peu étourdi.

Il avait consommé des champignons hallucinogènes, une fois, et ça lui avait fait à peu près le même effet. S'était-il fait droguer à son insu ?

— Pour répondre à ta question, reprit-il plus sérieusement, je pense qu'Akim sait que Lianne l'aime, mais qu'il ne veut pas s'engager dans une relation.

— C'est bizarre, soupira le sculpteur. Pourquoi refuser ainsi ? Ça doit être merveilleux d'être aimé.

— Je suppose, admit le chasseur.

— Ça ne t'est jamais arrivé ? Mais tu es si séduisant, comment… Oh. Ah. Ce n'est pas comme ça que je voulais le formuler.

Silas le fixa en souriant doucement.

— La beauté ne suffit pas pour être aimé, Damien. La beauté physique, du moins. Elle est désirable, ce qui est grandement différent et bien plus dangereux. Et tu *es* aimé, tu sais. Akim et Lianne tiennent sincèrement à toi.

— Je ne parlais pas de ce genre d'amour, répondit le sculpteur, même si je l'apprécie énormément, évidemment. Mais est-ce que tu es en train de me dire que tu n'as jamais eu d'amis, toi ?

— Non, admit Silas en haussant les épaules.

Damien prit sa main dans la sienne. Elle était bien plus grande, rugueuse et froide, mais elle tenait si délicatement ses doigts que le chasseur frémit.

— Tu me laisserais être ton ami, Silas ?

— Ce n'est pas une bonne idée, souffla-t-il. Tu ne sais rien de moi…

— Je sais ce que j'ai vu, et ça me suffit. En plus, tout le monde mérite un ami, non ?

Mais tout le monde ne te mérite pas toi, songea le chasseur en hochant la tête.

Il retira sa main et se racla la gorge pour retrouver contenance.

— Si ça peut te faire plaisir…

Damien sourit, pas dupe, mais ne fit pas de commentaire. À la place, il demanda :

— Demain, tu m'aideras à récupérer les corps des Chimères et de la chasseuse pour les enterrer ? Je sais que c'est dangereux d'aller dehors aussi tôt après l'attaque, mais je n'aime vraiment pas l'idée de les laisser comme ça, surtout la femme…

Silas aurait dû répondre que c'était un risque stupide et inutile.

— Oui, si le brouillard s'est dissipé.

Damien sourit. Il sourit en retour, tous les regrets qu'il aurait pu avoir immédiatement effacés.

— Je vais créer quelque chose à mettre sur leurs tombes, décida le sculpteur. Quel animal irait le mieux à la chasseuse ? Peut-être un loup, tu ne crois pas ?

— Ça me paraît pas mal.

— Si nous avions su son nom, j'aurais pu essayer de l'écrire, soupira le sculpteur en se levant pour aller sélectionner le bois et les outils adéquats.

— Je suis sûr que tu auras d'autres occasions.

Son ami lui lança un regard suspicieux.

— Tu comptes assassiner quelqu'un ?

— Seulement Lianne et Akim s'ils essaient de toucher de nouveau à des ustensiles de cuisine.

Le sculpteur mit une seconde avant de comprendre qu'il s'agissait d'une plaisanterie et rit.

— Maintenant que je sais à quoi ressemble une véritable omelette, je ne pourrai pas m'y opposer !

Sa joie se tarit subitement. Il venait de se souvenir que Silas partirait un jour et que ses omelettes appartiendraient au passé, une autre rose fragile, un nouveau souvenir condamné à s'effacer.

Il retint un soupir et choisit un bout de bois parmi ceux qu'il entreposait dans un coin de la pièce. Puis il retourna à son établi, écarta son matériel d'écriture et commença à travailler.

Silas le regarda faire un moment, puis alla s'asseoir dans un fauteuil en face de lui et entreprit de mettre à jour ses carnets.

Lorsque la fatigue vint, il hésita à y succomber. Il savait qu'il pouvait rester éveillé toute la nuit, mais il serait moins alerte le lendemain, ce qui pourrait s'avérer fatal en cas de nouvelle attaque.

Indécis, il regarda longuement Damien s'activer sur sa sculpture, ses grandes mains maniant avec une délicatesse presque impossible ses outils.

D'aussi loin qu'il s'en souvienne, il ne s'était jamais endormi auprès de quelqu'un d'autre que Deirdre. Le sommeil était un moment d'extrême vulnérabilité et la confiance était quelque chose qu'un chasseur ne pouvait pas se permettre.

Mais il s'agissait de Damien. Et après une vie entière à se méfier, il avait envie d'arrêter. Juste un instant. Juste une nuit. Il voulait croire que quelqu'un ne le blesserait pas, et il voulait croire que ce quelqu'un serait lui.

C'était insensé. Deirdre avait probablement envie de l'étrangler depuis l'au-delà.

Il reposa son carnet. Il retira ses chaussures, ainsi que les poignards dans les manches de sa chemise, et se roula en boule dans le fauteuil.

Impossible de se détendre. Il avait l'impression qu'à l'instant où il fermerait les yeux, quelqu'un allait l'attaquer.

— Bonne nuit, souffla Damien.

Il sourit et ses muscles se dénouèrent enfin.

— Bonne nuit.

***

La fumée lui piquait la gorge et les yeux. La chaleur devenait suffocante. Le pommeau de son épée brûlait l'intérieur de sa main et ses cheveux collaient à la sueur de son front.

Ils n'auraient pas dû poursuivre la vouivre jusque dans les ruines de ce manoir. C'était une erreur et ce serait probablement leur dernière.

L'énorme dragon traversa la pièce en rugissant, son corps noir luisant comme de l'encre. Le sang de ses multiples blessures gicla sur les murs. Deirdre poussa un juron en s'écartant juste à temps.

Une poutre craqua et s'effondra. Le plafond allait bientôt s'écrouler. Il y avait trop de chaleur, trop de fumée. Des larmes acides brouillaient sa vue.

Il fallait qu'ils sortent, mais la vouivre les suivrait de toute façon. Ils étaient perdus, perdus, perdus…

Alors c'était ça, sa mort ? C'était maintenant ?

Son regard croisa celui de Deirdre, à l'autre bout de la pièce. Ses cheveux étaient si blonds qu'ils semblaient aussi en feu.

Elle sourit.

Oui, c'était ça, la mort.

*

Silas s'éveilla en sursaut, un goût de sang dans la bouche, le nez saturé par l'odeur de la fumée. Un court instant, il crut voir une silhouette sur sa droite, une chevelure dorée, le visage d'un fantôme… Mais ce n'était que la flamme vacillante d'une bougie.

Cela faisait plusieurs minutes que Damien voyait Silas trembler sur son siège en respirant fort, recroquevillé sur lui-même. Il s'apprêtait à le réveiller lorsqu'il avait ouvert les yeux.

Il ne s'était pas attendu à voir un air aussi perdu sur son visage, terriblement triste et vulnérable. Silas était fort, plus assuré que n'importe qui qu'il avait pu rencontrer, capable de se battre contre des Chimères, de traverser la forêt et de déchiffrer des codes vieux de plusieurs siècles. Le voir si bouleversé était étrange, si perturbant qu'il ne put s'empêcher de se lever et de s'agenouiller à côté du fauteuil.

— Mauvais rêve ? souffla-t-il doucement.

Silas s'assit, se frotta les yeux et ramena ses cheveux fous en arrière. Damien fut pris de l'irrationnelle envie de lui demander de les détacher, mais ce n'était pas le moment.

— Ce n'est rien, marmonna le chasseur en détournant les yeux.

— Ce n'est visiblement pas rien, fit remarquer Damien.

Silas soupira.

— Était-ce un souvenir ? insista le sculpteur. Les plus mauvais rêves viennent du passé. Certains s'invitent dans mon sommeil parfois. Des sensations de bruits et de violence, des images, des visages, des cris qui ne font aucun sens. C'est effrayant.

— Tu rêves de choses que tu as oubliées ?

Sa voix était un peu rauque. Il se racla la gorge.

— En quelque sorte, acquiesça Damien. C'est comme si ces souvenirs avaient laissé une empreinte en moi et qu'il ne me restait plus que ça. Des traces. Des ombres. Des reflets.

— Peut-être est-ce pour le mieux, souffla Silas avec un pauvre sourire. Certaines choses ne valent pas la peine qu'on s'en souvienne.

— Je ne sais pas… Ne sommes-nous pas aussi forgés par ces bouts de notre vie ?

Le chasseur haussa les épaules et croisa les bras sur sa poitrine.

Le silence s'insinua entre eux.

Damien hésita. La question lui brûlait les lèvres. Il voulait savoir. Il voulait aider. Il n'était pas doué pour protéger, mais il voulait si *fort* essayer…

— Quel était ce souvenir ?

Silas le regarda dans les yeux, puis détourna la tête avant de répondre :

— Quelque chose dont je ne veux pas parler.

Damien réfléchit.

— Et si je te proposais un échange ? Un secret contre un secret. Quelque chose que je n'ai jamais dit à personne contre ton cauchemar.

Silas le dévisagea de nouveau. Assis ainsi, à genoux par terre, sa tête était juste un peu plus basse que la sienne. C'était étrange de le voir du dessus. Mais en même temps, malgré son imposante carrure, Damien faisait toujours plus enfant que colosse.

Le souvenir de son cauchemar lui faisait mal, une blessure non refermée, infectée avec les années. Il avait peur de l'ouvrir plus en l'exposant. Il n'aimait pas non plus être vulnérable, l'âme à nu, ses failles visibles à tout ennemi.

Mais Damien n'était pas un ennemi.

Et il eut brusquement l'envie de parler, de laisser enfin sortir toutes ces choses accumulées au fond de lui, tous ces mots cachés, refoulés, entassés, ces sentiments ignorés, ces images furieusement repoussées dans les tréfonds de sa mémoire.

Peut-être qu'il pouvait se permettre d'être un peu vulnérable, juste cette fois... Juste un secret.

Et puis, ce n'était pas comme si les secrets de Damien ne l'intéressaient pas, bien au contraire. Maintenant, il mourait d'envie de savoir ce qu'il avait à révéler.

— D'accord, un secret pour un secret. Mais tu n'as pas le droit de te moquer.

— Ce n'est pas quelque chose que je prévoyais de faire, répondit le sculpteur, mi-surpris, mi-offusqué.

Silas sourit légèrement, amusé par cette réponse si... *lui.*

— Comme je te l'ai déjà dit, je suis né dans une cabane de pêcheur. Mes parents sont morts quand j'avais deux ans. Ma mère emportée par une tempête, mon père de chagrin, juste après. J'ai été élevé jusqu'à mes six ans par un oncle qui n'avait aucun intérêt pour moi. Quand il en a eu assez, il a payé quelqu'un pour m'emmener en ville, dans un orphelinat. L'homme m'a laissé devant la porte. Personne n'est jamais venu ouvrir. L'orphelinat avait fermé depuis des années.

Damien serra les poings et fit un effort pour ne pas exprimer sa colère, même si elle passa en flash de lumière dans ses yeux dorés.

— Je me suis débrouillé tout seul, continua Silas, le regard perdu dans le passé. Je volais, je mendiais… Et j'étais déjà beau. J'ai vite appris que cela pouvait me servir. C'était dur et dangereux. Honnêtement, je suis plutôt surpris d'avoir survécu. Et puis un jour…

Il ferma à demi les paupières pour se replonger dans ce souvenir précis.

— J'ai essayé de voler la bourse d'une femme. Elle était grande, musclée, effrayante, impressionnante, et ses cheveux brillaient comme de l'or. Elle m'a arrêté tout de suite. Je lui ai fait mon petit numéro de garçon esseulé en continuant d'essayer de couper les cordons de sa bourse. Elle m'a dit que j'étais doué et que j'étais beau, alors elle m'a proposé de m'embaucher. Elle était chasseuse. Chasseuse de trésors.

Le mensonge lui fit rouvrir les yeux, brisant l'harmonie de cette réminiscence.

— Elle s'appelait Deirdre.

La voix se bloqua sur la fin du prénom.

Damien pencha légèrement la tête sur le côté.

— Était-ce elle qui collectionnait les récits dans des carnets ?

Silas sourit malgré lui.

— Oui. C'était elle. Elle n'était pas tendre, et elle m'a tout de suite expliqué qu'elle ne serait ni ma mère ni mon amie. Simplement ma maîtresse d'armes. Elle m'a nourri et vêtu en attendant que je puisse m'en charger et m'a formé.

Elle m'a changé en machine à tuer, finit-il en pensée.

— Elle n'était pas cruelle non plus, toutefois. Je suis plutôt bien tombé. Quand j'ai grandi, elle m'a appris à utiliser ma beauté à notre avantage…

Séduire, coucher, tuer.

— Et pendant vingt-neuf ans, nous avons parcouru le monde ensemble. C'était la seule…

Sa voix dérailla. Il déglutit et fit un effort pour avouer.

— La seule personne en qui j'ai jamais eu confiance.

Damien ouvrit des yeux ronds, comme si on l'avait frappé, mais ne dit rien.

— Avec les années, je suis devenu encore plus doué qu'elle, mais notre relation a peu changé. Et un jour… Un jour, nous nous sommes retrouvés coincés dans un manoir en ruine avec une vouivre en colère. Le bâtiment était en feu. Le dragon était blessé et déterminé à nous emporter dans sa mort.

Il pouvait de nouveau sentir l'odeur âcre de la fumée. Était-ce elle qui lui piquait les yeux ?

— Nous étions dans une grande salle, continua-t-il d'une voix qui n'était qu'un souffle. J'étais persuadé que nous allions mourir. Et puis… Je ne sais pas. Peut-être que la fumée l'a fait divaguer, ou qu'elle s'est juste trompée… Elle a foncé sur la vouivre, l'a attaquée et a couru dans la pièce d'à côté, l'entraînant avec elle. Mais c'était un cul-de-sac ! Nous le savions tous les deux ! Le plafond a commencé à s'écrouler. Les flammes gagnaient notre étage. J'ai réussi à sortir par une vitre brisée. Et j'ai vu Deirdre à la fenêtre, en train de me regarder. Si calme, bon sang, si *calme*, alors que le manoir s'écroulait *sur elle*. Les flammes ont mangé la façade, la vitre a explosé, la vouivre a hurlé, j'ai vu la chevelure de Deirdre disparaître et je suis parti. Je suis simplement parti.

La voilà, cette horrible culpabilité qui lui rongeait les entrailles… Elle était là, toujours là, à l'arrière de sa mémoire. Parce qu'il était *parti*.

— Je n'ai même pas pleuré, ajouta-t-il sans savoir pourquoi. Je n'ai pas pleuré depuis tout petit. Je crois que je ne sais plus comment faire. Je ne suis pas retourné voir les ruines, même si j'ai entendu dire que son corps avait été retrouvé. Je ne l'ai pas enterrée. Je ne sais même pas ce qui lui est arrivé après. Tu peux me mépriser, Damien…

— Te mépriser ? souffla le sculpteur, si doucement que les mots sortirent à peine. Non. Non, je ne te méprise pas.

— Sais-tu le pire ? ajouta Silas en élevant la voix, son timbre déchiré dans un presque cri. Le pire, c'est que sa mort n'a aucun sens ! Pourquoi fallait-il qu'elle aille dans ce cul-de-sac, pourquoi…

— Eh bien, ça me paraît évident, objecta Damien.

Silas le fixa quelques secondes sans respirer.

— Quoi ?

— Si elle était si forte que ça, elle devait savoir ce qu'elle faisait. Et ce qu'elle faisait, c'était te sauver la vie en attirant le dragon ailleurs. Elle s'est sacrifiée pour toi, Silas.

Le souvenir de ces instants fatidiques s'imposa de nouveau sur les rétines du chasseur. Est-ce que… juste avant la fin, juste au dernier moment, alors qu'elle le regardait par la fenêtre, ne lui avait-elle pas… souri ?

— Tu m'as dit qu'on ne t'avait jamais aimé, reprit Damien. Mais tu vois bien que c'est faux.

La gorge de Silas était presque trop nouée pour parler.

— Deirdre… Deirdre m'a toujours dit qu'elle se servait de moi, qu'elle me gardait parce que j'étais utile, pas… pas…

Damien grimaça.

— Eh bien, elle n'avait pas l'air d'être très commode, surtout pour un enfant… Mais peut-être essayait-elle de s'en persuader elle-même ? En tout cas, sa fin a prouvé qu'elle tenait à toi. Et si je devais vraiment choisir une façon de mourir, je pense que se sacrifier pour une personne qu'on aime n'est pas si mal, n'est-ce pas ?

Silas voyait flou. Il secoua la tête. Les souvenirs de Deirdre se bousculaient dans son esprit. Il l'avait toujours vue avec les yeux de l'enfance, même adulte, il n'avait jamais questionné le fait qu'il ne représentait rien d'autre qu'un outil pour elle. Mais Damien avait raison, ça ne tenait pas la route, pas après tout ce chemin ensemble, ces plaisanteries, ces soirées au coin du feu, ces histoires partagées, ces cadeaux d'anniversaire, ces combats dos à dos et ce choix final, ce sourire par la fenêtre, ce dernier au revoir…

Damien lui prit le bras et tira doucement, assez pour qu'il puisse résister s'il le voulait. Il se laissa faire et tomba contre lui, sur ses genoux. Son torse était dur et plein de bosses, mais il cacha tout de même son visage dans sa chemise.

Damien sentait l'écorce, évidemment, la rose et l'air frais du matin. Il serra les paupières le plus fort possible alors que les bras du colosse se refermaient autour de lui.

Le sculpteur hésita, puis caressa son dos. Ses doigts effleurèrent sa natte à moitié défaite, appréciant secrètement le côté soyeux de ses cheveux. Silas semblait si petit contre lui, et si fragile. Il aurait voulu le garder ainsi pour toujours.

L'instant s'étira. Leurs respirations s'apaisèrent.

Puis le chasseur s'écarta, se releva et se retourna en se raclant la gorge.

Damien laissa retomber ses bras. Il avait soudainement un peu froid. Il retint un soupir et se releva à son tour. Ne sachant que faire, il attendit simplement que Silas se remette à parler.

Le chasseur était mortifié. Il sentait ses joues le brûler et il avait envie de se frapper. Mais qu'est-ce qui lui avait pris ?! D'accord, il se sentait beaucoup mieux, peut-être mieux que depuis des années. D'accord, il avait enfin réalisé la nature de sa relation avec Deirdre et avait fini par s'admettre que sa perte lui avait fait horriblement mal. D'accord…

Mais avait-il vraiment eu besoin de s'exposer ainsi devant quelqu'un ? Tous ces sentiments, son cœur à nu pour un cauchemar… Il avait honte.

Ce n'était qu'un petit moment de faiblesse. Ça ne se reproduirait pas. C'était la faute de ce château et son ambiance étrange.

Il se frotta les yeux, refit sa natte, réajusta sa chemise et se retourna. Damien lui sourit simplement, comme avant. Sans pitié et sans mépris, avec juste ce qu'il fallait d'affection, de bonté et de curiosité pour rendre ses yeux dorés si fascinants.

Ils se regardèrent un instant. Damien sentait qu'un mot, un geste de travers suffiraient à faire fuir le chasseur comme un animal méfiant.

Mais Silas finit par se détendre. Finalement, peut-être qu'il ne regrettait pas.

Damien perçut le changement et fut envahi de soulagement.

— Alors, lança le chasseur avec son assurance retrouvée, et ta part du marché ?

— Ma part du marché ? répéta le sculpteur, perdu.

Silas haussa exagérément les sourcils et croisa les bras sur sa poitrine.

— Un secret pour un secret. Je serai intransigeant.

Le sculpteur se souvint tout à coup de quoi il était question et pour la millième fois depuis l'irruption de Silas dans sa vie remercia les fées qu'on ne puisse pas le voir rougir.

— Eh bien, en comparaison, ce n'est peut-être pas si intéressant, balbutia-t-il. Vraiment… Vraiment quelque chose de puéril, je ne pense pas…

Les lèvres de Silas s'étirèrent pour former un demi-sourire.

— Maintenant, tu as absolument toute mon attention.

— Oh non, ce n'était pas ce que je voulais.

Le chasseur rit de son air catastrophé.

— Je sais. Mais ce n'est plus négociable, mon cher, il faut payer.

Damien soupira.

— Tu promets de ne pas le répéter ?

— Tant que tu gardes mon secret…

— Tu veux dire le fait que tu as un cœur ?

— Chut, malheureux, moins fort ! On pourrait t'entendre !

Ce fut au tour du sculpteur de rire.

— Tu ne le gardes pas très bien. Mais ne t'inquiète pas, je ne mentionnerai Deirdre à personne.

— Très bien. Et… ?

— … Et je vais te révéler mon propre secret, abdiqua Damien, défait. Mais tu ne dois pas rire.

— Mais non, mais non.

Le sculpteur hésita encore quelques instants, puis prit la bougie et lui fit signe de le suivre. Ils traversèrent l'atelier en sinuant entre les statues et les automates, dont les yeux vides semblaient suivre leurs mouvements.

Au lieu d'aller jusqu'à la porte, comme Silas s'y attendait, ils s'arrêtèrent en face d'un mur.

— J'ai découvert cet endroit il y a presque dix ans, expliqua Damien en plongeant une main dans un rayonnage.

Il activa quelque chose derrière les livres et un pan de la bibliothèque vacilla avant de s'ouvrir, révélant un passage de la taille d'une porte.

Curieux, Silas s'y engouffra aussitôt.

Il arriva dans une pièce ronde qui avait peut-être servi à prier une divinité autrefois, si on en croyait l'autel sculpté dans la paroi. Un vitrail ouvrait un œil rond sur le mur, ses couleurs brunies par la nuit. À droite de l'entrée était placé un pupitre. Un livre ouvert patientait dessus, laissant apercevoir l'illustration d'un homme et d'une femme couronnés s'embrassant au sommet d'une tour, sous l'inscription « Ils vécurent heureux jusqu'à la fin des temps ».

Mais ce ne fut pas ce qui attira immédiatement l'attention de Silas.

Au centre de la pièce se trouvait un homme, ou plutôt une statue ressemblant de façon stupéfiante à un homme. Il était incroyablement beau. Parfait. L'air joyeux, un peu rieur, le regard tourné sur le côté et les lèvres légèrement retroussées, il semblait sur le point de parler. Composé de bois aux teintes différentes, il avait les mêmes traits et les mêmes habits que le prince dessiné sur le livre exposé.

— Certaines histoires sont assez bien illustrées pour que je les comprenne sans les lire, avoua Damien en caressant du bout des doigts la page de l'ouvrage. Dans ce conte, le prince changé en Bête se transforme de nouveau grâce à un baiser d'amour. Dans tellement d'histoires, il suffit d'un baiser…

Il se retourna et pointa la statue du doigt.

— J'ai commencé cet automate lorsque j'étais seul, avant l'arrivée de Lianne, mais j'ai continué à y travailler après, et jusqu'à aujourd'hui. S'il est possible qu'un baiser d'amour puisse rompre une malédiction…

Il fit un pas en avant et effleura la joue de l'homme en bois.

— Tu as essayé de créer ton propre prince ? souffla Silas, le cœur serré. Une véritable personne pensante, pas seulement un automate de boîte à musique ? Juste pour te donner un baiser ?

Le sculpteur hocha la tête.

Je n'ai jamais réussi. Il donne très bien l'illusion, tant qu'on ne lui parle pas, mais il n'est pas vraiment quelqu'un. Cela m'a toujours semblé être la seule solution, pourtant. Qui pourrait aimer une Bête, Silas ? Qui pourrait aimer un monstre ? Seul un être créé à cette seule fin pourrait peut-être vouloir m'embrasser.

Silas posa une main sur son épaule. Damien tourna la tête. Ses yeux luisaient et le chasseur vit une larme dorée courir entre les racines qui recouvraient sa joue. Une larme de sève, qui se figerait où elle s'arrêterait, comme pour l'emprisonner un peu plus dans sa peine.

Sans réfléchir, il leva la main et chassa sa larme en l'essuyant du pouce. La respiration de Damien s'étrangla et ses yeux s'ouvrirent en grand, reflétant un peu plus l'éclat tremblant de la bougie.

Silas eut la très étrange pensée qu'il était beau, après tout.

— Si une Bête mérite d'être aimée, Damien, c'est toi.

Damien sourit.

— C'est gentil, mais…

— Hey ! Je ne suis pas *gentil* ! Ne commence pas à profiter de la situation pour m'insulter !

Le sculpteur fronça les sourcils.

— Ce n'est généralement pas considéré comme une insulte. Surtout quand c'est vrai.

— Ce n'est *pas* vrai ! s'offusqua Silas en faisant un pas en arrière.

Damien rit. La tension avait disparu, emportant en même temps ce *quelque chose* d'intense qui était passé entre eux.

— Personnellement, je lui aurais fait le nez un peu plus long, commenta Silas en dévisageant la statue d'un air critique. Et peut-être le menton un peu plus fin…

— Non, je préfère ainsi, répondit Damien du même ton joueur. Il est censé être beau, pas te ressembler.

Silas ouvrit des yeux effarés et porta la main à son cœur.

— Viens-tu… Viens-tu de faire du sarcasme ? À mes dépens ? Que les dieux sont cruels ! Fallait-il vraiment que je sois ta première victime ?!

— C'est de ta faute ! se défendit le sculpteur. C'est toi qui déteins sur moi !

Silas fit semblant de réfléchir.

— Donc, déclara-t-il d'un ton appréciateur, je t'ai corrompu ? Pas mal, pas mal…

— Je retire ce que j'ai dit, tu n'es pas gentil…

— Ah ! Deux victoires en une !

Le sourire de Damien s'agrandit.

— … Tu es adorable.

— Espèce de… !

Il attrapa un vieil habit qui traînait par terre et le lança sur le sculpteur, qui esquiva en riant et s'enfuit hors de la pièce.

— Si je t'attrape, le menaça Silas, je te fais passer le goût du sarcasme !

— Tu es toujours trop lent ! répliqua une voix lointaine.

— C'est ce qu'on va voir !

25

Fons aeternae juventutis

Un peu avant l'aube, ils quittèrent l'atelier pour se rendre dans la cuisine. Ils avaient passé le reste de la nuit à parler, puis à faire des exercices de lecture, et avaient décidé qu'ils méritaient une petite récompense pour leurs efforts.

— Tu vas voir, lança Silas en versant dans deux tasses le contenu d'une bourse venant de sa sacoche, tu vas adorer ! Évidemment, c'est meilleur avec du lait frais qu'avec de la poudre magiquement déshydratée, mais faute de moyens…

Il remplit les tasses d'eau bouillante et en posa une sur la table. Son compagnon la prit entre ses mains, assez larges pour la cacher en entier, et la huma avec curiosité. Ses yeux s'écarquillèrent de contentement. Il porta la boisson à sa bouche et prit une gorgée.

Un gémissement de plaisir lui échappa. Il passa rapidement sa langue sur ses lèvres.

Pour une étrange raison, ce son, allié à ce geste, hypnotisa Silas. Ses lèvres avaient-elles un goût de sève ? De bois ? De rose ? Étaient-elles aussi tendres que des lèvres humaines ou semblables à celles du prince en bois caché dans l'atelier ?

Damien lui cacha involontairement le bas de son visage en reprenant une gorgée et Silas but dans sa propre tasse, décontenancé par le tour qu'avaient pris ses pensées.

Mais, après tout, ce n'était que de la curiosité scientifique. Certes, il ne répertoriait pas la texture des lèvres de toutes les créatures qu'il croisait, mais elles n'avaient pas une bouche aussi bien dessinée que celle du sculpteur, donc…

Voilà qu'il recommençait.

— C'est de la poudre de chocolat, expliqua-t-il pour échapper au cercle vicieux de ses propres réflexions. On l'obtient grâce à une plante venue d'un royaume lointain, de l'autre côté du continent.

— Tu y es déjà allé ?

— Non, mais j'aimerais. On raconte que grâce au chocolat, ce royaume est si riche qu'on y construit des palais en or.

— Ça ne m'a pas l'air très pratique, commenta songeusement Damien en faisant tourner la boisson dans sa tasse.

— Effectivement, s'amusa Silas.

— Et puis, pourquoi des palais ? ajouta Damien. C'est grand, compliqué de s'y retrouver, ça tombe facilement en ruine… On ne devrait construire que des trucs plus petits.

— Je te rassure, s'esclaffa le chasseur, il y a *beaucoup* plus de maisons que de palais dans le monde.

Damien hocha la tête, satisfait, et reprit une gorgée. Silas pouffa en l'imitant.

Ils continuèrent à boire dans un silence confortable. La nuit s'éclaircissait dehors. Quelques oiseaux pépiaient déjà, annonçant le jour à venir. Le brouillard s'était réduit à une brume au ras du sol, comme une couverture éthérée.

Damien soupira en finissant sa tasse et commença à tracer quelques lettres invisibles sur le dessus de la table. S… I… L…

Il se figea, frappé par un souvenir.

— Qu'y a-t-il ? s'inquiéta Silas.

Le sculpteur hésita. C'était difficile à dire, car les traits de son visage étaient peu mobiles, mais il avait plutôt l'air mortifié.

— Tu vas me traiter d'imbécile.

Silas leva un sourcil circonspect.

— Ah ? Tu as pourtant soutenu que j'étais adorable, tout à l'heure !

Sa remarque arracha un demi-sourire à Damien, qui avoua :

— Je me suis souvenu de quelque chose.

— Quelque chose de lointain ?

— Non, non, en fait… Quand nous étions dans le laboratoire, j'ai vu dans un livre les mêmes illustrations que les inscriptions gravées sur l'estrade dans la salle de bal. Mais c'était juste avant que j'entende cet appel étrange… Après, nous sommes partis dans les couloirs, il y a eu le piège, puis le ruisseau contaminé par le Mal Gris, puis il a fallu remonter, il y a eu l'attaque, et… Ça m'est complètement sorti de l'esprit.

Silas se leva et s'étira.

— Eh bien, il n'y a pas mort d'homme ! Nous ne sommes pas à un jour près ! Allons voir ce livre.

— Maintenant ?

— Pourquoi tout le monde me répond toujours ça ? grommela le chasseur.

— Parce que tu proposes toujours de faire les choses les plus dangereuses et les plus improbables comme s'il s'agissait de promenades dans les jardins, répondit Damien, amusé, avant de se lever à son tour.

— Dans un endroit comme celui-ci, les promenades dans les jardins *sont* des choses dangereuses et improbables, fit remarquer Silas en lui adressant un sourire en coin. Mais tu n'es pas obligé de m'accompagner, tu sais. Dis-moi simplement où tu as laissé le livre.

— Oh, non, je ne te laisserai pas y aller seul ! refusa Damien avec plus de véhémence que voulu.

Silas se figea un instant, légèrement décontenancé, puis sourit et lui fit signe de le suivre.

***

Le laboratoire était aussi sombre et sinistre que lors de leurs deux précédentes visites. Silas vérifia que le cercle runique lié au champignon mortel était toujours désactivé – on n'était jamais trop prudent –, avant d'entrer. Damien hésita longuement sur le seuil, sa bougie à la main.

— Je n'aime vraiment pas cet endroit, avoua-t-il en franchissant la porte.

— La décoration ne te plaît pas ? plaisanta le chasseur.

— Non, pas vraiment.

— Eh bien, tu aurais dû penser à faire poser des tapis et de jolies peintures quand tu l'as aménagé. Pourquoi tant de sorciers et d'alchimistes sont obsédés par les ambiances lugubres ? Un bouquet de fleurs et une petite fenêtre n'ont jamais fait de mal à personne. Penses-y, la prochaine fois que tu construis un laboratoire maléfique.

— Je ne ferais jamais ça ! se défendit Damien. Rien que l'idée de ce qui a pu se produire ici me retourne les entrailles !

Silas s'approcha et posa une main sur son bras.

— Je sais, je sais, ne t'inquiète pas, ce n'était qu'une plaisanterie. Bon, et si tu me montrais ce fameux livre, que nous puissions repartir d'ici avant que le sol ne s'ouvre et ne nous envoie dans la gueule d'un dragon, ou quelque chose comme ça ?

Damien hocha la tête et marcha jusqu'à l'étagère qu'il avait fouillée la dernière fois.

— Je l'ai trouvé ici, expliqua-t-il à voix haute. J'ai vu les images et j'ai voulu te l'apporter pour que tu lises ce qui était écrit. Mais en m'approchant de toi, j'ai soudain ressenti cet appel…

— Tu l'entends en ce moment ?

Damien ferma les yeux à moitié pour se concentrer.

— Non… Enfin… Peut-être… Mais de très loin, comme un écho…

— Nous ne devrions pas traîner ici, marmonna Silas, tendu. Je n'ai pas envie de te voir repartir n'importe où.

— Oh, je ne suis pas obligé de le suivre. Je n'étais pas obligé non plus, la dernière fois. C'était juste, tellement… tellement agréable, et familier, et…

Il se détourna et commença à marcher vers l'endroit où il avait laissé tomber le livre. L'ouvrage était encore là, ouvert à l'envers sur le sol.

— Je n'ai jamais ressenti un tel sentiment d'appartenance, avoua-t-il en se baissant pour le ramasser. J'ai toujours été si… décalé. Inadapté. Inadéquat. Que ce soit avec les gens ou avec le château, d'ailleurs. Les portes sont trop petites, les chaises trop fragiles, les escaliers trop étroits. Je n'ai pas réellement ma place dans cet endroit. Je ne fais que l'occuper, comme un parasite, ou…

Il se tut brusquement et se figea, la main sur le livre.

— Qu'y a-t-il ? demanda immédiatement Silas en s'accroupissant en face de lui.

— L'appel. Il est là.

Silas fronça les sourcils, regarda autour d'eux, puis écarta le bras de Damien, qui tenait toujours le grimoire, pour examiner le sol. Les dalles formaient une bosse à cet endroit, fracturant la pierre. Il approcha sa bougie.

À travers la fissure, il put deviner la présence d'une énorme racine.

Son regard dériva vers le passage qu'ils avaient emprunté lors de leur dernière visite. Des racines semblables en sortaient, serpentaient sur les murs autour. Ses yeux revinrent sur le sculpteur et sa figure couverte par du bois de la même teinte.

— Damien, cet arbre qui se trouve sur le symbole qui t'obsède tant… Finalement, je pense qu'il n'est pas métaphorique.

— Sans blague… répondit son compagnon, visiblement distrait.

Il avait la tête penchée, comme s'il écoutait quelqu'un murmurer dans son oreille.

Soudain inquiet, Silas se leva, lui prit le bras et le tira en arrière. Durant quelques secondes, il eut l'impression de s'acharner sur un tronc. Damien était lourd, trop pour bouger contre son gré. Puis il sembla revenir à lui, secoua la tête et se leva à son tour.

— Remontons, proposa nerveusement le chasseur.

— Je pourrais peut-être rester et écouter, chercher à comprendre…

— Non, on remonte *maintenant* !

Damien lui jeta un regard surpris. Embarrassé, Silas se dirigea vers la sortie. Il ne put s'empêcher de s'arrêter au pied des marches, toutefois, pour s'assurer que le sculpteur suivait.

Comme c'était le cas, ils remontèrent rapidement à la surface.

— Nous ferions mieux de regagner l'aile est sans traîner, lança Silas.

Damien se contenta de marcher dans ses pas. Le jour s'était levé, parant de rayons ocre les longs couloirs poussiéreux.

De retour dans la cuisine, ils trouvèrent Lianne et Akim en pleine discussion sur la meilleure façon de se protéger des Chimères.

— Ah, vous voilà ! s'exclama la femme-oiseau en les voyant arriver. Pourquoi tirez-vous une telle tête ?

— Nous sommes redescendus dans le laboratoire, expliqua Damien.

Il jeta un regard en biais à Silas. Il était presque certain que le chasseur s'était inquiété pour lui, en bas, et cette pensée lui procurait une agréable chaleur dans la poitrine.

— Et peut-on savoir ce qui vous a pris d'aller vous balader dans une zone pleine de pièges mortels au petit matin ? lança Akim, les sourcils froncés.

— Damien avait oublié quelque chose, répondit Silas en désignant le livre que le sculpteur tenait toujours. Et nous ne sommes pas sortis du laboratoire, même s'il a de nouveau entendu cet « appel »...

Il se tut quelques secondes pour réfléchir avant de reprendre :

— Je ne sais pas comment l'expliquer exactement, mais je pense que cet « appel » est lié aux racines qui ont envahi les souterrains, à la malédiction de Damien et au symbole de l'arbre au diamant blanc.

— Si tu veux, concéda Lianne, mais de quelle façon ?

— J'ai dit que je ne savais pas, grommela le chasseur, qui détestait avouer son ignorance. Damien, tu me passes ce fameux livre, que je regarde ?

Le sculpteur feuilleta rapidement l'ouvrage en se remémorant la partie où il avait vu les dessins, s'arrêta sur la bonne page et le lui tendit.

Silas s'en saisit, s'assit et le posa sur la table pour l'examiner tandis que ses compagnons se penchaient de l'autre côté, dévorés de curiosité.

Le chasseur ouvrit des yeux ronds.

— Ce n'est pas codé à proprement parler, déclara-t-il, mais c'est écrit en sarin, une langue morte, beaucoup utilisée par les alchimistes, dont je n'ai malheureusement que quelques notions. L'alphabet est le même qu'en andémien, mais les mots et la grammaire sont complètement différents.

— Mais tu peux le comprendre, n'est-ce pas ? demanda Damien avec une confiance qui fit sourire son compagnon.

— Malheureusement non, répondit-il en regrettant de le décevoir. Je manque de références pour faire une véritable traduction.

— Ça ne nous avance donc pas vraiment, soupira Akim.

— Non, concéda Silas, mais il y a une chose que je reconnais. J'ai déjà croisé cette formule plusieurs fois dans de vieilles légendes.

Il pointa du doigt le titre figurant en haut de la page et lança un sourire de défi à Damien.

— Tu penses que tu pourrais le déchiffrer ?

Le sculpteur hésita, jeta un regard anxieux en direction d'Akim et Lianne, qui paraissaient un peu surpris, puis acquiesça.

Il s'approcha assez de Silas pour que leurs épaules se touchent et, puisant éhontément du confort dans ce simple contact, se concentra sur les mots. *Des engrenages*, se remémora-t-il. *Chaque lettre, chaque syllabe, comme l'intérieur d'un automate…*

Il fut agréablement surpris de constater qu'il reconnaissait les lettres. Il lui fallut quelques secondes pour y attacher les sons correspondants.

— F… on… s…

Silas acquiesça et lui fit signe de continuer.

— Ar… non, aeuh… te… r… na… é ? Aeternae…

Il s'arrêta, concentré. C'était encore plus difficile quand il ne connaissait pas les mots qu'il lisait, comme construire un automate représentant un objet inconnu.

— Fons aeternae… ju… v… e… non, en… t… u… tl… non, ti… s.

Il jeta un regard mal assuré à Silas, qui lui offrit un sourire assez resplendissant pour l'éblouir.

— C'est ça ! *Fons aeternae juventutis* !

Le sculpteur sentit sa poitrine se gonfler de fierté. Il esquissa un geste de victoire, tout excité, et Silas leva les bras en répétant :

— *Fons aeternae juventutis* !

— Tu crois qu'ils ont conscience que ce qu'ils racontent n'a aucun sens ? souffla Lianne à Akim, qui haussa les épaules.

— Pas sûr.

— *Fons aeternae juventutis*, répliqua Silas à leur intention, cela signifie « la fontaine de la jeunesse éternelle », ou, comme on l'appelle couramment, « la Fontaine de Jouvence » ! Les légendes racontent qu'elle peut guérir les blessures et accorder la vie éternelle à qui boit son eau ou s'y baigne…

Il se tut, traversé par une idée soudaine, et inspecta de plus près les symboles sur la page de droite, ceux qui avaient attiré l'attention de Damien en premier lieu.

— Deux gouttes d'eau, une à l'endroit, une à l'envers, marmonna-t-il. Cela peut signifier qu'il existe deux façons de se servir de la fontaine. La vie, la mort…

— Tu as dit que l'alchimie avait toujours des conséquences, lui rappela Damien. Si quelqu'un utilise la fontaine de cette façon… Peut-être faut-il que quelqu'un meure pour que quelqu'un vive ?

— Peut-être, concéda Silas. Mais pourquoi cet arbre ? Je me demande… Éventuellement… Oui, il est possible que le diamant blanc ne représente pas une véritable pierre précieuse, mais la fontaine en elle-même. Symboliquement, un trésor de pureté, un joyau à nul autre pareil.

— Et le Roi Cruel l'aurait affiché en gros sur le mur ? s'étonna Akim. Pas très discret.

— Il n'avait pas l'air de briller par sa modestie, remarqua le chasseur, et j'ai vu des nobles faire des choses bien plus stupides par orgueil. Ça ne me choque pas tant que ça…

Il y eut un silence alors qu'ils prenaient conscience de ce que cela pouvait signifier.

— Tu penses que la Fontaine de Jouvence est quelque part dans le château, résuma Lianne dans un souffle.

— Et c'est probablement à cause d'elle que je suis maudit, termina sombrement Damien. J'ai voulu l'utiliser pour obtenir la jeunesse éternelle, mais j'ai mal estimé les conséquences de mes actions et ça a provoqué toute cette catastrophe.

— Remarque, ironisa Silas, tu *as* la jeunesse éternelle.

Le sculpteur lui adressa un regard peu amusé.

— Et maintenant ? s'enquit Akim. On part à la chasse à la Fontaine ?

— Évidemment ! s'exclama Silas. En dehors du fait qu'il s'agit d'un lieu mythique que je serais absolument ravi de découvrir, c'est aussi possiblement la réponse à nos problèmes. Souvenez-vous, le Mal Gris vient aussi du château ! Il est probablement lié à la Fontaine ! En la trouvant, on pourrait peut-être rendre à Damien son apparence première, en lui permettant au passage de garder ses souvenirs dans sa tête au lieu de les mettre dans une serre, et guérir la maladie qui ronge la forêt, ce qui aurait de grandes chances de calmer les Chimères ! D'une pierre quatre coups !

Damien haussa les sourcils. Lianne hocha la tête et Akim lui adressa un sourire entendu.

Quoi ? s'étonna intérieurement Silas.

Il se répéta ce qu'il venait de dire et réalisa qu'il avait parlé de « nos problèmes ».

Ça le laissa momentanément pantois.

Il était arrivé au château dans l'idée de tuer une Bête, de se faire un maximum d'argent et de partir. À quel moment les problèmes de Damien, Lianne et Akim étaient devenus les siens ? Il avait toujours été égoïste. Après tout, selon les principes mêmes de Deirdre, « seul l'égoïste reste à la fin ». Pourtant, il avait pris fait et cause pour ses nouveaux amis – *ses amis !* – et pire que tout… ça ne le dérangeait pas.

La vie est bizarre, songea-t-il en tournant la tête vers Damien.

Leurs yeux se croisèrent. Il lut une minuscule étincelle de joie dans les iris d'or du sculpteur et le coin de ses lèvres s'étira tout seul.

Non, rester ne le dérangeait vraiment pas.

Lianne se racla la gorge, le faisant presque sursauter, et il réalisa qu'elle venait de lui poser une question.

— Oui ? lança-t-il nonchalamment pour cacher son trouble.

— Tu es sûr de ne pas pouvoir traduire le reste du livre ?

— Certain, regretta-t-il. Mais il y en a d'autres dans le laboratoire, nous devrions y retourner et voir si nous pouvons en trouver des plus compréhensibles.

Lianne hocha la tête, hésitant visiblement, puis ajouta :

— Je ne pense pas que cela nous aide beaucoup, mais je connais quelqu'un qui sait lire cette langue.

— Quelqu'un ? répéta Akim, stupéfait. Qui ? Où ? Et pourquoi ne le dire que maintenant ?

— Il s'agit d'une femme vivant à l'autre bout de la forêt, lui apprit-elle avec mélancolie. Je lui rendais souvent visite, avant… Avant. Elle avait des dizaines de livres dans sa cabane, et la plupart étaient dans cette langue ancienne. Je ne sais pas ce qu'elle est devenue, ni si elle est encore en vie, et de toute façon, traverser la forêt est devenu bien plus dangereux ces derniers temps. Mais si nous n'avons vraiment plus d'options…

— Il faut toujours avoir un plan de secours, aussi désespéré soit-il, approuva Silas d'un ton connaisseur. Mais, effectivement, nous allons éviter de faire des voyages de plusieurs jours dans une forêt infestée de monstres pour le moment.

Il referma le livre, s'étira et déclara :

— Je propose que nous prenions un solide petit déjeuner, que nous allions au laboratoire chercher des livres écrits en andémien, puis que nous nous mettions en quête de la fontaine magique. Des suggestions ?

— Nous devons enterrer la chasseuse et les Chimères avant, lui rappela Damien.

— Ah, oui, ça. On peut probablement le caler entre le petit déjeuner et la descente au laboratoire.

— Vous voulez vraiment aller dans le jardin ? intervint Akim d'un ton réticent. Les Chimères rôdent toujours et nous ne savons pas si d'autres chasseurs ne se tiennent pas prêts à nous sauter dessus.

Damien grimaça, visiblement mal à l'aise. Silas trouvait définitivement amusante – peut-être même attendrissante – la façon dont sa carrure massive se faisait oublier lorsqu'il avait l'air aussi penaud. *Enterrer la chasseuse compte beaucoup pour lui*, songea-t-il, *mais il sait que c'est dangereux et il ne veut pas nous demander de nous exposer.*

— Bah, lança-t-il avec désinvolture, pourquoi pas ? Nous serons rapides et il n'y a presque pas de brouillard ce matin, ce qui réduit les risques de Chimères. Nous n'allons pas laisser deux ou trois monstres nous priver de promenades dans le jardin ! Nous n'aurons qu'à rentrer dans le château si les choses tournent mal.

Et j'anéantirai toutes les bestioles qui osent s'approcher, termina-t-il en pensée.

Damien lui sourit pour le remercier. Il lui répondit d'un clin d'œil et sauta sur ses pieds pour se diriger vers le garde-manger.

Autant commencer par se concentrer sur des choses vraiment sérieuses, comme le petit déjeuner.

26
Le chevalier

Une nappe de brume flottait encore sur le jardin, accrochant ses haillons spectraux sur les hautes herbes et les monticules du cimetière en fleurs. Elle restait au ras du sol, libérant la vue sur l'orée de la forêt.

Rien ne bougeait entre les arbres, que même le vent n'agitait pas. Le ciel était dégagé, d'un bleu gris délavé uniforme. Le monde, complètement immobile, semblait suspendu entre deux respirations, comme prisonnier d'une attente anxieuse.

Leurs pas agitaient de minuscules tourbillons le brouillard lourd. Le cadavre de la chasseuse était resté à l'endroit où elle était morte, mais les Chimères avaient disparu.

Damien souleva la femme avec une délicatesse infinie et la mélancolie que Silas avait ressentie en le voyant enterrer cet enfant, juste après son arrivée, s'insinua de nouveau en lui.

Ils marchèrent en silence jusqu'à ce que le sculpteur choisisse un endroit et s'arrête. Akim avait apporté une pelle.

Silas le regarda creuser, l'esprit ailleurs.

— Je te l'avais dit, murmura Lianne, tout près de lui.

— Quoi donc ?

— Au début, on juge les rituels de Damien bizarres, puis, à force, on y trouve un étrange réconfort.

Il hocha la tête presque malgré lui. C'était vrai.

La femme fut allongée dans sa tombe.

Le sculpteur tourna la manivelle d'une petite boîte à musique tandis qu'Akim refermait le trou. Les notes s'envolèrent dans le ciel, glissant sur le silence comme les feuilles d'automne dans le vent. Il déposa sur la terre meuble la petite sculpture de loup façonnée la veille.

Puis ce fut fini. Avant de retourner vers le château, Silas jeta un coup d'œil en direction de la forêt, s'attendant presque à voir surgir la femme à l'arbalète, comme la dernière fois. Mais la journée n'était pas aussi avancée et aucun fantôme n'apparut, cette fois.

***

Ils redescendirent ensemble dans le laboratoire, qui commençait à leur être familier.

— Ne nous séparons pas, lança Akim.

Ils acquiescèrent, perdus dans leurs pensées respectives, et se dirigèrent ensemble vers les étagères supportant des livres.

Lianne et Damien s'écartèrent pour laisser Silas et Akim inspecter les rayonnages.

— Tous les livres sont en sarin, soupira le chasseur au bout d'un quart d'heure.

— Mais beaucoup de titres mentionnent la fameuse *« fons aeternae juventutis »*, ou juste *« fons juventutis »*, fit remarquer le médecin.

— Mettons de côté ceux qui paraissent intéressants, proposa Silas. Je les examinerai pour voir si je peux comprendre deux ou trois choses. Peut-être que certains seront assez illustrés pour aider.

Il se tourna vers Damien.

— Tu entends l'appel ?

Le sculpteur marcha jusqu'à l'endroit où les racines affleuraient au sol et acquiesça.

— Oui. Qu'est-ce que c'est, à ton avis ? La Fontaine ? Elle serait consciente ? Mais pourquoi m'appellerait-elle ?

— Peut-être que tu lui as fait quelque chose d'horrible et qu'elle cherche à le réparer, théorisa le chasseur. Ou qu'elle veut se venger. Ou qu'elle cherche de l'aide. On ne peut jamais dire avec les créatures magiques. Certaines vous en veulent pendant plusieurs siècles pour le vol d'une noix et d'autres vous confieraient leur deuxième enfant alors que vous avez égorgé le premier.

Damien recula légèrement, l'image du squelette d'enfant resurgissant dans sa mémoire.

— Silas, tu es parfois horriblement morbide, lui reprocha Lianne.

Le chasseur haussa les épaules, mal à l'aise. Il était si habitué à côtoyer la mort et la violence qu'il ne se rendait pas toujours compte de ce qui était normal ou non pour la plupart des gens.

Un silence désagréable s'installa.

Formidable, Silas, maugréa-t-il en pensée, *tes capacités sociales frisent le négatif aujourd'hui !*

— Nous devrions peut-être de nouveau essayer de suivre l'appel, proposa Akim. Je veux dire maintenant. Nous ne savons pas si nous trouverons quoi que ce soit d'exploitable dans les livres, et même si nous ne sommes pas à un ou deux jours près, le temps presse tout de même. Les Chimères pourraient attaquer n'importe quand et le Mal Gris se répand de plus en plus rapidement…

— Je suis d'accord, acquiesça Silas. Allons-y.

— Dois-je vous rappeler comment cela s'est terminé la dernière fois ? grommela Lianne.

— Nous sommes en vie, rétorqua le chasseur, de quoi tu te plains ?

— De toi !

Il croisa les bras, faussement offensé, et se tourna vers Damien.

— Et toi, tu ne défends pas mon honneur ?

Le sculpteur leva l'une des racines qui lui tenaient lieu de sourcils.

— Tu as un honneur ?

Silas ouvrit la bouche en rond, réellement offensé, et agita un doigt devant sa figure.

— Dis donc, espèce de… de tronc d'arbre entortillé, je te ferai savoir que j'ai beaucoup d'honneur. Énormément. Un très bel honneur. Très propre.

Damien se fendit d'un sourire amusé.

— Ah ? Je te présente donc toutes mes excuses. Lianne, Silas a un honneur et tu l'as froissé.

— C'était la pire défense du monde, gémit le chasseur. Pour la peine, tu ne deviendras jamais mon chevalier servant !

Damien prit quelques secondes pour analyser cette affirmation.

— Je ne crois pas qu'il ait été question de devenir ton chevalier servant, remarqua-t-il finalement.

Non que j'y sois forcément opposé, s'avoua-t-il en pensée.

— Et puis, ajouta-t-il sans réfléchir, c'est plutôt toi le chevalier servant dans cette situation. C'est toi qui m'aides et qui me sauves la vie depuis que tu es arrivé.

— Hein ? lâcha Silas, complètement désarçonné.

On l'avait décrit de très nombreuses façons au cours des années, mais « chevalier servant » n'en avait absolument *jamais* fait partie.

— Je devrais peut-être te nommer officiellement, continua Damien, amusé par sa confusion.

— On appelle ça un adoubement, précisa Akim, qui trouvait la situation hilarante. Et tu es roi, en plus, donc rien ne t'en empêche !

— Oh, oui, j'ai vu des images de cérémonies ! s'enthousiasma Damien. Avec l'épée sur l'épaule et tout !

— Attendez, bafouilla Silas, nous sommes en train de déraper, je n'ai pas demandé à être chevalier de quoi que ce soit…

— Il y a une épée ici ! s'exclama Lianne en allant décrocher du mur une vieille arme rouillée.

— Mais arrêtez ! paniqua Silas.

Damien prit maladroitement l'épée et se posta en face de lui. Le chasseur croisa les bras comme un enfant boudeur.

— Je ne suis pas un chevalier.

— Je suis roi, c'est moi qui décide.

— Tu n'es pas *mon* roi !

— Oh, tu ne veux pas de moi comme roi ?

Silas ouvrit la bouche et la referma. Pourquoi fallait-il que Damien le prenne toujours au dépourvu ?

— Ce n'est pas ce que… Et puis, ça ne fonctionne pas comme ça… Et c'est ridicule, je n'ai pas de roi, je n'habite nulle part, et…

— Je serai ton roi de substitution, décida Damien avant d'ajouter, un ton plus bas : Normalement, tu devrais te mettre à genoux, mais comme je suis bien plus grand que toi, on fera sans.

Il se racla la gorge. Akim et Lianne, qui peinaient visiblement à retenir leur rire, s'alignèrent sur le côté, droits comme des piquets, dans une parodie d'escorte officielle.

— Silas, dont je ne sais pas le nom de famille, commença solennellement Damien, en raison de votre bravoure, de vos aptitudes au combat et de votre aide constante, moi, Damien, anciennement Roi Cruel, mais probablement toujours roi, car je ne crois pas que les titres de noblesse expirent s'ils ne sont pas repris par quelqu'un… enfin… je crois… Bref, moi, Damien, je te nomme Chevalier… Chevalier des Roses !

Tout content, il leva son épée et posa le plat de la lame sur l'épaule droite du chasseur, qui le fixait d'un air abasourdi.

— Et voilà, conclut-il avec toute la gravité qu'il put invoquer. Tu es noble.

Lianne et Akim applaudirent à tout rompre.

— Je vous déteste, souffla Silas.

— C'est vrai ? s'inquiéta Damien. Ce n'était qu'une blague…

— Mais non, ce n'est pas vrai, ronchonna Silas. Pourquoi faut-il toujours que tu m'obliges à dire des choses gentilles à voix haute ? Je vais finir par ressembler à un véritable chevalier.

Les yeux de Damien, plissés de joie, d'amusement et d'autre chose – d'affection ? –, avaient la chaleur de deux foyers dans la pénombre. Il se pencha pour lui souffler :

— Mais j'étais sincère. Tu es un véritable chevalier. Et je te remercie pour tout ce que tu fais.

Silas déglutit. Il n'allait pas *rougir*, ça serait absolument, complètement absurde.

Il fit volte-face et se dirigea précipitamment en direction du passage envahi de racines.

— Inutile de traîner ! lança-t-il sans se retourner.

Damien le regardait s'éloigner en souriant malgré lui. Il y avait quelque chose de ridicule dans la volonté du chasseur de refuser d'admettre qu'il n'avait pas mauvais cœur, mais aussi de tellement attachant…

Et au final, il avait tout de même accepté d'être son chevalier. Même pour rire, cette pensée l'emplissait d'une joie immense et lumineuse, comme s'il avait avalé un petit soleil et que ce dernier s'était coincé dans sa poitrine.

Il suivit Silas dans le passage, répondant à un appel à la fois semblable et fondamentalement différent de celui qui l'avait charmé la dernière fois.

Dans son dos, le visage d'Akim et Lianne était passé de l'amusement à la gravité.

— Est-ce qu'on ne devrait pas faire quelque chose ? s'inquiéta la femme-oiseau. On dirait que Damien est vraiment en train de s'attacher…

— Je ne sais pas, répondit son compagnon. Je craignais que cela arrive, mais… eh bien… Silas ne semble pas tout à fait indifférent, tu ne trouves pas ?

Elle hésita.

— Peut-être. Mais il finira bien par repartir, non ?

Akim haussa les épaules.

— L'avenir peut se montrer plein de surprises. Et nous devrions les suivre, au lieu de papoter.

— Oui, allons nous promener dans des souterrains mortels à la poursuite de nos deux amis complètement inconscients, soupira Lianne.

Il rit et passa un bras sous le sien.

— J'ai toujours adoré ton optimisme.

Ils entrèrent ensemble dans le couloir. Les murs étroits les obligeaient à se serrer l'un contre l'autre, mais ils ne se séparèrent pas.

27
Les larmes de sève

Damien avait repris la tête de la marche. Il suivait l'appel plus distraitement cette fois, déjà parce qu'il avait conscience du fait que la chose qui l'appelait avait toutes les raisons du monde de ne pas lui vouloir du bien, et ensuite parce que la présence de Silas dans son dos le perturbait.

Il ne savait pas quoi faire des sentiments troubles qui s'agitaient dans sa poitrine. Il n'avait jamais ressenti toutes ces choses, cette affection à la fois douce et brûlante, cette fascination mêlée d'indulgence tendre, ce désir qui courait sous sa peau, qui faisait frissonner son corps et son cœur fragile.

Il désirait Silas.

Il le désirait pour son visage magnifique, ses cheveux d'ébène, ses fines mains, sa taille bien dessinée et ses longues jambes, mais aussi et surtout pour l'énergie nerveuse qui se dégageait de sa personne, pour son sourire mi-moqueur, mi-amer, pour son effronterie et sa bravoure nonchalante, pour cette façon qu'il avait de s'asseoir n'importe comment, de plaisanter en faisant attention à ce qu'il suive, de regarder son visage hideux sans jamais frémir, de lui expliquer avec tant d'enthousiasme la mécanique des mots, de l'écouter avec une attention presque vibrante, de l'aider, de le croire… D'exister.

Peut-être qu'il ne faisait pas que désirer Silas. Ou peut-être que ce désir n'était pas seulement charnel…

Mais penser à ce que cela pourrait être d'autre lui faisait peur et mal, terriblement mal. Parce que c'était impossible. Silas finirait par partir. Lui resterait ici, prisonnier à tout jamais.

Et le chasseur connaîtrait d'autres gens, d'autres personnes qu'il séduirait avec son aisance naturelle, d'autres aventures qui le feraient l'oublier, lui. Et même si ce n'était pas le cas, même s'ils étaient piégés ensemble jusqu'à la fin des temps, qu'avait-il à offrir à Silas ? Rien qu'une mémoire défaillante, un corps dur et bosselé, un esprit simple et limité. En comparaison du chasseur, c'était comme mettre un caillou près d'un diamant, ou une bougie près du soleil.

Au bout d'un moment, le passage s'arrêta, le ramenant au présent. Ils étaient arrivés dans la salle contenant les cages et les roses séchées. Il se tourna vers Silas, l'air interrogateur. Le chasseur hésita, puis secoua la tête.

— Inutile de s'attarder. Fouiller la pièce nous prendrait des heures et nous n'avons aucune certitude de trouver quoi que ce soit d'utile. Nous ferions mieux de nous concentrer sur le plus important, c'est-à-dire la Fontaine et la petite voix dans ta tête.

Damien acquiesça et reprit la route en empruntant le même tunnel que la dernière fois.

Au bout de quelques minutes, ils atteignirent le croisement piégé. Damien, Lianne et Akim lancèrent le même regard nerveux à Silas, qui leur répondit d'un geste rassurant et prit dans sa sacoche sa poudre révélatrice.

Une pincée et un souffle suffirent pour qu'un nuage irisé envahisse l'espace, faisant ressortir le cercle de runes tracé au milieu du carrefour.

— Il s'agit d'une autre sortie menant à la surface, fit remarquer Silas en désignant l'escalier montant. J'aurais dû comprendre plus vite, la dernière fois, qu'elle était forcément piégée…

Tout en parlant, il sortit sa craie, s'accroupit et désactiva le cercle de runes.

— Et voilà ! lança-t-il.

Pour rassurer les autres, il avança le premier et traversa le cercle sans encombre.

Damien, Lianne et Akim l'imitèrent en retenant leur souffle.

— Compagnons de peu de foi, se moqua Silas en faisant mine d'épousseter son épaule. Bon, Damien, par où va-t-on maintenant ?

L'intéressé désigna sans hésitation le couloir qui continuait tout droit. Le chasseur procéda à quelques vérifications, huma l'atmosphère pour détecter toute trace de gaz, s'assura que la poussière était uniformément répartie sur les dalles – la magie défensive pouvait parfois la repousser – et déclara qu'il n'y avait pas de piège.

Cette fois, Damien s'engagea dans le passage sans nervosité. Silas le suivit, tout content d'avoir gagné à ce point sa confiance.

Au bout de quelques instants, le sol se mit à descendre. D'abord tout doucement, puis de façon de plus en plus raide, au point qu'ils durent ralentir pour ne pas tout dévaler sur les fesses.

— Nous devrions nous trouver à peu près sous l'atelier, commenta Silas, qui gardait un plan du château dans son esprit.

Les autres hochèrent la tête, mais ne répondirent pas, intimidés par le silence que ni leurs pas ni leurs respirations ne semblaient réellement troubler.

Ils continuèrent encore quelques minutes et se trouvèrent face à un mur de pierre incurvé sur les côtés. Il s'enfonçait dans le sol et le plafond, grimpant visiblement plus haut et plus bas. Le chemin le longeait en descendant sur la droite.

Damien tendit une main pour la poser contre la pierre. Il pouvait sentir l'appel pulser contre les racines qui couvraient sa paume, remonter le long de son bras, faire frissonner la fleur qui lui tenait lieu de cœur et s'infiltrer dans ses pensées.

Viens. Viens. S'il te plaît. Vite. Viens. J'ai besoin de toi. Tu as besoin de moi. Viens.

— Damien ! l'appela Silas.

Il sortit brusquement de sa transe et réalisa que le chasseur s'était insinué entre le mur et lui. Il lui tenait les épaules, l'air inquiet, en essayant de le pousser en arrière.

— Je vais bien, le rassura-t-il sans bouger.

Silas se détendit mais, à son immense joie, ne cessa de le toucher.

— La chose qui m'appelle est juste derrière ce mur, souffla le sculpteur. Je ne sais pas exactement ce que c'est, mais c'est tout près… Et ça m'attend.

Silas pinça les lèvres, visiblement peu enthousiasmé par cette perspective, tandis qu'Akim frappait le mur du pommeau de son épée pour en estimer la solidité.

— Très épais, commenta-t-il. Ça m'étonnerait qu'on arrive à le percer.

— J'ai des explosifs dans ma sacoche, proposa tranquillement Silas.

— Je vais ignorer l'incongruité de ce fait, répondit Akim, et simplement souligner qu'une explosion risquerait de faire s'écrouler le château sur notre tête.

— Ce qui serait effectivement fâcheux, admit le chasseur avec une note de regret.

— Bande de fous dangereux, marmonna Lianne en s'écartant ostensiblement d'eux. Et si on suivait plutôt le chemin qui longe le mur ? On devrait finir par arriver quelque part. S'il n'y a vraiment aucune ouverture, on avisera.

Ils se concertèrent du regard, hochèrent la tête et repartirent, Silas en tête. Damien glissait ses doigts sur la pierre au fur et à mesure qu'il avançait, fasciné par la proximité de cet être qui l'appelait.

Le couloir continuait de descendre, incurvé sur la gauche.

— Nous tournons autour ! réalisa Silas au bout d'une dizaine de minutes. Il s'agit d'une sorte de tour enterrée !

— Avec une porte, j'espère, soupira Lianne. Je détesterais avoir fait tout ce chemin pour rien. Sachant qu'il va falloir remonter la pente au retour…

— Quelle faible créature tu fais, ricana Silas.

— Je vous rappelle que je suis entre vous deux, intervint Damien, et je préférerais ne subir aucun dommage collatéral.

— Si je dois te sacrifier en te poussant pour éliminer Silas, répliqua Lianne, ce n'est peut-être pas un si mauvais prix à payer…

Le chasseur jeta un regard amusé par-dessus son épaule et fit un clin d'œil à Damien, qui avait l'air vaguement inquiet.

— Ne t'inquiète pas, mon Roi, je te protégerai.

Il avait sorti cette phrase comme une plaisanterie, mais le sourire de Damien lui fit soudain comprendre qu'il ne s'agissait pas tout à fait d'une et il se retourna, désorienté.

Il avait vaguement l'impression que quelque chose avait dérapé – son cœur, apparemment. Après des années à rester à sa place, pourquoi fallait-il qu'il se réveille maintenant, celui-là ? Il n'avait pas besoin de cœur. Pas besoin de Damien.

D'ailleurs, c'était absurde de lier les deux…

Totalement absurde.

***

Au bout d'un quart d'heure, Damien s'arrêta en inspirant brusquement, comme s'il avait été frappé.

— Qu'y a-t-il ? s'inquiéta immédiatement Silas, un poignard dans chaque poing.

Il n'avait rien vu, ni entendu ni senti, mais cela ne l'empêcha pas de scruter la pénombre autour de lui à la recherche du moindre ennemi.

— Je ne sais pas, répondit Damien d'une voix étranglée. J'ai juste senti… quelque chose de sombre et de violent, douloureux, si douloureux, teinté de terreur et… Ce n'était pas l'appel, plutôt… un écho. Une… Une trace.

— Comment ça ? s'étonna le chasseur, toujours aux aguets.

Damien parut embêté.

— Je ne crois pas en avoir déjà parlé, car c'est assez intime et compliqué à expliquer, mais il m'arrive souvent de… de *ressentir* les lieux. Les jardins, surtout, et la forêt, même si ça s'applique aussi aux pièces telles que le laboratoire. C'est comme une musique au bord de ma conscience, ou une porte ouverte vers une conscience plus grande. C'est doux et à peine perceptible, la plupart du temps.

Parfois, je ressens aussi des traces d'événements, quand quelque chose de particulièrement fort s'est produit. C'est comme appuyer sa main dans la terre meuble, ça laisse une empreinte. Mais ça n'a *jamais* été aussi puissant, triste et désespéré que ce que je ressens *maintenant*. J'ai l'impression que les murs sont couverts de sang.

Il frissonna.

— Pourquoi ne nous en as-tu jamais parlé ? l'interrogea Lianne, un peu blessée. Tout ce temps ensemble, et tu ne nous as jamais dit que tu avais ce genre de… euh… capacité…

Damien se frotta l'arrière de la tête, mal à l'aise.

— Ça n'a jamais été très utile et, comme je l'ai dit, le phénomène était toujours assez faible, comme un murmure. En plus, je suis déjà assez bizarre comme ça…

— Tu n'es pas bizarre, répondit presque automatiquement Silas. Ta malédiction doit t'avoir rendu plus sensible à…

Il s'arrêta, soudain tendu. Il venait d'apercevoir quelque chose sur la paroi. Un reflet de sa bougie sur une éclaboussure ambrée.

Un souvenir lui revint en mémoire : les mains de Damien blessées, poisseuses de sève. Et il songea que son ami n'avait peut-être pas tout à fait tort finalement, peut-être que les murs *étaient* couverts de sang…

— Restez là, ordonna-t-il en avançant.

Personne ne lui obéit, cette fois. Il faillit se retourner et argumenter, mais renonça et continua simplement, le cœur battant sourdement dans sa poitrine. Il craignait de découvrir ce qui attendait au bout du chemin.

Il vit d'autres traînées de sève séchée au sol, accompagnées d'éclaboussures sur les murs. De plus en plus nombreuses. De plus en plus rapprochées.

Puis le couloir s'élargit brusquement et Damien poussa un cri d'effroi.

Des dizaines de cadavres étaient empilés les uns sur les autres.

Des corps constitués de racines entremêlées, comme celui de Damien.

Un trou vide béait dans chaque poitrine, là où la rose du sculpteur se trouvait. Certains portaient quelques vêtements, d'autres non. Certains avaient la tête coupée, d'autres le visage encore présent, quoique figé à tout jamais dans une expression d'horreur accentuée par leurs orbites vides bordées de larmes craquelées. Les racines plus épaisses qui serpentaient sur les murs venaient s'enchevêtrer dans cet abominable charnier, fondant entre eux les pantins de bois désarticulés.

Damien laissa échapper un gémissement rauque, se retourna et commença à courir.

28
Tempête

Une sensation de panique grandissante l'envahissait comme un raz-de-marée et il avait terriblement envie de vomir. Le sang battait contre ses oreilles au point de l'assourdir. Il avait l'impression qu'une voix hurlait dans sa tête, ajoutant à sa terreur et à sa confusion une douleur qui n'était pas tout à fait la sienne.

Il s'arrêta au bout de quelques minutes, les poings serrés pressés le plus fort possible contre le mur. Ses poumons le brûlaient, il n'arrivait plus à respirer. Les images se mêlaient à des fragments de souvenirs indistincts qui lui écorchaient la mémoire en passant et repassant, aussi aiguisés que des lames de rasoir.

Les questions se heurtaient et se brisaient dans sa tête comme les vagues d'une tempête, noyant toutes ses tentatives de raisonner. Qui étaient ces gens ? Pourquoi lui ressemblaient-ils ? Que s'était-il passé ? Était-ce sa faute ? Les avait-il tués ? Allait-il subir le même sort ? Comment étaient-ils morts ? Qu'avait-il fait ? Qui était-il vraiment ? Qui l'appelait ? D'où venait l'immense peine qu'il ressentait ? Pourquoi…

Une main se posa sur son épaule. La voix de Lianne résonna dans son oreille sans qu'il comprenne ce qu'elle disait.

— Laisse-moi ! rugit-il en la repoussant.

Il la vit vaguement tomber en arrière et recula, pris d'un nouvel assaut de culpabilité, les mains pressées sur ses tempes, à essayer désespérément de faire taire tout ce qui hurlait à l'intérieur de lui… S'il pouvait simplement avoir un peu de silence, un peu de calme pour respirer, et…

— Hey, doucement ! lui lança Akim d'un ton de reproche.

La culpabilité enfla encore, le laissant un peu plus désemparé, et il craqua subitement. Il laissa la colère l'enflammer, car la colère était plus simple, plus nette, elle ferait le vide autour de lui, elle l'aiderait à tout balayer, à tout effacer, quitte à tout ravager…

Il se redressa de toute sa hauteur.

— Foutez-moi le camp ! hurla-t-il en marchant droit sur Lianne et Akim, qui blanchirent d'un coup.

Parce qu'il faisait peur. Il *savait* qu'il faisait peur. Il était énorme, ses traits déformés par les racines, ses yeux enfoncés dans ses orbites, ses poings massifs, assez durs pour tuer quelqu'un d'un coup. Il était *une Bête*. Lianne était la seule à tenir encore sa bougie et la lueur tremblante qui accentuait les ombres ne devait le rendre que plus terrifiant.

— Damien, bredouilla Akim, nous…

— DÉGAGEZ !

Il frappa le mur, projetant autour de sa main de la poussière de pierre et de sève séchée – le sang de ses semblables.

— DÉGAGEZ !

Ses deux amis prirent immédiatement la fuite.

C'était ce que Damien avait voulu, c'était ce qu'il avait provoqué, mais ça lui fit stupidement mal quand même – tout lui faisait stupidement mal –, et il lâcha un cri en frappant de nouveau le mur.

— Si tu pouvais éviter de faire s'écrouler le château sur nous, je préférerais, lâcha une voix dans son dos.

Il se figea. *Silas.*

L'espace d'un instant, la pensée rationnelle que Silas l'avait vu dans cet état se fraya un chemin jusqu'à sa conscience.

Puis le reste reprit le dessus, la panique, le désespoir, et toute cette douleur, cette perte qu'il ne comprenait pas, cette voix qui hurlait en lui, alimentant une colère qui le détruisait, lui, plus que les autres.

Il voulait être seul, il voulait que tout le monde s'en aille ! Pourquoi ne le laissait-on pas tranquille ? Il n'avait jamais rien demandé à personne et n'avait jamais voulu ni le sang, ni la mort, ni tous ces corps…

— Dégage ! hurla-t-il en se retournant pour lui faire face, le dominant de toute sa hauteur.

Silas, debout, les bras croisés sur la poitrine, ne flancha même pas. Sa bougie, posée au sol, scindait sa face en deux, comme s'il portait un demi-masque d'ombre ou de lumière. Lequel était son véritable visage ?

— Je fais ce que je veux, roi de pacotille, lâcha-t-il tranquillement.

Le coup partit tout seul. Plus tard, Damien en serait effaré, mais pour l'instant, il voulait juste frapper. Détruire. Blesser.

Silas l'esquiva sans la moindre difficulté. Lorsque Damien essaya de l'atteindre de nouveau, il attrapa son poignet, dévia son mouvement et se servit de la force qu'il avait mise dans son geste pour l'envoyer par terre.

Le sculpteur roula sur le dos, mais avant qu'il ait pu comprendre ce qui lui arrivait, il se trouva plaqué au sol par un poids sur sa poitrine. Silas s'était assis à califourchon sur lui, juste en dessous du trou où grandissait sa rose.

Le chasseur prit son visage entre ses mains et se rapprocha au point que leurs nez se touchaient presque.

La colère-panique de Damien connut un brusque sursaut d'arrêt, comme suspendue entre deux souffles.

— Écoute-moi bien, déclara lentement Silas en plongeant ses yeux dans les siens. Tu ne m'effraies pas et tu ne peux pas me blesser. Je suis plus fort que toi. Alors ça ne sert à rien de chercher à me faire partir.

Damien continua de le fixer, incapable de former une pensée cohérente.

— Parce que c'est ce que tu cherches à faire, n'est-ce pas ? insista Silas. Tu paniques. Tu as peur. Tu veux faire le vide autour de toi pour ne pas avoir à supporter la frayeur et les blessures des autres. C'est ça, n'est-ce pas, Damien ?

La colère du sculpteur s'effondra comme un miroir brisé, lui renvoyant en mille fragments son reflet meurtri. Il se sentait misérable. Il n'arrivait toujours pas à respirer correctement.

— Silas, hoqueta-t-il, va-t'en quand même…

Sa voix était devenue minuscule sur la fin, à peine audible, presque ridicule pour un être aussi grand. Mais ce n'était pas de la moquerie qui s'inscrivit sur le visage de Silas, c'était de la compassion. De la compréhension. *Et de l'affection.*

— Je ne peux pas, répondit-il doucement. Les chevaliers n'abandonnent pas leur roi.

Damien sentit ses yeux le brûler. Les émotions que la colère avait tenté de tenir à distance revenaient, plus mordantes, plus amères. *Tristesse. Angoisse. Incompréhension.*

Tous ces corps semblables au sien, tous ces morts… Au moment où il les avait vus, il l'avait su. Ils avaient été sauvagement assassinés.

Il ne s'aperçut qu'il tremblait que lorsque le pouce de Silas commença à caresser sa joue.

— Damien, murmura le chasseur, écoute. Écoute-moi bien, d'accord ? Je ne sais pas ce qui est arrivé à ces autres. Je ne sais pas qui c'était. Mais je sais que cela ne t'arrivera pas à toi. Tu m'entends ? Tu es en sécurité. Respire.

Promettre la sécurité était absurde, Silas le savait bien, mais un tel élan de protection lui brûlait la poitrine qu'il aurait été prêt à jurer n'importe quoi, prendre n'importe quel combat pour que Damien n'ait plus l'air aussi… traqué.

Une larme de sève roula sur son doigt. Elle était étrangement chaude.

— Veux-tu vraiment que je parte ? demanda-t-il en l'effaçant.

Damien secoua la tête en signe de dénégation.

Parce que d'aussi loin qu'il se souvienne, il avait prié pour quelqu'un qui ne partirait pas.

Silas recula un peu pour s'asseoir sur ses cuisses, libérant sa poitrine. Le sculpteur se redressa sur ses coudes et s'assit.

Ils hésitèrent un instant, puis Silas l'enlaça et Damien posa sa tête sur son épaule.

Le sang battait moins fort contre ses tympans. Sa respiration se faisait plus régulière.

La chaleur de Silas calmait lentement la tempête qui l'habitait.

— Tu n'es pas très confortable, commenta le chasseur en lui caressant la nuque.

Damien laissa échapper un petit rire. Silas l'imita et suivit du bout des doigts le fil des racines qui serpentaient sur son crâne.

— C'est aussi pour ça que j'ai toujours estimé n'avoir droit qu'à un prince-automate, avoua soudain Damien.

— Pourquoi ?

— Tu as bien vu. Je suis une Bête parfois, et même Lianne et Akim craignent cette Bête-là.

— Je ne crains ni Bête ni homme, répondit tranquillement Silas. Et je te l'ai déjà dit, tu ne me fais pas peur. Tu ne m'as jamais fait peur. En plus, je ne crois pas que tu aurais vraiment blessé les autres.

— Mais j'avais envie de frapper… J'ai frappé le mur ! Et tu as vu tous les miroirs que j'ai détruits ! Et les portraits, et…

— Et au risque de te paraître borné, un objet n'est pas une personne. Tu ne les as pas frappés, *eux*.

Damien détourna les yeux, le cœur battant de nouveau trop fort.

Silas posa les mains sur ses joues pour ramener son visage face au sien et pressa leurs deux fronts ensemble.

— Respire, Damien. Respire.

Le sculpteur sentit le reste de sa panique fondre lentement. Il recouvrit les mains du chasseur des siennes.

Je n'ai plus peur, songea-t-il, *car je m'en remets à toi.*

Au bout de quelques minutes, ils s'écartèrent. Les mains de Silas glissèrent jusqu'aux épaules de son ami.

Ils se sourirent.

— Merci, souffla Damien.

Troublé, aussi fasciné par la vulnérabilité de ses yeux dorés que par leur proximité, Silas mit quelques secondes avant de répondre :

— De rien. Je ne me suis jamais laissé intimider par une Bête de ma vie, je n'allais pas commencer aujourd'hui.

Damien sourit et Silas se sentit tout drôle en lisant dans son regard quelque chose qui ressemblait à de la ferveur et de l'admiration.

Il se racla la gorge, incapable de supporter davantage toute cette vulnérabilité, et retrouva son ton ironique.

— Enfin, il faudrait tout de même que tu trouves un moyen plus sain de maîtriser tes émotions, à l'occasion.

Damien pouffa.

— Tu dis ça comme si c'était aussi facile que faire une omelette.

— Faire une *bonne* omelette n'est pas si facile, corrigea Silas. Mais puisqu'on parle de nourriture… Et si nous remontions ? La bougie va bientôt s'éteindre et cet endroit est sinistre, en plus d'être glacial. Tu entends toujours ton fichu appel ?

— Je n'écoute pas. Je ne veux pas me concentrer sur autre chose que… le présent.

Il allait dire « toi », mais pour une fois, il s'était retenu à temps.

— Je ne veux pas ressentir de nouveau la peine et la peur qui hantent cet endroit, clarifia-t-il. Mais ça m'étonnerait que l'appel soit parti.

Silas se releva. Damien sentit la disparition de son poids sur ses genoux comme une perte physique.

— Allons-y, lança le chasseur. Je te tendrais bien la main, mais vu ton poids, je doute que ça t'aide à te relever.

Damien hésita.

— Il va falloir que tu affrontes Akim et Lianne à un moment ou un autre, insista doucement Silas. Et ce ne doit pas être la première fois qu'ils te voient ainsi, non ? Ils comprendront.

— Et s'ils sont partis ? *Vraiment* partis ?

— Je les rattraperai par la peau des fesses pour te les ramener.

— Je ne suis pas certain que ce soit très efficace, soupira tristement le sculpteur en se mettant debout.

— Nous verrons bien, répondit Silas, amusé comme toujours que son compagnon ait pris ses déclarations au pied de la lettre.

Il ramassa sa bougie et fit un pas en direction de la sortie. Une main se referma autour de la sienne, l'enveloppant entièrement, quoique doucement. Il s'arrêta.

— Merci, souffla Damien. Merci d'être là.

Silas sourit, troublé. Son idiot de cœur avait encore dérapé.

Damien le lâcha et jeta un coup d'œil angoissé dans l'autre direction, vers le bas.

— Nous reviendrons une autre fois, lui assura le chasseur. Nous n'abandonnons pas notre quête, mais je pense que nous en avons assez fait pour aujourd'hui.

Je reviendrai une autre fois, corrigea-t-il en pensée. Il avait envie d'examiner de plus près les corps et de voir s'il y avait une entrée dans cette étrange tour enterrée, mais il ne voulait pas que Damien revive ce spectacle.

Le sculpteur hocha la tête et ils commencèrent à marcher. Damien sentit son cœur s'alléger au fur et à mesure qu'il s'éloignait du charnier.

Lianne et Akim attendaient à l'endroit où le couloir rejoignait la tour.

— Les voilà ! s'exclama le médecin en poussant sa compagne du coude. Je t'avais dit qu'ils reviendraient tous les deux vivants !

— Vous pensiez que nous allions nous entre-tuer ? s'amusa Silas.

— Une chance sur deux, estima Akim en haussant les épaules.

Sa blague fit sourire Silas et Lianne, mais personne ne renchérit et un silence nerveux s'installa. Ils se tournèrent vers Damien, qui cherchait ses mots.

Le sculpteur sentait la honte le brûler tout entier, mais il ne savait pas comment l'exprimer correctement. Il voulait s'excuser, expliquer à quel point il était désolé, mais aussi qu'il savait qu'on ne devait pas traiter des amis de la sorte, qu'il ne voulait pas vraiment leur faire peur, qu'il ne voulait pas les blesser, que…

— J'essaierai de faire de meilleures omelettes, lâcha-t-il finalement.

Lianne et Akim échangèrent un regard perplexe alors que Silas se mordait la lèvre pour ne pas exploser de rire.

— Ce n'est pas ce que je voulais dire ! s'exclama Damien, catastrophé. Enfin, si, mais c'est parce que Silas parlait de mieux contrôler ses émotions comme si c'était aussi facile que de faire des omelettes, et apparemment faire de *bonnes* omelettes est compliqué, mais ce que je voulais exprimer, c'était…

— Que tu étais désolé ? proposa le médecin en retenant sa propre hilarité.

— Oui ! souffla Damien, soulagé. Ça ! Et que j'essaierai de faire mieux la prochaine fois. Enfin, s'il y a une prochaine fois. Enfin…

Lianne s'avança et posa une main sur son bras.

— Je pense que tu devrais t'arrêter là.

Il ferma la bouche et hocha vigoureusement la tête.

La femme-oiseau soupira.

— Écoute, Damien, je t'aime comme un frère. Et… Et je mentirais en disant que tu ne me fais pas peur lorsque tu perds le contrôle. Mais je sais que tu en souffres et que tu fais ce que tu peux pour changer. Nous sommes une famille. Et je ne t'abandonnerai pas.

— Tout pareil, lança Akim derrière elle.

Les épaules de Damien retombèrent, décrispées d'un coup par le soulagement.

Il posa une main sur la sienne et articula silencieusement « merci ».

Elle sourit.

— Sortons de ce trou ! trancha-t-elle.

Elle se tourna et prit la tête de la marche avec entrain. Akim la suivit presque automatiquement.

— Dommage, souffla Silas à Damien. J'aurais bien aimé les ramener par la peau des fesses.

Le sculpteur lui adressa un sourire en coin.

— Et je crois que j'aurais bien aimé voir ça !

29
Quelque chose

Sur l'injonction de Silas, ils fouillèrent l'aile est après être remontés afin de s'assurer qu'aucune Chimère ni assassin embusqué ne s'y trouvait. Heureusement, ils n'eurent aucune mauvaise surprise.

Le brouillard s'était levé dehors, remplacé par une pluie fine qui tapait doucement contre les vitres. Le vent faisait danser les feuilles d'automne, qui tombaient des arbres en tourbillonnant.

Depuis la cuisine, Silas aperçut un grand cerf changé en Ombre passer entre les troncs. Il fixa quelques instants l'endroit où il avait disparu avant de s'en détourner.

— Je vais voir ce qu'on peut faire à manger, lança-t-il à la cantonade.

Les autres acquiescèrent silencieusement.

Pendant une demi-heure, ils ne parlèrent pas, sinon pour échanger des instructions basiques. Puis, la chaleur du feu aidant, l'atmosphère se détendit et ils évoquèrent la possibilité que Silas parte chasser avec Lianne le jour suivant. Damien décrivit les modifications qu'il comptait effectuer sur la prothèse d'Akim pour l'améliorer. Ce dernier se vanta de pouvoir bientôt tous les battre au bras de fer.

Puis la conversation retomba et le sujet qui leur brûlait les lèvres s'exprima enfin.

— C'était quoi, ce bordel en bas ? lâcha Lianne avec sa délicatesse habituelle. Et quel rapport avec la Fontaine de Jouvence ?

Voyant qu'ils s'étaient tous tournés vers lui, Silas leva les mains en signe d'impuissance.

— Ne me regardez pas comme si j'avais les réponses à toutes les questions du monde ! Croyez-moi, j'aimerais…

— Ne fais pas comme si tu n'avais pas une petite idée, le taquina le sculpteur.

Silas haussa les épaules d'un air faussement modeste.

— D'accord, admit-il, j'ai peut-être déjà formé quelques hypothèses. Cela ne vous a pas échappé que les corps ressemblaient à Damien…

— Sans blague, railla Lianne.

— Je pense qu'on peut en déduire que ce qui lui est arrivé est aussi arrivé à ces gens, continua le chasseur sans prendre en compte son intervention. Si la malédiction est la conséquence d'une mauvaise utilisation de la Fontaine, comme nous l'avions supposé, il s'agit peut-être de personnes qui se trouvaient avec le Roi Cruel lorsqu'il a tenté de s'approprier son pouvoir… Ou de cobayes. Après tout, on sait déjà qu'il n'hésitait pas à expérimenter sur les êtres vivants. Il a pu boire l'eau en pensant qu'il avait réussi à en maîtriser les effets secondaires, avant de réaliser qu'il s'était trompé.

— Peut-être, concéda le médecin, mais ça n'explique pas tout… Les chevaliers tués par les racines, l'appel de Damien, le Mal Gris…

— Eh bien, on fait ce qu'on peut, hein, marmonna Silas, un peu vexé.

Puis il réalisa que la soupe qu'il avait mise à mijoter devait commencer à trop cuire et se dépêcha de la retirer du feu, ce qui décrédibilisa quelque peu son air de dignité offensée.

— On mange ici ? proposa-t-il après avoir vérifié son assaisonnement.

— Si ça peut te faire plaisir, répondit Lianne en se levant pour rassembler des assiettes.

Après le repas, Silas annonça qu'il comptait retourner dans le laboratoire pour prendre des livres. C'était le but de leur précédente expédition, après tout. Les trois autres le regardèrent comme s'il était fou, mais il commençait à avoir l'habitude.

Il fut toutefois assez surpris qu'ils insistent tout de même pour l'accompagner – et un peu déçu aussi, puisque leur présence l'empêcherait de fureter autant qu'il le voudrait.

Il descendit donc pour la deuxième fois de la journée les escaliers menant au laboratoire, vérifia que le cercle de runes était toujours désactivé et commença tranquillement à explorer les rayonnages.

Damien, Lianne et Akim restèrent au seuil de la pièce, toujours sous le choc de leur précédente mésaventure. Frôler la mort ne leur avait apparemment *vraiment* pas plu.

S'il avait été seul, Silas n'aurait pas hésité à retourner explorer les souterrains. Mais la nervosité de ses compagnons était contagieuse, il pouvait sentir leur regard peser sur lui, ainsi que leur impatience de regagner la surface, et finit par craquer. Il embarqua une dizaine de livres aux illustrations prometteuses et, un peu irrité, leur annonça qu'ils pouvaient remonter.

Il n'avait jamais eu vraiment besoin de se plier aux besoins d'autres personnes avant – du moins, pas de personnes si différentes de lui. C'était extrêmement frustrant. Pourtant, étrangement, il rechignait à les brusquer en ne faisant que ce qu'il voulait.

Et puis, de toute façon, il pourrait toujours y retourner en cachette.

***

Le reste de la journée s'écoula sans nouvel incident. Ils échangèrent leurs théories les plus farfelues sur la Fontaine de Jouvence et la malédiction, dérivèrent sur des anecdotes de leur passé et se retirèrent à la nuit tombée dans la pièce au théâtre d'ombres.

Damien leur joua une histoire étrange et poétique, où des dragons et des enfants partaient vivre sur des étoiles, et Silas en garda une impression de douceur agréable, comme un rêve innocent.

Lianne et Akim partirent se coucher en promettant de ne pas se quitter. Tant que le danger des Chimères et des assassins n'était pas écarté, mieux valait éviter de rester seul. Silas leur assura qu'il veillerait sur Damien avant de leur souhaiter bonne nuit et personne ne s'étonna du fait que ce soit l'homme qui protège la Bête.

Le chasseur et le sculpteur retournèrent ensemble dans l'atelier, guidés par la lueur de la lune pleine, qui changeait la poussière sur les vitres en givre argenté.

Damien alluma deux bougies, une pour lui, une pour son compagnon. Silas ramena ses cheveux en chignon, sortit ses lunettes et s'installa en travers de son siège pour étudier tranquillement les grimoires récupérés dans le laboratoire.

Au bout d'une heure, en relevant les yeux, il s'aperçut que Damien le fixait. Il lui sourit instinctivement, sans réfléchir.

Il n'avait pas le sourire aussi facile avant de le connaître. Il n'avait jamais compris, jamais réalisé, ce qu'on pouvait ressentir quand quelqu'un vous souriait en retour, quand ce sourire-là s'étirait avec une douceur désarmante, quand il faisait se plisser deux yeux assez dorés pour faire pâlir la lueur des bougies, quand il signifiait que cette personne vous avait *vu*, vraiment *vu*, regardé, écouté, compris. Apprécié.

« Apprécié » n'était peut-être pas le bon mot. Pas assez fort, pas assez étrange, pas assez intense pour décrire ce qui se passait vraiment entre eux. Mais son alternative l'effrayait, alors il s'en contentait pour le moment.

Il appréciait échanger des sourires dans la nuit avec Damien.

***

Le lendemain matin, comme prévu, Silas partit chasser avec Lianne. Il était plus qu'heureux de sortir des murs du château et l'action lui faisait du bien. Grâce à toutes les potions qu'il avait prises, sa blessure au ventre était quasiment guérie et il était temps qu'il reprenne de l'exercice.

Il fut agréablement surpris de découvrir que Lianne était une excellente traqueuse. En plus d'avoir une vue hors du commun et un don pour « sentir le vent », ainsi qu'elle disait, elle pouvait courir à une vitesse impressionnante et se déplacer dans les arbres avec une aisance presque surnaturelle.

Au bout d'un moment, Silas ne put s'empêcher de lui demander s'il pouvait la soulever, afin de confirmer ce qu'il avait déduit de la façon dont elle se mouvait : elle était extraordinairement légère. S'ensuivit une suite d'expériences durant lesquelles ils testèrent avec enthousiasme sa force, sa vitesse, sa vision et sa précision, avant de réaliser qu'il était presque midi et qu'ils n'avaient rien chassé.

Ils débusquèrent un sanglier, qu'ils achevèrent sans grand effort et montèrent sur un brancard de fortune pour le ramener au château. Ils pourraient saler la viande en trop pour en faire des réserves.

Sur le chemin du retour, ils passèrent près de la charogne à moitié dévorée d'un cerf, témoignant de la menace toujours présente des Chimères.

Une fois au château, Silas montra à ses amis comment dépecer et préparer correctement l'animal, mangea avec eux et s'éclipsa sous prétexte de se reposer en les laissant saler la viande restante. En pleine journée, sans brouillard et sachant qu'il était parfaitement capable de se défendre, personne n'insista pour qu'il soit accompagné.

Il prit quelques armes, ainsi qu'une bougie, un crayon et un carnet, et redescendit dans le laboratoire.

Ayant déjà repéré les pièges et sans personne pour le ralentir ou le forcer à masquer ses réelles capacités, il arriva très rapidement à l'endroit où ils s'étaient arrêtés la veille, auprès des corps maudits.

Il posa sa bougie et s'approcha avec un pincement au cœur.

Deirdre l'avait exposé très jeune à des cadavres de toutes sortes pour le désensibiliser et depuis, la mort ne lui avait jamais rien fait. Mais ces corps-là ressemblaient terriblement à Damien… Et cette pensée le dérangeait.

Il ne voulait pas imaginer son ami la tête coupée, les orbites creuses, la poitrine vide, son cœur si fragile arraché…

Les mots de Gaston lui revinrent en mémoire.

« Rapportez-moi sa tête. »

Il aurait pu faire ça. Il avait *failli* faire ça. Trancher sa tête, traîner son corps quelque part…

Il se força à cesser ce train de pensée. Ces images lui tordaient l'estomac.

Il enfila ses lunettes, ouvrit son carnet et s'agenouilla près des dépouilles pour les examiner en détail.

Le bois des racines était mort. Sec, fendillé, partiellement couvert de mousse, il aurait probablement été dévoré par des insectes si les animaux avaient pu franchir l'enceinte du château.

Les cadavres n'étaient pas tous de la même carrure. Certains se trouvaient plus petits, plus larges d'épaules, plus fins de hanches… Leurs organes génitaux étaient scellés par les racines, emportant le secret de leur sexe. Il fournit un énorme effort pour ne pas trop se poser de questions sur Damien à ce sujet.

Il fit quelques esquisses en notant que la disposition des racines semblait aléatoire. Il avait en mémoire le visage, les mains et la poitrine de Damien pour comparer, même si l'expression douce du sculpteur jurait avec les masques figés, couverts de larmes sèches, qu'il observait.

Décidé à pousser son étude jusqu'au bout, il approcha sa bougie pour inspecter la poitrine d'un des morts, et plus particulièrement la cavité où une rose avait dû se trouver. Il se demandait si elle prenait réellement la place d'un cœur ou si un autre se trouvait tout de même derrière…

Il se servit du bout de sa lame la plus tranchante pour couper les racines dans l'espoir de voir derrière et brisa involontairement un os en même temps. Les organes, en dessous, étaient aussi secs et fripés que des noix.

Ces cadavres étaient là depuis des décennies, peut-être même des siècles.

Il ne vit pas de cœur, mais des racines plus petites qui couraient entre les organes. Des racines de fleurs.

Il nota ses observations, fit quelques nouveaux croquis et referma son carnet. Il n'avait pas envie de s'attarder assez pour que les autres se demandent ce qu'il faisait et il voulait aussi essayer de trouver un passage vers l'intérieur de la tour enterrée.

Sa bougie à la main, il examina les parois à la recherche d'une fissure, d'une porte cachée ou d'un courant d'air trahissant un passage secret.

Mais il n'y avait rien. Soit on accédait à la tour autrement, soit la porte était magiquement scellée.

Il jeta un dernier coup d'œil aux corps et se demanda si Damien demanderait à les enterrer. Son envie d'honorer la mémoire des morts serait-elle plus forte que l'horreur qu'il avait ressentie en voyant ses semblables massacrés ?

Il sourit à lui-même en remontant.

Oui, probablement.

***

Il ne parla pas de son escapade aux autres. Il les devinait sous le choc et estima qu'il pouvait bien attendre un jour ou deux avant de ramener la question des cadavres sur le tapis.

À la place, il sortit avec Damien pour inspecter les jardins à la recherche de plantes comestibles, et comme le sculpteur n'arrêtait pas de lui poser des questions, il finit par lui fournir un exposé détaillé sur à peu près tout ce qu'il voyait. Certaines fleurs lui étant inconnues, il en cueillit délicatement quelques exemplaires.

— Pourquoi en prends-tu plusieurs à chaque fois ? demanda Damien, allongé sur le ventre dans l'herbe haute, en le voyant glisser une nouvelle trouvaille dans son carnet.

— Pour les comparer et être sûr que l'exemplaire que je garderai dans mes archives est bien représentatif de son espèce. Imagine que je choisisse sans le vouloir un spécimen avec une malformation, ou pas entièrement développé…

J'en choisirai un, que je ferai sécher, puis j'analyserai les autres afin d'essayer d'en découvrir les propriétés. J'ai quelques potions qui me permettent de déterminer si une plante est vénéneuse, par exemple, et je peux faire des tests pour voir si elle se combine avec d'autres plantes pour faire des baumes, des médicaments, des parfums, des teintures…

— Tu as un sort pour les faire sécher ?

— Non, s'amusa le chasseur, je les mets entre deux livres lourds ou je les pends par la tige.

Damien réfléchit quelques secondes.

— Je pourrais te faire quelque chose, si tu veux. Une sorte de petit pressoir avec deux planches et du tissu… Ça te serait plus pratique ?

Silas sourit.

— Oui. Oui, ce serait formidable. Merci.

***

La nuit venue, Silas effectua une patrouille autour du château avec Akim, sans incident. Les Chimères tentaient-elles leur chance ailleurs, ou attendaient-elles qu'ils baissent la garde ?

Ils mangèrent joyeusement, jouèrent à un jeu de cartes auquel le chasseur, à sa grande vexation, se révéla totalement incompétent, puis se séparèrent sur le coup de minuit.

Silas donna quelques cours de lecture et d'écriture à Damien, essaya de nouveau, vainement, de comprendre les livres trouvés dans le laboratoire et se résolut à dormir.

Décidé à ne pas passer toutes ses nuits dans un fauteuil, il apporta le matelas de sa chambre dans l'atelier, l'allongea contre le mur, près de la fenêtre donnant sur les jardins – le point d'entrée le plus probable pour un ennemi – et s'endormit avec un « bonne nuit » ponctué d'un bâillement.

Damien déplaça sa bougie pour ne pas le gêner et le contempla quelques instants, fasciné par les reflets de la lumière dans ses volutes de cheveux sombres.

— Bonne nuit, murmura-t-il en se forçant à détourner son regard.

Lorsqu'il se remit à tracer des lettres, les mots qui lui vinrent ne furent pas ceux de l'exercice. Rendu audacieux par le secret de la nuit et la musique déjà régulière de la respiration de Silas, il déposa sur la feuille des phrases qu'il n'aurait jamais osé prononcer.

***

— Tu as fait ça en une nuit ?! souffla Silas en caressant délicatement les formes sculptées dans le bois.

Damien frissonna comme si c'était lui qui était touché.

— Je n'avais pas sommeil, expliqua-t-il en haussant les épaules, alors que le fait d'offrir quelque chose au chasseur l'avait poussé dans une véritable fièvre créatrice.

Silas ne détachait pas les yeux du pressoir qu'il tenait dans les mains. Il s'agissait de deux planches carrées de la taille de son avant-bras, serrées par un système de chevilles. La surface du dessus était sculptée d'un entrelacs de roses si délicates qu'un souffle de vent semblait pouvoir les animer. Un « S » était formé au centre par plusieurs branches tressées et traversées d'une épée. Différentes teintes de bois renforçaient l'impression de profondeur.

— Le choix des fleurs n'est pas très original, concéda le sculpteur, mais comme je t'ai nommé Chevalier des Roses…

Silas releva la tête. Son regard pétillait de joie et son plaisir le rendait terriblement beau, comme illuminé de l'intérieur.

Je l'aime, comprit le sculpteur, hébété, en réalisant que le bonheur qu'il ressentait à présent n'était que l'écho de leur sourire partagé.

Je l'aime.

***

Les jours suivants furent étonnamment calmes. Le soleil était resplendissant, même si le vent était froid. Le brouillard et ses menaces semblaient lointains et peu dangereux, comme un cauchemar passé. Ils ne revirent ni Chimères ni assassins.

Ils finirent par enterrer les corps trouvés dans les souterrains et Silas emmena Damien en promenade pour lui changer les idées. Ils avaient toujours des choses à se dire, à s'apprendre ou à découvrir ensemble : des histoires, des anecdotes, des débats récurrents… Ou des silences.

Ils étaient si à l'aise ensemble que le chasseur, qui avait toujours adoré la solitude, en venait à préférer sa compagnie. Il aimait pouvoir se tourner à n'importe quel moment dans sa direction pour lui demander son avis à propos de ce qui lui traversait l'esprit. Damien avait une vision si unique du monde que ses réponses l'intéressaient toujours. Ils étaient extrêmement différents, et pourtant, quelque chose de fondamental au fond de leur âme se ressemblait assez pour leur permettre de se comprendre.

Plus le temps passait et plus Silas réalisait qu'il n'avait pas envie de partir. Il ne pouvait pas laisser ses nouveaux amis sans défense. C'était agréable d'occuper ses journées à autre chose que traquer et tuer. Après tout, il avait voulu prendre sa retraite, et cet endroit était aussi bien qu'un autre, quoique plus maudit que la moyenne. Il avait envie d'en savoir plus sur la Fontaine de Jouvence.

Et Damien lui manquerait terriblement.

Parfois, quand il l'observait à la dérobée, son cœur faisait un drôle de sursaut et il se surprenait à le trouver beau. Pas dans ses traits déformés, mais dans la façon qu'il avait d'habiter le monde, de bouger, de parler, d'observer et de sourire sans rien dire.

Il tendait de plus en plus souvent sa main pour le toucher en discutant, sans y penser vraiment. Son épaule, son bras, sa taille – il avait envie de proximité. Et la nuit, alors qu'ils se penchaient sur la même feuille de papier, il se prenait à désirer des choses étranges. Il faisait des songes qui lui laissaient un arrière-goût de luxure, d'une façon qu'il n'avait jamais connue, malgré son expérience dans les plaisirs charnels. Il rêvait d'intimité. Il rêvait d'appartenance, lui qui avait pourtant toujours chéri sa liberté.

Il rêvait de se donner. De se lier. De posséder. Et tous ces sentiments paisibles prenaient la force d'un ouragan lorsqu'il imaginait n'importe quel danger l'approcher.

Il était en train de s'attacher. De s'attacher *vraiment.* Peut-être… Peut-être même plus que ça.

Était-ce une bonne ou une mauvaise nouvelle ? Il n'y avait pas si longtemps, il aurait répondu par la négative sans hésiter. S'attacher était dangereux dans son métier.

Mais lorsqu'il pensait à Damien, ce n'était pas « dangereux » qui lui venait à l'esprit. C'était un sentiment de paix. De joie. Quelque chose à l'opposé de la violence qui avait guidé sa vie jusqu'ici. Quelque chose de beau.

Quelque chose, il s'en rendait compte à présent, qu'il n'était pas certain de pouvoir abandonner un jour.

Le mot exact lui faisait peur. Il préférait l'éviter en lui tournant autour. Que se passerait-il lorsque ce *quelque chose* se développerait encore, lorsqu'il deviendrait trop fort pour être ignoré ?

Car il y avait toujours ce secret au fond de sa conscience, comme une tache noire sur une belle peinture. Leur relation était toujours basée sur un mensonge. Damien ne savait pas qui il était *vraiment.*

Et s'il le lui révélait et que le sculpteur le rejetait ? S'il détruisait ce *quelque chose* si beau et si fragile qui grandissait en lui ?

Il ferait mieux de continuer à se taire. Au fond, ce n'était peut-être pas si important que ça…

Peut-être que Damien ne le découvrirait jamais.

30
La première danse

Une semaine passa sans qu'ils avancent plus sur le mystère de la Fontaine de Jouvence.

Ils étaient retournés dans les couloirs sous le château, mais ils n'avaient découvert que de nouvelles pièces envahies de racines et de restes d'expériences dérangeantes. L'appel mystérieux les ramenait toujours à la tour enterrée, dont ils ne trouvaient pas l'entrée.

Silas et Damien avaient commencé à explorer au hasard la partie abandonnée du château. Bons grimpeurs, résistants et ingénieux, ils étaient capables de se faufiler partout, et même le sculpteur découvrait – ou redécouvrait sans le savoir – des endroits cachés.

C'est ainsi qu'en début d'après-midi, un jour de pluie, ils trouvèrent une nouvelle salle de bal.

Elle se situait au deuxième étage, dans une petite tour fixée en encorbellement à l'angle du bâtiment. Le couloir y menant ayant été bloqué par l'effondrement du plafond, ils avaient dû se faufiler à l'intérieur par le balcon, qui donnait sur une partie des jardins complètement sauvage.

Une des fenêtres ouvertes laissait entrer la pluie. En glissant sur le parquet, l'eau diluait le manteau de poussière grise que les années avaient abandonné en passant. Un rideau blanc flottait, soulevé par le vent, comme le fantôme d'un voile de mariée. Entre les voûtes du plafond, un lustre de cristal contemplait les siècles passés. Ses larmes ternies ne réfléchissaient plus la lueur du soleil, mais son air solennel persistait, comme si l'âme des lieux s'y était accrochée.

Silas et Damien firent quelques pas à l'intérieur, marquant leur avancée dans la poussière. Un violon était posé sur un meuble près de l'entrée. Le musicien semblait sur le point de revenir, de saisir l'archet et de jouer, ressuscitant en quelques notes la gloire des danses d'antan.

Le violoniste ne viendrait plus, évidemment, mais la pluie se chargeait à sa place d'habiller le silence.

— C'est petit, souffla finalement Damien. Il ne devait pas y avoir de grands bals ici…

— Je ne pense pas que ce soit un endroit destiné à accueillir de vraies réceptions, répondit Silas. Surtout situé au deuxième étage, dans un coin obscur du château, éloigné de l'entrée principale. Non, je pense plutôt qu'il s'agit d'une salle d'entraînement… Ou d'une pièce réservée aux amants.

Damien déglutit.

— Comment ça ?

— On ne peut danser correctement qu'à trois ou quatre maximum ici, expliqua le chasseur avec un sourire en coin. Peut-être était-ce un point de rendez-vous pour les couples, ou peut-être était-ce l'extension des appartements privés d'époux nobles en particulier… Nous ne le saurons probablement jamais.

La pluie s'intensifia dehors, effaçant le reste du monde sous ses vagues de bruissement. Damien leva les yeux pour regarder le lustre et Silas ne put s'empêcher de regarder Damien.

— J'aime bien cette idée, avoua doucement le sculpteur. Cela signifie que même dans les heures les plus sombres, même sous le joug du tyran le plus cruel, les gens continuent d'aimer et de danser…

Un raclement de gorge lui fit baisser la tête. Au milieu de la piste, Silas sourit en lui tendant la main.

— M'accorderas-tu cette danse ?

Le sculpteur sentit un frisson courir sur son cœur.

— Je… Je ne sais pas danser…

— Je vais te montrer.

— Mais nous n'avons pas de musique…

— Nous improviserons.

Ils se regardèrent quelques instants, immobiles, l'un pétrifié, l'autre attendant.

Puis Damien franchit la distance qui les séparait.

Sa main se glissa dans celle qui lui était offerte. Comparée au corps délicat du chasseur, elle n'en était que plus énorme, difforme et bosselée. Mais Silas referma sans hésiter ses doigts entre les siens et soudain, ça n'eut plus d'importance. Il prit l'autre main de Damien et la posa sur sa taille.

Le sculpteur crut qu'il allait mourir de combustion spontanée. Il pouvait sentir le corps ferme de son compagnon sous sa paume, seulement séparé par l'épaisseur d'une chemise. C'était différent de leur étreinte dans le souterrain, différent de toutes les fois où ils s'étaient touchés.

Il baissa les yeux. Leurs regards se croisèrent. Le sourire de Silas s'adoucit un peu plus.

— Tu as appris à danser à des automates, non ? demanda-t-il à mi-voix.

Ils étaient assez près l'un de l'autre pour se comprendre en murmurant.

— Oui, mais j'ai oublié les pas depuis, avoua le sculpteur.

— Avance ta jambe droite… Avance, recule… Tu vois, ce n'est pas difficile. Laisse-moi te guider.

— Je m'abandonne entre tes mains.

Silas rit doucement.

— Il n'y a que toi pour utiliser de telles formules sérieusement.

— Est-ce mal ?

— Non…

Sa main se serra un peu plus sur la sienne et les mots moururent, laissant place à une tout autre sorte de discussion.

Leur danse était lente. Au début maladroite et hésitante, elle devint de plus en plus fluide au fur et à mesure que leurs pas s'harmonisaient. La poussière se soulevait dans leur sillage, réveillant brièvement les fantômes de quelques robes légères.

Leurs enchaînements étaient simples, répétitifs, mais plus ils tournaient dans la salle et plus ils se perdaient dans la grâce de l'instant, oubliant les monstres et les malédictions, les mensonges et le deuil, le passé, le futur et tout ce qui n'était pas eux, ici, maintenant.

L'univers se réduisit soudain à ça, un homme et une Bête perdus dans une valse lente.

Damien réalisa avec émerveillement qu'il ne craignait pas les reflets, si c'était dans les yeux de Silas qu'il voyait son visage.

Silas songea que de tous les partenaires de danse et de tous les amants qu'il avait eus dans sa vie, personne ne l'avait jamais regardé ainsi.

Ils ne se rendirent pas tout de suite compte qu'ils s'étaient arrêtés.

Silas sentait son cœur battre sourdement dans sa poitrine. Il ne pouvait pas détacher son regard de Damien, de ses yeux d'or et de ses lèvres, ses lèvres pleines qui formaient un tel contraste avec la dureté du bois… Il voulait toucher ces lèvres, il voulait… Il le voulait si fort que c'était comme un tiraillement physique, et…

Il posa ses mains sur les épaules de son partenaire pour le faire se baisser et se mit sur la pointe des pieds.

Ils étaient si proches. Leurs souffles se mêlèrent. Il n'y avait presque plus rien entre leurs lèvres, seulement…

Un cri déchira le silence.

Silas sauta en arrière, l'arme déjà au poing, alors que Damien titubait, déstabilisé.

— Lianne, Akim… réalisa le sculpteur en reprenant ses esprits.

Ils échangèrent un regard et quittèrent précipitamment la salle de bal.

31
Attaque

Il leur fallut dix bonnes minutes pour rejoindre la partie habitée du château. Suivant les cris et les jurons, ils trouvèrent Lianne coincée sous les restes de la barricade qu'ils avaient érigée dans le couloir menant au hall principal. Seules sa tête et ses épaules étaient visibles sous l'effondrement de planches et de meubles.

— Aidez Akim ! cria-t-elle en les voyant, le visage blanchi par la panique. Le monstre est parti à sa poursuite !

— Libère-la, lança Silas à Damien. Je vais le chercher !

Il fit volte-face et commença à courir sans attendre sa réponse.

Même sans ses années d'expérience en tant que chasseur, il ne lui aurait pas été difficile de suivre les traces de la créature. Elle devait être particulièrement large, car elle avait arraché sur son passage le lierre collé au mur, et les rayures sur le sol lui indiquaient qu'elle possédait des griffes imposantes. Çà et là, des traces de bottes étaient visibles, témoignant de la course effrénée d'Akim pour lui échapper.

Silas traversa à toute vitesse le salon aux fauteuils renversés et s'engagea dans les couloirs plus étroits en faisant mentalement l'inventaire des armes qu'il portait sur lui. Deux poignards, une lame de jet dans chaque botte… et c'était tout. Bon sang, quand avait-il baissé sa garde autant ?

Il tourna si vite dans un virage qu'il dérapa presque, passa devant la serre en remerciant toutes les fées que la porte soit restée intacte, escalada les restes d'une autre barricade effondrée, déboucha dans ce qui avait été une salle d'essayage et la vit enfin.

La Chimère était plus grande et plus large que toutes celles qu'il avait aperçues jusqu'alors. Sa posture voûtée faisait ressortir la bosse de son dos et l'épaisseur de son cou. Elle se tourna vers lui lorsqu'il entra, lui révélant un visage carré, grossier, parsemé de touffes de poils bruns, ainsi que deux petits yeux noirs enfoncés dans leurs orbites et une bouche déformée par deux énormes défenses de sanglier. Son corps nu, couturé de cicatrices, se trouvait souillé de sang et de terre. Ses bras énormes se terminaient par des poings griffus. Quelque chose dans sa posture, dans sa façon de le regarder, la rendait étrangement plus humaine que ses semblables.

Silas vit Akim allongé sur le sol, un peu plus loin, apparemment inconscient. Une tache rouge grandissait sur sa cuisse. Son bras artificiel était tourné dans le mauvais sens.

Ne meurs pas, pria silencieusement le chasseur en adoptant une posture de défense.

La Chimère ouvrit la bouche, mais à la surprise de son adversaire, ce ne fut pas pour l'attaquer.

— Le Roi… gronda-t-elle d'une voix sourde, éraillée, gênée par ses énormes défenses. On murmure partout que le Roi est revenu…

— Quel Roi ? répliqua Silas en se crispant un peu plus sur ses armes.

La créature lâcha un grognement menaçant en raclant ses griffes sur le parquet.

— Le Roi Cruel ! hurla-t-elle. Celui qui nous a tous conçus ! J'étais l'une de ses premières expériences, je me souviens de lui, je me souviens de ce qu'il a fait… Et je ne le laisserai pas m'échapper de nouveau !

— Le Roi est mort depuis longtemps, répondit calmement Silas. Tu l'as loupé.

Tu ne le toucheras pas ! finit-il en pensée.

Elle émit une série de bruits pouvant passer pour un rire ou des pleurs.

— Non, non, non… Toute la forêt en parle, toute la forêt le sait… Le Roi est de retour, encore… Il finit toujours par revenir… Et cette fois, cette fois je lui donnerai la mort !

Sans attendre la fin de sa phrase, elle plongea sur Silas, toutes griffes dehors, et transperça de ses défenses… le vide.

Le chasseur, qui avait esquivé d'un saut sur la droite, fit jaillir une lame dans sa main et dessina un sillon sanglant sur le biceps du monstre.

La Chimère hurla de douleur et projeta l'un de ses poings vers son visage pour l'éborgner.

Mais sa fureur la rendait maladroite, hautement prévisible pour celui qui avait combattu des créatures semblables toute sa vie.

Il n'avait pas peur. Il savait qu'il vaincrait s'il gardait son sang-froid et tant qu'il était certain de gagner, à quoi bon s'inquiéter ?

Il avait atteint la transe du chasseur. Son cœur battait sourdement dans ses oreilles, marquant le rythme de chaque action.

Boum. Boum. Boum.

La Chimère projeta sa tête en avant.

Boum.

Esquive.

Boum. Boum.

Contre-attaque. Le monstre cria en sentant la lame racler son torse.

Boum. Boum. Boum.

La douleur le rendit encore plus furieux et la fureur l'affaiblit.

Boum. Boum.

Attaque.

Boum. Boum.

Esquive.

Boum. Boum.

Silas savait qu'il avait déjà vaincu. Seul le monstre n'était pas au courant.

Boum.

La créature se jeta en avant.

Boum.

Un pas sur le côté.

Boum.

Son bras tendu juste au bon moment.

Boum.

Un bruit spongieux, puis un raclement.

Boum. Boum. Boum.

Leurs yeux se croisèrent.

Boum.

Il lâcha le poignard.

Boum.

La Chimère s'affala, la lame toujours plantée dans son œil.

Boum. Boum. Boum.

Silas laissa la transe se dissiper alors que le monstre exhalait son dernier souffle.

Tu ne blesseras pas mon Roi, songea-t-il avec une satisfaction féroce.

Il se baissa et récupéra sa lame, heureux de constater que ses habits étaient restés immaculés.

— Tu n'es pas chasseur de trésors.

Il se retourna brusquement, l'arme au poing. Durant un combat, il avait tendance à mettre de côté tout ce qui n'était pas une menace pour sa vie. Il avait ainsi oublié la présence d'Akim, qui le fixait avec détermination, malgré la douleur qui tordait ses traits.

Silas s'agenouilla à côté de lui. Heureusement, ses blessures n'avaient pas l'air trop graves. Le sang qui coulait de sa cuisse n'était pas assez fort pour venir d'une artère. Instinctivement, il plaqua sa main dessus.

— Tu es un chasseur de monstres, insista Akim en le dévisageant fiévreusement. Je m'en suis douté à l'instant où l'autre chasseuse est apparue. Tu es un chasseur de monstres…

— C'est vrai, soupira Silas. J'ai été payé pour tuer Damien.

Akim se contracta, son poing encore intact serré pour se battre, malgré son évidente infériorité.

— Et tu comptes encore le faire ?

Silas haussa les sourcils.

— J'ai l'air d'avoir envie d'assassiner ce gros balourd de poète sculpteur ?

Akim se détendit, un rire au bord des lèvres.

— Tu vas le lui dire ? demanda Silas, soudain anxieux.

— Et si je te réponds « oui », que feras-tu ? Tu me tueras ?

Silas fit « non » de la tête sans hésiter.

— Je n'attaque que les monstres et les créatures qui veulent me tuer. Et celles qui veulent tuer mes amis aussi, depuis quelque temps.

Il avait marqué une hésitation sur le mot « ami », peu sûr d'avoir le droit d'utiliser ce terme. Akim, qui l'avait perçue, lui sourit.

— Tant mieux, marmonna-t-il. Tu es sacrément pratique à avoir comme allié. Pour répondre à ta question, non, je ne dirai rien à Damien. Ce n'est pas à moi de le faire.

— Tu penses…

Silas déglutit.

— Tu penses qu'il me détesterait, s'il le découvrait ?

Akim resta quelques secondes silencieux.

— Je ne sais pas. Mais… il déteste la mort. Il ne comprend pas la violence et le meurtre. Il a déjà du mal à la supporter quand il s'agit de se protéger, alors ce que tu fais… Ta façon de tuer si facilement, si nonchalamment… Tu fais peur, tu sais.

Une tristesse brûlante envahit le cœur de Silas, remplaçant un espoir qu'il n'avait pas conscience d'avoir.

Damien me rejetterait s'il savait.

— Et s'il ne l'apprend pas ? murmura-t-il. Après tout, il ne sait pas pour toi non plus… Car tu n'es pas vraiment un médecin, n'est-ce pas ? Enfin, pas un médecin ordinaire. Tu étais un mercenaire.

Akim ouvrit des yeux ronds, stupéfait.

— Comment…

— Tu parles, tu te déplaces et tu te bats comme un vétéran. Ta blessure à l'épaule vient d'un canon, mais tu n'es pas un soldat, tu n'en as ni les réflexes, ni la discipline, ni le style de combat. J'ai évoqué la Jédalie, une fois, et tu semblais assez familier avec l'endroit, or je sais pour y avoir été qu'il s'agit d'un repaire de mercenaires. Si tu as aussi une formation de médecin, je suppose que tu as fait partie d'une équipe…

— Pirate. J'ai été pirate, soupira Akim. Pas de la bonne espèce. Et ça s'est mal terminé.

Un bruit de course se fit entendre dans le couloir. Silas tourna la tête à temps pour voir Lianne surgir dans la pièce, suivie de près par Damien.

— Akim ! cria-t-elle en se précipitant vers lui.

Elle se laissa tomber à genoux à ses côtés, l'air alarmé.

— Mais pourquoi est-ce que vous bavardez tranquillement alors qu'il est en train de perdre son sang ?!

Le chasseur et le médecin baissèrent les yeux sur la tache rouge qui continuait de grandir sous sa cuisse.

— Merde, souffla Silas. Désolé. J'étais distrait.

— Pas de problème, répondit Akim en battant des paupières, l'air choqué. Je… Je ne l'ai pas senti. Par contre… maintenant… Ça fait un mal de chien.

Lianne ouvrit des yeux ronds, hésitant visiblement entre l'embrasser et le frapper.

Décidant que ce n'était le moment pour aucune de ces deux actions, elle tendit une main en direction de Silas, qui y déposa un de ses poignards, et entreprit de découper son pantalon au-dessus de sa blessure.

Silas sentit une main se poser sur son épaule et le tirer en arrière. Comme il la reconnut, il la laissa faire.

Damien le releva gentiment et le tint par les bras pour l'observer d'un air anxieux.

— Tu n'es pas blessé ? s'inquiéta-t-il.

— Moi ?

La question prit tellement le chasseur au dépourvu qu'il mit quelques secondes avant de répondre :

— Non, non, je n'ai rien… La Chimère n'était pas si féroce, finalement.

Mais cela ne suffit apparemment pas à Damien, qui glissa anxieusement ses mains sur ses épaules et sa poitrine, guettant une tache de sang ou un bruit de douleur.

Silas se laissa faire, appréciant secrètement cette inspection. C'était si étrange qu'on s'inquiète pour lui. Il aurait cru trouver ça insultant, mais de la part de Damien, c'était…

Leurs yeux se croisèrent. Silas posa une main sur celle qui s'était échouée sur son épaule.

— Je vais bien, lui assura-t-il. Akim avait déjà tué la Chimère quand je suis arrivé.

Le sculpteur frissonna et jeta un coup d'œil attristé vers le corps de la créature. Le mensonge laissa un goût amer dans la bouche de Silas.

— C'était de la légitime défense, déclara-t-il, sans trop savoir s'il cherchait à défendre ses actes ou rassurer Damien.

— Je sais, soupira ce dernier. Mais je suis triste quand même.

Il se tourna vers Akim, qui regardait Lianne le soigner d'un air rêveur, et s'accroupit à ses côtés.

— Comment vas-tu ?

Le médecin s'arracha à sa contemplation pour lui accorder son attention. Il était pâle, ses traits tirés, mais son regard alerte.

— J'ai mal partout, mais je pense que je vivrai.

— Sa blessure à la cuisse n'est pas profonde, confirma Lianne. Par contre…

Elle déplaça légèrement sa jambe et Akim lâcha un cri de douleur étranglé.

— Je crois que sa jambe est cassée, regretta la femme-oiseau. Et son bras mécanique est en miettes.

— Mieux vaut celui-là que l'autre, fit remarquer Silas.

— À qui le dis-tu… grogna Akim entre ses dents serrées.

— Je suis désolé, je n'ai toujours pas terminé le prototype du bras que je voulais te faire essayer, s'excusa Damien. J'ai été…

Il lança un regard en coin à Silas.

— Distrait. Mais si je travaille jour et nuit, je devrais pouvoir…

— C'est bon, Damien, l'interrompit le médecin. J'ai vécu trois ans avec un seul bras, je peux survivre le temps qu'il faudra pour que tu en façonnes un autre. C'est déjà un miracle de t'avoir…

Ses traits se crispèrent sous l'effet de la douleur, étouffant sa dernière syllabe.

— Il faut nettoyer, recoudre et bander ses plaies, déclara Lianne d'un ton décidé, même si la façon dont elle serrait sa main entre les siennes trahissait son inquiétude. Damien, tu peux le porter ? Emmenons-le à sa chambre.

— J'ai des potions qui l'aideront à guérir et apaiser la douleur ! intervint Silas. Je vais les chercher, je vous rejoins dans sa chambre.

32

Les marques du passé

Silas posa sa sacoche sur la table de chevet du médecin, l'ouvrit et plongea la main dedans sans hésiter.

Akim le regarda avec un mélange de surprise et de curiosité, imité par Damien et Lianne, de l'autre côté du lit.

Le chasseur sortit une fiole et la brandit victorieusement.

— Cette potion est faite avec des larmes de dragon, de l'aïelsterm, une plante poussant au plus haut des montagnes du Nord, et de la poudre de comète. Elle devrait accélérer considérablement la cicatrisation de tes plaies.

Tout en parlant, il posa la fiole et se remit à fouiller dans son sac.

— J'ai aussi de l'allaj pour apaiser ta douleur sans t'assommer. Tu peux la boire tout de suite, d'ailleurs. Voilà un mélange de sirops de pommes d'or et de champignons cristallisés pour arrêter l'hémorragie, de la poudre de fée, si tu veux dormir, et, normalement…

Il plongea un peu plus profondément le bras dans son sac, à la recherche de quelque chose.

— Ce sont… Ce sont des ingrédients incroyablement rares et précieux, balbutia Akim, choqué.

— Évidemment, marmonna Silas, concentré sur ce qu'il faisait, je n'ai que les meilleurs remèdes sur moi. Attends que je trouve mon vin de nénuphar argenté, ce truc est fabuleux… Mais où est-ce qu'il s'est fourré ?

La tête dans son sac, il ne s'aperçut pas que ses amis souriaient.

Où est passé l'homme arrogant et égoïste qui a débarqué ici ? s'amusa Damien. Il était évident que Silas s'inquiétait pour Akim et voulait l'aider, partageant sans hésitation ses plus précieuses possessions. Il était devenu l'un des leurs.

Peut-être qu'il suffisait juste qu'on lui donne l'opportunité de se soucier de quelqu'un, songea le sculpteur, le menton dans le creux de sa main, en le dévorant des yeux.

— Ah ! finit par s'exclamer Silas en se redressant, tout content, une flasque argentée à la main. Tu vas voir, ça a bon goût, en plus !

Il fit une pause et plissa les yeux, méfiant.

— Pourquoi vous me regardez tous comme ça ?

— Pour rien, lui assura Lianne en dissimulant un sourire, pour rien.

Akim but la potion contre la douleur et poussa un immense soupir de contentement. L'effet était immédiat.

Elle-même soulagée de ne plus le voir souffrir, Lianne se pencha et commença à retirer la chemise du blessé.

— Qu'est-ce que tu fais ?! glapit-il.

— Tu vois bien, je te déshabille.

— Mais je…

— Je ne vais pas te sauter dessus, idiot, je veux juste te soigner. Je pense que tu as assez baigné dans ton propre sang, non ?

— Oui, mais… Mais…

Le médecin était rouge jusqu'à la pointe des oreilles, les yeux fixés sur les mains de Lianne, posées sur son torse.

Silas trouvait la situation absolument hilarante, jusqu'à ce qu'Akim se tourne vers lui et lance :

— Je préférerais que Silas le fasse.

Lianne lui jeta un regard blessé, se redressa et tira rageusement une chaise pour s'asseoir à califourchon dessus, au bout du lit. Elle ne dit rien, mais elle irradiait tellement de vexation que le sculpteur et le chasseur s'écartèrent prudemment.

Silas soupira, se rattacha les cheveux, releva ses manches et s'approcha du blessé.

— Pas très sympa, marmonna-t-il à son oreille en se penchant pour lui retirer sa chemise.

— J'ai paniqué, avoua Akim, mortifié.

Le chasseur laissa échapper un soupir désapprobateur et continua sa tâche.

Au bout de longues minutes de silence, n'y tenant plus, il lança à la cantonade :

— Bon, et maintenant ?

— Maintenant quoi ? répliqua Lianne, toujours irritée.

— Que fait-on ? clarifia Silas. Les Chimères ne cesseront pas leurs attaques. Nous n'en savons pas plus sur le Mal Gris ou la Fontaine de Jouvence. Nous sommes dans une impasse.

— Nous pourrions essayer de détruire le mur de la tour enterrée, proposa Damien.

— Oui, bien sûr, railla agressivement Lianne, je suis certaine que l'ancien toi n'a pas pensé à mettre de protection magique sur sa tour ultra-secrète après avoir laissé des pièges mortels dans tous les recoins de son laboratoire !

— Pas la peine de s'énerver sur lui, intervint le chasseur, aussitôt sur la défensive.

Elle croisa les bras.

— Je ne faisais que proposer… marmonna le sculpteur. Silas, tu n'as vraiment rien réussi à traduire des livres du laboratoire ?

— Malheureusement non, avoua l'intéressé. J'ai bien trouvé une page portant l'illustration d'une tour, mais je n'arrive pas à comprendre ce qui y est écrit.

— Que penses-tu que nous devrions faire ? lui demanda Damien.

Il y eut un blanc. Silas fronça les sourcils et regarda un à un ses trois compagnons.

— Pourquoi c'est à moi qu'on pose la question ?

— Tu es celui qui s'en sort le mieux en malédiction, survie et grosses bêtes, répondit Lianne en haussant les épaules.

Silas réalisa qu'ils étaient littéralement en train de remettre leurs *vies* entre ses mains et ça lui fit tout drôle. Il était touché… Et, en même temps, un peu paniqué.

Pour cacher son trouble, il attrapa l'aiguille qu'il venait de stériliser à l'alcool et y fit passer son fil.

Akim, qui ne ressentait aucune douleur depuis la prise de sa potion, ne protesta pas lorsqu'il commença à lui recoudre la cuisse.

Un moment passa.

Silas réfléchissait, examinant les diverses possibilités. La solution la plus évidente – celle qu'il aurait choisie s'il avait été seul – aurait évidemment été de quitter définitivement le château et cette fichue forêt. Mais il y avait les roses de Damien, et il n'allait pas embarquer son sculpteur en laissant sa mémoire derrière.

Malheureusement, le bâtiment était mal protégé. Ce n'était qu'une question de temps avant que les Chimères ne repassent à l'assaut et il arriverait un moment où même lui ne pourrait plus toutes les arrêter. Il fallait absolument trouver quelque chose qui permette de les repousser ou de soigner le Mal Gris. Peut-être qu'en retrouvant leurs terres de chasse habituelles, elles arrêteraient de venir les embêter.

Il n'oubliait pas non plus que la Chimère qui avait blessé Akim en avait personnellement après Damien. Ce n'était probablement pas la seule, et il ne comptait pas laisser une seule de ces saletés tenter de nouveau sa chance.

— Lianne, tu as mentionné une personne capable de traduire les livres du laboratoire. Qui est-ce, exactement, et où la trouver ?

La jeune femme fronça les sourcils.

— Tu veux aller la voir ? Je ne crois pas que ce soit une excellente idée… Elle habite à deux jours de marche d'ici, vers l'ouest. Il s'agit de Saradyne, une sorcière avec laquelle je me suis liée d'amitié quand j'étais petite. Elle vit dans une cabane perchée dans un arbre, comme la plupart des humains-oiseaux. Elle était solitaire, un peu bizarre, mais pas méchante. Elle rendait souvent service à la communauté. Et elle avait des dizaines de livres chez elle. Je ne sais pas d'où ils venaient, peut-être du château… Mais je suis presque certaine que la plupart étaient écrits dans la langue que tu ne peux pas traduire.

— Ce n'est pas ma faute si les gens d'ici écrivaient comme des barbares, grommela Silas, blessé dans son orgueil.

— Mais oui, mais oui, se moqua gentiment Lianne.

— Je n'ai aucun souvenir d'elle, intervint sombrement Damien. Si elle est passée au château pour prendre des livres, la rose la concernant a dû mourir depuis.

— Lianne, s'enquit le chasseur, quand est-ce que tu as eu des nouvelles de cette Saradyne pour la dernière fois ?

— Il y a six ans, soupira la jeune femme.

Elle se frotta les yeux et passa une main tremblante dans les plumes sur sa tête.

— C'était à l'époque où j'habitais avec ma famille dans la forêt. Nous vivions dans une communauté composée de plein d'espèces d'humains-animaux différentes. Saradyne était installée un peu à l'écart. Depuis toute petite, je la trouvais formidable. Elle savait tant de choses sur le monde, les plantes, la forêt… Mes parents l'appréciaient aussi et ils me laissaient dormir chez elle, parfois. Mais un matin, quand je suis rentrée chez moi… c'était… c'était fini. Notre eau avait été contaminée. Toute ma famille, toute ma communauté n'était plus que des Ombres. Je ne voulais pas retourner chez Saradyne. C'était stupide et immature de ma part, mais je lui en voulais. Sans elle, j'aurais été présente durant la nuit et j'aurais peut-être pu faire quelque chose…

— Tu serais devenue une Ombre aussi, la contredit doucement Akim.

Silas se déplaça pour qu'il puisse regarder la jeune femme dans les yeux.

— Et si tu étais devenue une Ombre, continua-t-il avec un sourire en coin, tu n'aurais pas pu me secourir quelques années plus tard, et m'amener ici. Je dirai donc, très égoïstement, que je suis heureux que tu n'aies pas été sur place cette nuit-là.

— Je suppose que ça valait la peine de vivre, alors, répondit-elle en s'essuyant les yeux.

— Ça vaut toujours la peine de vivre, commenta Silas. Rien ne peut jamais s'arranger quand on est mort.

Damien détourna la tête. *Ça dépend peut-être de la vie à laquelle on a droit*, songea-t-il amèrement.

— Pour en revenir à nos moutons, reprit le chasseur, Lianne, penses-tu que tu saurais me dessiner une carte approximative du chemin à parcourir jusque chez cette Saradyne ? Je vais aller la trouver avec les livres.

— C'est trop dangereux ! s'exclama Damien.

— Nous n'avons plus vraiment le choix, fit remarquer Silas en haussant les épaules. Et je me débrouillerai.

— Tu t'es fait presque éventrer par une Chimère la première fois que tu t'es aventuré dans la forêt ! rétorqua le sculpteur.

Silas le foudroya du regard, toujours blessé dans son amour-propre par ce petit accident.

— Maintenant, je sais à quoi m'attendre. Je grimperai en haut d'un arbre pendant la nuit et je ne me déplacerai que s'il n'y a pas de brouillard.

Damien croisa les bras sur sa poitrine.

— Alors je viens avec toi.

— Non.

Le ton était sans appel.

Le sculpteur s'approcha jusqu'à presque le toucher. Silas se redressa. Ils se firent face, l'air aussi inflexible l'un que l'autre et tout aussi menaçant, malgré leur différence de taille.

— Tu n'iras pas dans cette forêt tout seul, surtout si c'est pour m'aider, décréta Damien.

Sa détermination le surprenait lui-même. Avant de rencontrer Silas, il ne se serait jamais exposé volontairement au danger. Même l'obscurité l'effrayait. Pourtant, il ne doutait pas un instant de vouloir l'accompagner. Sa peur n'avait pas disparu, mais elle était moins importante que l'idée de l'aider. Il semblerait que quelque part, sans qu'il sache exactement ni quand ni comment, l'amitié de Silas lui ait permis de trouver le courage dont il avait toujours manqué.

— Tu ne sais pas te battre, objecta le chasseur. Tu vas me ralentir. Je m'en sortirai mieux seul.

— Je suis fort. Je peux taper sur des trucs. Et je sais grimper aux arbres.

— Je ne veux pas te savoir en danger ! s'énerva Silas, dévoilant sans le vouloir le fond de sa pensée.

Le sculpteur sourit et se pencha pour rapprocher leurs visages.

— Moi non plus.

Silas se renfrogna pour cacher qu'il était touché.

— J'ai plus d'expérience que toi en combat et en exploration.

— Mais j'ai réussi à survivre plusieurs siècles, ça compte, non ?

Ils se fixèrent encore un moment, les sourcils de plus en plus froncés.

Puis Silas céda.

— D'accord, gémit-il en levant les yeux au ciel, tu viens. Mais tu devras faire tout ce que je dis !

Damien esquissa un geste de victoire.

— Absolument !

— Si je t'ordonne de fuir, tu fuis sans poser de questions !

— Tout à fait.

— Et tu me porteras sur ton dos.

— Oui, oui… Attends, quoi ?

— Trop tard, ricana Silas en lui tapotant l'épaule. Tu t'es fait avoir.

— Espèce de vil manipulateur, lâcha le sculpteur avec un grand sourire. Je te le ferai payer.

— C'est ça. En attendant, c'est toi qui es chargé de faire nos bagages. Rassemble des provisions pour cinq jours, histoire d'avoir une marge de sécurité, sans oublier des bouteilles d'eau ! Ma sacoche ne tient pas compte du poids de ce qui est mis à l'intérieur, nous pourrons transporter ce que nous voulons. Je m'occuperai des armes. Nous partirons demain à l'aube, s'il n'y a pas de brouillard.

— J'y vais ! s'exclama le sculpteur en se dirigeant vers la porte.

Au moment de sortir, il se retourna et lui adressa un sourire, auquel Silas répondit malgré lui.

— Je vais l'aider, soupira Lianne. Il n'a aucune notion de proportion.

Elle passa devant le lit d'Akim, hésita à dire quelque chose et lui effleura simplement la jambe avant de partir.

Silas resta seul avec le blessé. Il s'assit au bord du lit, déroula des bandages et entreprit de couvrir les plaies recousues.

— Ce n'était pas très sympa de rejeter Lianne comme ça, remarqua-t-il au bout d'un moment.

— Je te l'ai dit, j'ai paniqué, se défendit le médecin.

— Parce qu'elle a posé une main sur ta poitrine ?

— Parce qu'elle allait me déshabiller ! Et je… Enfin…

— Tu craignais que ton attirance pour elle devienne trop évidente ? s'amusa Silas.

Akim marmonna une insulte dans une autre langue.

— Je ne comprends vraiment pas pourquoi tu prends la peine d'essayer de te cacher, commenta le chasseur. Vous êtes faits l'un pour l'autre. C'est évident aux yeux de tout le monde. Vous compris.

Le blessé soupira et détourna le regard. Il resta silencieux si longtemps que Silas ne s'attendait plus à ce qu'il dise quoi que ce soit lorsqu'il reprit la parole :

— Lianne mérite mieux que moi. Et moi, je ne mérite pas d'être dans une relation tout court. J'ai…

Il retourna ses yeux vers Silas, hésitant.

— Tu peux tout me dire, lui assura le chasseur. Je ne te jugerai pas. Les fées savent que je ne suis pas innocent moi-même.

— J'avais un compagnon, dans mon ancien équipage, avoua finalement Akim. C'était quelqu'un de bien, quelqu'un qui n'aurait pas dû se retrouver dans un équipage de pirates, ou du moins, pas le genre de pirates que nous étions. Et je l'ai traité… mal. Très mal. Ça me tue d'y penser, mais c'est vrai. J'étais persuadé que je ne devais pas montrer la moindre faiblesse, tu vois, et je l'empêchais de me quitter, parce qu'au fond je l'aimais, tout en le rendant misérable.

Il papillonna des paupières pour empêcher des larmes de se former.

— Un jour, nous avons été attaqués par deux vaisseaux plus larges, mieux armés… Nous sortions d'une bataille, nous étions exténués, nous n'avions aucune chance… Et j'ai fui. Je l'ai laissé là-bas et j'ai *fui*, tout seul, comme le pire des lâches. Je n'ai jamais su ce qui lui était arrivé. J'ai toujours eu trop peur pour me renseigner. J'ai volé une chaloupe, j'ai réussi à atteindre la côte, j'ai pensé refaire ma vie… Et la culpabilité m'a rattrapé. J'ai plongé dans la boisson, j'ai rejoint n'importe quel équipage, n'importe quelle mission délirante, dans l'espoir de mourir et d'expier ma faute… J'ai perdu mon bras lors d'un abordage auquel j'ai survécu presque malgré moi. Mais je ne pouvais plus me faire engager sur un bateau avec un seul bras, alors j'ai erré… Je suis arrivé dans cette forêt… Lianne m'a trouvé. Damien et elle m'ont recueilli et j'ai réalisé que je pouvais être quelqu'un de meilleur. En fait, je leur ai fait croire que *j'étais* quelqu'un de meilleur, juste pour qu'ils me gardent. Alors, tu vois… Ce serait horrible de ma part de laisser Lianne m'aimer.

Silas coinça le bout du bandage pour le faire tenir en place, se redressa et joignit ses mains sous son menton.

— Alors, je ne suis absolument pas qualifié pour donner des conseils matrimoniaux et je ne comprends pas du tout comment les choix que j'ai faits dans ma vie ont pu me mener à cette situation, mais puisque j'y suis… Tu ne crois pas que Lianne devrait avoir la possibilité de faire *son* choix ? En cherchant à te punir, tu la punis aussi. Elle mérite de savoir pourquoi tu la repousses, et elle a le droit de décider elle-même si elle trouve la raison valable ou non.

Akim fit la moue.

— Tu peux parler, monsieur le chasseur. Tu comptes dire à Damien qui tu es ?

— Nos deux situations sont entièrement différentes. Lianne et toi avez visiblement… quelque chose en cours.

Le médecin lui adressa un sourire goguenard.

— Essaies-tu de me faire croire que ce n'est pas le cas pour Damien et toi ?

Silas se leva.

— Ridicule. D'ailleurs, je pense que cette conversation est terminée. Je vais aller choisir mes armes.

— Menteur, s'esclaffa Akim. Mais attends, il faut que je te dise autre chose. Quelque chose d'important, à propos de Damien.

Silas s'arrêta sur le pas de la porte et se tourna vers lui.

— Quoi ?

— Tu as dû remarquer que lorsque tu es arrivé, Lianne et moi n'étions pas très… euh… accueillants ?

— Non, ironisa le chasseur, c'est vrai ? Et moi qui pensais que vous m'aviez aimé au premier regard…

Akim leva les yeux au ciel.

— Si nous avons réagi ainsi, reprit-il plus sérieusement, c'est parce que tu n'es pas la première personne à atteindre le château. Je veux dire, à part Lianne et moi.

Silas fronça les sourcils et se rapprocha du lit.

— Comment ça ?

— Il y a un an, un homme est venu. Un commerçant égaré qui a cru que couper par la forêt pour atteindre la Vallée du Roi était une bonne idée. À l'époque, il y avait pas mal d'objets de valeur dans le château. Des plats en or, des bijoux, ce genre de choses. Nous en avions réuni la plupart dans la partie que nous habitions. Tant qu'à vivre dans des ruines, autant être riche, n'est-ce pas ?

Silas hocha la tête, pris d'un mauvais pressentiment.

— Et donc ?

— Au début, l'homme était terrifié par Damien. Puis il a compris qu'il n'avait rien à craindre et… il a changé. Il l'a… Eh bien, il l'a manipulé. Il lui a fait croire qu'il l'aimait, qu'il était le prince charmant tant attendu, etc., etc. Damien est loin d'être idiot, mais il a passé toute son existence ici, ce qui le rend souvent naïf.

Silas ne réalisa pas qu'il avait fait glisser son poignard dans sa main et qu'il en serrait le manche à s'en blanchir les jointures.

— Continue.

— Un jour, il nous a drogués. Il a rassemblé tous les objets précieux qu'il a pu pour les emporter. La drogue n'a pas fait effet sur Damien et il allait l'arrêter, mais le type lui a dit des choses… des choses qui lui ont brisé le cœur. Qu'il n'était qu'un monstre, qu'une Bête grotesque. Qu'il était impossible de l'aimer. Qu'il le dégoûtait. Qu'il avait mérité sa malédiction…

— Tu n'aurais pas le nom, la description et un moyen de retrouver cet individu par hasard ? demanda Silas d'un ton dangereux.

Si je croise sa route, il est mort, songea-t-il avec une rage qui le surprit à peine. Rien que d'imaginer Damien entendre ces mots, et les entendre de la part de quelqu'un dont il s'était cru aimé… Et penser qu'un connard avait vu la merveille qu'était le sculpteur et qu'il avait piétiné son cœur…

Oh oui, je vais le tuer.

— Malheureusement non, avoua Akim avec une pointe de regret. Mais tout ce que je viens de te dire… Damien ne s'en souvient pas.

Silas lui adressa un regard surpris.

— Il a détruit la rose, expliqua doucement le médecin. Il l'a arrachée de sa poitrine et il l'a détruite. C'était triste et terrifiant à voir. Il a dit qu'il ne voulait pas vivre le reste de l'éternité avec cette blessure-là et il nous a suppliés de ne plus laisser une chose pareille se produire.

Il fit un effort pour se redresser et posa la main sur le bras du chasseur, qui restait immobile, choqué.

— Mais tu ne lui briseras pas le cœur, n'est-ce pas ?

— Je ne lui ferais jamais de mal, souffla Silas.

Il sourit pour lui-même.

— Après tout, son cœur est une rose, et je suis Chevalier des Roses, n'est-ce pas ?

Il fit glisser de nouveau son poignard dans sa manche et se dirigea vers la sortie.

— Je le protégerai, promit-il avant de disparaître. Des autres et de moi-même, s'il le faut.

***

Un peu avant la tombée de la nuit, il se rendit à l'atelier. Il ne savait pas quoi faire des sentiments qui s'agitaient en lui, de cet étrange mélange de peur et d'espoir qui se battait dans sa poitrine. Il n'avait jamais rien ressenti de tel et encore moins avec autant d'intensité, comme si le salut de son âme dépendait de l'issue de ce combat intérieur.

Puis il aperçut Damien, ployé sur sa table de travail, et tout s'apaisa.

Le sculpteur releva la tête et lui sourit. Il lui sourit aussi. Pendant quelques secondes, il n'y eut plus que ça d'important.

Puis Damien fit le tour de la table pour s'approcher et se racla la gorge, hésitant.

— Qu'y a-t-il ? demanda Silas, curieux.

— J'ai fait quelque chose pour toi. Je voudrais te le montrer avant que nous partions, mais… enfin…

Il soupira.

— J'espère que je ne me suis pas trompé.

Silas rit et passa un bras sous le sien.

— Alors là, mon cher, je suis *vraiment* intrigué. Montre-moi !

Damien sourit et le guida hors de l'atelier. Ils retraversèrent plusieurs pièces et sortirent dans les jardins.

Le rouge qui teintait le ciel annonçait l'arrivée imminente du crépuscule, à la fois beau et chargé de menaces.

— Nous ne devrions pas traîner dehors, fit remarquer Silas. C'est bientôt l'heure des Chimères.

— Je sais, répondit Damien, mais ça ne prendra pas longtemps.

Ils approchèrent du cimetière, le traversèrent et s'arrêtèrent près d'un cercle de myosotis. Le chasseur se souvint d'avoir dit à son ami qu'il s'agissait de la fleur traditionnellement associée au souvenir. La terre retournée trahissait le fait qu'ils avaient été plantés récemment.

Une pierre plate se trouvait au milieu. Elle était gravée, mais le manque de lumière la rendait difficile à déchiffrer.

Silas lâcha le bras de Damien pour s'accroupir.

Son cœur se fendit et il tomba à genoux, une main sur la bouche, un sanglot dans la gorge.

En lettres maladroites était marqué « Deirdre ».

— Tu m'as avoué que tu regrettais qu'elle n'ait pas de tombe, murmura Damien en s'asseyant à côté de lui. Je me suis dit que tu apprécierais qu'elle ait un endroit où reposer, même symboliquement. Et je pourrais faire vivre son souvenir, moi aussi, ne serait-ce qu'à travers ce que tu m'as dit d'elle.

Silas était incapable de parler. Lui qui n'avait pas pleuré depuis tout petit sentait sa vision s'embuer. Sans détourner ses yeux de la tombe, il glissa sa main dans celle de Damien, qui la serra doucement. Il se sentit petit et vulnérable tout à coup, comme l'enfant qu'il avait été lorsque sa maîtresse d'armes l'avait trouvé.

Mais cette fois, il n'en conçut ni honte ni frustration. Il savait que son compagnon ne le mépriserait pas et n'en profiterait pas, ce qui, étrangement, l'émouvait plus encore. Il pouvait montrer son cœur à Damien et compter sur lui pour en prendre soin.

— Je lui ai fait une boîte à musique, aussi, avoua le sculpteur, mais je n'ai pas eu le temps de la terminer. Tu me diras ce que tu penses de la mélodie que je lui ai choisie.

Silas se tourna enfin vers lui et le regarda avec une reconnaissance, une affection et un soulagement si purs que Damien frissonna de la tête aux pieds.

Rendu hardi par l'émotion, il tira doucement sur l'épaule du chasseur, qui s'appuya contre lui et posa sa tête contre son bras.

— J'ai toujours des sentiments mêlés quand je pense à Deirdre, confessa Silas tout bas. Elle me manque, mais en même temps, sans elle, j'ai l'impression de découvrir qui je suis réellement. Elle a été dure avec moi, elle m'a entraîné sans pitié, elle m'a fait faire et voir des choses horribles, mais… mais elle m'a recueilli. Elle a pris soin de moi. Elle m'a transmis son code d'honneur. Elle n'était ni bonne ni mauvaise au fond, elle ne se souciait simplement pas de morale. Des fois, j'ai peur de lui ressembler. D'autres fois, au contraire, j'aimerais être plus comme elle.

— Mais tu es toi, répondit doucement Damien. Et tu es formidable comme ça.

Tu dis ça parce que tu ne me connais pas vraiment, songea Silas avec une tristesse dont l'ampleur lui coupa le souffle.

— Nous… Nous devrions rentrer, murmura-t-il. La nuit ne va pas tarder.

Il se détourna pour s'essuyer rapidement les yeux et se leva.

Damien se mit debout à son tour, mais au moment de partir, il ne put s'empêcher de jeter un coup d'œil un peu plus loin, vers une partie du jardin en friche, à moitié colonisée par la forêt.

— Qu'y a-t-il, là-bas ? demanda Silas d'une voix légèrement enrouée.

— De vieilles tombes, avoua douloureusement Damien. Mais je ne sais plus qui y est enterré. Comme je ne savais pas écrire, je n'ai même pas pu mettre de noms dessus. Je ne sais pas s'il s'agissait de monstres ou d'amis. Tu parles d'un gardien de cimetière…

Il secoua la tête pour se libérer de ces tristes pensées. Le chasseur passa un bras sous le sien et commença à marcher.

Ils ne dirent rien durant le trajet du retour. Silas songeait à quel point c'était étrange de côtoyer quelqu'un qui s'effritait ainsi au cours du temps. De quoi se souviendrait le sculpteur dans un mois, dans un an ? Tout ce qu'il lui disait ou lui offrait serait peut-être oublié. Étrangement, cela n'enlevait pourtant rien à la valeur de leurs moments partagés. Et si Damien l'oubliait, lui…

Peut-être lui suffirait-il de lui créer de nouveaux souvenirs.

33
Départ

Ils passèrent une partie de la nuit en préparatifs.

En l'absence de Silas et Damien, Lianne et Akim décidèrent de s'installer au premier étage d'une des tours à moitié effondrées. Elle n'était accessible que par un escalier en colimaçon, ce qui la rendait facilement défendable, et possédait trois pièces assez grandes pour qu'ils ne se marchent pas dessus. Ils y transférèrent des vivres pour une semaine, ainsi que deux lits, des armes et quelques affaires.

— Vous avez intérêt à revenir vite, soupira Lianne d'un ton déprimé lorsqu'ils eurent tout installé. Les oiseaux ne sont pas faits pour vivre en cage.

Damien l'enveloppa dans une étreinte d'ours contre laquelle elle fit semblant de se débattre.

Ils dormirent quelques heures, tous ensemble, et se levèrent à l'aube.

Pas de brouillard en vue.

Silas fit soigneusement sa toilette – il détestait partir en mission sale – et choisit des habits adaptés : un pantalon ample serré au-dessus de la taille et une chemise brune facilement camouflable dans la nature. En nouant ses cheveux en chignon, il songea, un peu surpris, que cela faisait quelques jours qu'il ne s'était pas regardé dans un miroir. Pour lui qui avait toujours porté une attention maladive à son apparence, c'était totalement inédit.

Il sortit son miroir de poche et s'examina d'un air critique. Au moins, il était toujours beau, c'était déjà ça.

En croisant son propre regard, quelque chose l'arrêta. Il se vit soudain de l'extérieur, en train de préparer une expédition dangereuse qui ne lui rapporterait strictement rien, et le Silas du reflet sembla lui demander : « Mais qu'est-ce que tu fiches ?! »

Il rangea le miroir. Il n'avait plus envie d'être ce Silas-là.

***

— Vous ne sortez pas de votre forteresse en notre absence, répéta Damien pour la dixième fois.

— Oui, oui, soupira Lianne en levant les yeux au ciel.

Elle était venue leur dire au revoir à l'orée des jardins. Akim, qui ne pouvait pas se déplacer, était resté dans sa nouvelle chambre.

— Et faites attention aux instructions concernant les potions de soin que je vous ai laissées, ajouta Silas. Si je me rends compte en revenant que cet idiot de médecin a fait une overdose, je le tue.

— Je l'aurai tué avant, fit remarquer la femme-oiseau.

— Eh bien, tue-le à moitié et laisse-moi le reste.

Elle fit semblant de réfléchir.

— D'accord, conclut-elle en tendant la main.

Il la serra avec plus de vigueur que nécessaire, scellant leur pacte absurde.

Damien les observait avec suspicion, les yeux plissés.

— Ma raison me dit qu'il s'agit de sarcasme, mais vous me faites un peu peur, avoua-t-il.

— Tant mieux, s'exclama Lianne, parce que si tu ne reviens pas en un seul morceau, c'est toi que je tue !

— Pourquoi faut-il absolument qu'il y ait quelqu'un de tué dans cette histoire ? se plaignit le sculpteur.

— Et ça vaut pour toi aussi, tête de pioche, lança la jeune femme en tapant sur l'épaule de Silas. Ne va pas te faire trucider. Tes omelettes me manqueraient.

— Je suis heureux de savoir que je suis apprécié à ma juste valeur, ironisa le chasseur.

Lianne secoua la tête et les attira tous les deux dans ses bras – ce qui était plus symbolique que réellement efficace, vu qu'elle était plus petite que Silas et qu'elle parvenait à peine à plier le coude dans le dos de Damien.

Le sculpteur y remédia en les étreignant longuement, puis rouvrit les bras et s'écarta.

Lianne regarda la forêt et soupira profondément.

— À bientôt.

— À bientôt, répondit Damien.

Silas lui adressa un dernier signe de la main, puis fit volte-face et commença à avancer. S'ils continuaient à éterniser leurs au revoir, ils y seraient encore à la nuit tombée.

Damien le rattrapa en quelques enjambées et se plaça à ses côtés.

Ils avaient attendu que l'aube disparaisse complètement avant de sortir afin de ne pas croiser quelques Chimères tardives. Le ciel était un peu gris, mais les nuages ne couvraient pas entièrement le soleil, dont les rayons formaient des flaques d'or sur le tapis de feuilles mortes.

L'air frais sentait la rosée, la mousse et le bois mouillé. La cime des arbres bruissait paresseusement, loin au-dessus de leurs têtes. Silas était toujours impressionné par la hauteur des arbres, qui montaient aussi droit que des piliers.

Ils gravirent une pente raide – celle que le chasseur avait dégringolée la nuit de son arrivée –, tournèrent et perdirent de vue le château.

Ils ne faisaient pratiquement aucun bruit, ni l'un ni l'autre. Silas avait trop d'expérience pour laisser les branches craquer sous ses pas et Damien savait instinctivement comment avancer pour que la forêt le laisse passer sans protester.

— Silas ? demanda le sculpteur au bout d'un moment.

— Mmm ?

— Que fera-t-on si Saradyne ne peut pas traduire les textes ? Ou s'ils ne nous apprennent rien d'intéressant ? Ou si nous réussissons à trouver la Fontaine de Jouvence, mais qu'elle ne nous aide en rien ?

— Eh bien, nous chercherons une autre solution, répondit Silas en haussant les épaules.

Il y eut un nouveau silence, puis Damien demanda, tout bas :

— Mais s'il n'y avait pas d'autre solution… quand est-ce que tu partirais ?

Silas s'arrêta.

— Comment ça ?

— Si le Mal Gris gagnait le château ou que les Chimères, poussées au désespoir, se mettaient toutes à attaquer en même temps… J'aimerais que tu ne sois pas là à ce moment. J'aimerais que ni toi, ni Lianne, ni Akim ne soyez là, d'ailleurs. Vous n'êtes pas attachés au château comme moi, vous n'êtes pas obligés…

— Mais nous *sommes* attachés au château, Damien, le contredit Silas.

Le sculpteur fronça les sourcils – ou, du moins, leur équivalent en racines.

— Comment ça ?

— Je n'arrive pas à croire que tu vas me le faire dire, grommela le chasseur avec irritation. Nous sommes attachés à *toi*, bougre d'âne !

Damien hésita avant de demander :

— Tu es attaché à moi ?

Silas soupira tragiquement pour cacher sa gêne.

— Il faut croire. Coup dur, hein ? On passe sa vie à arpenter le monde tranquillement avec pour seule compagnie une maîtresse d'armes psychopathe et au moment où on se retrouve libre, paf ! Un sculpteur au cœur de rose vous nomme chevalier.

Le sculpteur en question pouffa.

— Désolé. Ce n'est pas ma faute si tu es irrésistible.

— Non, c'est vrai, concéda Silas avec grandeur, tu as des circonstances atténuantes. Je te pardonne donc.

— De t'avoir volé ton cœur ?

Damien réalisa ce qu'il venait de dire avec une seconde de retard et sentit sa respiration s'étrangler.

Silas pencha la tête sur le côté, le cœur battant, et hésita longtemps, très longtemps, à répondre *« oui »*.

— De m'avoir forcé à manger les omelettes de Lianne, répliqua-t-il à la place en forçant le ton de la plaisanterie.

— Oh, effectivement, convint Damien, déçu.

Mais à quoi s'était-il attendu ? Silas semblait parfois si proche qu'il se laissait perdre dans des rêveries, des illusions dangereuses qui le faisaient espérer… ce qu'il n'avait pas le droit de vouloir.

— Pour en revenir à nos plans pour le futur, lança le chasseur, si la situation devient vraiment tragique, nous pourrions peut-être tous quitter le château…

Le sculpteur lui adressa un regard affolé.

— En laissant les roses ? Je ne pourrais pas.

— Damien…

— Non, non, Silas, tu ne comprends pas, tu ne sais pas ce que cela fait de se perdre soi-même ! Je ne veux pas que tout s'efface, je ne veux pas devenir une coquille vide, je ne veux pas oublier le peu que je sais sur moi ! C'est mon pire cauchemar de me réveiller un jour en ayant tout oublié ! Je préfère mourir !

— Ne dis pas ça ! La mort est permanente, la mort est une *fin*. Lorsqu'on est en vie, on peut continuer à avancer, on peut guérir et on peut apprendre. Tu pourrais replanter tes roses autre part. Je t'expliquerais, je te raconterais qui tu es, tout ce que je sais de toi, et nous ferions d'autres souvenirs !

Damien secoua la tête.

— Tu ne ferais que créer quelqu'un d'autre, un reflet qui me ressemble.

— Mais je préfère un reflet à rien ! s'entendit répondre Silas.

Damien sourit avec tendresse. Peut-être qu'il avait raison d'espérer, après tout.

Il tendit une main et effleura la joue du chasseur.

— Ce serait un peu égoïste de ta part, tu ne penses pas ?

Silas déglutit, le cœur lourd.

— Peut-être… Mais je suis une personne très égoïste.

— Je ne te crois pas.

Le chasseur pouffa.

— Tu devrais. Mais de toute façon, nous n'en sommes pas encore là. Allons trouver cette sorcière avant de faire des plans désespérés.

***

Le début du voyage fut plutôt paisible.

Il faisait bon, il ne pleuvait pas et il n'y avait pas de brouillard. La forêt bruissait de bruits d'animaux et le vent faisait tomber doucement les feuilles d'automne, qui tourbillonnaient jusqu'au sol.

Ils croisèrent quelques charognes à moitié dévorées, témoignant de la brutalité dissimulée sous cette apparente tranquillité, mais n'aperçurent aucune Chimère. Elles attendaient l'obscurité.

Ils marchèrent en alternant les discussions à voix basse et les périodes de silence, guidés par la boussole de Silas et la carte de Lianne.

Puis, en fin d'après-midi, ils atteignirent une zone contaminée.

Comme une rayure sur le paysage, une frontière nette entre la vie et son simulacre, la forêt passait soudainement du rouge flamboyant au gris mortuaire.

Ils restèrent quelque temps à la lisière, à observer.

Un oiseau décoloré se posa sur une branche devant eux. Il ouvrit son bec comme s'il chantait, mais aucun son n'en sortit. Ses plumes délavées semblaient couvertes de cendre et ses yeux laiteux fixaient le néant.

Il sautilla, puis sursauta sans raison et s'envola.

Un peu plus loin, un sanglier passa, presque invisible dans l'herbe grise avec sa fourrure de poussière. Il ne tourna pas la tête vers eux. Il fourra sa truffe contre le sol et s'arrêta, même si aucun parfum ne faisait frémir ses narines, puis il se redressa et continua sa marche. Le chemin creusé dans la terre suggérait qu'il avait parcouru le même trajet des centaines de fois.

— C'est comme un monde d'automates, murmura Damien en serrant l'épaule de Silas. Je n'aime pas ça.

— Moi non plus, soupira le chasseur. Mais nous ne savons pas jusqu'où la zone s'étend et ce serait une perte de temps d'essayer de la contourner, en plus de prendre le risque de se perdre. Restons ici cette nuit afin d'être certains de ne pas être contaminés et essayons de la traverser demain.

Damien acquiesça et recula avec soulagement.

Ils mangèrent en silence, à une cinquantaine de mètres de la frontière grise, et Silas se mit en quête du meilleur arbre auquel grimper pour la nuit.

— Nous devrions peut-être nous éloigner un peu plus, fit remarquer Damien en frissonnant, les yeux rivés sur la forêt malade.

— Non, le contredit Silas, les Chimères sont moins susceptibles de s'aventurer dans un endroit ayant peu de gibier. Autant prendre nos précautions.

Il tapota un tronc d'un air satisfait.

— Celui-ci sera parfait. Les premières branches sont très hautes, ce qui rend l'escalade plus difficile, et il est encore assez touffu, malgré la saison. Les Chimères ont beau avoir des griffes, je n'ai pas l'impression qu'elles soient de bonnes grimpeuses, et dans la nuit, les feuilles suffiront à nous cacher. Il n'y a plus qu'à espérer qu'elles ne sentiront pas notre odeur ou qu'elles n'y feront pas attention.

Damien estima d'un regard la distance jusqu'au sommet. L'écorce était presque lisse et, comme le chasseur l'avait fait remarquer, sans aucune prise avant six ou sept mètres.

— Qu'y a-t-il, railla Silas, tu as peur de ne pas y arriver ?

Le sculpteur lui adressa un sourire en coin.

— Je me demandais juste si *tu* y arriverais.

Silas eut l'air réellement offensé, ce qui le fit rire.

— On parie ? proposa Damien.

— Le perdant porte la sacoche. Prêt ?

— Partez.

Ils sautèrent en même temps sur le tronc, heureusement assez large pour qu'ils puissent se trouver tous les deux à la même hauteur. Les poignards de Silas émirent un chuintement en jaillissant, suivi d'un bruit sec lorsqu'ils se plantèrent dans le bois. Il commença à grimper à la force de ses bras, se hissant aussi vite qu'il marchait.

Damien, qui ne possédait ni griffes ni armes, se contenta d'étreindre le tronc en prenant avantage de sa large envergure. Silas fut le premier à atteindre les branches, mais le sculpteur le dépassa presque aussitôt après, grimpant avec tant d'aisance que l'arbre semblait se plier pour le favoriser.

Arrivé en haut, il tendit une main à Silas, qui l'accepta avec un grommellement vexé, et le hissa à ses côtés sur une énorme branche.

— Tu es toujours aussi lent, le taquina-t-il.

— Fais attention à ce que tu dis si tu ne veux pas que je te pousse pendant la nuit.

— Je sais que tu ne le ferais pas.

Silas leva les yeux au ciel.

— Pourquoi faut-il toujours que tu cherches à détruire mon image de gros dur ?

— Tu t'en charges tout seul, je ne fais que te donner un coup de main.

Le chasseur lui tapa sur le bras en pouffant de rire.

— La nuit commence à tomber, fit-il remarquer un ton plus bas. Nous devrions éviter de faire du bruit.

Damien hocha la tête. Il avait espéré grimper un peu plus haut et essayer de voir le château – c'était la première fois qu'il en était éloigné si longtemps –, mais dans l'obscurité, il savait qu'il n'y parviendrait pas.

Il redescendit légèrement et s'installa dans un creux au milieu du tronc. Silas hésita en regardant autour de lui, à la recherche d'une place semblable. Il ne voulait pas trop s'éloigner, au cas où.

— Tu peux t'installer sur mes genoux, fit remarquer Damien au bout d'un moment. Je suis bien calé… Presque coincé, en fait. Je ne suis probablement pas très confortable, mais nous sommes dans un arbre, donc je doute que tu trouves mieux.

— De tous les hommes qui m'ont invité sur leurs genoux, plaisanta Silas, c'était la proposition la moins attrayante que j'ai jamais reçue.

— Tant d'hommes que ça ?! répondit Damien avec une brusquerie qui le surprit.

Dans la pénombre, le sourire du chasseur ressemblait à un croissant de lune.

— Tu devrais être flatté, c'est fort rare que j'accepte.

Et il se coula contre lui.

Damien cessa de respirer le temps de refermer ses bras autour de son corps, si petit en comparaison du sien. Il pouvait respirer le parfum de ses cheveux, sentir la pression de sa tête contre son épaule, et il remercia les fées d'être coincé, car il aurait très bien pu défaillir comme les jeunes gens de ses romans illustrés.

La nuit s'installa définitivement, étouffant le monde sous son manteau froid et sombre.

Des branches craquèrent en contrebas. Silas se tendit.

Il y eut des bruits de griffes, des petits sons ressemblant à des cris étranglés, puis plus rien.

Les minutes s'égrenèrent.

Une à une.

Une course se fit entendre, quelque part sur leur droite. Des branches cassées, des pas heurtant le sol. Un sanglier lança un grondement rauque. Des murmures se mêlèrent, des sortes de voix difformes prononçant des mots inintelligibles.

Puis plus rien, encore.

Les Chimères chassaient en silence.

Silas n'avait pas prévu de dormir. Il avait l'habitude d'attendre toute une nuit, arme à la main, qu'une proie sorte de sa cachette.

Mais plus le temps passait, plus il semblait évident que les Chimères n'avaient pas conscience de leur présence. Et il avait beau se trouver au milieu de la plus dangereuse des forêts, il n'arrivait pas à se sentir vraiment menacé. Peut-être parce qu'il savait que s'il s'endormait dans ses bras, Damien n'en profiterait pas, contrairement à tous les hommes qu'il avait fréquentés par le passé, et que cette simple certitude suffisait à baisser ses défenses. Ou peut-être qu'il s'était vraiment ramolli.

Toujours est-il qu'il s'endormit.

Et il rêva.

Il marchait dans la forêt. Seul. Tout était terriblement calme.

Il arrivait à la frontière du Mal Gris et continuait sans s'arrêter.

Soudain, il se trouvait devant un manoir en ruine. Brûlé.

Et Deirdre était là, couverte de cendre, ses yeux blancs aussi vides que ceux des Ombres.

— Qu'essaies-tu de te faire croire, Silas ? demanda-t-elle d'une voix éraillée, comme si elle avait crié des heures.

Il ne répondit pas.

— Qu'essaies-tu de te faire croire ? répéta-t-elle. Tu n'as de place nulle part. Tes mains sont pleines de sang. Elles le resteront toujours. Pleines de sang…

Il baissa les yeux. La terre était rouge, couverte d'une boue écarlate presque liquide. En relevant la tête, il vit que la forêt avait disparu : il se trouvait dans une plaine infinie et des centaines de cadavres flottaient à la surface de cette mer ensanglantée.

— Qui aimerait un monstre ? demanda soudain Damien.

Il se retourna. Le sculpteur était là, debout, à le regarder d'un air terrorisé.

— Qui aimerait un monstre ? répéta-t-il en reculant. Qui aimerait un monstre ? Qui aimerait un monstre ? Qui…

Il s'éveilla en sursaut et faillit crier en sentant une main se presser contre sa bouche. Mais les doigts étaient durs, noueux, familiers, et une voix souffla dans son oreille.

— Chut. C'est moi. Je t'ai réveillé, car tu faisais un cauchemar. Tout va bien.

Silas en doutait, mais il ne répondit rien. Il se laissa aller contre le torse de Damien, les yeux grands ouverts, décidé à ne plus dormir. Il pouvait sentir la poitrine de son compagnon se soulever légèrement sous l'effet de sa respiration et cela l'apaisa progressivement.

La voix de Deirdre continuait pourtant à résonner dans ses pensées.

Tu n'as de place nulle part. Tes mains sont pleines de sang.

***

Le matin se leva sans nouvel incident. Silas vit le rose de l'aube se couler de branche en branche et attendit que la chaleur d'un rayon caresse son visage pour bouger.

Il quitta l'étreinte de Damien avec une pointe de regret, mais s'étirer lui fit un bien fou. Après avoir fait signe au sculpteur de ne pas bouger, il descendit de quelques mètres pour inspecter les environs.

Aucune Chimère en vue.

— C'est bon, lança-t-il, déjà en train de descendre.

— Bonjour à toi aussi, marmonna Damien en se relevant lentement, perclus de courbatures.

Silas mit pied à terre, tous les sens aux aguets, prêt à combattre un prédateur tardif… Mais rien ne vint l'attaquer.

En s'accroupissant, il aperçut quelques traces fraîches dans l'herbe, ainsi que l'empreinte d'un corps traîné émaillée de sang. La chasse avait été bonne pour les Chimères.

Il se redressa lorsque Damien le rejoignit. Le sculpteur s'étira, faisant retentir quelques craquements, et lâcha un bâillement monumental.

— Tu es plus lourd que tu en as l'air, grommela-t-il à l'intention de Silas.

Le chasseur ouvrit des yeux outrés.

— Si monsieur je-suis-une-racine n'est pas content, je me ferai une joie de lui rappeler qu'il a promis de me porter et que j'ai eu la magnanimité jusqu'ici de ne pas remettre le sujet sur le tapis !

Damien le regarda quelques secondes en plissant les yeux, puis se pencha et, avant que son compagnon n'ait pu réagir, le souleva par la taille et le jeta en travers de son épaule.

— Repose-moi *immédiatement* ! glapit Silas en lui tapant le dos.

— Je ne fais que respecter mes promesses, répliqua le sculpteur avec malice.

Il tenait les jambes de son prisonnier gigotant pour l'empêcher de tomber, ce qui lui donnait une vue plongeante sur son postérieur…

Mais alors qu'il se faisait cette réflexion, Silas se redressa d'un coup, le déséquilibrant dangereusement. Il tituba en avant tandis que le chasseur prenait appui sur son épaule pour se soulever et lançait une jambe de l'autre côté de sa tête.

Quelques secondes plus tard, sans qu'il comprenne comment exactement, Damien avait un homme sur les épaules.

Il pencha la tête en arrière. Silas posa les mains sur ses joues et lui sourit d'un air machiavélique.

— Voilà qui me convient mieux. Allons-y, mon fier destrier !

— Ça veut dire que tu ne veux pas de petit déjeuner ?

Le chasseur fit la moue. Il hésita douloureusement entre garder son avantage et manger, puis soupira d'un air tragique et sauta au sol.

— C'est bien parce que je ne compte pas traverser la forêt le ventre vide, le prévint-il avec une fausse sévérité. Sinon, je ne t'aurais jamais relâché.

— J'ai tout à fait conscience de ne devoir mon salut qu'aux vivres, lui assura solennellement Damien.

Ils s'assirent et partagèrent leur pitance. Après quelques expériences, ils avaient réussi à faire du pain à l'aide de racines réduites en poudre la semaine dernière, et malgré la texture granuleuse, ils en étaient absurdement fiers.

Un quart d'heure plus tard, ils rangèrent tout, effacèrent les traces de leur passage et se dirigèrent de nouveau vers la zone contaminée par le Mal Gris.

Ils firent une pause à la frontière, prirent une profonde inspiration et entrèrent.

Leur passage n'avait aucune influence sur ce qui les entourait. Les oiseaux ne s'envolaient pas lorsqu'ils les frôlaient, les animaux ne s'arrêtaient pas devant eux et même les insectes les ignoraient. Dans ce monde mort, les vivants étaient invisibles. Une lourde odeur de pourriture pesait dans l'air.

Au bout d'une heure de marche, une silhouette sortit d'un buisson.

Il s'agissait d'une adolescente. Sa tête, son dos et ses bras étaient couverts de piquants longs. Son nez était aplati, presque inexistant, et ses yeux ronds étrangement petits. La femme-hérisson avait la peau terne et les yeux blancs. Son regard passa sur eux sans s'arrêter. Elle se baissa, cueillit quelque chose qui n'existait plus et le déposa dans le creux de son bras, où s'était peut-être trouvé un panier autrefois.

Elle hocha la tête, se releva et se remit à marcher. Damien et Silas la regardèrent disparaître derrière les arbres.

La main du sculpteur effleura celle de son compagnon, qui la prit et la serra brièvement avant de la lâcher.

— Continuons à avancer, dit-il doucement.

Dans le silence de la forêt malade, sa voix porta comme un cri.

Plus ils avançaient et plus ils croisaient d'autres Ombres à moitié humaines. Ils virent un couple de femmes-oiseaux passer en se tenant la main, un enfant avec des oreilles de renard courir à quatre pattes, un vieillard avec des jambes étrangement longues et fines porter une pipe brisée à sa bouche…

Ils ne tardèrent pas à apercevoir des restes de cabanes perchées dans les arbres, reliées par des ponts de corde usés. Au sol, les habitations en ruine étaient recouvertes de mousse et de feuilles mortes. Cela n'empêchait pas les Ombres d'y entrer, d'en sortir, de s'allonger, de cuisiner et de dormir.

En se tournant vers Damien, Silas se rendit compte que ce dernier avait les larmes aux yeux. Ça ne l'étonna pas : la tristesse qui émanait de cet endroit était presque palpable, comme une marée de douleurs, d'occasions manquées et de regrets.

Silas reprit la main de son compagnon dans la sienne et ne la lâcha pas, cette fois.

Enfin, trois heures plus tard, ils aperçurent une tache de couleur dans le paysage. Après tout ce gris, la vision d'une feuille rouge au sol évoquait presque une flaque de sang.

Encore quelques pas et une nouvelle frontière apparut. Vers la vie, cette fois. Des chants d'oiseaux se firent entendre et un vent frais chassa l'odeur de pourriture omniprésente.

Ils se précipitèrent presque dehors, soulagés au-delà des mots de quitter cet endroit mort.

— C'était extrêmement stupide de votre part de rentrer là-dedans, lança une voix.

Silas se plaça aussitôt devant Damien, un poignard à la main, prêt à les défendre contre n'importe quoi.

— Montrez-vous, ordonna-t-il avec une autorité menaçante qui fit déglutir le sculpteur.

Une ombre bougea devant eux et une silhouette sortit de derrière un arbre.

Il s'agissait d'une femme dans la soixantaine, grande et fine, appuyée sur un bâton gravé. Son visage et ses épaules étaient presque dissimulés sous la masse de plumes noires qui tombaient de son crâne. Ses doigts étaient longs et légèrement griffus, comme ceux de Lianne, et lorsqu'elle parla, ils purent voir ses dents pointues entre ses lèvres fines. D'épais colliers constitués de pierres colorées, de plantes séchées et de bois sculpté pendaient autour de son cou, habillant sa longue robe sombre élimée jusqu'à la trame.

— Je ne vous veux aucun mal, lança-t-elle, peu intimidée par l'attitude défensive de Silas. Enfin, pas si vous ne me provoquez pas. Que venez-vous faire ici ?

— Nous cherchons une sorcière, répondit le chasseur en abandonnant sa posture, mais sans ranger son arme. Êtes-vous Saradyne ?

Elle pencha la tête sur le côté. Le soleil glissa des reflets bleutés sur ses plumes de corbeau.

— Il paraît, admit-elle d'un ton sibyllin. Mais voici vraiment, vraiment longtemps que personne n'était venu prononcer ce nom dans le coin.

Damien sortit de sa poche la plume que Lianne lui avait confiée. Apparemment, les yeux des humains-oiseaux pouvaient y voir des motifs invisibles aux humains tout court, des motifs uniques à chaque personne.

Il contourna Silas en ignorant le regard agacé qu'il lui lança et tendit la plume à la vieille femme.

— Notre amie nous a dit que nous pourrions vous trouver ici, expliqua-t-il.

Saradyne ouvrit des yeux ronds qui s'emplirent aussitôt de larmes et se saisit de la plume du bout de ses doigts tremblants.

— Lianne ? Elle… Elle est… vivante ?

— Oui, lui assura doucement Damien. Elle habite avec nous, au château.

La sorcière recula et s'adossa à un arbre, visiblement émue.

— Elle n'est jamais revenue après la mort de la communauté, souffla-t-elle, et même si je n'ai jamais vu son Ombre, j'ai toujours cru… Que la Déesse soit louée, la petite Lianne est en vie…

Elle secoua la tête, essuya ses larmes et glissa la plume dans sa manche.

— Je ne saurais jamais vous remercier assez pour cette nouvelle, reprit-elle d'une voix enrouée. Je serais absolument enchantée de vous rendre service. Je suppose que vous ne m'en voulez plus pour la dernière fois ?

Elle avait parlé à Damien, qui lui renvoya un regard confus.

— Pourquoi vous en voudrais-je ? Nous sommes-nous déjà rencontrés ?

La vieille haussa les sourcils. Il y eut un blanc.

— Il était sérieux, se sentit obligé de préciser Silas. Il a quelques problèmes de mémoire.

— Vraiment ? s'étonna-t-elle. Eh bien, oui, nous nous sommes déjà rencontrés, il y a… oh, au moins quarante-cinq ans. J'étais adolescente à cette époque, le Mal Gris n'était pas aussi répandu et les Chimères se tenaient plus tranquilles. J'étais curieuse, intrépide et très intriguée par le vieux château. J'ai donc fini par m'y introduire, malgré l'interdiction de tous les aînés de la communauté. Quand j'ai vu votre bibliothèque, je n'ai pas pu résister. Vous m'avez surprise en train de fourrer des livres dans mon baluchon et vous m'avez poursuivie dans la forêt jusqu'à la nuit tombée avec une épée à la main. J'ai cru que ma dernière heure était arrivée !

— J'ai fait ça ? s'épouvanta Damien. Je suis affreusement désolé, je vous assure que si vous vouliez revenir au château, je vous donnerais des livres de bon cœur.

Elle l'observa suspicieusement.

— C'est vrai que vous semblez… différent. Eh bien, tant mieux. Puisque tout est oublié, ne restons pas là, venez prendre le thé chez moi.

— Enfin quelqu'un de civilisé ! se réjouit Silas en lui proposant son bras, retrouvant par automatisme le sourire charmeur qu'il arborait en société.

Elle lui adressa un regard appréciateur et accepta son aide.

Damien leur emboîta le pas en se répétant – assez vainement – qu'il était puéril d'être jaloux d'une vieille femme.

34
Paroles de sorcière

La cabane de Saradyne était construite à une dizaine de mètres du sol, autour d'un tronc qui la traversait verticalement. On y accédait par une échelle de corde que la vieille dame, malgré son apparente fragilité, n'eut aucun mal à gravir. Silas avait déjà remarqué lorsqu'elle s'était appuyée sur lui qu'elle était anormalement légère et il supposait que c'était le cas de tous les humains-oiseaux.

L'intérieur n'était pas vaste, mais bien plus confortable que les pièces froides du château. Des plantes séchées et des peintures étaient suspendues aux murs, à côté d'étagères supportant des pots de fleurs, des livres et des boîtes de toutes les tailles et de toutes les formes. Un autel était dressé dans un coin, couvert de plumes et de fragments de roches artistiquement disposés autour d'un minuscule foyer.

L'unique fenêtre, sans vitres, mais ornée de rideaux blancs, laissait entrer dans la pièce la lumière du soleil. À part cela, l'ameublement était constitué d'un lit caché par des piles de couvertures, d'une petite table et d'un fauteuil.

Damien glissa avec peine son imposante carrure dans l'embrasure de la porte et s'assit sur le lit, qui craqua dangereusement sous son poids.

— Où trouvez-vous votre tissu ? demanda Silas, curieux, en effleurant les rideaux. Je ne reconnais pas cette étoffe.

— Être sorcière a des avantages, répondit leur hôtesse en prenant place dans le fauteuil. J'extrais la fibre des plantes, que je tisse par magie, et j'utilise des pigments naturels pour les teindre. Mais je suppose que vous n'êtes pas venus jusqu'ici pour me demander des mouchoirs ?

Elle avait l'air plus amusée qu'impatiente ou vexée – ce qui était une bonne chose, puisque, de l'expérience du chasseur, il valait mieux éviter d'offenser les gens qui pouvaient vous changer en crapaud. Il lui offrit un grand sourire, plongea la main dans sa sacoche et en sortit le livre que Damien avait remarqué lors de leur première véritable exploration du laboratoire souterrain. Il l'ouvrit à la page contenant les dessins de l'arbre, du diamant et des gouttes et le tendit à la sorcière.

— Seriez-vous en mesure de nous traduire ce texte ?

Elle prit l'ouvrage, visiblement intriguée, parcourut la page du regard et se figea.

— La Fontaine de Jouvence…

Durant quelques secondes, elle resta immobile, perdue dans ses pensées. Puis elle se leva d'un bond, se précipita vers une étagère et se saisit d'une boîte. Silas échangea un regard excité avec Damien. Ils allaient enfin savoir !

Saradyne posa la boîte sur la table et se mit à fouiller dedans, sortant des feuilles jaunies couvertes d'écritures à l'encre séchée.

— Il s'agit de fragments de journaux tenus par la première génération d'humains modifiés, expliqua-t-elle en effleurant les plumes qui remplaçaient sa chevelure. Nous nous les transmettons depuis des siècles, ainsi que la connaissance des vieilles langues.

— Que racontent-ils ? souffla le sculpteur.

Elle prit un air grave et répondit sans cesser de fouiller :

— Ils vivaient au château il y a environ cinq cents ans, sous le règne du roi Damien, surnommé le Roi Cruel. Ce souverain particulièrement détestable ne se privait pas d'enfermer n'importe qui dans ses geôles et piochait parmi les prisonniers pour mener des expériences alchimiques interdites. Un jour, la terre a tremblé, les arbres sont sortis de terre, formant la forêt telle qu'elle est aujourd'hui, et le Roi a disparu. Mes ancêtres, délivrés par la catastrophe, ne voulaient plus habiter dans le palais où ils avaient été torturés, mais sachant qu'ils ne seraient pas acceptés dans la société, ils sont restés dans les bois. Malheureusement, certaines expériences du Roi Cruel avaient vraiment mal tourné…

— D'où les Chimères, devina Silas.

— Oui, soupira-t-elle. Elles n'étaient que peu, au début, puis elles se sont reproduites, un peu plus animales à chaque génération… Ah !

Elle brandit une feuille entre ses doigts, une page visiblement arrachée d'un carnet, si vieille qu'elle en était à peine lisible.

— Il s'agit du récit d'une femme nommée Tish, expliqua-t-elle, une des premières femmes-oiseaux, et mon arrière-arrière-arrière-et-quelques-grand-mère ! Elle mentionne plusieurs fois l'obsession du Roi Cruel… D'après elle, le Roi a construit son château autour de la Fontaine de Jouvence. C'est grâce à son eau qu'il a pu mener ses expériences malsaines.

Silas échangea un regard avec Damien. La Fontaine était bien dans le château !

— Et cette Tish ne précise pas s'il a essayé d'utiliser la Fontaine sur lui ? insista-t-il, avide d'informations.

— C'était apparemment son but, soupira Saradyne. Devenir beau et jeune pour toujours. Tish pensait que c'était en essayant d'utiliser la Fontaine pour obtenir l'immortalité qu'il avait créé la catastrophe, la forêt… et le Mal Gris.

— Ça, nous l'avions déjà plus ou moins supposé, s'enorgueillit Silas. C'est même précisément pour cela que nous venons vous voir ! Nous avons trouvé ce livre dans un laboratoire secret ayant appartenu au Roi Cruel. Il faut que nous sachions s'il parle d'un moyen de localiser la Fontaine et de s'en servir pour arrêter le Mal Gris, voire l'inverser.

La sorcière grimaça.

— L'arrêter, peut-être. L'inverser, je ne crois pas que cela soit possible. Une vie prise ne peut pas être rendue. Les Ombres ne sont que des ombres, justement, des cadavres ambulants. Elles ne reviendront pas. Mais peut-être que ce livre nous en apprendra plus…

Son regard brillait de curiosité. Elle posa le témoignage de Tish en évidence sur la table, rangea tout le reste dans sa boîte et se rassit dans son fauteuil, l'ouvrage alchimique sur les genoux.

— Je pense pouvoir traduire, marmonna-t-elle en parcourant le texte des yeux, mais ça risque d'être approximatif…

Le chasseur, qui savait que les textes anciens demandaient du temps et des efforts pour être traduits, hocha la tête et s'assit à côté de Damien.

Le sculpteur ne bougea pas et ne dit rien, l'air grave, les yeux rivés sur le plancher. Il songeait probablement au souverain cruel qu'il avait été et Silas sentit son cœur se serrer de compassion.

Il posa une main sur son bras, puis glissa jusqu'à son poignet et entremêla ses doigts aux siens. Damien releva la tête pour lui adresser un regard à la fois surpris et ravi.

Sans réfléchir, le chasseur lui répondit d'un sourire mutin.

Le pouce de Damien caressa doucement l'envers de sa main.

Silas sentit son sourire perdre en assurance et son cœur battit un coup trop fort.

Un rayon de soleil traversa les nuages et se posa sur le visage de l'ancien roi, illuminant l'or de ses yeux.

Silas eut brusquement envie de l'embrasser.

C'était si soudain et si fort qu'il fut à deux doigts de se redresser, d'attraper son visage et de poser ses lèvres contre les siennes afin de finir ce qu'ils avaient commencé dans la salle de bal et dont ils n'avaient jamais reparlé.

Son désir dut se lire dans son regard, car la respiration de Damien connut un raté et il entrouvrit la bouche, formant une exclamation muette.

Le chasseur détourna la tête, l'âme en pagaille.

Ce n'était ni l'endroit ni le moment. Mais quand cela le serait… Lorsqu'ils se trouveraient de nouveau tous les deux…

Que se passerait-il s'il franchissait ce pas ?

Il crut voir le fantôme de Deirdre errer à la lisière de sa vision. *Tu as les mains pleines de sang !* semblait-elle lui dire. *À chaque fois que tu poses tes doigts sur lui, tu le taches !*

Mais il n'a pas besoin de le savoir… plaida-t-il avec une angoisse confinant au désespoir.

La figure de ses cauchemars secoua la tête avant de s'effacer.

Il resta plongé dans ses pensées, aux prises avec un dilemme qui lui tordait les entrailles.

***

Au bout de plusieurs heures, Saradyne reposa le livre en soupirant.

Elle se leva, prit une carafe en bois se trouvant sur la table et dessina une rune dans l'air du bout des doigts. Un frémissement se fit entendre et un peu de vapeur s'échappa de la cruche.

Elle versa l'eau chaude dans des verres, ajouta quelques herbes venues d'un coffret, puis offrit la boisson à ses deux invités.

— Je vous avais promis du thé, déclara-t-elle simplement avant de se rasseoir. Vous me pardonnerez d'avoir mis tant de temps à vous l'offrir, je n'ai plus l'habitude de recevoir.

— Alors ? s'impatienta Silas. Qu'avez-vous trouvé ?! Nous ne pouvons pas rester longtemps, nous avons laissé deux amis sans défense et… quelques trésors à protéger. Nous devons repartir au plus vite.

— J'ai traduit la page que vous m'aviez montrée, lui apprit calmement Saradyne, ainsi que celle qui était marquée par un bout de tissu.

— Celle avec une tour ?

— Oui.

— Parfait ! Que disaient-elles ?

— Je ne garantis pas l'exactitude de mes mots, mais je pense avoir saisi l'idée générale. Pour commencer, la Fontaine de Jouvence ne ressemble pas à l'image qu'on se ferait d'une fontaine. Il s'agit d'un arbre.

Silas et Damien échangèrent un regard stupéfait.

— La Fontaine est un *arbre* ? répéta le chasseur.

Elle acquiesça.

— Un arbre créé par les fées au premier temps du monde. La confusion viendrait d'un ancien texte décrivant l'arbre comme une « source de magie ». Les traducteurs ont interprété « source » de façon littérale et de texte en texte, la source est devenue fontaine… « L'eau » de la Fontaine, si l'on peut dire, est en fait la sève de l'arbre. En consommer guérit toutes les blessures et les maladies, mais ni la mort ni la vieillesse. Il est cependant possible d'atteindre l'immortalité… En dévorant le cœur même de l'arbre.

Damien sentit son propre cœur battre plus sourdement. Il n'aurait su dire pourquoi précisément, mais ces paroles trouvaient en lui un écho sinistre.

— Je ne sais pas à quoi il ressemble exactement, continua la sorcière, mais manger le cœur de l'arbre revient à lui voler sa vitalité, ce qui crée un déséquilibre… Et pour combler ce vide, l'arbre absorbe la vie de ce qui l'entoure. Plus le temps passe, plus sa blessure est profonde, plus il a besoin d'aspirer la vie des autres pour subsister. Voilà d'où vient le Mal Gris…

Elle s'arrêta et ferma brièvement les yeux sous l'effet d'un souvenir douloureux.

— Y aurait-il moyen de guérir l'arbre ? demanda doucement Damien.

— J'espère, souffla-t-elle, car il ne s'arrêtera pas. Il continuera de dévorer la vie, de plus en plus rapidement, jusqu'à ce que le Mal Gris assèche le monde entier. L'autre alternative, je suppose, serait de détruire complètement l'arbre…

Silas jeta un regard angoissé à Damien. S'il survivait grâce à la Fontaine de Jouvence, la détruire le détruirait-il, lui ?

— C'est tout ce que j'ai réussi à tirer de cette page, avoua Saradyne. Les symboles à côté sont une représentation symbolique de la Fontaine, sous la forme de l'arbre enserrant un diamant blanc représentant l'immortalité et de deux gouttes, une à l'endroit, une à l'envers, une pour la vie, une pour la mort.

— Et sur la page avec la tour ? s'enquit immédiatement le chasseur.

— Il s'agit d'instructions permettant de créer un sortilège de dissimulation très puissant. Une fois qu'il est appliqué, seule la personne ayant tissé le sortilège peut accéder au bâtiment sur lequel il a été lancé. Pour toute autre personne, l'endroit n'existe plus. On peut passer à travers et même construire autre chose à la place. Le seul point faible du sort, c'est qu'il a tendance à faiblir en cas de brouillard. C'est d'ailleurs souvent le cas dans ce genre de…

— Foutrefée ! s'exclama Silas en se tapant la cuisse, faisant sursauter les deux autres.

Il se tourna vers Damien, si excité par ce qu'il venait de comprendre qu'il faillit le prendre par les épaules pour le secouer.

— Est-ce que tu te souviens que la première fois que je suis entré dans l'atelier, j'ai cru apercevoir une tour dans le jardin ? Je ne l'ai vue qu'une fois, en plein brouillard, et comme ça ne s'est plus reproduit, j'ai fini par l'oublier… Mais cela correspond à l'endroit où le reste de la tour est enterré ! C'est là que se trouve l'arbre, la Fontaine, le truc qui t'appelle, la solution de tout ce fichu mystère ! Juste sous notre nez, depuis le début ! Il nous suffit d'aller l'explorer lors de la prochaine purée de pois !

Il fit une pause et reprit en faisant la moue.

— Ce qui signifierait que tu n'es pas sorti une fois dans le jardin par mauvais temps… C'est possible ?

— Pourquoi l'aurais-je fait ? répondit Damien, stupéfait par cette révélation. Le brouillard est plutôt dangereux, et tu sais que je ne suis pas très aventureux. Je n'ai aucune envie de m'y promener sans raison. En plus, quand je travaille, je me laisse absorber par ce que je fais et je regarde peu dehors. Surtout lorsqu'on n'y voit rien. Ce n'est pas non plus impossible que je l'aie aperçue une ou deux fois, puis oubliée, avec… tu sais.

Les roses, ne finit-il pas.

Silas hocha la tête, réfléchit quelques instants et sauta sur ses pieds.

— Allons-y !

— Maintenant ? s'étonna Saradyne. Vous ne voulez pas que je me penche sur le reste du grimoire ?

— Si nous partons sans tarder, nous pouvons encore traverser la zone contaminée avant la nuit, fit observer le chasseur. Vous nous avez indiqué comment trouver la Fontaine et donné une piste pour arrêter le Mal Gris. Pour le reste, nous improviserons.

Il se tourna vers Damien et pencha la tête d'un air interrogateur.

— Qu'en penses-tu ?

Le sculpteur hésita, puis acquiesça.

— Rentrons.

35
Désirs

Ils quittèrent Saradyne et retraversèrent la zone peuplée d'Ombres sans parler, perdus dans leurs pensées.

Ils atteignaient à peine la partie vivante de la forêt lorsque la nuit s'annonça, toute drapée de sang. Ils choisirent un arbre et grimpèrent jusqu'en haut sans se concerter.

Épaule contre épaule, calés dans un renfoncement du tronc, ils écoutèrent les bruits nocturnes succéder à ceux de la journée, mêlant les hululements aux grognements des prédateurs.

Silas songea à la vie, au chemin qu'il avait parcouru pour arriver jusqu'ici, et à quel point il avait changé depuis qu'il était entré dans la forêt. Mais avait-il réellement changé ou s'était-il découvert lui-même ?

Pendant trop longtemps, réalisa-t-il, son existence s'était résumée à la survie. Avancer coûte que coûte, ne jamais se faire écraser, ne jamais céder la moindre parcelle de liberté. Il n'avait jamais rien espéré, sinon mourir vieux.

Un nouvel espoir l'habitait à présent. Plus fort et plus beau. Plus fragile aussi, paradoxalement. Il avait fleuri aussi doucement qu'une rose, à force de lumière et de chaleur, jusqu'à emplir toute sa poitrine, emprisonner son cœur et guider ses mouvements.

Il avait peur – il était terrifié – de se l'avouer, mais au fond, il le savait.

Cet espoir, c'était celui d'être aimé.

D'être aimé *en retour.*

— Damien, murmura-t-il.

Sentant dans sa voix une hésitation inhabituelle, le sculpteur s'écarta légèrement pour pouvoir le regarder. À la clarté de la lune, ses yeux luisaient presque.

— Oui ?

Silas sentit sa gorge se nouer. Il avait débattu avec des grands seigneurs, narré des histoires devant des cours entières, jeté des malédictions sur des monstres sanguinaires, mais rien n'était plus difficile à prononcer que les mots qu'il voulait exprimer. C'était comme si ses lèvres ne savaient pas s'y prendre, comme si, n'ayant jamais appris la tendresse, elles ne parvenaient pas à l'articuler.

— Damien... répéta-t-il, désemparé.

Je ne suis pas un prince, voulut-il dire. *Je ne suis pas le héros de conte que tu attendais, je ne suis même pas une bonne personne, et je ne te mérite certainement pas. Je ne sais pas si je saurai rendre heureux ou protéger qui que ce soit. Mais j'aimerais essayer.*

J'aimerais t'embrasser.

Si tu voulais de moi...

Rendu perplexe par son silence, Damien leva une main pour effleurer sa joue, lui arrachant un soupir.

— Quelque chose ne va pas ? s'inquiéta le sculpteur.

— Je... J'aimerais...

Damien fronça les sourcils.

— C'est la première fois que je te vois effrayé.

— Je n'ai pas peur !

Son ami rit doucement.

— D'accord, d'accord. Mais j'espère que tu sais que tu es la dernière personne au monde qui aurait besoin d'avoir peur de moi, Silas.

Ses doigts effleurèrent de nouveau sa joue et glissèrent dans son cou. Le chasseur frissonna en sentant les racines rugueuses contre sa peau.

— S'il ne devait me rester qu'une rose, souffla soudain Damien, je voudrais que ce soit celle qui garde ton souvenir.

Il fit une pause et détourna brièvement les yeux. Toute sa vie, il n'avait jamais pensé qu'on puisse faire plus que le tolérer. Il n'avait jamais osé prendre d'initiative sentimentale, autant en amour qu'en amitié. Il avait laissé les autres faire, taisant ses désirs et ses espoirs.

Mais s'il pouvait prendre un risque… s'il osait se montrer téméraire, rien qu'une fois…

Alors ce serait maintenant, ce serait avec *lui*.

— Silas… Je sais que tu ne prévois plus de partir comme avant, mais… si je te demandais de rester avec moi, vraiment avec *moi*, le ferais-tu ?

— Pour combien de temps ? s'entendit répondre le chasseur d'une voix enrouée.

— Il semblerait que j'ai l'éternité de mon côté. Alors… aussi longtemps que tu le voudras. J'aimerais une serre entière de souvenirs en ta compagnie. Des centaines de roses avec juste ton rire. Et ce sourire-là, celui que tu me lances quand nous sommes tous les deux. Et la teinte de tes yeux. Et… toutes ces choses, tu vois ? J'ai peur d'en dire trop. Contrairement à toi, j'ai peur souvent. Et je parle toujours à tort et à travers. Mais j'espère que tu comprends.

Tu as peur des monstres, j'ai peur des sentiments, ironisa intérieurement Silas.

— De nous deux, tu es probablement le plus courageux, admit-il à voix haute.

Damien haussa les sourcils.

— Je n'ai aucune idée de la façon dont tu as pu arriver à une telle conclusion.

Silas rit, allégeant la tension qui l'habitait.

— Je resterai. Bien sûr que je resterai. Pour le reste…

Il déglutit. Ils étaient extrêmement proches à présent, leurs regards rivés l'un dans l'autre.

Damien prit sa main dans la sienne et, sans le quitter des yeux, pressa ses lèvres sur la jointure de ses doigts.

Le cœur de Silas dérapa et dégringola dans sa poitrine.

— Je ne connais pas très bien l'étiquette, avoua le sculpteur, ravi de son effet. Est-ce que je m'y prends correctement pour courtiser un chevalier ?

Silas lâcha un « ça va » étranglé.

Damien rit.

Le chasseur posa ses mains sur ses tempes, l'attira et l'embrassa.

Les racines rendaient le bord de ses lèvres rugueux et il sentait leurs protubérances presser contre son nez et ses joues, mais sa bouche était aussi tendre qu'il se l'était imaginé, avec un arrière-goût de sève sucré.

Damien resta quelques secondes figé avant de l'imiter, le cœur battant assez fort pour l'assourdir.

C'était le baiser le plus simple et le plus chaste que Silas ait jamais partagé, mais à cet instant, il lui sembla qu'il comprenait enfin ce *qu'était* un baiser. C'était ça. C'était cet instant sans temps. C'était cette sensation de chaleur intérieure. C'étaient eux deux tentant de se comprendre sans mots, de se dévoiler sans se blesser, de s'abandonner sans avoir renoncé à leur pudeur.

Ils s'écartèrent légèrement. Les yeux de Damien étaient ronds, choqués, et il avait le souffle court.

— Oh, laissa-t-il échapper. Oh. *Oh.*

— Il semblerait que le baiser n'ait pas rompu ta malédiction, fit remarquer Silas d'un ton de regret. J'aurais peut-être dû être prince…

— Je me fiche de la malédiction, répliqua Damien avant de l'embrasser de nouveau.

Embrasser Silas.

Embrasser Silas !

C'était comme une formule magique dans son esprit, une phrase qui, en se répétant, provoquait des étincelles et des crépitements. Embrasser Silas, Silas dont les lèvres semblaient de plus en plus avides, Silas qui pressait contre lui son corps humain, si tendre et si désirable, et qui…

Ses pensées s'arrêtèrent subitement lorsqu'il sentit son poids partir sur le côté.

Leurs lèvres se séparèrent alors qu'il agitait les bras, tentant de se rattraper à n'importe quoi.

À force de se pencher, il avait perdu l'équilibre.

— Foutrefée ! entendit-il Silas jurer.

À l'instant où son corps basculait définitivement, il réussit à refermer sa main sur la branche la plus proche et se stabilisa avec un grognement, à moitié allongé dans le vide.

Il sentit Silas lui agripper l'épaule et le tirer en arrière. Son dos heurta le tronc avec un bruit sourd.

— Aïeuh, marmonna-t-il.

— Mon pauvre, lâcha Silas, qui tentait visiblement de se retenir d'exploser de rire.

— C'était censé être un grand moment romantique ! se plaignit Damien. Je *savais* que j'aurais dû t'embrasser dans cette salle de bal.

— Depuis combien de temps fomentes-tu des complots pour m'embrasser ? pouffa le chasseur.

— Eh bien, j'ai eu envie de t'embrasser dès la première fois que je t'ai vu, évidemment. Mais tu essayais si fort de me séduire que ça me paraissait vraiment suspect. Pourquoi faisais-tu ça, d'ailleurs ?

Silas sentit ses entrailles se nouer. *Parce que je voulais que tu retires ton masque pour pouvoir t'égorger.*

— C'est… C'est quelque chose que je fais… souvent. Une sorte de mécanisme de défense. Pour que les gens soient trop fascinés par ma beauté pour essayer de me tuer.

Ce qui n'était pas *totalement* un mensonge.

— Tu n'as pas besoin de tout ce cirque pour que les gens soient fascinés par toi, s'amusa Damien.

Silas sentit les mots lui échapper encore. Que pouvait-il répondre à cet homme qui lui ouvrait son cœur avec tant d'ingénuité et de spontanéité ? Son compagnon ne méritait pas ses mensonges. Mais la vérité n'était-elle pas pire ?

— Nous ferions mieux de nous reposer un peu, soupira-t-il, le cœur lourd. Et nous devrions arrêter de faire du bruit, au cas où les Chimères nous entendraient.

Damien hocha la tête et ouvrit les bras.

— Je sais que je ne suis pas très confortable, mais nous prendrons moins de place, si tu veux…

Il n'eut pas le temps de finir sa phrase que Silas s'était déjà glissé sur ses genoux, la tête sur sa poitrine.

— Serre-moi contre toi, murmura-t-il tout bas.

Les larges bras du sculpteur l'entourèrent immédiatement, lui donnant une impression d'appartenance et de sécurité qu'il n'avait jamais connue de sa vie.

C'était illusoire, mais il n'avait jamais autant désiré qu'une illusion soit vraie.

***

Au petit matin, ils n'avaient pas bougé, mais pas dormi non plus.

Silas craignait les cauchemars. Il avait l'impression d'entendre la voix accusatrice de Deirdre dans le moindre sifflement du vent. Si Damien voulait de lui, c'était parce qu'il ne savait pas. Parce qu'il ne le connaissait pas vraiment. Parce qu'il n'avait jamais vu ses mains pleines de sang.

Était-ce l'angoisse de le perdre ou la culpabilité de lui mentir qui lui tordait ainsi les entrailles ?

Probablement un mélange des deux.

Les doigts du sculpteur glissèrent dans ses cheveux, défaisant par inadvertance son chignon. Il s'apaisa légèrement sous cette caresse.

— Nous devrions y aller, souffla Damien.

Le ciel était gris, l'air froid et humide. Le chasseur acquiesça, bâilla et se glissa hors de l'étreinte de son compagnon.

— Le dernier en bas a perdu ! s'exclama-t-il en se laissant tomber sur la branche d'en dessous.

Lorsqu'il toucha le sol, le sculpteur était déjà là.

— Tu m'énerves ! lui lança-t-il avec un sourire démentant ses propos.

Damien ne répondit rien. Il était simplement émerveillé de le voir à la lumière du jour, ses cheveux détachés tombant en désordre autour de son visage, sa chemise froissée dévoilant le creux de son cou… Il avait l'air… débauché. Et le sculpteur ressentait un besoin furieux, impérieux, de le *toucher*.

— Arrête, souffla Silas.

— Mmm ? fit Damien en continuant à promener ses yeux là où il voulait.

En remontant sur son visage, il eut la surprise de s'apercevoir que les joues du chasseur étaient légèrement rouges, ses lèvres entrouvertes, ses pupilles dilatées.

— Arrête de me regarder comme ça, clarifia Silas d'une voix un peu rauque. Pas ici.

Damien franchit la distance qui les séparait. Il avait l'impression que ça le brûlait de l'intérieur, cette envie, ce désir si brut qu'il en avait le souffle court.

Il embrassa de nouveau Silas, plus avidement, et sentit son souffle s'accélérer un peu plus lorsque le corps de son compagnon se pressa contre lui. Sa main se posa sur sa taille, cherchant d'elle-même à glisser sous sa chemise, caresser directement la peau tendre…

Silas s'écarta. Le sculpteur gémit de déception, puis réalisa qu'il venait possiblement de se faire rejeter.

— Je suis désolé, balbutia-t-il, je ne t'ai même pas demandé si tu en avais envie… Je comprendrai si tu ne veux pas aller plus loin que les baisers avec quelqu'un comme moi, et…

Le chasseur leva une main pour le faire taire. Bon sang, avait-il déjà eu plus envie d'envoyer valser la prudence que maintenant ? Il voulait se donner à cet homme, il voulait tellement, *tellement* lui appartenir – et l'avoir pour lui en échange – que c'en était presque douloureux physiquement.

Il n'avait jamais désiré personne ainsi, pas seulement pour l'acte, mais aussi pour ce qu'il signifiait. C'était nouveau et enivrant, cette envie si complète, si puissante et si simple.

— Pour l'amour des fées, Damien, soupira-t-il, ce n'est pas que je n'ai pas envie que tu me sautes dessus… Mais pas au milieu d'une forêt pleine de dangers mortels !

— Oh, convint Damien, déconfit.

Puis il réalisa.

— Ça veut dire que je peux te sauter dessus au château ?

Silas lui adressa un sourire malicieux.

— J'y compte bien !

— Dépêchons-nous ! lança le sculpteur en faisant volte-face. Pas la peine de traîner !

Silas le suivit en riant.

Il était si distrait par Damien qu'il ne remarqua pas les ombres qui les suivaient dans les fourrés, ni le reflet des lames sous leurs capes sombres.

***

Ils ne firent pas de pause sur le trajet du retour, se contentant de grignoter en marchant. Damien se sentait tellement bien qu'il avait l'impression qu'il pourrait s'envoler. Il avait du mal à croire que ce qui lui arrivait était réel et ça le rendait fou de bonheur à chaque fois qu'il croisait le regard complice de Silas.

Ils arrivèrent au château en fin d'après-midi. Le sculpteur ressentit un certain soulagement à retrouver sa prison familière, qu'il n'avait jamais quittée aussi longtemps. Puis, alors qu'il approchait de la porte principale, l'inquiétude prit le pas sur le reste.

— Lianne et Akim, ne devraient-ils pas nous avoir vus arriver ? demanda-t-il nerveusement en traversant le hall abandonné.

— Je ne pense pas qu'ils passent leur temps à regarder par la fenêtre, le rassura Silas. Ils sont probablement juste en train de s'ennuyer ferme dans leur tour.

Damien hocha la tête et pressa le pas. Ils traversèrent le salon vide, remontèrent plusieurs couloirs et atteignirent l'escalier menant au repaire temporaire de leurs amis.

Le sculpteur s'élança sur les marches sans ralentir, pris par une angoisse grandissante. Si quelque chose était arrivé… Si les Chimères avaient attaqué ou si…

Il arriva enfin devant la porte fermée à clé.

— Akim ! Lianne ! cria-t-il en frappant contre le battant.

Un bruit étouffé lui parvint de l'autre côté.

Silas lui tapa sur le bras pour qu'il s'écarte et sortit le double de la clé, qu'il avait glissé dans sa sacoche avant de partir.

Il eut à peine le temps de la tourner avant que Damien actionne la poignée.

La porte s'ouvrit. Ils surgirent dans la pièce.

Akim et Lianne, étendus dans le même lit, visiblement nus sous les couvertures, se redressèrent d'un bond.

Il y eut un instant de silence.

— Dégagez ! cria Lianne en attrapant un oreiller pour le lancer dans leur direction.

Le chasseur, qui savait reconnaître le danger quand il y était confronté, lui obéit immédiatement. Les joues en feu, Damien recula et referma la porte.

Il échangea un regard avec Silas.

Et ils explosèrent de rire.

— Barrez-vous ! hurla la femme-oiseau depuis la chambre.

Ce qui, bizarrement, ne les aida pas à retrouver leur sérieux.

— Elle est en train de prendre une arme ! les prévint Akim.

Sans cesser de rire, ils descendirent les escaliers en s'appuyant l'un à l'autre, les larmes aux yeux.

— Ils ne se sont pas ennuyés, finalement ! lâcha Damien, hilare.

— Ils ont su faire face au danger *ensemble*, renchérit Silas.

— On ferait mieux de s'éloigner, quand même, des fois qu'elle descende, pouffa le sculpteur en se calmant un peu. Eh bien, si j'avais su qu'il suffisait de les enfermer quelque part pour qu'ils se décident enfin à se confesser !

Silas sourit. Il se demandait si Akim avait suivi son conseil et révélé son passé à la femme-oiseau. Connaissant le médecin, il était pratiquement sûr que oui. Et Lianne l'avait accepté. Ce qui lui donnait l'espoir…

Il prit la main de Damien dans la sienne et se mit à marcher en direction de sa chambre. Ils passèrent devant la salle de bal aux portes fermées, traversèrent le salon…

Et Silas s'arrêta.

— Qu'y a-t-il ? s'étonna le sculpteur.

Il jeta un coup d'œil par la fenêtre et comprit.

Le brouillard était en train de se lever, aussi soudainement qu'à son habitude.

— Nous ne savons pas combien de temps il restera, fit remarquer Silas. Nous devons aller voir dans le jardin de l'atelier tout de suite !

— Mais j'avais prévu de te sauter dessus, se plaignit Damien.

Silas passa un bras autour de son cou pour le pousser à se baisser et l'embrassa.

— Après, promis, souffla-t-il en s'écartant. Moi, je serai toujours là tout à l'heure. La tour magique, par contre…

Le sculpteur le souleva par la taille. Silas enroula ses jambes autour de ses hanches et l'embrassa de nouveau, ses doigts traçant la courbe des racines qui serpentaient sur sa nuque. Damien le serra fort quelques instants, puis le relâcha.

— Je n'arrive toujours pas à croire que tu veuilles de moi, avoua-t-il dans un souffle. Je suis tellement… laid. Et tu es si beau…

— Ma beauté est-elle vraiment tout ce qui t'importe ?

Il avait voulu le dire sur le ton de la plaisanterie, mais une pointe de suspicion blessée s'était glissée dans sa question. Et si Damien ne faisait que le désirer ? Et s'il n'était attiré par lui que parce qu'il était le premier homme séduisant et disponible à le côtoyer ?

— Évidemment que non ! s'offusqua le sculpteur. C'est… C'est *toi* qui m'importes. Qui tu es. La beauté, n'importe quel mannequin de bois peut l'avoir.

Le sourire de Silas aurait pu illuminer une nuit sans lune.

— Alors, tu as ta réponse. Maintenant, cesse de dire des bêtises et suis-moi ! Nous avons une fontaine légendaire à découvrir !

36
L'arbre

L'atelier était tel qu'ils l'avaient laissé, les statues de bois veillant silencieusement au milieu des livres jaunis. La fenêtre donnant sur le jardin était rendue opaque par un brouillard épais.

Ils enjambèrent le rebord et firent quelques pas.

Il y avait bien une forme, une ombre droite et fine dessinée dans la brume.

Ils échangèrent un regard et avancèrent précautionneusement.

À chaque pas, le brouillard semblait se faire plus épais. Ils avaient beau s'approcher, les contours de la tour ne se précisaient pas. Elle grandissait, mais elle restait floue, à la façon d'un reflet troublé.

Puis ils l'atteignirent enfin.

La tour ne semblait pas tout à fait présente, comme coincée entre un rêve et la réalité. Certaines volutes de brouillard la traversaient tandis que d'autres se heurtaient sur ses pierres grises. On pouvait distinguer l'herbe et le puits, à travers. Silas sentit un parfum de rose l'envelopper, plus fort encore que celui de la serre.

Le mur était lisse et grimpait sur une dizaine de mètres sans la moindre ouverture.

Ils longèrent la paroi, pas après pas…

Et trouvèrent une porte. Un battant métallique rouillé sculpté de deux gouttes d'eau, une à l'endroit, l'autre à l'envers.

Silas tendit le bras. Ses doigts traversèrent la poignée sans qu'il sente autre chose qu'une caresse glacée. Il retira sa main et réessaya. Cette fois, il put sentir le métal dur et froid sous sa paume.

Il appuya et poussa.

Dans un grincement sinistre, la porte pivota sur ses gonds.

Il faisait noir à l'intérieur. Silas fit signe à Damien de reculer et avança le premier. Il portait encore sur lui les armes qu'il avait préparées pour leur escapade dans la forêt. Au moindre danger, il pourrait les dégainer…

Mais rien ne lui sauta dessus. Au moment où il franchit le seuil, la tour sembla se matérialiser plus solidement autour de lui, chassant l'image de l'herbe et du puits.

— C'est bon, souffla-t-il à Damien.

Tandis que son compagnon le rejoignait, il sortit de sa sacoche une bougie et se servit de son briquet pour l'allumer.

Les reflets ocre de la flamme illuminèrent une pièce ronde, étroite, presque entièrement occupée par un escalier en colimaçon grimpant et descendant. D'énormes racines serpentaient sur les murs et les marches.

Damien poussa une exclamation.

— L'appel ! Je le sens… Si fort ! Si proche !

— En haut ou en bas ? demanda le chasseur, toujours pragmatique.

— En bas.

Silas hocha la tête, avança et inspecta l'escalier descendant. Les marches de pierre étaient usées, humides, parfois craquelées et parasitées par les racines.

— Je rêve de tomber un jour sur un passage secret propre, dégagé et bien éclairé, marmonna-t-il.

— Je croyais que tu aimais l'aventure ? s'amusa Damien.

— Si tu savais combien de paires de bottes j'ai sacrifiées à l'aventure, répondit le chasseur dans un grommellement, tu comprendrais que c'est très surfait.

Il lui adressa un demi-sourire par-dessus son épaule et commença à s'enfoncer dans les profondeurs de la tour.

Tout était si silencieux que leurs pas leur revenaient en échos réguliers, comme des battements de cœur. L'odeur de rose était omniprésente.

Damien retenait son souffle. Il connaissait cet endroit. Il le connaissait si fort, si viscéralement, qu'il sentait des nœuds se former dans sa poitrine. Ne pas réussir à lui donner de nom sonnait dans son âme comme une horrible trahison.

Ils descendirent longtemps en silence, évitant de leur mieux les racines de plus en plus épaisses qui traversaient les marches et obstruaient presque entièrement le passage.

Au bout d'un moment, Silas estima qu'ils ne devaient plus être loin du niveau où ils avaient trouvé les corps, mais se garda de tout commentaire.

Puis ils effectuèrent une nouvelle rotation et soudain, une grille se dressa en face d'eux. Des racines étaient entremêlées à ses barreaux en fer forgé. Impossible de voir l'autre côté, toujours plongé dans le noir.

Silas attrapa la poignée et la secoua, mais elle était bloquée. Il se tourna vers son compagnon et fut inquiet de lui trouver l'air absent.

— Damien, souffla-t-il en posant une main sur son bras. Ça va ?

Le sculpteur sursauta, tiré de ses pensées, et hocha la tête.

— La grille ne veut pas s'ouvrir, expliqua Silas. Tu penses que tu pourrais écarter assez les barreaux pour nous laisser passer tous les deux ?

Damien fit une pause avant de répondre :

— Ce ne sera peut-être pas nécessaire.

La solution lui était venue d'elle-même. Il ne chercha pas à réfléchir ou à l'analyser, il se laissa porter par l'instinct qui lui soufflait de poser sa main sur la plus grosse racine.

Il la sentit frémir sous ses doigts comme une peau humaine.

Il ne lui donna pas d'ordre. Il n'en avait pas besoin. Ils s'étaient confusément reconnus l'un et l'autre, lui et l'arbre qui se trouvait de l'autre côté, l'être qui attendait son retour depuis si longtemps.

La racine se mit à bouger en serpentant sur elle-même.

Silas lâcha un énorme juron alors que toutes les racines s'éveillaient dans un concert de craquements et de bruissements. Elles écartèrent les barreaux comme des rideaux.

Puis elles s'apaisèrent et se figèrent de nouveau.

— Qu'est-ce que c'était que ça ? balbutia le chasseur.

— Une invitation, répondit Damien en franchissant ce qu'il restait de la grille.

Il savait déjà ce qu'il allait voir.

Dans une grotte gigantesque se trouvait un arbre.

Son tronc était si épais que six ou sept humains auraient dû se tenir la main pour en faire le tour. Ses branches nues montaient en se multipliant jusqu'à se cogner au plafond, où elles s'éparpillaient en corolle. Ses racines recouvraient le sol, s'échappant par toutes les fissures, tous les orifices possibles.

Il fit encore un pas en avant, fasciné, frissonnant au plus profond de lui-même. Puis il vit l'énorme épée plantée à la base du tronc, ainsi que le filet de liquide translucide qui s'en écoulait, et il crut qu'il allait pleurer.

— Damien, murmura Silas en se mettant devant lui pour le prendre par les bras. Damien, parle-moi ! Qu'y a-t-il ?

— *Il m'a blessé*, répondit le sculpteur d'une voix qui n'était pas tout à fait la sienne. *Il m'a volé. Il m'a fait si mal…*

Le cœur battant d'inquiétude, Silas coinça sa bougie dans une anfractuosité au sol, puis prit son visage entre ses mains et le secoua légèrement.

— Damien, concentre-toi sur moi, s'il te plaît !

Le sculpteur fit un effort titanesque pour détourner ses yeux de l'arbre et les plonger dans ceux de Silas. Mais une fois qu'il vit son visage si familier, il sentit le nœud dans son cœur se détendre et il sourit.

— Désolé. Je me suis laissé distraire.

— Reste avec moi, d'accord ? demanda le chasseur d'un ton qui ressemblait plus à un ordre. Avec *moi*.

Damien hocha la tête.

— Je ne te savais pas possessif, s'amusa-t-il.

— Si tu t'avises de me préférer un arbre, tu vas voir si je peux me montrer possessif, rétorqua Silas.

— Je ne commettrai pas cette erreur.

— J'espère bien ! Mais, plus sérieusement…

Son ton s'adoucit.

— Si tu sens que quelque chose ne va pas, nous partons sur-le-champ.

— Ça va, lui assura le sculpteur. Et ça ira encore mieux lorsque nous aurons élucidé tous ces mystères. Et puis, je ne vais pas priver un chasseur de trésors de la Fontaine de Jouvence !

Il ne comprit pas pourquoi Silas tiqua à cette phrase, mais se pencha pour l'embrasser fugitivement. Même effleurer ses lèvres des siennes était un délice exaltant.

Silas appuya sur sa nuque pour prolonger le baiser de quelques secondes, puis s'écarta et se détourna. Il ne voulait pas que Damien puisse lire la culpabilité dans ses yeux. Lui mentir devenait de plus en plus difficile à supporter.

Laissant de côté ces considérations, ils s'approchèrent ensemble de l'arbre.

Damien avait l'impression qu'une note vibrait dans sa poitrine, un mélange étourdissant de bonheur et de soulagement. Il savait que cela venait de l'arbre. Espérait-il que son bourreau réparerait enfin ses erreurs passées ?

L'épée était profondément plantée dans son flanc. Silas s'approcha pour l'examiner. La garde était rouge, étrangement luisante, comme couverte de sang frais.

— Il s'agit probablement de l'épée d'un de tes anciens chevaliers, déduisit le chasseur. Penses-tu que nous devrions essayer de la retirer ?

— Probablement… répondit Damien en détaillant le tronc. Regarde.

Au-dessus de l'épée, l'arbre portait une cicatrice verticale, boursouflée, plus grande que le sculpteur.

— Le Roi Cruel a ouvert l'arbre en deux pour dévorer son cœur, souffla Silas.

Damien referma sa main sur la poignée de l'épée et tira d'un coup sec. La lame se délogea si brutalement qu'il partit en arrière. Un éclair de douleur traversa son corps – la souffrance de l'arbre qui se répercutait en lui.

Mais rien d'autre ne se passa.

Le filet d'eau claire, visiblement contaminé par le Mal Gris, continuait de couler.

— Et maintenant ? souffla Damien.

— Je ne sais pas, avoua Silas. Je ne sais pas… Comment guérir l'arbre ? Comment lui rendre son cœur ? Et puis…

Il fronça les sourcils, en pleine réflexion, et effleura la cicatrice du tronc. Quelques gouttes de sève dorée se posèrent sur ses doigts.

— Quelque chose ne colle pas, marmonna-t-il pour lui-même. Je ne sais pas où exactement, mais j'ai l'impression que nous nous sommes trompés. Pourquoi l'arbre appellerait-il son bourreau de cette façon ?

— Saradyne a dit qu'il faudrait le détruire si on ne pouvait pas le guérir, lui rappela brusquement Damien.

Silas fronça les sourcils.

— Tu penses que tu y survivrais ?

La réponse était si évidente que le sculpteur ne réfléchit pas avant de répondre :

— Non.

— Alors c'est absolument hors de question ! trancha Silas avec force.

Il se plaça devant Damien et lui prit les épaules pour répéter :

— Hors de question !

— Silas, la vie de milliers de gens pourrait en dépendre. Du monde entier, même, si personne n'arrête le Mal Gris…

— Je me fiche du monde ! Je ne te perdrai pas pour les actes de je ne sais quel roi du passé !

Damien sentit son cœur tressaillir.

— Tu ne veux pas me perdre ?

La gorge soudain enrouée, Silas secoua la tête et posa son front sur sa poitrine.

Troublé, Damien glissa une main sur sa nuque et l'autre sur sa taille.

— Je ne veux pas te perdre non plus. Pas maintenant que j'ai enfin trouvé mon prince charmant…

— Je ne suis ni prince ni charmant, pouffa Silas.

— Tu es chevalier, non ? Et tu es tout ce que j'ai toujours pu désirer.

Le chasseur se raidit entre ses bras. Damien pensait ça parce qu'il ne savait pas *qui* il était réellement.

Il s'écarta. Le sculpteur attrapa doucement son menton pour lui faire lever la tête.

— Ce que j'essaie de te dire, expliqua-t-il, c'est que je ne veux pas mourir, mais je ne veux pas causer plus de mal que j'en ai déjà fait dans ce monde. S'il faut détruire l'arbre pour arrêter le Mal Gris, je le ferai, et si tu me respectes, tu ne m'en empêcheras pas.

— Soit, murmura Silas, très bas. Mais seulement en dernier recours, d'accord ? Nous avons encore le temps de trouver un meilleur plan.

Il prit la main de Damien entre les siennes et embrassa doucement sa paume rugueuse.

Je t'aime, faillit-il lui avouer.

Mais aucun mot ne sortit.

Ils restèrent quelques heures dans la grotte, cherchant quoi que ce soit qui puisse leur donner une solution. En vain. Plus le temps passait, plus Damien devenait distrait par la proximité de l'arbre et plus Silas sentait sa nervosité grimper.

— Remontons, dit-il finalement. Nous y réfléchirons mieux après un peu de repos. Et il faut que nous tenions Akim et Lianne au courant.

Damien acquiesça. Après un long regard à l'arbre et la promesse silencieuse de revenir bientôt, il s'engouffra dans l'escalier à la suite de Silas.

Ils ne parlèrent pas plus au retour qu'à l'aller, le cœur lourd de questions et de pensées.

La porte de la tour était toujours ouverte. Il faisait nuit.

Au premier pas dehors, Silas sut qu'ils étaient en danger.

37
Déchirure

Ils étaient cinq… Non, six. Dans le brouillard qui commençait à s'effilocher, leurs silhouettes ressortaient en ombres légèrement plus sombres. Tapis dans les hautes herbes, dissimulés dans l'embrasure de la fenêtre de l'atelier, cachés derrière le puits…

Une personne normale n'aurait pas suspecté leur présence. Mais Silas était un chasseur de monstres, habitué à la traque depuis son enfance.

Au premier pas dehors, il les vit, au second, il repéra leurs lames, au troisième, il sut qu'il s'agissait d'autres chasseurs et que la seule issue de ce combat serait la mort.

Mais pas la sienne. Et *certainement pas* celle de Damien.

Il dressa rapidement la liste des armes qu'il portait sur lui. Deux lames de jet dans ses bottes, deux poignards dans ses manches et une lame courbe à sa ceinture.

Il ne fit aucun geste brusque, rien qui puisse faire comprendre à leurs assaillants qu'ils étaient repérés.

Puis il souffla sa bougie et bondit vers l'ombre la plus proche.

Vous ne toucherez pas Damien, songea-t-il férocement.

Le temps s'étira de manière familière, marquant chaque battement de cœur.

Boum. Boum. Boum.

Son poignard ripa contre la chair d'un bras. L'autre avait levé sa main à temps pour se protéger. Du sang gicla.

Boum. Boum.

Ça ne suffirait pas à le sauver.

Boum.

Silas remonta son autre main et enfonça sa lame jusqu'à la garde dans sa gorge.

Boum. Boum.

Il s'écarta d'un bond, laissant retomber le corps mort, et s'apprêta à rentrer réellement dans la danse, maintenant que ses ennemis n'avaient plus de raison de se cacher.

Boum. Boum.

Un sur sa droite, un sur sa gauche. Mais trop lents, si lents !

Boum.

Un pas de côté.

Boum.

Un pas de l'autre.

Boum.

Son poignard s'enfonça dans un œil. Un hurlement déchira l'air de la nuit.

Boum.

Il était déjà ailleurs, déjà loin de l'épée qui cherchait à l'atteindre. Ils pensaient qu'attaquer à plusieurs était un avantage, mais ce n'était le cas que lorsqu'on était parfaitement coordonné. Bande d'amateurs.

Boum. Boum. Boum.

Son poignard trancha le brouillard, puis la gorge du plus proche.

Boum.

Du sang éclaboussa sa poitrine et sa figure.

Boum.

Il se retournait déjà pour éventrer le suivant.

Boum.

Son bras fit un aller-retour, de haut en bas. Nouveau hurlement.

Boum.

Il se baissa pour éviter un carreau d'arbalète.

Boum.

Il sortit une lame de sa botte et la lança dans la direction d'où était venu le projectile. Il y eut un gargouillis étonné.

Boum.

Plus qu'un.

Boum. Boum. Boum.

Ils se faisaient face. L'autre chasseur avait peur. Il avait raison.

Il tourna les talons et se mit à courir.

Mais le laisser s'enfuir signifiait prendre le risque de le voir revenir. Il avait fait de la mort son métier, il savait ce qui l'attendait s'il échouait. Tant pis pour lui.

Boum.

Silas lança son poignard.

Boum.

Il s'enfonça dans la nuque de l'autre.

Boum.

Son corps s'effondra.

Boum. Boum. Boum.

Et le silence revint dans le jardin.

Les filaments du brouillard serpentaient entre les cadavres, dont le sang luisait sous la lune ronde.

Silas serra les poings. Ils n'auraient jamais dû essayer de tuer…

Damien.

Le prénom traversa ses pensées comme un fer chauffé à blanc. Il se figea tout entier, conscient que le sculpteur se trouvait dans son dos.

Et qu'il avait vu.

Il avait *tout* vu.

Son cœur battait n'importe comment cette fois et ses mains tremblaient tellement fort qu'il faillit lâcher ses poignards.

Non, non, non, non…

Dans un sursaut de désespoir, il se retourna.

La tour avait disparu. Recroquevillé près du puits, Damien lui adressait un regard complètement terrorisé.

Il fit un pas en avant, le sculpteur se replia un peu plus sur lui-même, et Silas eut l'impression qu'il s'était fait frapper.

— Damien… murmura-t-il en tendant une main.

Une main qui tenait toujours une lame ensanglantée. Il se dépêcha de la faire disparaître dans sa manche, mais cela ne changea rien. Il était couvert de sang, éclaboussé jusqu'au front et entouré de cadavres.

— Qui es-tu ? demanda Damien. *Qui es-tu ?!*

La dernière question était presque un cri, un mélange paniqué de colère et de désespoir. Il avait cru connaître Silas, il avait cru *aimer* Silas, mais il ne savait rien du meurtrier qui se dressait devant lui, dégoulinant de rouge, après avoir massacré six personnes avec un sang-froid terrifiant.

— Je suis… Je suis un chasseur de monstres, murmura Silas d'une voix si brisée qu'elle aurait attiré la sympathie du sculpteur à un autre moment.

Mais le mot « monstres » résonna en lui comme une gifle.

— Chasseur de monstres, balbutia-t-il.

Parce qu'il avait compris, il avait *enfin* compris à quel point il s'était montré naïf et stupide.

— Tu es venu pour moi…

— Non ! se défendit Silas. Enfin, si, au début, on m'avait payé pour te tuer, mais je te jure que j'y ai renoncé !

— Tu es… Tu es un menteur.

Damien se rendit compte qu'il tremblait comme une feuille. La détresse, la douleur et le sentiment de trahison qui s'agitaient en lui le déstabilisaient tant que sa vieille parade reprit le dessus : la colère.

— Tu es un menteur ! répéta-t-il, plus fort. Un assassin ! Un meurtrier !

— Je suis…

Silas voulait dire quelque chose qui puisse l'excuser, mais c'était *vrai*. Les mots le transperçaient comme des flèches enflammées, ne laissant que des cendres dans leur sillage.

— Je suis désolé…

Sa voix était à peine audible. Damien se leva, les yeux luisant de larmes.

— Un meurtrier ! rugit-il. Tout ce temps, tu n'étais qu'un monstre !

Et il le frappa.

Silas aurait pu esquiver le coup, mais sans savoir pourquoi, il ne le fit pas. Le poing de Damien heurta sa poitrine, le projetant au sol.

Il se redressa en repoussant la douleur, par habitude. Il était tombé en travers de l'homme éventré et il n'osait imaginer quelle image il offrait à Damien.

— *Un monstre !* répéta le sculpteur dans un gémissement. Comment ai-je pu croire… Mais évidemment, il fallait que ce soit un monstre que je…

— Je suis désolé, souffla une nouvelle fois Silas en s'approchant lentement. S'il te plaît, écoute…

— Va-t'en ! Va-t'en ! le coupa Damien en tombant à genoux, les mains sur les oreilles. Je ne veux plus t'entendre, je ne veux plus te voir, je ne veux plus me souvenir de toi ! J'arracherai ta rose plutôt que de garder ton image, plutôt que de… VA-T'EN !

Comme Silas ne bougeait pas, il avait hurlé ce dernier ordre. Le chasseur eut l'impression distincte que quelque chose se brisait en lui, brutalement, sauvagement, irrémédiablement.

Il fit volte-face et prit ses jambes à son cou.

En traversant l'atelier en courant, il croisa Akim et Lianne qui arrivaient dans l'autre sens, l'air paniqué. Il les ignora, accéléra encore pour être sûr de ne pas être arrêté, sortit du château et s'enfonça dans la forêt.

38
Le souvenir ou l'oubli

Akim et Lianne surgirent dans le jardin. Ils avaient entendu des hurlements, ainsi que des bruits de lutte, et ils étaient venus aussi vite qu'ils avaient pu.

Mais c'était déjà terminé.

Ils virent d'abord le sang, puis les corps, puis Damien prostré à côté du puits, les mains sur la tête, et se précipitèrent vers lui.

— Que s'est-il passé ?! demanda Lianne, affolée, en tombant à genoux. Tu es blessé ? Où est parti Silas ?!

— Silas… gémit Damien.

Il releva la tête. Son visage était tordu de douleur et de colère, les joues poisseuses de larmes dorées.

— Silas est un chasseur de monstres.

Lianne laissa échapper un cri choqué. Akim grimaça.

— Je dois vous avouer… Je dois vous avouer que je l'avais deviné, avoua-t-il tout bas.

— Et tu n'as rien dit ?! cria Lianne, outrée.

— Ce n'était pas à moi d'éventer son secret, marmonna-t-il, honteux, en regardant ses pieds. Et je savais qu'il ne nous ferait pas de mal. Après tout, sans lui, nous serions déjà morts plusieurs fo…

— C'est un tueur ! rugit Damien. Il était là, couvert de sang et d'entrailles, et il… il… il m'a fait croire qu'il était… Mais il…

Incapable de finir sa phrase, il se redressa, repoussa Lianne et marcha vers le château.

— Attends ! l'appela Akim alors qu'il rentrait dans l'atelier. Réfléchis avant de faire quoi que ce soit !

— Je ne veux pas de lui ! cria Damien sans s'arrêter. Je ne veux pas…

Il se mit à courir, bousculant ses précieuses créations, éprouvant même un plaisir malsain à entendre les automates se fracasser au sol. Il voulait tout détruire, il voulait tout oublier, oublier Silas, oublier qu'il avait cru avoir le droit d'aimer, oublier le bonheur fugace qu'il avait connu dans la forêt et dont le souvenir le brûlait comme de l'acide.

Il s'arracherait le cœur pour effacer sa peine.

***

Silas courait droit devant, en se baissant à peine pour éviter les branches qui lui fouettaient le visage. Les pensées se bousculaient en lui et il avait désespérément envie de *hurler*.

Quand une Chimère apparut sur sa droite, il se mit presque à rire.

— Venez ! rugit-il en dégainant ses lames.

Il voulait de la violence et du sang, il voulait se perdre dans la bataille et oublier, lui aussi.

Il massacra la première Chimère, et la deuxième, et la troisième, et…

Et il fut seul.

Elles avaient renoncé. Même les pires monstres préféraient le fuir.

Il laissa échapper un rire qui ressemblait à un sanglot et tomba à genoux, dans le sang et la poussière.

Mais c'était sa place, après tout. Le sang et la poussière, c'était là où il avait passé sa vie et il avait toujours su que c'était là qu'il mourrait.

Il n'y aurait pas de cimetière en fleurs pour lui. Personne pour garder son souvenir.

Damien le haïssait et il allait l'oublier.

Ça lui faisait mal, bon sang, ça lui faisait tellement mal !

Mais il aurait dû savoir que personne ne pourrait l'aimer pour ce qu'il était. Il aurait dû savoir que Damien était trop beau pour lui.

Il se mit à pleurer.

En silence, recroquevillé sur lui-même, tel un enfant secoué de sanglots.

Il pleura comme il n'avait jamais pleuré depuis tout petit, laissant d'un coup s'échapper toutes les peines qu'il avait gardées en lui.

Il se sentait mal, coupable, misérable, blessé et terriblement seul, plus qu'il l'avait jamais été.

Il pleura la mort de ses rêves et de ses illusions, il pleura pour son cœur brisé après avoir enfin aimé, il pleura pour le mal qu'il avait fait à Damien, il pleura pour la vie dans laquelle il se trouvait de nouveau piégé.

Il pleura jusqu'à s'épuiser.

Puis il essuya ses joues, mélangeant les larmes et le sang.

Et maintenant, quoi ?

Que faire, où aller ?

Il se releva.

D'abord, tuer Gaston. Comme il n'était plus là pour protéger Damien, Akim et Lianne, il était hors de question que d'autres assassins soient envoyés au château. En plus, il était intimement convaincu que Gaston le méritait, ce ne serait même pas une entorse à son code de chasseur.

Ensuite… il partirait. Il trouverait d'autres monstres. Des quêtes redoutables, si difficiles à accomplir qu'il n'aurait plus le temps de penser à Damien ou à n'importe quoi d'autre.

De nouveau résolu, il s'écarta du charnier qu'il venait de créer et s'assit sur une souche pour ouvrir sa sacoche. Il n'approcherait jamais Gaston dans cet état. Il fallait qu'il se nettoie, qu'il s'habille, qu'il se maquille. Qu'il affûte de nouveau la lame de sa beauté.

Qu'il redevienne le chasseur de monstres qu'il avait toujours été.

***

Damien se laissa tomber à genoux au milieu des roses. Il ne savait pas pourquoi il était venu là précisément, mais il lui semblait que c'était le bon endroit.

Il retira sa chemise.

Il lui suffirait d'arracher la fleur et de l'écraser dans son poing pour que tout disparaisse. Une autre rose pousserait et il ne se souviendrait plus de rien.

C'était ironique, finalement. Il avait dit à Silas que s'il ne restait qu'une rose, il voulait que ce soit la sienne, et voilà qu'il s'apprêtait à la détruire.

Il glissa ses doigts dans sa poitrine, la main en coupe autour de la plante qui incarnait son cœur, sa mémoire et son âme.

La rose qui gardait le souvenir de Silas.

Silas est un menteur, se répéta-t-il pour se donner du courage. *Silas est un assassin. Silas est un chasseur de monstres. Silas…*

Silas…

Silas est un vantard, mais seulement pour plaisanter. Silas est susceptible, mais pas rancunier. Silas est un fin gourmet, un collectionneur de plantes, un érudit caché. Silas aime vivre, explorer, découvrir, apprendre. Silas a cette façon de sourire qui dit mille choses secrètes. Silas est intelligent et plein d'empathie. Silas est un bon professeur. Silas peut être dur et décidé, mais aussi doux et attentionné. Silas comprend que le monde peut être vu différemment. Silas est fragile sous sa carapace, il a peur de la mort et de l'oubli. Silas est seul.

Silas…

Damien releva la tête. Il croisa son propre reflet dans l'une des vitres de la serre. Il pleurait sans discontinuer.

Et la rose dans sa poitrine était dorée.

Toutes les roses de sa serre avaient des veinures d'or, mais celle qui incarnait actuellement son cœur en avait des pétales entiers.

Parce que je l'aime, réalisa-t-il. *Parce que son souvenir m'est incroyablement précieux.*

Sa colère s'effaça, comme du sable balayé par la mer. Ne resta que la peine.

Il s'aperçut qu'il comprenait enfin Silas. Il lui avait toujours manqué quelque chose, une pièce, une facette pour le connaître en entier. Mais tout s'expliquait si Deirdre, en le recueillant enfant, n'avait pas fait de lui un chasseur de trésors, mais un tueur de monstres.

En croisant de nouveau son regard dans son reflet, il réalisa que la situation n'était pas sans ironie. Il avait caché son visage à Silas pour que ce dernier n'ait pas peur et ne le traite pas de monstre. Puis Silas lui avait révélé son propre visage, et c'était *lui* qui avait eu peur, et *lui* qui l'avait traité de monstre.

Peut-être en étaient-ils tous les deux. Peut-être n'y avait-il que des Bêtes et aucun beau dans cette histoire.

Il soupira profondément, douloureusement.

Silas l'avait-il vraiment apprécié, ou tout cela n'était-ce qu'une mascarade ?

Il ne savait pas quelle réponse il préférait. Il ne savait même pas s'il pouvait lui pardonner ou s'il avait toujours *envie* de l'aimer.

Mais il était trop tard, de toute façon, puisqu'il l'avait chassé.

Sa main retomba sur ses genoux. Il n'abîmerait pas la rose.

L'idée de ne plus se souvenir de lui était plus douloureuse que celle de l'avoir perdu.

39
Révélations

Silas n'attendit pas l'aube pour repartir à travers les bois. Il se sentait étrangement calme, habité d'une résolution inaltérable.

Tuer Gaston.

Les Chimères s'étaient peut-être passé le mot, ou peut-être irradiait-il de menaces, car aucune créature ne l'attaqua. Ce qui était bien pensé de leur part, puisqu'il les aurait massacrées sans hésitation.

L'aube se leva, grise et froide.

Il était encore aux deux tiers du chemin menant au manoir lorsqu'il les entendit.

Des bruits de voix.

Une voix en particulier criant des ordres. Une voix tristement familière.

Celle de Gaston.

Après les échecs successifs de tous les chasseurs qu'il avait embauchés, il avait apparemment décidé de retourner lui-même dans la forêt. Mais pourquoi voulait-il Damien à ce point ?

Qu'importe. Il ne l'aurait pas.

Silas inspira profondément et plaqua un masque sur son visage, le sourire à la fois narquois et séducteur qu'il avait perdu l'habitude d'arborer au cours des dernières semaines. Il rangea son épée courte dans sa sacoche afin de ne pas paraître trop menaçant, ne gardant que ses habituels poignards et lames de jet. La situation était loin d'être idéale. Gaston avait probablement emmené ses gardes, et même lui ne pouvait battre plus de dix personnes en combat rapproché.

Il allait falloir ruser, improviser, et y aller au culot. Sa méthode préférée.

Il arrangea une dernière fois sa mise, avança d'un pas décidé et fit irruption dans la clairière.

Toutes les têtes se tournèrent immédiatement vers lui.

Il vit Gaston, évidemment, ainsi que quinze soldats vêtus du même costume rouge brandissant la même longue épée. Ils se tenaient en cercle, dans une position défensive. Leurs habits étaient déchirés et tachés de sang. Quatre corps humains et deux Chimères gisaient à la lisière de la clairière. Ils avaient visiblement passé la nuit à repousser les monstres.

— Eh bien, eh bien, lança Silas, qu'est-ce qui vous amène dans des lieux si peu fréquentables, mon seigneur ?

Gaston le dévisagea avec stupéfaction. Silas le trouva un peu plus vieux que dans ses souvenirs. Il n'avait pas remarqué ses rides et ses quelques mèches blanches, la dernière fois. Il savait qu'il devait offrir lui-même un spectacle assez surprenant en surgissant indemne, les vêtements immaculés, au beau milieu de la forêt.

— Voyez-vous ça ! s'exclama le noble, le moment de surprise passé. Le grand Silas, toujours en vie !

Il baissa son arme et ordonna silencieusement à sa troupe de l'imiter.

Conscient qu'il n'était pas hors de danger pour autant, le chasseur avança, tout sourire, et se planta face à Gaston. Il ne frémit pas devant le regard concupiscent que l'homme lui renvoya. Il avait perdu l'habitude qu'on le regarde comme s'il n'était qu'un bout de viande, mais il allait bien falloir qu'il s'y refasse.

— Je dois avouer, soupira Gaston, que tu m'as grandement déçu, Silas. J'avais placé tant d'espoirs en toi…

— C'est pour cela que vous n'avez pas cessé d'envoyer d'autres tueurs faire le travail à ma place ? rétorqua le chasseur d'un ton sincèrement indigné.

Le noble haussa les épaules.

— Les affaires sont les affaires.

— Eh bien, vous ne risquez pas de retrouver ces affaires-là de sitôt, railla Silas. Je n'aime pas la concurrence.

Gaston rejeta la tête en arrière et éclata d'un rire gras.

— Je savais que tu me plaisais pour une raison, déclara-t-il en prenant son menton entre ses doigts.

À grand-peine, Silas ignora sa répulsion et se rapprocha légèrement de lui. Il pourrait le tuer maintenant, mais tous les soldats lui tomberaient dessus. Dans la mesure du possible, il préférait largement éviter de se faire trucider.

Gaston le scruta pendant quelques instants, puis s'écarta et se mit à lui tourner autour, comme un acheteur jugeant d'une pouliche.

— Pas une blessure, pas une tache de sang, apprécia-t-il. Après presque un mois dans la forêt…

Il s'arrêta de nouveau en face de lui. Son sourire était effrayant.

— Tu es un petit malin, Silas. J'aurais dû me méfier plus. Tu n'as pas tué la Bête… parce que tu as tout découvert, n'est-ce pas ?

Il n'y avait qu'une chose qu'il aurait pu avoir découverte, alors le chasseur répondit :

— J'ai effectivement trouvé la Fontaine de Jouvence. Ou l'Arbre de Jouvence ? Je ne sais pas quel est le terme exact.

Gaston lâcha un sifflement et glissa une main dans le cou de Silas pour caresser ses cheveux. Ce dernier se concentra pour ne pas se crisper.

— Impressionnant ! Vraiment impressionnant. J'aurais besoin de personnes comme toi à mes côtés de façon plus… permanente. Mes chevaliers sont forts, mais le sort qui les lie à moi leur enlève toute intelligence et initiative. Alors que toi…

Ses chevaliers ? se répéta Silas.

Il tourna la tête vers le cercle d'hommes et de femmes immobiles, vêtus de costumes si rouges qu'ils semblaient baignés de sang.

Comme les armures de la salle du trône.

Mais c'était impossible. L'Ordre des Chevaliers Rouges ne pouvait pas avoir survécu jusqu'à aujourd'hui. Et même si c'était le cas, il ne serait pas au service de Gaston, il serait au service de…

De…

Son cœur rata un battement. L'évidence le frappa de plein fouet.

Il s'était trompé.

Damien n'était pas et n'avait jamais été le Roi Cruel.

Le Roi Cruel se trouvait devant lui.

— Asseyons-nous, ordonna Gaston en appuyant sur son épaule pour se faire obéir. Qu'on nous apporte du vin et de la viande !

Étourdi par l'ampleur de ce qu'il venait de comprendre, Silas se laissa faire. Les hommes et les femmes en rouge leur apportèrent à boire et à manger et leur tournèrent le dos pour se poster tout autour de la clairière, les mains jointes sur leurs épées plantées entre leurs pieds.

Gaston but une rasade, mordit dans une cuisse de poulet et soupira.

— La nuit a été longue ! Alors, Silas, et si tu me disais ce que tu avais compris exactement ?

Le chasseur déglutit. Il essayait encore de mettre de l'ordre dans ses pensées.

— Vous étiez roi, il y a longtemps… commença-t-il prudemment. Vous étiez beau, fort, puissant, craint et respecté, mais vous saviez que vous pouviez obtenir plus de la vie.

Un peu de flatterie ne pouvait faire de mal à personne.

Gaston lui adressa un sourire appréciateur et lui fit signe de continuer.

— Vous vous êtes intéressé à l'alchimie et vous avez entendu parler de la légende de la Fontaine de Jouvence. Je ne sais comment, vous avez réussi à la retrouver et vous avez découvert qu'il s'agissait en fait d'un arbre enchanté. Alors vous l'avez emmuré dans une cave, sous un château, afin d'être le seul à pouvoir l'utiliser, et vous vous êtes servi de sa sève pour mener des expérimentations sur des humains, ce qui vous a permis de rendre vos chevaliers invincibles.

— C'était une belle époque, soupira Gaston avec nostalgie.

Silas se retint très fort de lui envoyer son poing dans la figure. À la place, il porta la coupe à sa bouche et se lécha les lèvres pour en retirer quelques gouttes de vin. Le regard du noble se voila de désir.

Étant en infériorité numérique, Silas savait qu'il lui fallait mener la danse d'une autre manière que la force brute.

— Enfin, vous avez fini par découvrir que vous pouviez acquérir la jeunesse éternelle en dévorant le cœur de l'arbre. Vous l'avez ouvert avec une épée pour y accéder… Mais cela a provoqué un déséquilibre violent dans la magie. La forêt a surgi du sol comme mécanisme de défense et le Mal Gris a commencé à se répandre, car l'arbre aspirait la vie alentour pour survivre. Vous avez quitté le château pour habiter dans ce qui est aujourd'hui la Vallée du Roi. Quant à la Bête…

Il fronça les sourcils alors que les pensées défilaient à toute allure dans son esprit. Il se souvint de la connexion de Damien avec l'arbre, de la couleur des racines qui remplaçaient sa peau, de la sève dorée qui coulait de ses blessures…

Et il comprit.

— La Bête *est* le cœur de l'arbre, souffla-t-il en dissimulant son horreur. Mais comment…

Gaston ne dit rien. Immobile, il le regardait désormais avec méfiance. Silas se maudit intérieurement, conscient qu'il s'était montré trop intelligent. Le seigneur ne voudrait pas de quelqu'un qui puisse entrer en compétition avec lui, il voulait contrôler et dominer en permanence.

Bien que ça lui en coûte, il prit l'attitude la plus docile qu'il put et se pencha en avant pour poser une main sur la cuisse de Gaston.

— Je ne comprends pas, admit-il tout bas. Je vous en prie, expliquez-moi. C'est pour cela que je rentrais aujourd'hui : je voulais vous voir, je voulais vous dire que je vous admirais et que je désirais me trouver à vos côtés. Vous êtes extraordinaire, l'homme le plus puissant et le plus impressionnant que j'ai jamais rencontré. Ce serait un immense honneur pour moi de me mettre à votre service, de toutes les façons que vous désireriez.

Il inclina sa tête en parlant, laissant ses cheveux glisser pour révéler son cou, et sa main grimpa un peu plus haut sur la cuisse du noble. Son cœur se contracta tant il se sentait sale sous ce regard luxurieux, mais il ne flancha pas. Il *devait* aller jusqu'au bout, quoi qu'il en coûte. Pour Damien.

Gaston attrapa violemment une poignée de ses cheveux et plaqua sa bouche sur la sienne. Il se laissa faire sans résister en s'efforçant de ne penser à rien.

— Tu m'appartiendras, puisque tu le veux, gronda Gaston en le relâchant. La vie est monotone quand on vit si longtemps, et la formule qui a rendu mes chevaliers invincibles leur a aussi ôté toute personnalité, et donc intérêt. Tu seras mon compagnon.

Il agrippa sa cuisse.

— Et tu ne le regretteras pas.

Silas avait envie de vomir, mais il sourit.

— Merci.

Gaston le lorgna quelques secondes, hésitant visiblement à lui sauter dessus dans l'instant, puis renonça et le repoussa sans ménagement pour finir sa coupe de vin.

— Je te prendrai quand nous serons plus tranquilles, lâcha-t-il comme s'il s'agissait de la chose la plus normale du monde. En attendant, laisse-moi t'expliquer comment l'arbre fonctionne. As-tu déjà entendu parler des sylphes ?

Silas secoua la tête en signe de dénégation.

— Les arbres magiques possèdent des sortes de créatures qui vivent en eux, reprit Gaston. Il s'agit de leurs gardiens, mais aussi de l'incarnation de leur âme. Quand un sylphe meurt, soit l'arbre est trop faible et meurt aussi, soit il crée un autre sylphe. Tu me suis ?

Silas hocha la tête.

— Bien. Tu as dû t'apercevoir que la Bête, puisque c'est ainsi que je l'ai surnommée pour effrayer les villageois, avait une rose dans la poitrine ? Eh bien, cette rose, c'est le secret de la jeunesse éternelle, que je suis prêt à partager avec toi. Normalement, les sylphes ressemblent à des humains normaux, mis à part leurs yeux dorés. Mais les blessures de l'arbre se reflètent sur eux : en ouvrant l'arbre en deux et en corrompant sa magie, j'ai aussi blessé et corrompu son sylphe, ce qui me donne accès à sa rose. Le sylphe crée une rose environ tous les deux mois. Dévorer ne serait-ce qu'une rose offre une décennie de vie et de vigueur supplémentaire. Le problème, c'est que les sylphes ne survivent pas en captivité. Au début, je les enfermais, mais les roses qu'ils me produisaient étaient ternes, peu efficaces, et ils mouraient si vite que je devais redescendre rouvrir l'arbre tous les trois ou quatre mois pour en sortir un nouveau sylphe. Peu pratique, n'est-ce pas ?

— Effectivement, souffla Silas, horrifié.

— Bref, continua Gaston, j'ai mis un truc au point. Quand je sors un sylphe de l'arbre, je le traîne loin de la Fontaine, dont l'accès est dissimulé par un sort, puis je lui prends sa première rose, ce qui lui retire les souvenirs de sa propre identité. Ensuite, je le laisse vivre durant des années, entretenir lui-même ses fleurs… Et je viens récolter mon butin quand j'en ai besoin. Manger toutes les roses d'un sylphe d'un coup le tue, ce qui m'oblige à en chercher un autre, mais c'est bien plus lucratif ainsi.

Silas repensa au tas de corps qu'ils avaient trouvés dans les souterrains et dissimula un frisson. Gaston se débarrassait des preuves de son forfait à chaque nouvelle victime afin que la suivante ne se doute de rien.

— Après avoir réglé ces petits détails, reprit le Roi Cruel, j'ai décidé de reconquérir mon royaume. Une partie de mes chevaliers avait été tuée par la forêt, mais j'en possédais encore assez pour faire des ravages ! Sous un autre nom, je me suis mis à écumer les environs, construisant petit à petit un empire digne de moi… Mais les gens ont commencé à me reconnaître… Et personne ne devait savoir mon secret ! J'ai fait éliminer tous ceux qui en savaient trop, mais ce n'était jamais assez. J'étais toujours entouré de traîtres, de moins-que-rien voulant me voler mon éternelle jeunesse !

Il frappa le sol assez fort pour imprimer la marque de son poing dans la terre. Silas se garda de faire tout commentaire. Ce n'était pas la première fois qu'il entendait l'histoire de quelqu'un qui, ayant découvert un trésor extraordinaire, sombrait dans la paranoïa en essayant de le conserver.

— Beaucoup de mes chevaliers ont péri en me protégeant de tentatives d'assassinat, regretta Gaston. Alors j'ai décidé de changer de tactique… Je suis venu m'installer à côté de la forêt, j'ai fait construire un village et j'ai étendu mon influence sur la région. Je suis devenu un souverain de l'ombre !

Un pleutre qui se cache dans un trou, corrigea silencieusement Silas en lui adressant le regard le plus énamouré qu'il put.

— Pendant des siècles, tout s'est bien passé, continua le Roi Cruel. Mais la forêt est devenue de plus en plus hostile et mes chevaliers de moins en moins nombreux à force de repousser les assauts des monstres… La dernière fois que j'ai voulu récupérer mon butin, des créatures m'ont attaqué pour défendre le sylphe ! Je ne sais pas comment il a fait pour les apprivoiser… Il doit être bien plus malin que les autres.

Silas faillit rire en songeant que Gaston pensait les Chimères au service de Damien, l'être le plus pacifique du monde.

— Alors vous avez engagé des assassins pour le tuer à votre place… enchaîna le chasseur.

… parce que vous êtes vous-même devenu terrifié à l'idée de mourir, conclut-il en pensée.

— Exact, confirma Gaston en lui tapotant la tête comme à un enfant pour le féliciter. En plus, l'effet des roses est de moins en moins durable sur moi. Cela fait à peine trente ans que j'ai pris les dernières et je sens déjà qu'il faut que je me ravitaille. Je ne pouvais plus attendre.

Silas mit quelques secondes à réaliser. *Damien a… trente ans ?*

Il faillit partir dans un fou rire. Et dire qu'ils avaient tous plongé dans un délire dramatique sur la supposée vie centenaire de Damien, alors qu'il était le plus jeune de la bande, après Lianne ! Si seulement il pouvait le lui dire…

Oh, s'il avait au moins la possibilité de lui révéler qu'il n'était pas le Roi Cruel ! Il en serait tellement soulagé !

— Une dernière chose m'intrigue, avoua-t-il à voix haute. La Bête prétend s'appeler Damien… Mais il me semble qu'il s'agissait de *votre* nom, du temps où vous étiez roi.

Gaston parut amusé.

— Vraiment ? Je ne savais même pas qu'ils se donnaient des noms, c'est mignon. Eh bien, je suppose que je lui ai dit à un moment ou un autre qu'il était ma propriété avant de lui arracher sa rose et que mon nom est resté dans sa petite tête. Certains se souvenaient encore vaguement de moi, les dernières fois.

Je vais tellement te tuer, espèce de fils de chien, songea Silas en arborant un immense sourire.

— Finis de manger, lança Gaston en se levant. Je vais parler à mes chevaliers et nous partons juste après.

Silas acquiesça sagement. Il le regarda traverser la clairière en mettant de l'ordre dans ses idées, revoyant tout ce qu'il savait à la lumière de ces nouvelles informations.

Il était possible que ce ne soit pas Damien qui ait détruit tous les portraits du château, mais ses prédécesseurs se souvenant assez de Gaston pour le haïr. C'était d'ailleurs probablement un des anciens sylphes qui avait laissé les inscriptions sur l'estrade de la salle de bal. La couronne soulignée frénétiquement était un avertissement concernant le retour du Roi Cruel… Un retour que la Chimère ayant blessé Akim avait anticipé. Évidemment, s'il retraversait la forêt tous les trente ou cinquante ans… Cela expliquait aussi le fait que Saradyne ait trouvé Damien différent : elle avait rencontré un autre sylphe en venant au château quarante-cinq ans plus tôt. L'appel était aussi beaucoup plus logique, vu sous cet angle. L'arbre tentait de retrouver son cœur manquant. Si les laboratoires avaient fait une si mauvaise impression sur Damien, c'était parce que l'arbre se souvenait de sa sève utilisée pour torturer des gens…

Au bord de son champ de vision, il vit Gaston se mettre à parler avec une des femmes en habit rouge. Il arrêta là ses réflexions et profita de ce répit pour fouiller dans sa sacoche.

Il n'avait pas le temps de faire un plan compliqué. Il allait devoir improviser, attendre le bon moment, tuer Gaston… Ou au moins permettre à ses amis de lui échapper.

Sa main se referma autour d'un accessoire qu'il utilisait de temps en temps pour paraître blessé et sans défense : un poignard rétractable acheté à une compagnie de théâtre ambulant. Et s'il faisait semblant de mourir ? Gaston l'abandonnerait sur le bord de la route et il pourrait revenir quand il s'y attendrait le moins…

— Tu cherches quelque chose ? s'enquit une voix tout près de son oreille.

Il sursauta. C'était extrêmement rare qu'on arrive à s'approcher sans qu'il l'entende.

Mais Gaston était là, son souffle chaud dans son cou, son corps massif penché au-dessus du sien.

— Rien de spécial, répondit nonchalamment Silas en s'écartant pour se retourner, un sourire charmeur toujours plaqué sur les lèvres.

Mais le Roi Cruel ne perdit pas son air dur et méfiant.

— Qu'y a-t-il là-dedans ?

Silas fit glisser le faux poignard dans sa manche et retira son bras de sa sacoche, ce qui réactiva le sortilège dissimulant son véritable contenu. Gaston la lui arracha des mains et la retourna, faisant tomber ses derniers carnets de notes, une arme blanche et quelques plantes séchées.

— Eh bien, railla-t-il, si ce n'est que ça, tu peux laisser ce sac ici, n'est-ce pas ? Je suis assez riche pour te donner de bien meilleurs jouets.

L'hésitation de Silas dut se lire dans son regard, même s'il mit moins d'une demi-seconde avant d'acquiescer, car le sourire de Gaston s'élargit. Il prenait plaisir à exercer son contrôle sur lui.

La mort dans l'âme, car la sacoche contenait tout ce qu'il avait jamais possédé, le chasseur se leva.

— Allons-y ! lança Gaston avec une joie féroce. Tu vas marcher devant moi. Puisque tu connais le chemin, tu nous ouvriras la route !

Une nouvelle fois, Silas ravala son aigreur pour obéir. Placé en tête, il ne pourrait rien faire, ni attaquer Gaston, ni fuir, ni préparer de plan trop évident. La plupart de son matériel était resté dans sa sacoche. Il ne possédait que deux lames de jet dans ses bottes et un poignard dans chaque manche, en plus de sa fausse arme.

Il envisagea de les mener au mauvais endroit, mais Gaston s'en apercevrait, puisqu'il s'était déjà rendu au château. Au moindre signe de trahison, il n'hésiterait pas à le tuer. Et il était dans son dos, lui et ses quinze chevaliers…

La mort dans l'âme, Silas se rendit compte qu'ils étaient tous vraiment, *vraiment* dans le pétrin.

40
Trahison

Silas n'avait jamais été pieux. Il existait de très nombreux cultes différents sur le continent, autant dédiés à des êtres immatériels qu'à des créatures enchantées, mais il n'avait jamais éprouvé le besoin de remettre son destin entre les mains d'une quelconque déité.

Jusqu'à maintenant.

Alors qu'il avançait sous la menace silencieuse de Gaston, il se mit à prier.

Faites qu'ils ne soient pas là. Faites qu'ils aient compris le danger. Faites qu'ils nous voient arriver. Faites qu'ils se soient cachés…

Mais aucun signe ne lui fit savoir que ses demandes avaient été entendues quelque part.

Son cœur se serra d'angoisse lorsqu'il aperçut le château. Ils arrivaient par devant, comme lors de sa première nuit dans la forêt. L'histoire se répétait, plus pour le pire que le meilleur.

Une main se posa sur son épaule pour l'arrêter avant qu'il ne quitte l'ombre des arbres. Gaston se plaqua contre son dos.

— Ai-je raison de penser que tu as séduit la Bête durant ton petit séjour ici ? susurra-t-il dans son oreille.

— C'est possible, répondit prudemment Silas.

Le Roi Cruel laissa échapper un petit rire et s'écarta en frottant fugitivement son bassin contre ses fesses.

— Tu vas m'être extrêmement utile, alors. Ça te rattrapera pour ton précédent échec. Va devant et attire la Bête et ses complices dehors, à portée de tir.

Il fit un geste et Silas entendit le « clic » répété d'une dizaine d'arbalètes qu'on arme.

Au moindre faux pas, il se ferait lui-même abattre.

— Facile, se vanta-t-il en commençant à marcher.

Il sortit de la zone couverte et avança tranquillement, comme s'il n'était pas du tout au bord de la panique.

S'il criait, il pourrait peut-être les alerter, mais il se ferait tuer et cela n'empêcherait pas Gaston d'attaquer. En plus, Akim n'avait probablement toujours pas de nouvelle prothèse, ce qui ne laissait que Lianne pour défendre correctement le groupe…

— Silas !

C'était justement sa voix. Comme elle avait de bons yeux, c'était souvent elle qui faisait le guet.

Elle surgit de la porte principale et courut vers lui, visiblement soulagée.

— Tu es revenu !

Silas vit des ombres bouger dans le hall, derrière elle. Mais il avait aussi conscience des ennemis qui guettaient dans son propre dos.

Alors il ne réfléchit pas. Lorsque la jeune femme s'approcha, il fit surgir son faux poignard et le lui enfonça dans le ventre avec assez de force pour lui couper le souffle, donnant ainsi l'illusion qu'elle était vraiment blessée. À la base de l'arme, une alvéole libéra du faux sang.

— NOOOON ! hurla Akim.

Le déchirement de sa voix blessa le chasseur, mais il n'en montra rien. Il n'avait que quelques secondes.

Il accompagna le corps de Lianne alors qu'elle tombait en arrière et chuchota dans son oreille.

— Fais la morte. Je vais distraire le seigneur. Fuyez dès que possible.

Il glissa l'un de ses poignards sous elle et se releva, l'air satisfait.

Dans l'embrasure de la porte, Damien le regardait avec une horreur sans nom.

Silas sentit son cœur se briser un peu plus, mais il fallait donner le change. Alors il s'écarta d'un pas et se mit à rire tandis qu'Akim se précipitait vers le corps immobile de Lianne.

— Était-ce réellement nécessaire ? soupira une voix dans son dos.

Gaston et ses chevaliers venaient de surgir des sous-bois. En quelques instants seulement, ils se saisirent d'Akim, qui balbutia des syllabes incohérentes et se débattit vainement pour tenter d'atteindre sa compagne.

— Je rêvais de clouer le bec à cette peste depuis un moment, expliqua tranquillement Silas. Vous devriez me remercier, c'était la seule véritablement dangereuse des trois. À part elle, il n'y a qu'un pitoyable estropié…

Il désigna Akim, qui lui répondit par un regard chargé de haine, de douleur et d'incompréhension.

— … et une Bête trop lâche pour faire quoi que ce soit sans ses petites créatures, finit-il, un doigt tendu vers Damien.

Gaston parut sceptique. Silas lui adressa un sourire malicieux.

— Regardez, lança-t-il en s'approchant d'Akim, maintenu à genoux par les chevaliers.

Il lui attrapa une poignée de cheveux pour lui tirer sans douceur la tête en arrière et plaça son poignard restant sous son menton.

— La Bête ! cria-t-il. Si tu ne te rends pas maintenant, je l'égorge sur-le-champ !

Damien vivait un cauchemar.

Lorsqu'il avait entendu Lianne crier « Silas », son cœur avait malgré lui bondi de joie.

Puis Silas avait *poignardé Lianne*. Et pris Akim en otage.

Et le monde s'était écroulé.

Il se sentit avancer de façon presque détachée. Il avait l'impression qu'une mâchoire puissante le broyait de l'intérieur, étirant chacune de ses blessures jusqu'à le déchirer.

Un homme se trouvait juste derrière Silas. L'homme en rouge qui l'avait poursuivi dans les bois, il y avait environ deux mois.

Il posa une main possessive sur l'épaule du chasseur, un geste que Damien ne put s'empêcher de ressentir comme une trahison supplémentaire.

Puis l'individu s'approcha et lui asséna un énorme coup dans les côtes avec le plat de son épée.

Il laissa échapper un cri de douleur en tombant à genoux. L'homme se mit à rire. Il leva une jambe et posa son pied sur son épaule, comme s'il n'était qu'un trophée de chasse, déjà vaincu, déjà mort. Damien se laissa faire. Il n'avait pas la force de lutter.

Mais quand l'homme enserra Silas par la taille pour l'attirer contre lui, il ne put s'empêcher de relever les yeux, de chercher sur le visage du chasseur une explication, un aveu, une excuse, n'importe quoi qui lui dirait que tout ce qu'ils avaient vécu ensemble n'était pas faux. En vain.

Silas ne s'autorisa qu'un bref coup d'œil en direction de Damien. Son regard brûlait d'une telle douleur et d'un tel sentiment de trahison qu'il eut l'impression de se faire poignarder.

Je te demande pardon, s'excusa-t-il en se retournant pour continuer de sourire à Gaston.

Les chevaliers attachèrent Akim et Damien à l'aide de grosses cordes. Silas réalisa que s'il arrivait à distraire Gaston maintenant en l'attirant ailleurs et que le Roi laissait ses prisonniers ici, tout près de la forêt, ils auraient une petite chance de réussir à s'enfuir.

Il poussa un soupir énamouré en se frottant contre l'homme qu'il haïssait de tout son être.

— Vous êtes *formidable*, souffla-t-il dans sa meilleure imitation de midinette bouleversée par une démonstration de virilité.

Il l'embrassa. Gaston répondit en prenant aussitôt le contrôle de l'échange, d'abord en le pressant contre lui, puis en insinuant une jambe entre les siennes.

Aussi dégoûté qu'il soit, Silas y mit toute sa ferveur, conscient qu'il s'agissait de la *dernière chance* de Damien… Et du fait qu'il était probablement en train de lui briser un peu plus le cœur.

— Mon Roi… murmura-t-il, faussement essoufflé, en s'écartant légèrement. Gaston, maintenant que nous avons un château à disposition, vous pourriez peut-être honorer la promesse que vous m'avez faite plus tôt… Vous avez la situation en main, pourquoi ne pas vous délecter de les faire attendre…

— Et te culbuter un bon coup ? termina Gaston avec une vulgarité qui aurait fait grimacer Silas s'il l'avait pu.

Au lieu de ça, il se trémoussa comme le dernier des prostitués.

Bon sang, qu'il se haïssait.

Gaston émit un rire gras, plaqua une main sur ses fesses, qu'il palpa sans la moindre décence, puis le souleva et le jeta sur son épaule comme un sac de patates.

Silas étrangla le cri de surprise qu'il avait failli pousser et le changea en gloussement alors que Gaston marchait d'un pas décidé vers le château.

— Cinq restent là, cinq viennent avec moi et cinq fouillent cet endroit ! lança le seigneur à ses chevaliers avant d'entrer.

Silas ne put s'empêcher de jeter un dernier regard en direction de Damien.

Mais le sculpteur était prostré, le front presque à terre, et ne le vit pas.

***

Lianne entendit les pas de leurs geôliers s'éloigner et attendit une minute avant d'ouvrir les yeux. Son cœur battait à tout rompre. Elle était terrifiée à l'idée qu'on la voie bouger et qu'on la tue aussitôt, pour de bon cette fois.

Mais lorsqu'elle souleva les paupières, elle ne vit que le ciel gris au-dessus d'elle.

Elle tourna lentement la tête.

Damien et Akim étaient agenouillés côte à côte, face à elle, cinq ou six mètres plus loin. Cinq chevaliers les surveillaient. Ils lui tournaient le dos.

Elle n'avait qu'une arme. Elle n'avait jamais tué personne.

Mais elle n'avait pas d'autre option que d'attaquer.

Avec un détachement qui l'effraya elle-même, elle analysa la situation. Elle devait absolument réussir à libérer Damien. À eux deux, ils auraient une chance contre le reste des soldats. Akim, toujours blessé et sans prothèse, ne pourrait pas beaucoup aider.

Elle se redressa lentement. Ses amis, le visage figé au sol, ne la virent pas.

Regardez-moi, leur intima-t-elle silencieusement. *Regardez-moi !*

La brise froide avait rendu glacée la tache de faux sang sur son ventre. Son cœur menaçait de transpercer sa poitrine. Ses bras tremblaient légèrement. Le manche du poignard était chaud et dur dans sa paume moite.

Accroupie, elle se rapprocha prudemment de Damien. Si elle pouvait…

À cet instant, Akim releva la tête et la vit. Il poussa un cri malgré lui, mélange de surprise, de joie et de confusion.

L'un des gardes leva son épée pour le faire taire.

Elle lui sauta dessus et abattit le manche de son poignard sur sa nuque.

Il s'effondra.

Sans réfléchir, elle plongea vers Damien et sectionna d'un coup la corde autour de ses poignets, l'entaillant un peu au passage. Béni soit Silas pour ses lames si diablement aiguisées.

Avant que les quatre autres chevaliers aient pu réagir, Damien sauta et en renversa deux d'un coup. Leurs crânes heurtèrent le sol avec un bruit dur. Comme l'un des deux bougeait encore, il l'assomma d'un coup de pied dans la tempe.

Il n'était plus que douleur et colère. Il avait envie de *violence*.

Il se tourna vers le troisième soldat alors que Lianne libérait Akim.

La femme en rouge essaya de fuir, mais il était trop rapide. Il l'attrapa par le col et la projeta en direction de la forêt. Elle fit un vol plané, heurta violemment le sol, roula sur quelques mètres et s'immobilisa.

Lianne et Akim attaquèrent ensemble le dernier. Le médecin plongea pour lui faucher les jambes tandis que la femme-oiseau tentait de l'égorger. Elle évita d'extrême justesse la lame qui faillit lui transpercer le ventre et frissonna de tout son être en sentant son arme s'enfoncer dans la chair de son ennemi.

Le sang jaillit. Elle lâcha le poignard. Le garde s'effondra dans un gargouillis et cessa rapidement de bouger.

Ils s'immobilisèrent tous les trois, essoufflés, débraillés, choqués.

— Partons, lâcha Damien. Avec un peu de chance, nous leur échapperons dans la forêt. Les Chimères évitent la zone grise, nous pourrons nous y réfugier pour la nuit.

Il avait déjà tourné les talons quand Lianne posa une main sur son bras.

— Silas…

— Ne me parle pas de lui ! aboya-t-il, assez fort pour la faire reculer d'un pas.

— Chut ! le réprimanda Akim en jetant un regard angoissé par-dessus son épaule.

— Partons, répéta Damien.

Il était déjà près de l'orée du bois lorsqu'il entendit Lianne crier :

— Il a fait semblant de me tuer pour que je vous libère !

Le sculpteur s'arrêta et se retourna, les sourcils froncés. Lianne pointa le château, l'air épouvanté.

— Il m'a dit qu'il allait le *distraire* pour que nous puissions nous enfuir !

Le distraire… se répéta Damien en se remémorant la façon dont Silas avait embrassé l'homme.

Le distraire.

Son cœur cessa de battre.

***

Silas essayait de garder la tête froide. L'un des chevaliers lui avait pris son poignard, ce qui ne lui laissait que ses lames de jet dans ses bottes pour se défendre. Des lames inaccessibles pour le moment. Il ne s'était jamais trouvé aussi désarmé, mais il ne regrettait pas d'avoir laissé son poignard à Lianne. Ce qui comptait, c'était que les autres parviennent à s'enfuir.

Au moment où il commençait à se dire qu'il allait peut-être essayer d'étrangler Gaston à mains nues, le Roi le reposa.

Ils se trouvaient devant la première pièce du couloir de l'aile est, que le chasseur savait être une chambre abandonnée. Comme Gaston l'avait plus laissé retomber que véritablement reposé, il tituba quelques instants, déséquilibré. Ce fut assez pour que le noble le pousse à l'intérieur sans ménagement.

Il ne ferma pas la porte, laissant toute latitude aux chevaliers d'intervenir au besoin.

Il faut que je gagne du temps, se sermonna Silas en se forçant à sourire. *Il faut que je l'occupe…*

Tant pis s'il fallait qu'il se vende lui-même ou qu'il se haïsse jusqu'à la fin de sa vie, ce qui lui arrivait à *lui* n'importait pas. Il méritait toutes les mauvaises choses qui pourraient lui tomber dessus, après tout.

C'était ce qu'il pensa avant que Gaston lui assène une gifle si violente que sa tête partit sur le côté et que des étoiles blanches explosèrent devant ses yeux.

— Tu me prends pour un imbécile ? rugit le Roi en l'attrapant par la gorge pour le faire reculer.

Complètement pris de court, Silas fit quelques pas en arrière.

— Tu penses que tu peux prétendre à quoi que ce soit de moi *après avoir baisé une Bête* ? reprit le noble avec hargne. Tu n'es qu'une sale petite putain…

Il l'agrippa par le poignet, le retourna d'un geste brusque et le poussa en avant.

Silas tomba à genoux au bord du lit. Sans lui laisser le temps de comprendre ce qui lui arrivait, Gaston appuya sur son dos, plaquant son torse dans les draps couverts de poussière.

Il essaya de bouger, mais le Roi se saisit de son deuxième poignet et tint les deux d'une main au-dessus de sa tête, si fermement que ses ongles s'enfonçaient dans sa peau.

Un grincement, suivi d'un bruit métallique, indiqua qu'un des chevaliers avait refermé la porte de la chambre.

Et pour la première fois de sa vie, Silas paniqua complètement.

Sous le rire cruel de Gaston, il se mit à s'agiter, cherchant désespérément à échapper à la pression qui l'immobilisait et à cette deuxième main qui s'insinuait sous son ventre, sous sa chemise…

— Tu vas savoir ce que ça signifie d'être pris par un vrai homme, susurra Gaston dans son oreille.

Silas ouvrit la bouche pour l'insulter, mais la main qui triturait sa ceinture se retira pour presser sa tête dans les draps, étouffant sa voix.

Il cria quand même, suppliant de façon incohérente alors que le noble se frottait contre lui.

Non, non, non, non, non, non…

La main s'insinua de nouveau sous son ventre, la boucle de sa ceinture céda, et…

Un bruit violent résonna dans la pièce.

— LÂCHE-LE ! hurla une voix familière.

La pression sur Silas disparut brusquement. Il se laissa glisser au sol, recula jusqu'à l'angle du lit et du mur et se recroquevilla, le souffle court, les yeux toujours écarquillés par la panique.

Il y eut un cri, un choc sourd.

Et Damien s'agenouilla devant lui.

Que faisait-il ici ? Il n'y avait plus de haine sur son visage, plus de colère, seulement… *de l'inquiétude ?*

— Est-ce qu'il t'a blessé ? demanda-t-il urgemment en le détaillant. Est-ce qu'il t'a blessé ? Pour l'amour des fées, Silas, dis-moi qu'il ne t'a rien fait…

Il ne put s'empêcher de le toucher, de lui effleurer l'épaule, puis la taille. Le chasseur s'apaisa légèrement à son contact, mais la peur n'avait pas disparu.

— Damien, il faut que tu fuies, balbutia-t-il. Je suis désolé, je ne voulais pas… Gaston, il… Il faut que tu te sauves…

— Pas sans toi, répliqua le sculpteur en prenant ses mains dans les siennes.

Silas lui adressa un regard choqué.

— Moi ?

— Je suis désolé, murmura Damien. Quand tu as vu la Bête en moi, tu n'as pas eu peur, tu ne m'as pas abandonné, tu as cherché à me comprendre et à m'aider. Quand j'ai vu la Bête en toi, je t'ai insulté et chassé. J'aurais dû réagir autrement. J'aurais dû te faire plus confiance. Je t'en veux pour ton mensonge et je ne suis pas sûr de saisir ce qu'être un chasseur de monstres implique vraiment, mais je ne veux pas te perdre.

Il se releva et aida Silas à en faire de même.

Retrouvant finalement ses esprits, ce dernier regarda autour de lui.

La porte était défoncée. Des corps de chevaliers gisaient dans le couloir. Gaston était immobile à l'autre bout de la pièce, visiblement projeté contre un mur.

— C'est… C'est toi qui as fait ça ?

— Quand j'ai pensé à ce qu'il pourrait te faire… ça m'a mis en colère, avoua Damien, penaud.

— Merci, souffla Silas en s'étranglant sur ses émotions. Merci de ne pas être parti sans moi. Merci d'être venu m'aider.

— Eh bien, un Roi n'abandonne jamais ses chevaliers, n'est-ce pas ?

Le chasseur lui adressa un sourire de pure adoration.

— Ah, à ce propos… Ce n'était pas toi, le Roi Cruel. C'était lui.

Il se tourna pour désigner Gaston.

Qui n'était plus là.

Le monde ralentit brusquement pour Silas.

Il laissa son instinct prendre complètement le dessus, conscient que tout pouvait se jouer en quelques dixièmes de seconde.

Il vit l'ombre sur sa droite.

Il n'avait qu'un battement de cœur pour agir. Un seul mouvement à faire.

Boum.

Il fit un pas de côté.

Boum.

Le poignard de Gaston lui perfora la poitrine.

Il sourit, les dents déjà rougies par le sang, alors que le visage du Roi Cruel se figeait dans la confusion.

— Tu as vécu bien trop longtemps, décréta Silas en arrachant l'arme qui dépassait de sa poitrine pour la plonger dans la gorge de l'homme qui avait voulu la jeunesse éternelle.

Les yeux de Gaston se révulsèrent. Il bascula en arrière.

À l'instant où il heurta le sol, il y eut comme une décharge dans l'air, une explosion de magie si puissante qu'elle renversa Silas et Damien.

La vie volée à l'Arbre de Jouvence s'échappait du corps du Roi Cruel en vagues d'éclairs dorés.

Damien se recroquevilla et cria, plus de surprise que de douleur, en sentant *quelque chose* se réparer en lui, une blessure dont il n'avait jamais réellement eu conscience avant maintenant.

Une onde de chaleur le traversa, hérissant sa peau comme de l'électricité statique.

Tout se réajusta brusquement.

Il eut une vision de l'Arbre grandissant d'un coup, ses branches crevant le plafond de sa prison, son écorce cicatrisant enfin la blessure d'où s'échappait le Mal Gris. Il n'avait plus besoin de survivre en puisant autre part sa vitalité, on lui avait enfin rendu son intégrité.

Lorsque Damien reprit ses esprits, il se sentit incroyablement léger.

Il leva une main devant ses yeux.

Elle était faite de chair et de sang. Les racines étaient parties, ne laissant sur sa peau brune que des cicatrices entortillées, comme des tatouages plus pâles.

— Silas, regarde ! Silas…

Le nom se bloqua dans sa gorge. Silas le contemplait en souriant, allongé sur le dos. La poitrine en sang.

— Non, balbutia Damien. Non, non, non !

Il se pencha sur lui, souleva sa chemise… et sentit les larmes lui brûler les yeux.

— Tu es si beau… souffla le chasseur en levant une main tremblante pour effleurer sa joue.

Damien embrassa sa paume.

— Silas, reste avec moi, sanglota-t-il. Tu m'as promis que tu ne me quitterais pas…

Une larme roula sur la pommette du chasseur.

— Désolé, murmura-t-il. J'ai fait ce que j'ai pu…

Il toussa. Du sang coula à la commissure de ses lèvres. Damien laissa échapper un gémissement de désespoir.

— Je t'aime… souffla Silas. Ça ne vaut probablement pas grand-chose… Et il m'aura fallu un temps fou pour le dire… Mais… Je t'aime… Tu… Tu ne m'oublieras… pas ? Tu me mettras… dans ton cimetière… en fleurs ?… Tu feras… de la musique… pour moi ?

— Je t'aime aussi, répondit Damien en pleurant, je t'aime, je t'aime, je ne veux pas te perdre, je t'en prie, Silas, Silas…

— Je ne t'ai jamais dit… que tes yeux… étaient beaux… et… Oh… tes larmes… sont toujours… dorées…

Il prit une inspiration subite, toussa et s'étrangla avec son sang en essayant vainement d'articuler.

— Tes… larmes… L'arbre… Le… Tu es le… Dam… Embr… Embrasse…

Damien l'embrassa sans réfléchir.

Silas songea que ce baiser était différent sans la dureté des racines, mais aussi profondément familier, avec ce même arrière-goût de sève sucrée.

La sève de l'Arbre de Jouvence, dont Damien était le cœur.

Il passa sa langue sur les lèvres du sculpteur, capturant une larme dorée.

Un voile noir recouvrit le monde.

Il ne sentait plus son corps.

Seulement Damien qui le tenait contre lui.

Il était chaud et doux, et non plus dur et froid, mais c'était la même étreinte, le même parfum, et toujours le même baiser.

S'il devait vraiment mourir, autant que ce soit dans ces bras-là.

41
Le cœur de l'Arbre

Damien cria de peur et de peine en sentant le corps du chasseur se détendre dans ses bras.

— Silas ! Silas ! Non, non, non…

Sa vue était brouillée de larmes et sa poitrine tressautait de sanglots.

Ce n'était pas possible, ce n'était pas possible…

— Silas…

Il aurait tout donné pour reprendre les dernières minutes, pour empêcher le chasseur de se placer entre lui et le Roi Cruel ou pour tuer lui-même ce dernier.

Son âme, son cœur, sa mémoire… Il aurait même donné sa vie.

— Silas…

— Damien ?

Il se figea.

Silas venait d'ouvrir les yeux. Il paraissait confus, mais ses traits ne trahissaient plus de douleur.

— Damien ? répéta-t-il en fixant ses yeux dans les siens.

Il sourit.

Et le cœur de Damien, trop de fois brisé au cours des derniers jours, se répara en un battement.

Il l'embrassa.

Il ne comprenait pas ce miracle, mais il n'avait pas le temps de le questionner : il lui *fallait* l'embrasser, plus que respirer ou n'importe quoi d'autre.

La main de Silas glissa dans son cou, le pressant doucement contre lui. Leurs lèvres s'ouvrirent, déjà apprivoisées.

Lorsqu'ils se séparèrent, ils gardèrent tous les deux sur leur peau le souvenir de cette chaleur.

— Comment… balbutia Damien.

Silas s'assit devant lui, presque sur ses genoux, et le dévisagea avec une admiration si évidente qu'il rougit.

Silas sourit.

— Oh non, soupira le sculpteur en mettant ses mains sur ses joues. Tu peux le voir, maintenant, c'est ça ?

Son compagnon rit et prit ses mains dans les siennes.

— Damien, expliqua-t-il gravement, écoute. Tu n'es pas le Roi Cruel. Le Roi Cruel était Gaston, le seigneur que tu as si magnifiquement jeté contre un mur. Tu es un sylphe, une créature qui incarne le cœur d'un arbre enchanté. Tu *es* la Fontaine de Jouvence. Gaston a survécu pendant des centaines d'années en consommant les roses des sylphes. Il revenait ici une ou deux fois par siècle, prenait les roses, ce qui tuait le sylphe, puis dissimulait le corps là où nous en avons trouvé plein. Ensuite, il allait chercher un nouveau sylphe créé par l'arbre et lui prenait sa première rose pour effacer sa mémoire. C'était comme… comme un élevage de bétail pour lui.

— Tu veux dire… Tu veux dire que je ne suis pas le Roi Cruel ?! Vraiment pas ?

Silas sourit un peu plus.

— Eh non ! Tu n'as jamais fait de mal à personne !

— Sauf aux chevaliers que j'ai frappés tout à l'heure, avoua le sculpteur en grimaçant. J'en ai quand même lancé une un peu loin…

Silas rit.

— Je pense que ça ne compte pas vraiment.

Damien posa une main sur sa poitrine.

— Et toi… Je t'ai frappé aussi. Je te demande pardon.

— Peuh. À peine une pichenette. Ça ne compte pas non plus.

— Silas, *tu comptes.*

Le chasseur en resta quelques instants bouche bée.

— D'accord, admit-il finalement. Alors, je te le dis sincèrement, je te pardonne.

Il sourit et ajouta d'un ton plus léger :

— Figure-toi que j'ai une dernière révélation en réserve... Tu n'as que trente ans ! Ce qui signifie que tu es plus jeune que moi !

— Comment ?! s'exclama Damien, faussement catastrophé. Je ne peux plus te donner des ordres sous prétexte que je suis l'aîné ?!

— Tu ne m'as *jamais* donné d'ordres...

Le sculpteur grimaça.

— Je m'essayais à l'ironie.

— Ce n'était pas si mal. Ne t'inquiète pas, avec un peu d'entraînement, tu atteindras un niveau tout à fait respectable.

Ils se regardèrent un moment en pouffant.

Puis Damien s'assombrit et baissa la tête.

— J'ai des cicatrices sur le visage aussi, je suppose ?

— Oui...

— J'avais toujours imaginé que si ma malédiction disparaissait, je serais beau, soupira le sculpteur. Et maintenant, je suis tout couturé... Si j'avais pu être à ta hauteur, je mmm !

Silas avait plaqué une main sur sa bouche.

— Je t'interdis de dire de telles âneries. Tu es sincèrement beau, Damien, et j'ai extrêmement hâte de te le prouver de toutes les manières possibles et imaginables. Mais... euh... Nous ne devrions pas aller voir ce que sont devenus les autres avant ?

Une décharge d'adrénaline traversa Damien.

— Lianne ! Akim ! s'exclama-t-il en sautant sur ses pieds.

Il avait mal estimé son poids, à cause de sa transformation, et mit trop de force dans son mouvement, ce qui le fit tituber. Silas le rattrapa en riant, le renversa dans ses bras et l'embrassa.

Ils faillirent se perdre de nouveau dans leur baiser, mais se souvinrent à temps de leurs amis et se séparèrent en catastrophe pour quitter la pièce.

Dans le couloir, les Chevaliers de l'Ordre Rouge s'étaient changés en squelettes.

— Leur sortilège d'invincibilité devait être lié à Gaston, comprit Silas en touchant un crâne du bout du pied. Si je l'avais su plus tôt, je n'aurais pas hésité à le trucider directement ! Ça nous aurait évité tout un tas de problèmes !

Damien hocha la tête, lui prit la main et se précipita vers l'extérieur en criant :

— Akim ! Lianne !

Il dut se répéter quatre fois avant qu'une voix ne lui réponde.

— Damien ! Silas !

Lianne et Akim arrivaient vers eux depuis l'autre côté du château, le médecin claudiquant, appuyé sur la femme-oiseau.

Ils pilèrent net en apercevant la nouvelle apparence de Damien.

— Bon sang de bouse, lâcha Lianne, les yeux ronds.

— Comme tu dis, souligna Akim.

Étrangement, ils n'eurent aucun doute sur le fait qu'il s'agissait bien de lui. Sa peau avait la couleur des racines qui l'avaient toujours recouvert et sa taille était la même qu'avant, ainsi que son regard, sa voix et sa façon de sourire. Sa chemise bien trop large pendait sur ses épaules. Ses cheveux très courts, à peine visibles, formaient comme un duvet sur son crâne.

Sous le choc, Lianne se tourna vers Silas et pâlit en voyant sa poitrine et son menton couverts de sang.

— Euh… ça va ? s'inquiéta Akim.

— Tout à fait, les rassura-t-il. Je tiens la forme. Et vous ?

— On était en train de se faire rétamer par les types en rouge quand ils se sont gentiment transformés en squelettes, répondit Lianne. Du coup… oui, ça va.

Il y eut un instant de silence. Silas lâcha la main de Damien et s'écarta d'un pas pour les englober tous les trois dans sa vision.

Il se racla la gorge.

— Je suis désolé pour mon mensonge à propos de mon métier et tout ça. Merci… Merci de ne pas être partis sans moi.

— Merci à toi, tête de bourrique ! répliqua Lianne du tac au tac en s'approchant pour le prendre dans ses bras.

Akim rit en l'imitant et Damien les entoura tous les trois.

— Je vous aime, déclara-t-il d'un ton joyeux.

Il les serra une dernière fois avant de les relâcher.

— Mais, Silas… ajouta-t-il, visiblement embêté. À propos de ton métier… Maintenant que tout le monde va bien… il faudrait tout de même qu'on en parle.

Le chasseur se raidit, mais hocha la tête.

— En quoi cela consiste-t-il exactement ? demanda Damien.

— Les gens me paient pour éliminer des monstres. Je ne tue *que* des monstres et des personnes qui essaient de me tuer. Ou, dernièrement, de vous tuer.

— Comment détermines-tu qui est un monstre ?

— Je me fie à mon instinct, mais la plupart du temps, ce n'est pas très compliqué. Ils laissent toujours une traînée de peur et de douleur dans leur sillage. Ils ne savent pas aimer, ils prennent plaisir à détruire et ils n'agissent que pour combler leurs propres désirs. Personne ne cherche à les venger et tout le monde est soulagé de les voir disparaître.

Une pensée soudaine le heurta. Il s'était toujours plus ou moins associé à cette définition, surtout après la mort de Deirdre. Mais à présent… ce n'était plus le cas.

Quand est-ce qu'un monstre cesse d'en être un ?

La réponse jaillit, aussi claire que de l'eau de roche.

Quand il est aimé.

— Tu as beaucoup tué ? l'interrogea Damien, visiblement mal à l'aise.

— Oui. J'aurais aimé pouvoir te dire le contraire, mais je ne veux plus te mentir. J'ai tué beaucoup de créatures et d'humains. Mais, de mon avis, ils l'avaient tous mérité.

Damien pinça les lèvres et détourna la tête.

Silas fit de son mieux pour ne pas paniquer de nouveau en attendant le verdict.

— Je ne pense pas que tu sois quelqu'un de mauvais, déclara finalement le sculpteur, et je ne suis pas vraiment d'accord avec le fait que tu t'octroies le droit de décider qui mérite de vivre ou de mourir. Mais… Mais dans un certain sens, j'admets que tu es plus pragmatique que moi et j'ai assez confiance en ton jugement. Toutefois… je ne pourrais pas vivre à tes côtés si tu continues. Ça me fendrait le cœur, mais… vraiment, je ne pourrais pas.

— Et si j'abandonne ? demanda Silas avec espoir. J'avais l'intention d'arrêter depuis longtemps, de toute façon ! Je peux te promettre de ne tuer personne sans ton consentement ! S'il n'a pas essayé de te tuer avant, évidemment.

Damien sourit.

— Ça pourrait fonctionner.

— Pour… Pour vivre à tes côtés ?

Rien que de prononcer cette phrase, il se sentait tout drôle, comme ivre de joie.

— Oui, répondit le sculpteur.

Silas sentit son cœur grandir et s'épanouir comme une fleur.

— Et pour mon mensonge… Tu me pardonnes ?

Damien sourit.

— Oui, aussi.

Silas sauta sur place en effectuant un geste de victoire. Son compagnon se mit à rire et l'attira dans ses bras.

— Dites, intervint Akim, maintenant qu'on n'est plus en danger de mort imminent et qu'on a réglé les détails de type « mensonges et trahisons »… Vous voulez bien nous expliquer, à Lianne et moi, tout ce qui s'est passé depuis hier soir ? Parce que Damien n'a pas desserré les dents depuis votre dispute et je n'ai personnellement rien compris à qui étaient ces gens, ni ce qu'ils nous voulaient, ni comment tu as fait pour perdre tes racines.

— Figurez-vous, lança Silas avec un grand sourire, que Damien est en fait plus jeune que moi !

Le sculpteur lui donna une tape sur l'épaule.

— Ce n'est pas ce qu'ils ont le plus besoin de savoir !

— Attends, ça veut dire qu'il est plus jeune que moi aussi ?! s'exclama Akim. C'était bien la peine de jouer l'ancêtre plein de sagesse et de mystère !

— Je n'ai jamais fait ça, grommela Damien alors que les trois autres explosaient de rire.

***

Après avoir expliqué ce qui devait être expliqué, Silas partit dans la forêt retrouver sa sacoche tandis que ses amis pansaient leurs blessures.

Puis enfin, tous ensemble, ils se rendirent dans le jardin de l'atelier.

Mais ils ne découvrirent aucune tour à cet endroit : du sol craquelé, un arbre gigantesque avait jailli, déployant ses feuilles d'or au-dessus du château.

Une femme nue se trouvait assise sur une branche basse. Elle avait la peau du même brun que l'écorce, de longs cheveux crépus qui lui tombaient à la taille et des yeux dorés comme la sève.

— Je vous attendais, déclara-t-elle doucement en les voyant arriver.

Damien s'approcha, fasciné par ce drôle d'écho qu'elle lui renvoyait, comme un reflet déformé. Il la reconnut comme s'il l'avait toujours côtoyée. Il s'agissait de la sylphe que l'Arbre avait créée après lui.

Elle sourit, tendit une main et effleura sa poitrine où le trou contenant sa rose s'était trouvé. Il n'y avait plus que de la peau à présent, tachée d'une cicatrice en forme d'étoile.

— Mon pauvre frère, souffla-t-elle. On t'a arraché à l'Arbre, on t'a dévoré une partie de ton âme, on t'a isolé trop longtemps… Tu es devenu une personne séparée de lui. Tu ne pourras plus être son gardien.

— Ce n'est pas grave, répondit-il doucement. C'est pour ça qu'il t'a créée.

Elle sourit.

— Tu pourras garder tes souvenirs à l'intérieur de toi désormais. Et si tu pars, je prendrai soin des roses qui sont ici, ne t'en fais pas.

Damien ouvrit des yeux ronds, choqué.

— Je peux… Je peux partir ? balbutia-t-il.

Elle hocha la tête.

Il se tourna vers Silas et cria :

— Je peux partir ! Je peux partir !

Silas rit.

— Et si nous allions voir la mer ?

Épilogue

Deux ans plus tard.

Damien sentit la roulotte s'arrêter. Il se frotta les yeux et tourna son regard vers l'horloge la plus proche. Ce n'était pourtant pas l'heure du dîner…

Il se leva et s'étira en évitant de taper dans les mobiles qui pendaient du plafond. Avant de quitter le château, ils avaient construit deux grandes roulottes. Une qu'il partageait avec Silas, qui leur servait aussi d'atelier et de bibliothèque, et une pour Akim et Lianne. Il avait mis un mois pour créer des automates qui leur permettraient de faire avancer les véhicules de façon autonome et il en était assez fier. Il fallait juste les remonter toutes les heures.

Il repensait à la forêt, parfois. Après la disparition du Mal Gris, les Ombres étaient devenues inertes, privées de tout semblant de vie. Ils avaient creusé des dizaines de tombes. Par la suite, Silas avait fait courir quelques rumeurs et les apprentis chasseurs de tout le continent étaient venus s'entraîner en traquant les Chimères… Car elles, malheureusement, n'avaient pas disparu.

Il rangea machinalement ses outils en regardant autour de lui. La lumière qui pénétrait par la fenêtre illuminait le petit espace, jetant des reflets d'or sur les traces de sa vie avec Silas.

Le pressoir à fleurs séchées reposait à côté du lit, où trônait aussi la *Grande Encyclopédie des Plantes* en cours de rédaction. Au mur, quelques poèmes signés « Damien » étaient accrochés. Depuis qu'il réussissait à écrire correctement, il ne s'en privait pas. Silas avait aussi encadré les prix les plus prestigieux que le sculpteur avait remportés.

Damien avait en effet insisté pour qu'ils s'arrêtent dans plusieurs grandes villes sur le trajet et ses automates, ainsi que ses prothèses mécaniques, avaient connu un tel succès que leur voyage vers la côte avait été sévèrement retardé. Akim composait des potions et des onguents avec Lianne, qu'ils vendaient au marché. Leur petite affaire marchait bien.

Sortir de sa forêt et voir autant de monde n'avait pas été facile pour lui qui avait toujours vécu cloîtré. Mais avec Silas à ses côtés, la force ne lui manquait jamais.

À cet instant, la porte s'ouvrit, laissant apparaître l'ancien chasseur.

Ses cheveux étaient détachés. Il pouvait se le permettre, maintenant qu'il n'avait plus à se battre, et Damien se sentait un peu plus tomber amoureux à chaque fois qu'il le voyait. Avec sa chemise blanche simple et son visage rayonnant, il était si beau qu'il aurait pu le contempler des heures. Depuis qu'ils avaient pris les routes ensemble, il semblait toujours plus joyeux, plus léger, comme débarrassé de ses peurs et ses démons. Et il ne faisait plus de cauchemars.

— Alors, lança Silas en l'apercevant, qu'est-ce que tu fais ? Tu dors ? Nous sommes arrivés !

Damien ouvrit des yeux ronds et se précipita vers lui.

— Non ?!

— Si ! s'exclama son compagnon en s'écartant.

Il lui tendit la main pour l'aider à descendre de la roulotte, comme un chevalier à son roi, une blague qui perdurait toujours entre eux.

Une fois au sol, il le tira vers le sommet d'une haute dune. Lianne et Akim s'y trouvaient déjà. La femme-oiseau avait le ventre gonflé par l'attente d'un enfant dont ils étaient déjà tous gagas.

Damien prit une profonde bouffée d'air, qu'il trouva frais et salé. Le vent souleva ses longs cheveux tressés. Un bruissement constant se faisait entendre, tout près, ponctué de cris d'oiseaux.

Puis il la vit enfin, après tout ce temps, la plus grande étendue d'eau qu'il ait pu imaginer. Le soleil descendant se réverbérait en éclaboussures dorées sur les vagues mouvantes. Un bateau passait au loin, sa voile blanche comme une aile d'oiseau pliée.

Silas lui prit la main et posa sa tête sur son épaule.

— Alors, c'est aussi beau que tu l'imaginais ?

Damien se tourna vers lui et le regarda longuement avant de répondre :

— Oui.

Imprimé en France
FRHW011628031122
32628FR00003B/33

9 791038 123311